MORTE NA ÁGUA

KENZABURO OE

Morte na água

Tradução
Leiko Gotoda

Grafia atualizada segundo o Acordo Ortográfico da Língua Portuguesa de 1990, que entrou em vigor no Brasil em 2009.

Título original
Suishi

Capa
Raul Loureiro

Foto de capa
Werner Bischof/ Magnum Photos/ Fotoarena

Foto de quarta capa
Mathias Bothor/ photoselection

Preparação
Fábio Fujita

Revisão
Ana Maria Barbosa
Huendel Viana

Os personagens e as situações desta obra são reais apenas no universo da ficção; não se referem a pessoas e fatos concretos, e não emitem opinião sobre eles.

Dados Internacionais de Catalogação na Publicação (CIP)
(Câmara Brasileira do Livro, SP, Brasil)

Oe, Kenzaburo
Morte na água / Kenzaburo Oe ; tradução Leiko Gotoda.
— 1ª ed. — São Paulo : Companhia das Letras, 2021.

Título original: Suishi
ISBN 978-65-5921-020-6

1. Ficção japonesa. I. Título.

20.52749 CDD-895.63

Índice para catálogo sistemático:
1. Ficção : Literatura japonesa 895.63
Cibele Maria Dias — Bibliotecária — CRB-8/9427

[2021]
Todos os direitos desta edição reservados à
EDITORA SCHWARCZ S.A.
Rua Bandeira Paulista, 702, cj. 32
04532-002 — São Paulo — SP
Telefone: (11) 3707-3500
www.companhiadasletras.com.br
www.blogdacompanhia.com.br
facebook.com/companhiadasletras
instagram.com/companhiadasletras
twitter.com/cialetras

A current under sea
Picked his bones in whispers. As he rose and fell
He passed the stages of his age and youth
Entering the whirlpool.

Uma corrente submarina
Limpou seus ossos num sussurro. Entre subir e afundar
Viu seus estágios de idade e de jovem
Entrar no turbilhão.

T.S. Eliot, "Morte na água"
(trad. de Caetano W. Galindo)

Sumário

TERCEIRA PARTE: “COM FRAGMENTOS TAIS FOI QUE ESCOREI MINHAS RUÍNAS”

PRIMEIRA PARTE
História de um afogamento

Introdução
Pilhérias

1

Nem todas as tradicionais casas interioranas possuem um passado de feitos gloriosos de que possam se vangloriar, mas no seio delas sempre existem lendas que, transmitidas oralmente, se perpetuam ao longo das gerações. Tais lendas se criam em torno de ocorrências por vezes fantásticas ou até cômicas e ficam retidas na memória familiar como uma espécie de "pilhéria" genial.

Um fato ocorreu no ano em que ingressei na faculdade, ano em que, por coincidência, também celebramos uma das últimas cerimônias religiosas em memória de meu pai, falecido havia muito. Em meio aos numerosos parentes e familiares que pela primeira vez em bastante tempo lotaram as dependências da casa estava um tio que conseguira casar a filha mais velha com um graduado funcionário do governo, diplomado em direito pela Universidade de Tóquio. Esse tio voltou-se para mim e disse:

— Soube que você também ingressou na universidade em

que meu genro se formou e o parabenizo, mas que ramo você escolheu seguir?

Quando lhe respondi que escolhera a Faculdade de Letras, deixou transparecer claramente sua decepção.

— Nesse caso, não podemos esperar que você consiga arrumar um bom emprego... — comentou.

Contudo, minha mãe, pessoa habitualmente discreta, respondeu da seguinte maneira e me deixou aturdido, pois, naqueles tempos, eu só pensava em me tornar um estudioso da língua francesa:

— Ora, se não conseguir emprego, esse menino na certa vai ser escritor! — No silêncio que se seguiu, o que ela acrescentou prestamente desfez a tensão e levou todos a rir: — E material para romance ele tem o suficiente dentro da minha "maleta de couro vermelha".

Pois essa "maleta de couro vermelha" era uma das já mencionadas lendas, entre fantásticas e cômicas, correntes em minha família. As palavras de minha mãe calaram fundo em mim, principalmente porque um dos meus parentes mais próximos havia rido à minha custa. De fato, três anos depois, época em que eu ainda nem havia definido os rumos de minha vida, escrevi alguns contos de maneira experimental. E a publicação de um deles no jornal acadêmico da Universidade de Tóquio me levou a ganhar a vida como escritor. Ou seja, induzidas pela "pilhéria" de minha mãe, "pilhérias" surgirão outras vezes neste romance, nem sempre revestidas de sua literal insignificância cômica, mas disso falaremos oportunamente, no decorrer da história.

2

Estranhei quando Asa, minha irmã mais nova, ligou para minha casa dias atrás especificando que queria falar diretamente comigo, pois, nos últimos tempos, seu contato vinha se restringindo a lembranças que me mandava por intermédio de cartões de boas-festas que ela e minha mulher, Chikashi, trocavam no início de cada ano.

— Lá se vai uma década desde a morte de nossa mãe e, de acordo com o testamento dela — um testamento que não sei se tem valor jurídico, pois eu ia anotando os termos conforme ela os ditava —, mas, como eu ia dizendo, o fato é que chegou o ano em que prometi a ela entregar a maleta de couro vermelha a você. Não vou esperar até o dia 5 de dezembro, data do falecimento dela e em que se completarão efetivamente os dez anos, porque achei que estaríamos então muito perto da correria das festas de fim de ano. Você pretende ir a Karuizawa neste verão, não pretende? E o que acha de, em vez disso, vir visitar as florestas de Shikoku para receber a maleta de couro vermelha? Você não tinha se esquecido dela, tinha? Me parece que nos últimos tempos você só tem escrito artigos para sua coluna mensal do jornal, mas romance que é bom, nada...

— É verdade! Não sei se a ideia foi sua ou de nossa mãe, mas o fato é que uma de vocês adiou para dez anos depois da morte dela a possibilidade de eu escrever a continuação da minha *História de um afogamento* com o material existente na maleta de couro vermelha.

— Foi dela, claro. Nossa mãe já não tinha ânimo para escrever porque não estava enxergando bem, mas continuava perfeitamente lúcida. Ela achou que você viveria menos de dez anos depois que ela morresse. Os homens de nossa família costumam partir cedo... Mencionei há pouco a correria no fim do ano porque, conforme já escrevi para a sua mulher, estou patrocinando um grupo teatral composto de jovens interessados em algumas obras do começo de sua carreira. Com relação a isso, eu gostaria de consultá-lo e ao mesmo tempo lhe pedir um favor, ou seja, combinar algumas coisas a respeito da casa da floresta. O que acha de morar algum tempo nela depois de examinar o conteúdo da maleta de couro vermelha? Já obtive a anuência de sua mulher, e a casa está perfeitamente habitável, porque os jovens do grupo teatral a mantêm arejada e bem-arrumada depois de cada uso, entendeu?

A maleta de couro vermelha e a *História de um afogamento*. No dia em que recebi o telefonema, e a despeito da minha idade avançada, fui tomado por uma excitação que, tipicamente, costuma acometer escritores. Embora o sol ainda andasse alto no céu, recolhi-me ao meu dormitório conjugado com escritório, cerrei as cortinas e me deitei.

Como eu começara a escrever quando ainda cursava a universidade, muita gente ria de mim, dizendo: "Esse não vai muito longe porque começou a escrever sem ter quase nenhuma vivência; também é possível que ele dê uma guinada violenta na carreira, como é usual entre os jovens da atualidade". Mas isso não me desanimou. Quando o momento certo chegar, vou escrever minha *História de um afogamento*. E estou me preparando para esse dia, pensava eu naqueles tempos. Começaria a escrever o romance na primeira pessoa, subiria e afundaria levado pela corrente submarina e, quando enfim terminasse de contar a história, o escritor seria sorvido de golpe pelo turbilhão...

Na verdade, desde os tempos em que eu ainda não lera por inteiro nenhuma obra literária que merecesse tal classificação, acontecia-me de sonhar com cenas da minha *História de um afogamento*. Basicamente, o sonho recorrente era a experiência vivida por um menino de dez anos, eu mesmo. E quando, aos vinte, me deparei com a expressão "morte na água" num poema escrito por um inglês (lado a lado com sua tradução francesa), foi como se o romance já houvesse se definido em minha mente, muito embora eu ainda não tivesse sequer tentado compor um mero conto experimental.

Apesar de tudo, não me ocorreu começar a escrever essa história. Para ser honesto, sabia muito bem que não tinha treinamento suficiente para empreender a façanha. E embora as circunstâncias fizessem duvidar de minha sobrevivência como jovem escritor, em meu íntimo eu as considerava com otimismo. Um dia, eu ainda haveria de escrever minha *História de um afogamento*...

E sendo esse o caso, teria sido melhor começar a compô-la de uma vez antes que fosse tarde demais. Ainda assim eu me reprimia, convencendo-me de que o momento ainda não chegara. Se escrever essa *História de um afogamento* fosse algo tão fácil, que sentido teria a dificuldade que eu enfrentava naquele exato instante, assim como toda a angústia decorrente da tentativa de suplantar a dita dificuldade?

3

Contudo, aconteceu de, certa vez, eu começar realmente a escrever minha *História de um afogamento*. Eu estava então com cerca de trinta e cinco anos. Havia escrito *Futebol no primeiro ano do período Man'en* e queria descobrir se os frutos que, segundo imaginava, eu obtivera com essa experiência surgiriam na minha *História de um afogamento*.

Mandei então para a minha mãe, sexagenária que vivia em meio à floresta de Shikoku, o primeiro capítulo da obra assim, com o esboço de alguns seguintes, e a eles juntei uma carta solicitando que me mostrasse o material contido na maleta de couro vermelha que ela havia adquirido quando esteve em Xangai, pois queria usá-lo para continuar a escrever o meu romance, cujo personagem central seria o meu pai. Mas de minha mãe — muito embora ela tivesse sido a primeira pessoa a afirmar que a maleta estava repleta de material para meus romances — não obtive nenhuma resposta direta, muito menos os manuscritos que eu lhe enviara.

Não vendo outro recurso, abandonei a ideia de escrever os capítulos subsequentes, mas, no verão do ano seguinte, levado por profunda irritação, publiquei a obra *No dia em que enxugarás minhas lágrimas com tuas próprias mãos*, em que descrevi de maneira caricata tanto o meu pai como a mim mesmo, ainda um menino, e até mesmo a minha mãe.

De minha irmã, Asa, que à época morava com minha mãe, chegou-me um bilhete: "Nossa mãe vem criticando você em termos ainda mais contundentes do que aqueles desagradáveis que você usou no final do seu romance para descrevê-la. Diz também que 'o único caminho que nos resta agora é cortar relações com Kogī'".

Kogī é o meu apelido.

4

Antes, porém, ocorreu em minha família o nascimento do meu primogênito, que veio ao mundo com uma deformação no crânio, acontecimento que, com o passar do tempo, possibilitou-nos, a mim e à minha mãe, reatar o relacionamento. O desenvolvimento de meu primogênito Akari, não obstante suas deficiências, aparou as arestas então existentes e começou por restaurar a relação entre minha mulher e minha família de Shikoku. Com o tempo, também me vi agregado de maneira muito natural ao sereno ambiente familiar que então se estabeleceu. Contudo, minha mãe, por alguma razão desconhecida para mim (pode até ser que ela não quisesse cometer o mesmo erro duas vezes, pois, segundo minha irmã, nas ocasiões em que rememorava o passado, ela costumava dizer que, em minha infância no vale, eu me metera certa vez numa situação demasiado angustiante e, como ela, minha mãe, havia manipulado as circunstâncias de maneira desastrada, eu teria ficado com a personalidade totalmente distorcida), jamais tomou a iniciativa de falar nem a respeito do capítulo introdutório e das fichas da minha *História de um afogamento* nem do material contido na maleta de couro vermelha, e não mudou de atitude até falecer aos noventa e cinco anos de idade. Não contente com isso, ainda me fez o favor de dispor do uso do referido material em testamento pelo período de dez anos consecutivos à sua morte!

Ainda assim, nunca duvidei de que, algum dia, escreveria minha *História de um afogamento*. Isso, porém, não quer dizer que levei a sério a possibilidade de escrever esse romance a cada momento de minha vida: eu o fiz realmente em algumas ocasiões, como quando vivi sozinho no exterior durante certo tempo, ou naquela vez que se seguiu ao falecimento de uma pessoa querida, mas, por terem sido esporádicas, não resultaram em um novo manuscrito.

5

Apesar de tudo, mal ouvi de minha irmã, Asa, dez anos depois da morte de minha mãe, que era chegado o momento de a maleta de couro vermelha ser entregue a mim; eu só conseguia mesmo pensar em reiniciar o projeto de escrever a *História de um afogamento*, até então suspenso no vácuo. E agora me dou conta de que, pouco a pouco, eu vinha me preparando para isso. A maleta de couro vermelha que Asa estava para me entregar continha, além do material que minha mãe vinha conservando, o capítulo introdutório da *História de um afogamento*, assim como as fichas com minhas anotações. O hábito acumulado em uma vida inteira como escritor já me habilitava a escrever essa história, havia muito pendente. E a essa noção se juntava uma outra: minha vida como escritor se aproximava do fim.

6

Retomar o projeto da *História de um afogamento*. E para que isso se tornasse possível, até um acontecimento veio apressar a realização do plano de ir a Shikoku receber a maleta de couro vermelha. Moro no topo de uma elevação no extremo da planície de Musashino e, quando desço uma ladeira que leva para o oeste, chego a uma ciclovia construída para os moradores de enormes conjuntos residenciais que surgiram, uns após outros, em certa área antigamente pantanosa, hoje drenada e canalizada.

Eu andava nessa ciclovia com meu filho excepcional a fim de exercitar sua motricidade quando topei com uma pessoa inesperada — assim principiei um romance que publiquei quando eu tinha pouco mais de setenta anos. E se eu agora começasse escrevendo que conheci um novo personagem andando outra vez por essa ciclovia, tenho a impressão de que ririam de mim, dizendo: isso é autoplágio de um escritor em idade avançada que insiste em continuar na profissão. Mas para pessoas idosas que, como eu, levam uma vida isolada, há poucos locais que ensejem contato com o mundo externo.

Certa manhã do começo de verão, deixei em casa meu filho, Akari — sua capacidade de locomoção vinha se deteriorando nos últimos tempos (a dosagem da medicação preventiva de ataques epilépticos também aumentara) e em consequência disso, ele já não conseguia fazer suas caminhadas habituais —, e saí para andar sozinho.

E então uma pessoa às minhas costas que se aproximava a passos leves e ritmo regular logo me alcançou e me ultrapassou. Moça miúda, de cabelo tingido em tom marrom-escuro amarrado em um único feixe na nuca e vestindo camisa e calça de cor bege-clara. A calça, confeccionada em tecido lustroso e fino, não tinha nenhuma ruga e era tão justa que parecia aderida por sucção às suas pequenas nádegas e coxas. As nádegas salientes e arredondadas, sustentadas por coxas firmes, mas nem por isso musculosas, moviam-se com suave flexibilidade. Logo a jovem se distanciou...

Eu mesmo continuei caminhando calmamente e, então, a garota que havia desaparecido de meu campo visual surgiu de novo mais adiante, exercitando-se numa pequena praça provida de bancos e barras para alongamentos. Estendia um pé para a frente num movimento calmo, abaixava-se e, em seguida, se aprumava. Trocava o pé e repetia o exercício. O rosto, que eu entrevira no momento em que me ultrapassara, era arredondado, mas seu perfil era de *hannya*, o demônio feminino das máscaras do teatro nō. (Li algures que as beldades japonesas podiam ser classificadas, por semelhança, em dois tipos: *otafuku*, a máscara de maçãs do rosto altas, bochechas carnudas e nariz pequeno, e *hannya*.) Naquele ponto, o murmúrio do canal se intensifica porque suas águas começam a correr de maneira mais rápida sobre um baixio e também porque o som reverbera numa estrutura de ferro que, envolvendo a área inteira, sustenta a ponte sobre a qual passa o trem expresso Odakyū, mas eu continuava a andar procurando na superfície da água um movimento diferente que provocava outro tipo de som.

E então, repentinamente, bati minha cabeça contra um poste que se erguia bem diante de mim, impedindo-me a passagem!

Tão forte foi a batida que me restou por uns cinco dias um hematoma arroxeado cobrindo todo o lado direito do rosto até o canto externo do olho. Estonteado, eu ia caindo de costas quando fui amparado por trás de maneira segura e confortável. Dois braços fortes haviam sido passados sob as minhas axilas e rodeavam meu tronco, e minhas nádegas repousavam sobre um suporte fusiforme. Percebi que meu suporte era quente — uma coxa, na verdade — e que minhas costas se apoiavam em seios macios. De algum modo consegui erguer-me sozinho, apoiar meu braço no poste de luz, contra o qual eu tinha acabado de me chocar, e respirar fundo, mas meus ouvidos captaram também meu próprio gemido.

— Por favor, sente-se de novo sobre o meu joelho, sensei — ouvi a moça dizer em voz calma, bem modulada, ao que este pobre idoso, sentindo tonturas, obedeceu, reassumindo a posição anterior...

Apesar de tudo, passado um tempo (que calculei equivalente ao que Akari leva para se recuperar de um ataque epiléptico de média intensidade), ergui-me da coxa da moça, a essa altura quente e até úmida de suor. E, interrompendo minha tentativa de agradecer, a jovem indagou:

— Esse tipo de coisa lhe acontece com frequência?

— Não, não acontece, não.

— Claro, seria horrível se fosse frequente, não é mesmo? — disse a moça, sorrindo com a segurança de alguém que já passou da metade da faixa dos trinta, enquanto eu, músculos faciais ainda contraídos de dor, me punha a explicar o que entendera do meu próprio acidente.

— Este trecho é escuro, e ainda tem o expresso Odakyu passando acima da cabeça, e esse poste de luz na parte inferior... parece provido de um mecanismo que corta a iluminação automaticamente. Percebe como ele engrossa neste ponto? Em comparação, a parte superior do poste é tão fina que não consegui vê-la... E depois, quando cheguei por aqui, minha atenção tinha sido atraída para um espadanar dentro da água e eu caminhava olhando para esse lado. Agora, o cardume se afastou na direção da outra margem, onde continua a chapinhar: são uma fêmea e quatro ou cinco machos elegantes, cada um provocando a fêmea a cada vez. Na certa é época de desova. Fiquei encantado, pois nos rios de lá de onde venho nunca vejo cardumes de carpas tão grandes. E quando dei por mim, estava prestes a bater a cabeça no poste, coisa que, fosse eu mais novo, ainda teria conseguido desviar no último instante, mas...

— Vejo que o senhor sabe usar as palavras e se explica com exatidão, não é? Creio que possa ter relação com o seu ofício — comentou a jovem. Em seguida, um curto acesso de riso escapou de sua boca.

— Concordo que estar aqui sentado no colo de uma jovem tentando explicar a mim mesmo como foi que tudo isso aconteceu configura uma situação cômica — disse eu, e em seguida agradeci formalmente. — Doía tanto que eu não conseguia me erguer. Desculpe a falta de cerimônia. Muito obrigado.

— Ainda bem que não bateu a têmpora. Mas parece que houve um pequeno sangramento na borda da testa. Acho melhor o senhor ir para casa o mais rápido que puder e aplicar gelo no local.

Contudo, enquanto eu me dirigia à ponte sobre o canal — meu usual ponto de retorno —, a jovem começou a me seguir, ajustando seus passos à velocidade dos meus. Foi então que me dei conta de que, quando me ultrapassara antes, a moça devia ter manobrado para me aguardar na pequena praça, se certificar da minha identidade e passar a me seguir, com o intuito de me dizer alguma coisa, mas, em função do acidente e agora tirando proveito do fato de ter me socorrido, procurava entabular conversa.

— Não me apresentei ainda, desculpe-me — disse ela.

— Ora, que é isso, minha trombada contra o poste foi tão inesperada que... — repliquei, mas mesmo enquanto eu falava ela tentava ler minha fisionomia, e me interrompeu:

— Na verdade, sou membro do grupo teatral The Caveman, dirigido por Masao Anai. Ele me disse que o conhece desde muito tempo atrás. Parece-me que ele lhe escreveu quando formou o referido grupo teatral e obteve do senhor permissão para encenar uma das obras do início de sua carreira. Posteriormente, a apresentação pelo grupo de sua obra *No dia em que enxugarás minhas lágrimas com tuas próprias mãos* fez sucesso e ganhou um prêmio, e esse foi um acontecimento da máxima importância para nós. Tanto que resolvemos transferir a sede do grupo teatral The Caveman para Matsuyama, em Shikoku, e estamos tocando um novo projeto, ou seja, dramatizar outra obra de sua autoria. Não temos palavras para agradecer a ajuda que sua irmã, a sra. Asa, tem nos prestado. Eu também participei da reapresentação de *No dia em que enxugarás minhas lágrimas com tuas próprias mãos*. No elenco que consta no programa da peça, aparece meu nome: Unaiko.

— Mas disso tudo eu também estou sabendo por minha mulher, Chikashi, que por sua vez o ouviu de Asa.

— Vim desejando há muito conhecê-lo pessoalmente. E quando pedi à sra. Asa que intermediasse nosso encontro, já que eu vinha para Tóquio por diversos motivos, ela me disse que o senhor era do tipo que tem aversão por entrevistas e formalidades, coisa bastante compreensível na sua idade, e me sugeriu que o abordasse de maneira casual. Me informou ainda que o senhor costuma andar quase todas as manhãs por uma ciclovia próxima à sua residência, confirmou o horário com a sua esposa, a sra. Chikashi, e me aconselhou a tocaiá-lo por aqui. Claro que não ousei perguntar a respeito da rota que o senhor sempre percorre.

E bem no primeiro dia, não sei se feliz ou infelizmente (nesse ponto, a curta risada escapou de sua boca outra vez)... claro que para o senhor foi uma infelicidade, mas eu mesma tirei a sorte grande quando o senhor trombou com o poste...

A rota de caminhada que eu estabelecera cruzava a ponte seguinte rumo à margem oposta do canal e retornava até o ponto de partida, passando por um caminho macio pavimentado de areia preta e vermelha. Sempre conversando, a jovem continuou a me acompanhar. A pele de minha testa e da região entre a orelha e a sobrancelha inchara, formando um abscesso doloroso, e a febre parecia estar tomando conta de tudo. Calei-me, portanto, e a jovem continuou a falar sozinha.

— Na verdade, sua irmã me contou que, neste verão, o senhor decidiu levar adiante o plano de retornar à sua terra natal depois de longa ausência. Que o senhor ficará na casa da floresta. Mas que, para isso acontecer, seria preciso promover uma faxina geral na casa, serviço para o qual ela quis pedir a ajuda dos rapazes do grupo teatral The Caveman. Aceitamos com muito prazer a incumbência, mas, durante a semana em que convivi com sua irmã fazendo a limpeza da casa, perguntei a ela o motivo do seu retorno à floresta. Então fiquei sabendo que sua irmã se tornou guardiã de certa maleta de couro vermelha que sua mãe, ao falecer, deixou em testamento para o senhor. Agora, dez anos depois do falecimento de sua mãe, sua irmã está encarregada de lhe entregar a referida maleta. Com o material contido nela, o senhor começará então a escrever a sua *História de um afogamento*, um projeto longamente acalentado. E conforme indica o título, o início da história teria a ver com o transbordamento do rio que corre pelo vale... E uma vez que já estaria por lá, o senhor queria fazer aquele tipo de pesquisa que, numa filmagem, costumam chamar de *location hunting*, ou seja, buscar locações para cenas externas. E se Masao Anai quisesse ajudá-lo nessa empreitada, já que conhece muito bem suas obras e na verdade até já montou uma peça baseada numa delas, isso talvez se mostrasse proveitoso para ambas as partes. Sua irmã achava também que fazia sentido esperar a ocorrência de um novo transbordamento do rio e pôr a flutuar nele um bote com a mesma estrutura daquele usado por seu pai para navegar a correnteza e morrer. Disse também que acreditava que os rapazes da companhia teatral executariam a contento tanto o trabalho braçal de limpeza geral da casa quanto esse outro, mais cerebral... Não sei se nós, os jovens da companhia, Masao à parte, teremos capacidade para executar tudo isso (apesar do que dizia, a jovem me pareceu confiante), mas estamos muito entusiasmados. A sra. Asa já teria lhe contado tudo isso?

— Já falei para Asa que planejo ficar algum tempo morando na casa da floresta enquanto examino o capítulo de abertura e as fichas de anotações do livro que comecei a escrever quando era mais novo, assim como alguns documentos referentes ao meu pai, e que aproveitaria também para pesquisar in loco os detalhes do romance... Estou sabendo também a respeito do grupo teatral The Caveman, embora não de maneira tão minuciosa quanto você explicou.

— Masao Anai ficou aflito porque conhece muito bem o meu jeito de ser e me aconselhou a não solicitar muita coisa ao senhor desde o começo se, por sorte, eu conseguisse encontrá-lo, pois, de acordo com ele, quando se ofende, o senhor se torna uma pessoa muito difícil de se lidar. Por tudo isso, eu pensava apenas em lhe dizer que todos nós, do grupo The Caveman, desejamos do fundo do coração que tudo o que o senhor planejou realmente se concretize. Pensando agora, acho que o que aconteceu com o poste lá na pracinha foi extremamente fortuito por ter me propiciado a oportunidade de conversarmos de maneira tão aberta.

A jovem e eu estávamos parados no ponto em que a ciclovia se encontra com a rodovia e em frente a canos dispostos horizontalmente a pouca altura do chão para barrar a passagem de automóveis. Daquele ponto, eu seguiria ladeira acima e retornaria à casa no topo da elevação. Assim comuniquei à jovem, enquanto ostensivamente cobria com a mão a área ao lado da orelha e da testa.

— Esta rota, que percorre ambas as margens do canal e é interligada por uma ponte, é usada para caminhadas ou, dependendo da pessoa, até para corridas. Um encontro fortuito nesse local só é possível se alguém vem ao seu encontro pela frente, ou vem por trás e ultrapassa você, ou, numa terceira hipótese, se você ultrapassa alguém. Se você viesse pela frente e eu percebesse que queria alguma coisa de mim, eu provavelmente passaria por você e a ignoraria, mesmo que me dirigisse a palavra. E se você se aproximasse por trás, eu me sentiria ainda mais pressionado e não seria capaz de reagir de maneira cordial. Minha trombada no poste de luz foi sem dúvida um acontecimento significativo, já que eu também considerei positiva a nossa conversa. Então, por favor, peça a Asa que me ligue, pois quero tratar com ela a respeito do assunto de que falamos.

Enquanto eu me preparava para me afastar rumo à ladeira, a jovem me perguntou numa voz que, diferente da usada até então, me soou subitamente alheada, não quanto à minha pessoa, mas como se um pensamento repentino a houvesse tragado para dentro de si mesma.

— Mudando um pouco de assunto, não é verdade que certo estudioso da literatura francesa, que aliás também foi seu mentor, o sr. Chōkō, traduziu um extenso romance escrito no século XVI? Segundo ouvi dizer, existe um episódio nesse romance em que um personagem provoca um rebuliço enorme na cidade de Paris com a ajuda de um bando de cães…

— Existe, realmente. O romance se chama *Gargântua e Pantagruel* e é de Rabelais... O referido episódio surge em *Pantagruel*, o primeiro volume desse romance realmente extenso: Panurge, o súdito favorito do rei de uma população de gigantes, resolve pregar uma peça em certa dama da aristocracia que repeliu seus avanços amorosos. Ele apanha uma cadela em plena época de cio, diz a história, e lhe dá uma comida substanciosa — na certa para intensificar sua sexualidade — e depois a sacrifica para extrair determinado órgão das entranhas dela. Ele então esmaga e esfarela esse órgão e sai com o produto no bolso do paletó. Depois, esparge o produto nas mangas e nas pregas do vestido da dama em questão. Atraídos pelo cheiro, diversos cães machos começam a se juntar. Eles correm ao encontro dela e há uma cena de violência. Essa é a história. Mais de seiscentos mil e catorze cães teriam se juntado...

— Sei que o cão morto no começo da história era uma fêmea, mas o que teria sido extraído de suas entranhas?

— Não acho que este seja o local apropriado... Afinal, você é uma moça que acabo de conhecer e... — disse eu, realmente constrangido, rememorando ao mesmo tempo a expressão satisfeita e o tom jocoso do professor Musumi ao falar desse trecho, mas eu me lembrava de uma de suas detalhadas notas de tradutor. — Era o útero da cadela. Parece que esse efeito já era conhecido por cientistas desde os tempos da Grécia Antiga, e os magos da Idade Média usavam o produto como elixir do amor...

Em silêncio, a jovem se despediu com uma mesura e se afastou. Reparei então que eu mesmo havia sentido um estranho prazer na singularmente divertida conversa da moça e, ao mesmo tempo, me dispus a acatar as solicitações, tanto dela como de Asa.

1. A chegada do grupo teatral The Caveman

1

Minha irmã Asa, que viera me buscar de carro no aeroporto de Matsuyama, apresentou-me o seguinte relatório.

— Os jovens da companhia teatral The Caveman estão muito felizes com a perspectiva de você permanecer na casa da floresta por algum tempo. Parece-me que o líder da trupe andou muito aflito quando soube que uma das diretoras do grupo tomara sozinha a decisão de ir a Tóquio (para mim, ela havia revelado essa intenção) falar diretamente com você, pois temia que tudo aquilo que o grupo viera preparando com tanto cuidado fosse por água abaixo. Depois, tem a questão do monumento erguido em sua homenagem por ocasião do prêmio que você recebeu: a Prefeitura nos sondou a respeito do destino que você pretende dar ao monumento, já que ele está atrapalhando o traçado da nova rodovia em construção. Conforme instruções de sua mulher, Chikashi, transmiti aos órgãos competentes que não havia necessidade de transportá-lo para lugar algum e que a base da peça podia ser destruída. Disse a eles também que você retiraria o corpo da peça, que contém algumas linhas de um poema que você escolheu dentre os diversos escritos por nossa mãe, às quais você acrescentou outras de sua própria autoria. Você nunca viu o monumento desde que ele foi inaugurado, não é? Nesse caso, vamos até lá agora para que você o veja ao menos uma vez no local onde foi erigido. A viagem daqui até Ōkawara, em Honmachi, leva cerca de uma hora e meia. Quer dormir enquanto dirijo?

Em seguida, Asa seguiu caminho voltando para mim o perfil de lábios cerrados com firmeza e, conforme ela previra, cerca de uma hora e meia depois, chegamos ao ponto em que a margem do rio se transforma num parque. Cruzamos o rio por uma ponte recém-construída e nos vimos numa área em que o alargamento da rodovia federal, que deveria cortar o parque em linha reta, tinha sido momentaneamente interrompido. Em meio à terra que ficara revolvida depois da retirada de uma romãzeira e de um pé de camélias que, segundo me contaram, foram plantados por minha mãe, havia uma pedra arredondada que diziam ser um meteorito. Desci até a margem do rio e, ao erguer a vista, na pedra de um tom verde-claro havia um poema, cujo original eu escrevera a caneta para ser posteriormente ampliado e gravado.

Sem ao menos preparar Kogī
Para a subida à floresta,
À casa não retorna
Como alguém que o rio levou.
Numa Tóquio em tempo de seca,
Ele recorda às avessas
Desde a velhice até a infância.

— Não está tão ruim quanto imaginei pelo que você me contou — comentei.

— Para começar, a terceira e a quarta linha do poema escrito por nossa mãe não tiveram boa aceitação — disse Asa. — Isso não é nem *haiku* nem *tanka*, disseram as más línguas. Contra esse tipo de comentário não se consegue argumentar, mas o conselheiro do Comitê do Memorial me convocou a Matsuyama só para reclamar. Perguntou-me se elas não eram uma paródia da famosa canção da cantora popular Hibari Misora. Porém a letra da canção de Hibari diz "como o curso de um rio" (*kawa no nagare no yōni*), enquanto aqui diz "como alguém que o rio levou" (*kawanagare no yōni*). Eu disse claramente ao conselheiro: minha mãe não plagia. Nesta terra, o povo chama de *kawanagare* tanto as pessoas que morrem afogadas quanto as que são levadas pela correnteza e não se afogam. Expliquei também que o povo por aqui acredita que, se uma pessoa é levada pelo rio, ela acabará partindo de nossa vila, tanto mais certo se ela tiver morrido afogada, naturalmente. Perguntei também se não seria muito mais adequado classificar o poema como satírico, pois a pessoa referida nele prometeu retornar à vila apenas se a deixassem estudar em Tóquio, mas, como um típico *kawanagare*, nunca mais retornou. Disso tudo o povo daqui, que conhece você, o homenageado, sabe muito bem. Acho os dois versos iniciais bem mais difíceis de compreender, ressaltei, mas o conselheiro, que é, afinal, professor universitário, não aceitou meus argumentos, dizendo haver ele próprio publicado um livro de histórias e tradições desta região. Apesar de tudo, gravaram na pedra conforme o rascunho que você nos enviou. Eu mesma considero um tanto duvidoso que o tal conselheiro tenha compreendido direito o sentido das três linhas iniciais. Acho pouco provável ele saber que Kogī era seu apelido, ou que você, quando menino, imaginava viver em companhia de um alter ego, ou seja, uma outra criança a quem você também chamava de Kogī. Isso só seria possível se ele tivesse lido cuidadosamente os seus romances e pesquisado a fundo o nosso folclore, e também se soubesse que a expressão "subir à floresta" tem o sentido de rezar em favor da alma de um morto.

— Você não sabe em qual ponto desse baixio que se estende rio abaixo o corpo do nosso pai encalhou? — perguntei. — Você mesma disse que a primeira lembrança de sua vida é do momento imediatamente posterior àquele em que o corpo dele foi trazido a nossa casa e...

— Lembro que você, Kogī, me mandou dar uma volta em torno do cobertor sobre o qual tinham depositado o nosso pai para verificar se não havia também um corpo de criança ao lado dele. Vinte anos depois, ouvi você dizendo que lhe ocorria repetidamente o mesmo sonho, ora como uma história engraçada, ora como um acontecimento verdadeiro, sofrido e triste, e me dei conta de que esse sonho talvez tivesse relação com o fato de você ter fugido do bote em que nosso pai faleceu... Dei uma volta ao redor do homem que se encontrava deitado com um pano cobrindo-lhe o rosto, tropecei, caí e senti que minha mão estendida tocava um tufo de cabelos molhados. E como me lembro disso, acredito que nosso pai morreu afogado, como um *kawanagare*, conforme você afirmava de maneira insistente.

— Lembra que eu frequentei só por um ano o curso colegial reformulado desta cidade, antes de nossa vila ser incorporada à outra? Numa aula de desenho artístico, vim até este baixio para retratar a paisagem. Um professor de artes nascido em Honmachi tinha armado seu cavalete diante de um grupo de salgueiros à beira do baixio e fazia uma pintura a óleo. Quando me aproximei, perambulando à toa, ele me falou: "Esta área é há muito conhecida como o 'ponto em que o *kawanagare* do sr. Chōkō veio à tona'. Por acaso essa história tem relação com a sua família?". Quer dizer que aquilo que em nossa família vinha sendo continuamente negado, isto é, que o nosso pai morreu afogado, era fato mais que conhecido fora dela. Acredito que essa é a razão por que nossa mãe usou a palavra *kawanagare* em seu curto poema.

Retornamos ao carro passando por baixo dos pesados e escuros galhos das cerejeiras (cuja derrubada total, diziam, já havia sido decidida) que ladeavam uma alameda, depois seguimos por cerca de vinte minutos rumo ao vale no interior da floresta. Asa então me falou de um assunto sobre o qual, segundo me pareceu, vinha pondo o pensamento em ordem até aquele momento:

— Não consigo nem expressar direito a alegria que me deu a sua decisão tanto de realizar o projeto referente à maleta de couro vermelha quanto também de permanecer durante algum tempo na casa da floresta, embora esta última tenha derivado de uma sugestão minha. Ao mesmo tempo, imaginei com certa tristeza: meu irmão está ficando velho... Envelhecer é tomar a atitude de solucionar os problemas um a um, mas é também pensar na morte com naturalidade. Considerei tudo isso porque, assim como você, eu também estou envelhecendo. Mais difícil, porém, é o que a precede, não é? Pois mesmo se tomarmos a atitude certa e nos prepararmos devidamente para a morte, existe um tempo a ser vivido desde agora até esse dia, concorda? A morte nos alcança, ainda que a ignoremos, mas temos de nos responsabilizar pelo resto de vida que nos cabe. Esse poema que nossa mãe nos deixou... bem, esse *haiku*, digamos. Fico imaginando se isso não foi uma mensagem que ela deixou para você, meu irmão, que um dia retornaria e veria a inscrição na pedra. *Sem ao menos preparar Kogī/ Para a subida à floresta,/ À casa não retorna/ Como alguém que o rio levou*. Contrapondo-se a isso, seus três versos seguintes dizem: realmente, para cá não retorno, mas eis-me aqui, um velho num mês seco,* a pensar em diversas

* "Eis-me aqui, um velho num mês seco,/ Um menino lê em voz alta, espero a chuva" ("Gerontion", T.S. Eliot, trad. de Caetano W. Galindo). (N. T.)

coisas (e isso deve ser uma menção àquele trecho do poema de Eliot, não é?). Seu tom é moderado e meigo, mas, comparado ao dos versos de nossa mãe, sua resposta é de uma pachorra espantosa, eu acho. Na época em que nossa mãe escreveu esses versos, você continuava sendo Kogī para ela, mas ela queria saber também de que maneira você pretendia preparar seu filho, Akari, para subir à floresta. Eu mesma acho, porém, que essa sua resolução de morar uns tempos na casa da floresta tem a ver com tudo isso e, mais ainda, que é justamente uma das medidas preparatórias para que Kogī empreenda essa subida.

Asa se calou e, depois de dirigir em silêncio por algum tempo, encostou o carro à beira da estrada.

— Se você subir por essa senda que mais parece uma velha trilha aberta por animais selvagens, chegará à casa da floresta. Você não tinha se esquecido deste atalho, tinha? Estou um tanto atrasada, de modo que preciso pedir a você que desça aqui para eu poder seguir direto para minha casa. Descanse um pouco: logo mais, eu lhe trago o jantar e a sua bagagem. Mudando um pouco de assunto, a jovem com quem você se encontrou em Tóquio vai procurá-lo na casa da floresta em companhia de Masao Anai. Você sabe que esse homem foi discípulo de Gorō Hanawa, não é? A moça disse que, quando vocês se encontraram em Tóquio, ela conseguiu ao menos uma abertura para tratar das diversas coisas que ela gostaria que você realizasse em associação com o grupo teatral a que ela pertence; e amanhã os rapazes da trupe também vão aparecer lá na casa da floresta para concluir essa outra questão, já decidida, da remoção da pedra comemorativa. Terminado o serviço, quero que se reúnam para falar de que maneira vocês vão se relacionar daqui em diante. Ele deposita uma grande esperança no projeto. Colabore, está bem?

2

O trabalho de remoção do memorial mencionado por Asa envolvia o translado da pedra com o poema gravado para o pequeno jardim existente nos fundos da casa da floresta, medida que, tudo indicava, já havia sido combinada muito antes de eu ter ido ver o dito memorial em companhia de minha irmã. Com a eficiência que lhe era característica, Asa havia combinado com os rapazes da pequena companhia teatral que a remoção e o transporte da pedra seriam efetuados ainda na manhã daquele dia.

Tanto o boldo apelidado de "a grande taça", que Chikashi havia trazido do quintal da minha casa em Tóquio, como o corniso e a romãzeira que eu ganhara de minha sogra tinham crescido e envelhecido com o jardim. E eu concordara com a ideia de posicionar e estabilizar a pedra diretamente no chão diante das árvores.

O grupo teatral The Caveman chegou numa caminhonete cuja lataria estampava o nome da trupe na caligrafia ampliada do próprio Gorō Hanawa. Asa, que viera de carona na caminhonete, me apresentou Masao Anai no jardim dianteiro da casa, forrado de cascalho resultante da quebra e esmigalhamento de uma formação rochosa da floresta. Eu me lembrava de já ter visto esse quarentão que tinha o aspecto típico de um ator de teatro dedicado a realizar um trabalho sério e pouco charmoso. Ao lado dele, pés plantados com firmeza no chão, sorridente e vestindo um conjunto de aspecto profissional, estava a moça que eu havia encontrado dias atrás. Embora Asa soubesse muito bem que o meu encontro com a jovem transcorrera de maneira pouco convencional, não tocou no assunto, limitando-se a dizer, à guisa de apresentação: sr. Masao Anai e a atriz Unaiko. Mal terminadas as apresentações, Masao Anai mandou dois rapazes descarregarem um volume envolto em cobertores velhos e amarrado com uma corda. Em seguida, conduziu até o jardim dos fundos os dois homens que haviam erguido o volume com a ajuda de um par de caibros resistentes passado pelo embrulho.

Enquanto eu agradecia a jovem por ter me socorrido dias antes, Asa me interrompeu para dizer:

— Sua mulher Chikashi é em parte responsável pelo nome artístico dela, Unaiko.

— Dizem que quem começou a chamar o líder da nossa trupe de The Caveman foi o diretor Gorō Hanawa — revelou a moça —, mas eu mesma ouvi a sra. Asa contar que sua avó costumava dizer que a sra. Chikashi, irmã mais nova do diretor Hanawa, tem uma filha que, na infância, lembrava uma *unaiko*, a típica criança dos tempos medievais. Como, pelo jeito, eu me pareço com essa criança, resolvi adotar Unaiko como meu nome de guerra, pois tem uma sonoridade semelhante a Anai, que é o nome do nosso diretor. A sugestão agradou à ala jovem da companhia, de modo que passei a me chamar assim.

Quando Chikashi trouxe as crianças pela primeira vez ao vale para que conhecessem a avó, esta considerou muito interessante o penteado de Maki, minha primogênita, penteado que era, aliás, a versão infantil daquela usada pela jovem ora à minha frente. Chikashi já havia me contado essa história.

— Esse penteado lhe cai muito bem — dissera minha mãe para a minha filha. — Antigamente, todas as crianças, independentemente de sexo, usavam o cabelo enfeixado e amarrado na nuca, como o seu, e chamavam esse penteado de *unai*. Acho que elas se pareciam muito com você, minha neta!

— Pois eu também me encontrava ao lado de nossa mãe e de sua esposa nessa ocasião — disse Asa. — A mãe nos ensinou também o poema em que surge a palavra *unaiko*: "*Trina, rouxinol/ bem perto dos cabelos/ da pequena* unaiko/ *em chuvosa ma-*

nhã de maio", declamou ela, parecendo muito contente. Em parte porque os netos tinham vindo de longe só para vê-la.

Alongando a história para que Anai, que retornara para o nosso lado naquele momento, também a compreendesse, Asa explicou:

— Então minha cunhada Chikashi resolveu chamar a pequena Maki de Unaiko durante toda a estadia delas nesta casa, e foi essa a história que eu contei para esta outra Unaiko, aqui presente. E agora, o que acham de irmos à sala de jantar para ver os rapazes trabalhando no jardim dos fundos?

Contudo, quando nos acomodamos ao redor da mesa da sala de jantar, a pedra já tinha sido colocada e os rapazes gozavam de um momentâneo e merecido descanso: do outro lado do grande painel de vidro embutido na parede, os dois pareciam medir o olhar que lançávamos na direção deles. Transmiti a minha aprovação a Asa que, com um gesto, convidou os rapazes a se dirigirem para a frente da casa, aonde ela também se encaminhou em seguida. Os demais observávamos as letras gravadas na pedra.

— Sua irmã nos explicou o significado da palavra *kawanagare* — disse Anai.

Observei o seu perfil e percebi que, embora seu apelido *anaijin*, homem das cavernas, tivesse sido sugerido por seu nome Anai, era também uma referência ao seu aspecto físico, pois Masao tinha o osso acima dos olhos exageradamente saliente, enquanto sua testa recedia em acentuado ângulo oblíquo a partir desse osso, imprimindo-lhe um inegável ar de homem das cavernas. (De fato, essa espécie de poder de observação bem-humorado era uma das características de Gorō.)

— Na verdade, eu estava pensando em elaborar um apanhado geral de toda a sua obra e dramatizá-lo, tendo Kogī como tema, sr. Chōkō. Estou realmente atônito com a coincidência. Mas o trecho "*sem ao menos preparar Kogī/ para a subida à floresta*" não estaria contradizendo o universo das lendas criado pelo escritor Chōkō? Pois, na verdade, esse seu alter ego dos tempos de criança veio descendo da floresta e, posteriormente, foi-se embora voando para a floresta, não é, sr. Chōkō?

— Exatamente. Mas o Kogī aqui referido é o do meu apelido dos tempos de criança. E embora use essa alcunha infantil, minha mãe questiona a mim, o homem adulto. Ela sobrepõe duas questões: que preparativos você fez quanto ao seu próprio fim e o que pretende fazer com Akari? Aqui, o que minha mãe está tentando me dizer é: se você quer se preparar para a própria morte, a primeira coisa a fazer será preparar Akari para a subida à floresta, entendeu?

Nesse ponto, Asa retornou para perto de nós e comunicou:

— Os rapazes disseram que vão andar de carro por umas três horas para os lados de Odamiyama. Esses meninos da trupe The Caveman me deram de fato muito boa impressão: têm força física, mas também sabem se comportar de maneira conveniente quando estão na casa dos outros.

— Tudo isso é resultado da educação que Unaiko lhes dá — afirmou Anai.

E então tomamos o café que Asa preparou e Unaiko nos serviu na sala de jantar que, sem dúvida alguma, era espaçosa o bastante para comportar mais dois rapazes.

— Masao, aqui presente, tem dito que, durante a estada do meu irmão na casa da floresta, gostaria antes de mais nada de lhe ser útil de alguma maneira, mas que ele próprio também pretende obter a sua cooperação na composição de uma peça teatral. Agora, eu gostaria que Masao explicasse ao meu irmão o que tem em mente — disse Asa.

— Não, não é bem assim. Muito antes de pretender lhe ser útil, sr. Chōkō, o que existe é um projeto nosso de dramatizar, grosso modo, a totalidade de suas obras, e como o senhor vai ficar algum tempo por aqui... É uma pretensão bastante audaciosa da minha parte, confesso. Depois que a sra. Asa nos contou que o senhor pretendia ficar por estas bandas durante algum tempo, perguntei a ela se o senhor não poderia, nesse ínterim, ouvir ao menos a ideia que estávamos desenvolvendo. A resposta dela nos encheu de esperança. Pois ela nos disse que, desta vez, sua permanência nestas paragens parecia ter algo a ver com uma sumarização de um trabalho que o senhor desenvolveu até hoje e que, portanto, ela considerava possível associar o seu plano ao nosso. Em breve, espero lhe apresentar uma versão resumida do nosso trabalho, mas, neste momento, quero lhe falar do esboço desse nosso projeto, o qual contempla a totalidade das suas obras, sr. Chōkō. Até agora, viemos escolhendo a nosso critério algumas cenas de suas muitas obras e dramatizando-as uma a uma. O que estou pensando agora é numa sequência dessas dramatizações. Tudo isso teria como base as obras que o senhor escreveu até hoje, é claro, mas, neste ensejo, penso em introduzir entrevistas que eu faria com o senhor. Caso se digne a cooperar conosco, no momento em que as entrevistas se acumularem, nós as organizaremos de acordo com a metodologia do nosso grupo teatral. Nesse caso, um ator (alguém do grupo The Caveman, que também interpretará outros papéis) se fará passar pelo senhor. E os demais personagens que forem surgindo no decorrer das entrevistas também serão interpretados por diversos atores nossos de maneira alternada. Vim compondo algumas dramatizações depois de ler suas obras de forma contínua, mas a que planejo agora corresponderá ao somatório de todas as outras, tendo como eixo o personagem Kogī. A fase de criação já terminou, porém se eu conseguir estabelecer um bom diálogo com o senhor, coisa que atualmente se tornou viável devido à sua presença entre nós, pergunto-me se não conseguiríamos também lhe ser úteis nessa sua empreitada de organizar todas as suas obras e de acrescentar-

-lhes um novo material. Acima de tudo, nós nos sentiríamos plenamente gratificados caso pudéssemos ser de valia ao senhor na etapa de realizar o trabalho comparativo de suas obras — concluiu Masao sua longa explicação.

Asa interveio:

— Eu apenas disse aos membros do grupo The Caveman que, segundo me parecia, você, meu irmão, pretendia aproveitar esta oportunidade para reler suas próprias obras à luz do material contido na maleta de couro vermelha, um trabalho há muito pendente que você considera de suma importância. Disse a eles também que sua intenção é ligar esse trabalho a uma nova obra. Você dizia tempos atrás que queria reler suas obras antigas, mas que não dava conta de fazê-lo sozinho, lembra? Ocorreu-me então que você poderia fazer essa releitura em companhia do diretor Anai e de seus companheiros do grupo teatral. A ideia foi aceita de maneira entusiástica tanto por Anai quanto por Unaiko.

Eu mesmo comecei a me interessar por esse projeto de Masao Anai, em que ele faria uma releitura de toda a minha obra para capturar a imagem de Kogī sob nova perspectiva.

— Estou achando que até gostaria de ser entrevistado por você, digamos assim, em caráter experimental, sobre o tema Kogī — disse eu.

— Se depender de nós, podemos começar agora mesmo — disse Unaiko prontamente.

Eu tinha fixado o meu olhar não nela, mas em Asa. Em minha juventude, lembro-me de tê-la usado para interceder por mim nesse tipo de desafio que partia de jovens mulheres. Asa, porém, não se deu por achado, e a própria Unaiko, mais que depressa, tratou de extrair a parafernália de gravação de dentro de sua bolsa de lona que eu considerava grande demais para ser carregada por uma moça.

O aparelho não era do tipo pequeno e portátil que todos

usam hoje em dia, mas antiquado, de uso obviamente profissional. A despeito disso, nem Masao Anai nem Unaiko se atreveram a iniciar de imediato a gravação. Tanto minha irmã como Anai apenas observavam em silêncio enquanto Unaiko dispunha a parafernália no centro da mesa da sala de jantar. E assim se estabeleceram os trâmites da minha parceria com o grupo The Caveman. Percebi então que os três — Unaiko, Masao Anai e minha irmã Asa — já haviam realizado diversas reuniões preparatórias destinadas a me fazer aceitar essa parceria. E mesmo me dando conta disso, não me senti contrariado.

3

Masao Anai se aprumou e disse:

— Antes ainda de obtermos seu consentimento, já tínhamos iniciado o planejamento da nova peça. (Consultamos sua irmã Asa. A atitude dela foi de total apoio ao nosso trabalho se fôssemos na direção que programávamos, mas ela se mostrou muito cautelosa quanto à possibilidade de servir de intermediária entre nós e o senhor.) Acredito que o senhor esteja a par disso, porém existe uma fundação de subsídio financeiro muito procurada por diretores de pequenas companhias teatrais e, para se candidatar a esse auxílio, alguma peça da companhia interessada precisa ter recebido um prêmio, qualquer que seja ele. Acho que o senhor, embora não tenha assistido à peça pessoalmente, já sabe que a versão teatral de sua obra *No dia em que enxugarás minhas lágrimas com tuas próprias mãos*, encenada pelo grupo The Caveman, teve o reconhecimento dos críticos teatrais, não é? Pois nós vamos submeter o resumo de nossa próxima obra. A princípio, pensei em escolher a continuação daquela obra. Mas, no caso de *No dia em que enxugarás...*, essa continuação não existe. Então, fiquei com vontade de procurar um símbolo que permeasse a totalidade de suas obras. Esse símbolo é Kogī. Em suas obras, o senhor atribuiu esse nome a alguns indivíduos diferentes a cada vez. Um deles, por exemplo, é uma criança idêntica ao senhor mesmo, sr. Chōkō, e na sua infância essa criança vivia em sua companhia. O senhor a chamava de Kogī. Certo dia, Kogī andou pelo espaço e partiu para um lugar lá nas alturas, ou seja, retornou à floresta. Isso quer dizer que esse Kogī, apesar de possuir corpo físico, anda pelo espaço e voa. É um ser que vai muito além de uma criança real, é transcendental. No resumo que apresentei ao comitê da fundação, procurei explicar de que maneira representaria em termos objetivos esse personagem transcendental. Deveria pô-lo em cena dando-lhe forma real, ou apenas faria a plateia sentir-lhe a presença? Estou pensando em simplificá-lo ao máximo cenicamente. A matéria-prima foi retirada da totalidade de suas obras, sr. Chōkō. Aprendi a fazer anotações em forma de fichas quando li o ensaio que o senhor escreveu na época em que ainda era um estudante universitário. Não sei se vou mantê-lo desse jeito quando apresentar a peça, mas, por enquanto, para efeito de ensaio, Kogī está sendo representado por um pequeno boneco. Unaiko emendou retalhos e estofou o corpo para dar-lhe forma. Vou posicioná-lo no ponto mais alto do palco. Já usei esse tipo de material cênico em outra peça. E esse boneco Kogī que contempla o palco lá de cima vai influenciar os atores e as atrizes em cena. Acredito que só isso será suficiente para criar o efeito que procuro, ou seja, o efeito Kogī. Uma das primeiras aparições de Kogī acontece em um conto do início de sua carreira, e fui buscá-lo em meio à coletânea de suas obras porque me lembrei de um comentário feito pelo compositor Takamura, em que ele define a obra como "minha preferida dentre todas de Kogito Chōkō".

— Ah, aquela história de um jovem compositor que perde

o filho recém-nascido, e esse bebê do tamanho de um canguru aparece flutuando no ar vestindo roupinha simples de algodão. O nome dele era Aghwii...

— Exatamente. O jovem narrador dessa história tinha a obrigação de acompanhar o compositor em seus passeios... Só esse arranjo já revela a instabilidade emocional do compositor, mas... O jovem narrador, que fazia bicos de acompanhante do compositor, considerava que seu patrão era constantemente atormentado por essa visão por ser complacente demais com a própria consciência. Mas, durante um desses passeios em companhia do compositor, os dois topam com um amestrador de cães que vem na direção deles por um estreito caminho conduzindo pela trela mais de dez dobermanns... (Aliás, essa história de mais de dez cães foge um tanto da realidade e expõe a tendência ao exagero comum em jovens escritores...) Seja como for, de tanto temer que os cães ataquem o bebê tamanho canguru, o rapaz entra em pânico, temendo em seguida por sua própria segurança. Incapaz de qualquer coisa, fecha os olhos e deixa as lágrimas escorrerem dos olhos cerrados...

— "Sobre meus ombros, pousou nesse instante uma mão repleta de incrível ternura, mão que concentrava a verdadeira essência de toda a ternura do mundo. Achei que Aghwii me tocava."

— Exatamente. Li a história mais uma vez e julguei que aquilo que o rapaz achava ser a mão de Aghwii tocando-lhe o ombro talvez fosse a mão de Kogī. Então montei uma cena em que Kogī, flutuando no ar em companhia do bebê, contempla lá do alto o escritor. E, como continuação disso, vem a última cena do seu romance escrito vinte e tantos anos depois, *Carta a um saudoso ano*. A família toda está, em companhia do falecido irmão mais velho, Gī, numa pequena ilha no meio de um lago artificial, isto é, na ilha do "saudoso ano". Nessa cena, seu filho Akari também está presente usando o nome Hikari (a sra. Chikashi surge como Oyū) e, embora a figura de Kogī se duplique, é possível juntar essa cena à anterior. Tenho aqui a cópia dela, de modo que vou lê-la. O digno ancião, aqui mencionado, é uma referência a Cato, da ilha Purgatório de Dante.

"O tempo passou descrevendo um movimento circulatório, e eu e meu irmão Gī nos deitamos na relva uma vez mais enquanto Osecchan e minha irmãzinha colhiam verduras, e Oyū, tão novinha, e Hikari, a própria imagem da inocência (sua deficiência parecendo acentuar-lhe a graciosa candura), se juntavam ao círculo dos que colhiam verduras. O sol, glorioso, abrilhantava os brotos do salgueiro, tornando o intenso verde dos ciprestes ainda mais escuro, enquanto os cachos brancos das cerejeiras em flor da margem oposta se agitavam de maneira incessante. O digno ancião estava por surgir mais uma vez e soltar a voz, mas tudo se assemelhava a um jogo sereno e sério no interior de um tempo que circulava, e nós, que havíamos subido correndo, brincamos outra vez sobre a relva da ilha do grande cipreste..."

A leitura feita por Masao Anai me provocou forte impacto. Tive a impressão de que meus ouvidos me certificavam da capacidade de Anai como dramaturgo.

— Ver um texto que você mesmo escreveu ensaiado e montado no palco é uma experiência incomum, não é? — disse Asa e, ao ouvir isso, Masao Anai pareceu francamente encorajado.

— A metáfora Kogī é o ponto de convergência de todos esses aspectos, mas Unaiko deve estar pensando em usar outros recursos, pois ela também vai participar. A trupe The Caveman é eclética, e por isso mesmo imagino que representará um grande estímulo ao trabalho que o senhor pretende desenvolver, sr. Chōkō. Sobretudo porque, atualmente, me parece que nas universidades já não existe nenhum grupo na cadeira de literatura japonesa desenvolvendo pesquisas sobre o seu trabalho...

— Tanta franqueza pode até ser prejudicial ao nosso projeto, Masao — interveio Asa. — Digamos então que ambos os lados serão estimulados, cada qual a seu modo, e planejarão de maneira cuidadosa os passos seguintes. E já que Masao diz que Unaiko deve ter outros planos, o que tem você a nos propor, Unaiko?

— Eu mesma estou muito entusiasmada — disse Unaiko, fixando o olhar em mim e desfazendo de maneira instantânea a expressão de profunda meditação que, enquanto ouvia a nossa conversa, seu rosto de menina medieval integralmente transformada em mulher de trinta anos apresentara. — Tenho convicção de que o trabalho conjunto será muito valioso, tanto para Masao Anai quanto para o senhor. Contudo, eu mesma tenho algumas perguntas que gostaria de lhe fazer...

— Não o pressionem desse jeito, que meu irmão é capaz de se apavorar, ah, ah! — riu Asa. — Meu irmão tem o trabalho dele, isto é, tem de ler e interpretar o material contido na maleta de couro vermelha. Não comecemos de maneira muito abrupta, vamos com calma, pois eu mesma tenho cá minhas ideias a respeito da maleta. Por falar nisso, já está na hora de os rapazes retornarem do passeio a Odafukayama. Nós ainda dependeremos bastante deles com relação ao carro... O que acham de convidá-los a jantar conosco?

4

A caminhonete do grupo The Caveman chegou na segunda-feira seguinte, às nove da manhã. Masao Anai, Unaiko e os dois rapazes já nossos conhecidos vieram nela. A viagem devia ter sido cansativa para os rapazes, pois, visando evitarem o congestionamento do tráfego matinal, eles haviam saído de Matsuyama antes das seis. Embora os dois tivessem nos cumprimentado de uma maneira que sugeria não estarem ainda perfeitamente acordados, demonstraram espantosa agilidade no momento em que começaram a trabalhar para transformar o andar térreo num pequeno teatro com a ajuda de Asa.

Isso significava apenas que os rapazes estavam habituados a esse tipo de trabalho pesado e tinham encontrado um bom desafio à frente. Na verdade, Asa e Unaiko haviam combinado de antemão todas essas providências, as quais representavam os primeiros preparativos para ajustar a casa da floresta ao cotidiano que passaríamos a compartilhar. Asa minimizara o trabalho, referindo-se a ele como uma redecoração da casa, mas logo isso se transformou em algo que foi muito além de minhas expectativas. O próprio envolvimento de minha pessoa em seguidas entrevistas era uma técnica do grupo The Caveman. Pareceu-me também que, no aspecto arquitetural, a casa da floresta, que Asa pusera à disposição da trupe, era o lugar propício para essa finalidade. Asa guiou os trabalhadores para dentro da casa em que ela própria havia feito uma arrumação básica durante o domingo.

A ala ocidental do segundo andar abriga minha biblioteca e meu dormitório conjugado com escritório, além de mais um quarto. Nessa área ninguém entraria.

A metade da banda norte da ala oriental do andar térreo havia sido originalmente construída como sala de visitas, mas nunca chegou a ser usada. Ocupando a metade da banda sul ficam a entrada e um estreito hall, um lavabo para visitas e uma escada que leva ao andar superior. Uma porta no hall dá acesso à sala de jantar existente no lado norte da casa, assim como a uma grande sala rebaixada. Desse salão também se vê o jardim dos fundos através de um largo painel de vidro embutido na parede. E no extremo oeste existem ainda dois dormitórios, uma sala de banho e um banheiro, reservados para o uso dos membros da família quando passam algum tempo na casa.

— Peço-lhe permissão para transportar para a sala de visitas as cadeiras e a mesa, além dos armários de livros removíveis, os sofás e a TV que se encontram atualmente no salão — disse-me Unaiko. — Esse andar térreo inteiro foi usado, com a permissão da sua irmã, como uma área de ensaio do nosso grupo durante o ano passado, quando a perspectiva de o senhor retornar à casa da floresta era ainda bastante remota. Depois que transportamos tudo o que existia no salão, dois terços da porção norte puderam ser usados como palco. E depois de removida a mesa da sala de jantar, esse espaço se transformou em plateia.

— Mesmo nos tempos em que vinha todos os anos a esta casa, eu costumava passar os dias deitado no sofá que ficava no lado oeste do salão, excetuando os momentos em que lia livros ou trabalhava um pouco no andar de cima. Se vocês me deixarem o referido sofá no ponto onde está, podem mudar o resto de lugar à vontade. E não precisam trazer de volta os móveis da sala de estar de maneira conscienciosa cada vez que usarem o espaço, conforme fazia minha irmã na época em que formou uma companhia teatral com algumas pessoas da vila. Eu mesmo usei este espaço como miniteatro uma vez. Asa deve ter lhes falado disso. Convidei os músicos que gravaram em CD uma pequena composição de Akari e organizei um sarau musical. Pedi à minha mãe, a Asa e a uns poucos convidados que se acomodassem diante do palco e na sala de jantar, e posicionei o piano na área elevada feita de tijolos, na beira do painel de vidro do salão... Como aqui o pé-direito é alto, a acústica ficou até aceitável.

— Nós também tentamos de tudo. O objetivo imediato é realizar a entrevista com o senhor, e quando conseguirmos juntar as entrevistas num roteiro, gostaríamos de encená-lo. Uma vez que o senhor nunca assistiu a nenhuma apresentação do grupo The Caveman, combinamos que lhe mostraríamos uma versão resumida de *No dia em que enxugarás minhas lágrimas com tuas próprias mãos*.

Em seguida, Unaiko correu para a sala de jantar e, apoiando as duas mãos no balcão divisório, espiou o salão, mediu com o olhar a altura do pé-direito e externou sua aprovação.

— As apresentações do grupo The Caveman são normalmente vistas por um público acomodado em nível superior ao do palco, isto é, a plateia é construída em fileiras ascendentes a partir do nível do palco. Aqui, acredito que se vocês imaginarem que há público também do lado de lá desse grande painel de vidro, terão uma ideia de como nos sentimos enquanto representamos.

Os dois rapazes atores esvaziaram praticamente sozinhos todo o salão, excetuando o sofá. Enquanto Unaiko passava o aspirador de pó a partir dos locais onde antes ficavam os móveis, eu abri as laterais do painel de vidro para arejar o ambiente. Masao e Asa, lado a lado, contemplavam um considerável canteiro que Chikashi havia composto com vasos e plantas diretamente colocados na terra: rosas, romãzeiras, cornisos e altos vidoeiros formavam o jardim, cujos cuidados tinham sido delegados a Asa, uma vez que minha mulher não tivera tempo para vir a essa casa nos últimos anos.

— As plantas que crescem aqui são diferentes das que existem na floresta, não são? — disse Anai. — Por exemplo, os cornisos: tenho-os visto também em Matsuyama, plantados à beira das estradas, mas são muito novos ainda, sem falar nos vidoeiros, que a gente quase nunca vê tão altos, não é?

— Eles foram transplantados de Karuizawa para a casa de Tóquio por minha cunhada e, vinte anos depois, transferidos para cá. Alguns tiveram o tronco partido por causa das fortes ventanias provenientes das montanhas, mas mesmo as que foram criadas aqui desde a sementeira já alcançaram uma altura considerável. Naqueles tempos, minha cunhada Chikashi era bem novinha e costumava trabalhar muito neste jardim…

— A grande quantidade de rosas em vasos e a maneira como

as árvores cresceram livremente me dão a impressão de que Chikashi tem muito em comum com o diretor Gorō Hanawa — disse Anai.

— Ora, eu nunca soube que Gorō tivesse especial predileção por árvores — comentei.

— Mas eu também sinto que algo aproxima muito a minha cunhada Chikashi do irmão dela, Gorō, na maneira como ela desenvolveu a musicalidade de Akari — interveio Asa. — Em minha família, não existe nenhum traço semelhante. E foi esse aspecto da personalidade de Gorō que o atraiu, não foi? — perguntou-me Asa.

— Seja lá o que for, a verdade é que Gorō sempre foi uma pessoa realmente especial. E Gorō, por seu lado, tinha um interesse muito grande por essa história do afogamento de nosso pai. Fora do nosso círculo familiar, ele foi a única pessoa a quem contei a respeito de meus sonhos.

— Pois o diretor Gorō também o tinha como uma pessoa muito especial, sr. Chōkō. Ele sempre dizia: "Lembre-se sempre de que ele tem Kogī". E, em parte, é também por isso que o senhor e Kogī se fixaram em minha imaginação, um ao lado do outro, e se transformaram em fundamento daquilo que pretendo desenvolver a partir de agora. Assim sendo... uma vez que o palco já está basicamente formado, o que acha de iniciarmos os trabalhos a partir da história de Kogī? Desse modo, o senhor não só conseguirá captar a maneira como trabalhamos com as entrevistas, como também o modo como as encenamos. O diretor Hanawa parecia ter suas próprias ideias quanto a transformar Kogī em tema de filme, mas não me adiantou mais nada a respeito disso, de modo que eu mesmo só o conheço por meio de seus romances. Nesta altura, eu gostaria de lhe perguntar: o que acha de me falar a respeito de Kogī da maneira como mais lhe convém?

E a proposta, feita com tanta naturalidade, me cativou. Como já acontecera antes, Unaiko posicionou a parafernália do gravador no balcão que separava a sala de jantar do salão e me explicou a respeito do microfone que seria fixado em minha gola. Anai, por sua vez, mandou os rapazes trazerem de volta a poltrona que tinham acabado de transportar para a sala de visitas. Logo a poltrona foi posicionada no meio do palco. Acho que a eficiência e a presteza com que esses preparativos foram feitos também me convenceram.

— Por favor, sente-se como lhe for mais confortável, sr. Chōkō. Embora eu ache que mudaremos o formato a cada cena, eu me instalarei agora diagonalmente à sua frente e lhe falarei de uma maneira bem simples. Se ficar cansativo para mim, lançarei mão de qualquer cadeira disponível para me sentar. Quanto ao senhor, poderá se erguer e andar livremente, caso se entedie permanecendo o tempo todo sentado. Foi para lhe possibilitar esse recurso que Unaiko prendeu o microfone em sua gola... O senhor deve imaginar que a pedra, transferida há poucos dias para o seu jardim, repousa agora neste ponto diretamente à sua frente em que o senhor está fixando seu olhar neste momento. O poema... as linhas iniciais que o senhor considerou ser possível definir como um *haiku* estão gravadas bem aí, à sua frente. Começando:

Sem ao menos preparar Kogī
Para a subida à floresta,

Ouvi-o dizer que este Kogī tem um significado diferente daquele outro que surge em seus romances...

— Esses versos foram compostos por minha mãe e, portanto, precisamos verificar que sentido ela atribuía à palavra "Kogī". O que vou falar agora já escrevi em meus romances: na velhice, época em que minha mãe concebeu esse poema, Kogī significava para ela o neto Akari, nascido com uma excrescência no crânio. Aqui, ela se indaga se eu me ocupara em preparar Akari para o advento da morte, e se aflige. Ela própria está ciente de que a morte se aproxima dela, é claro. E na certa imagina que essa mesma morte não está muito distante do filho dela, que, quando criança, chamavam de Kogī. Os versos contêm então uma pergunta: estaria esse Kogī, eu mesmo, preparado para sua subida à floresta? Acredito que minha mãe juntou duas inquietações e uma crítica: o neto Akari precisa de um mediador que o ajude a subir com segurança à floresta, e isso é tarefa que cabe ao filho dela, eu mesmo; mas esse filho, a quem tamanha incumbência se reserva, vive perdido por aí, sem ao menos se preparar para a própria morte e "*À casa não retorna/ Como alguém que o rio levou*". Sentindo que ela tinha toda a razão e acertara o alvo em cheio, escrevi em resposta as linhas seguintes: "*Numa Tóquio num mês seco/ Ele recorda às avessas/ Desde a velhice até a infância*". Eis aí o sentido do poema... Mas, além disso, quero falar agora um pouco a respeito da especial importância de que se reveste para mim esse apelido Kogī, embora vocês já devam saber disso pela leitura de minhas obras. Primeiramente, devo esclarecer que o apelido Kogī vem do meu próprio nome, Kogito. Na minha infância, minha família me chamava de Kogī. Acontece porém que, naqueles velhos tempos, eu mesmo vivia (ou achava que vivia) em perfeita harmonia com uma outra criança da minha idade, de aparência e feições idênticas às minhas, a quem eu mesmo também chamava de Kogī. Contudo, certo dia, esse Kogī imaginário me deixou para trás e se foi sozinho para o alto da floresta. Magoado, eu me queixei à minha mãe, mas ela não me deu ouvidos. Então continuei a contar e a recontar a ela, vezes sem fim, a maneira como Kogī partira de nossa casa. E isso, diz Asa, se constitui em causa remota da minha opção profissional, isto é, ser escritor. Naquele dia, eu estava no avarandado da sala de estar que fica nos fundos da casa e dá para o rio. (Qual figura de contorno borrado em um retrato antigo, até hoje não me sai da memória minha própria imagem em pé ao lado direito de Kogī.) Vestindo um quimono simples de algodão, ele apoiava o braço no corrimão do avarandado enquanto contemplava o bosque de castanheiros do outro lado do rio e, naquele momento, usou a barra do suporte à guisa de degrau e subiu no corrimão, dando-me a impressão de que acabava de inventar uma brincadeira. Depois, estendeu os dois braços e permaneceu imóvel por algum tempo, procurando equilibrar-se... Então, ergueu um pé no ar, em seguida levou o outro pé para junto do primeiro e, balançando as mãos, começou a andar pelo espaço. Ultrapassou a plantação de milho de minha mãe, o muro de pedra que bordejava a plantação, passou pela várzea alguns metros mais abaixo, caminhou até o meio do rio e, estendendo lateralmente os braços cobertos pelas mangas do seu quimono simples de algodão, aproveitou uma corrente de ar ascendente e ganhou altura, como um grande pássaro. Do avarandado onde me encontrava, minha visão foi interceptada pelo beiral da casa e logo o perdi de vista, mas, ao projetar a cabeça para fora e olhar para o alto, vi-o afastar-se cada vez mais descrevendo grandes círculos no ar. E então, desapareceu. Continuei a me queixar do acontecido à minha mãe, mas ela não tomou conhecimento de minhas reclamações, pois, para ela, não havia nenhuma outra criança idêntica a mim morando em nossa casa. A situação era essa quando, certo dia, me envolvi num acidente. Algum tempo depois do desaparecimento de Kogī no céu acima da floresta (com a chegada do outono, lembro-me de que as árvores sobre a rampa do outro lado do rio se tingiram de rubro), em certa noite de lua cheia, senti uma presença lá fora e, ao sair para a rua diante de casa, Kogī, que ali estava em pé, de costas para mim, pôs-se a andar sem nada me dizer. Dobrou a rua rumo à ladeira entre a prefeitura e o santuário, e foi subindo de maneira rápida e resoluta o estreito caminho iluminado pelo luar. Pensei andar o tempo todo em seu encalço, mas, quando dei por mim, me vi agachado dentro do oco de um enorme castanheiro no fundo da floresta. Kogī não estava lá. Já havia amanhecido e, fora do oco, a chuva caía, molhando o bosque de folhas rubras, quase negras... Quando dei por mim pela segunda vez, eu ardia em febre e, qual uma pelota de fogo coberta de cascas de árvore secas e podres, estava sendo erguido nos braços de um bombeiro. Cobriram-me com uma capa de chuva e me levaram montanha abaixo, rumo ao vale, em meio ao forte cheiro de chuva que impregnava a floresta. E então, quando a febre baixou muitos dias depois, o que comecei a compreender foi uma situação estranhamente distorcida do meu fantástico mundo, no qual até a minha mãe se inserira. (Eu apenas percebera essa distorção a partir de minha sensibilidade infantil: a capacidade de pôr em palavras essa percepção só me veio bem mais tarde.) Eu desaparecera de casa numa noite de luar e não retornara; a chuva, que começou a cair no dia seguinte, turvou o rio que corria no fundo do vale com detritos e folhas de bambu; as águas aumentaram ainda mais e passaram a correr com estrondo até que transbordaram, de modo que todos me julgaram agora mais um *kawanagare*. Conforme está entalhado naquela pedra, "*à casa não retorna/ como alguém que o rio levou*". Um *kawanagare*... Diferentemente da continuação escrita por mim, era final de outono, época de muita chuva, e vivíamos num vale, de modo que se uma mãe tivesse corrido para os bombeiros em busca de ajuda para localizar um filho desaparecido, na certa teria pedido a eles que fossem procurá-lo a jusante do rio. Mas minha mãe foi lhes pedir exatamente o oposto, isto é, que subissem à floresta. Por causa do temporal, o caminho que levava à floresta se transformara em outro caudaloso rio, mas ela havia implorado que fossem para dentro da floresta, proeza que, naquele momento, devia ser semelhante a remar contra a correnteza. Creio que, nesse ínterim, a chuva amainou e, quando os bombeiros decidiram enfim se embrenhar na floresta, encontraram no interior do oco do castanheiro (essa árvore gigantesca era bem conhecida por crianças e adultos quase como um ente sagrado, um santuário no meio da floresta) um pequeno ser que, gripado e ardendo em febre, se debatia em delírio como um filhote de javali, opondo resistência à ajuda... E foi esse pequeno embrulho que os bombeiros trouxeram nos braços, montanha abaixo. É estranho, não acham? Como é que minha mãe sabia, ou intuíra, que em vez de ter sido arrastado pelo rio, eu havia subido à floresta? Vez ou outra, adultos da aldeia dizem coisas cruéis para as crianças. Muito tempo depois desses acontecimentos, eles continuaram me repreendendo quando me viam: "Moleque, você deu um trabalho danado para os bombeiros com essa sua história de ir atrás de Kogī e se perder na floresta".

5

Masao Anai não cabia em si de satisfação quando a primeira sessão de gravação terminou.

— Hoje, eu pretendia apenas fazê-lo sentir a maneira como trabalhamos, mas a entrevista acabou apresentando real consistência. Claro que agora o senhor tem pela frente a árdua tarefa de examinar o conteúdo da maleta de couro vermelha, mas caso possa colaborar conosco da mesma forma de vez em quando, logo teremos um bloco que irá se transformar em parte da peça. Nós então nos dedicaremos a *elaborar* esse bloco, como o senhor diria em sua profissão ao compor um conto, e lhe faremos o que em nosso jargão chamamos de feed back do material. Espero que o senhor concorde em dar prosseguimento ao trabalho dessa maneira. Antes de vir para cá na próxima semana, Unaiko já terá o material de hoje passado para o computador. Queremos que o senhor veja esse material antes de mais nada. O senhor tem obtido cópias taquigrafadas de suas palestras e as publica em revistas, não é? Li a maioria desses artigos. Mas, de acordo com o processo criativo que o grupo The Caveman adota, esse tipo de formato não nos atrai. Pois o nosso produto é direcionado para o teatro. Em outras palavras, queremos que o senhor elabore de tal maneira que seu modo de falar se materialize, formando um estilo. Ou seja, queremos suas palavras do jeito como foram enunciadas, com seus aparentes excessos e suas repetições desnecessárias.

Nesse ponto, Unaiko assumiu um tom visivelmente contido:

— Quase no fim da entrevista de hoje, houve um trecho em que, segundo me pareceu, o senhor hesitou entre dois rumos a tomar, sem saber qual deles escolheria para continuar a falar.

— Isso mesmo — admiti. — Você tem um aguçado poder de observação.

— É que me habituei a ouvir com muito cuidado o que as pessoas falam enquanto gravo — respondeu Unaiko.

— Fiquei indeciso se eu devia primeiramente relacionar Kogī com "*alguém que o rio levou*", mencionados nos quatro versos gravados na pedra do outro lado dessa vidraça e que, segundo se estipulou, eu estaria vendo diante de mim enquanto falo, ou se tomaria outro rumo, mas acabei optando por continuar o que eu estava falando...

— Pois gostaríamos de ouvir no que consiste esse outro rumo — disse Masao Anai. — Isso já foi abordado em seus romances?

— Exatamente. O que vou fazer em seguida se aproxima muito daquilo que você realizou dias atrás com citações de trechos de minhas obras. Naquele momento, eu quis falar a respeito da maneira como o pensamento de minha mãe se voltou para o oco do gigantesco castanheiro, ou seja, o que imagino que tenha sido esse processo... Eu pretendia falar a respeito disso e então me lembrei de certa lenda da floresta que considero a mais interessante dentre todas que ela costumava me contar com frequência... Sobre isso, escrevi em *M/T e o mistério da floresta*, reproduzindo as palavras que ela mesma empregou ao contá-la. Minha mãe me disse que, em nossa terra, existe uma lenda acerca do "mistério da floresta" e que cada um a conta de um modo diferente, mas que ela própria pensava da seguinte maneira.

Sem tardança, Masao Anai descobriu a citação num grande caderno.

> Hoje em dia, cada um de nós preza individualmente sua própria vida, mas, quando fazíamos parte do grande "mistério da floresta", éramos, além de vidas individuais, um único ser. E repletos de desmedida nostalgia. Contudo, certo dia, acabamos saindo de dentro do "mistério da floresta". E como cada um era uma vida individual, bastou-nos sair de dentro do "mistério da floresta" para nos dispersar e assim nascer neste mundo. Imagino se tudo não teria acontecido dessa maneira! Mas será que não sentimos todos nós uma intensa nostalgia por aquilo que éramos anteriormente, isto é, pelo "mistério da floresta"?

Unaiko parecia também haver conversado com Masao a respeito desse "mistério da floresta" anteriormente, pois disse em seguida:

— A questão aqui não é o menino desaparecido ter caído ou não no rio, mas esse menino possuir um senso especial de direção que o fez tentar retornar para dentro do "mistério da floresta" naquele momento. E antes que isso acontecesse, a mãe indica aos bombeiros o oco do gigantesco castanheiro, o qual representaria, pura e simplesmente, a entrada para o "mistério da floresta"... Se for assim, a história adquire consistência.

— E se a história se desenvolver dessa maneira, vai se transformar de modo extremamente conveniente num dos blocos dramatúrgicos da peça que pretendemos desenvolver.

II. Ensaio da peça *No dia em que enxugarás minhas lágrimas com tuas próprias mãos*

1

Eu imaginava que Asa me entregaria a maleta de couro vermelha de minha mãe assim que me acomodasse no vale. Mas, num primeiro momento, Asa, que já havia dito na presença do grupo The Caveman para eu não ter pressa em examinar o conteúdo da maleta, me devolveu apenas o manuscrito do capítulo introdutório da minha *História de um afogamento* e toda a papelada relacionada a ele, coisas que eu lhe havia mandado por correio quase quarenta anos antes, pois naquele tempo minha irmã e minha mãe moravam juntas na mesma casa. Asa se justificou dizendo que no material contido na maleta de couro vermelha que eu estava por levar comigo para Tóquio havia coisas que ela queria copiar e guardar para si como lembranças de nossa mãe.

Quando abri o envelope que ela me entregou, vi que a quantidade de papéis era bem menor do que aquela de que eu me lembrava. Excetuando os diversos tipos de esquema, o que eu compilara em forma de romance totalizava pouco menos de vinte folhas de papel quadriculado para quatrocentos caracteres, folhas essas que eu enviara à minha mãe tão logo acertara o capítulo introdutório, solicitando-lhe ao mesmo tempo que me mostrasse as cartas que meu pai recebera de amigos e conhecidos, assim como os rascunhos de suas respostas, caso houvesse, para que eu pudesse desenvolver o meu trabalho a partir do ponto interrompido. Dentro do envelope havia também cartas que eu escrevera e que teriam sido preservadas dentro da maleta de couro vermelha, presas em bloco com um elástico. Embora eu as tivesse endereçado à minha irmã, nelas eu expressava toda a minha ira contra minha mãe pelo fato de ela não só ter retido o capítulo introdutório de minha *História de um afogamento*, como também por ela não ter se manifestado quanto ao material contido na maleta. Eu já não queria mais nada, e ela podia queimar o meu manuscrito. E se ela ia se comportar desse jeito, eu não usaria o material em poder dela e escreveria uma história com um narrador bem diferente de mim, uma obra ficcional baseada nas bobagens esbravejadas por um homem de trinta e tantos anos, internado num hospício. No romance assim reestruturado, meu pai não morrerá afogado, mas baleado. E uma vez que não tem a ver com a realidade, minha mãe não terá o direito de sabotar a publicação dessa história alegando tratar-se de algo que teria meu pai por modelo. Mas o que eu me propunha a escrever seria a realidade que existiu no íntimo de meu pai.

Com efeito, em seu devido tempo, publiquei numa revista literária um conto com essas características cujo título, em vez de *História de um afogamento*, era *No dia em que enxugarás minhas lágrimas com tuas próprias mãos*. Em seguida, trocamos ainda algumas cartas quanto à publicação ou não da referida obra em formato livro de bolso e, depois disso, teve início um longo período em que eu e minha mãe, Asa inclusive, cortamos relações.

Pois bem, eu tinha descrito no manuscrito do capítulo introdutório um acontecimento ocorrido em 1945 relacionado com um sonho recorrente que eu vinha tendo desde essa época até os dias atuais.

Apartada do rio por uma barreira natural de rochas, a enseada onde normalmente pululam minúsculos peixes tinha se transformado em angra com a enchente e nela flutua o bote. Partindo da base da parede de pedras, entro na água e vou andando na direção de meu pai que, já embarcado, está sentado no bote de costas para mim. A água me chega à altura do peito, o que me espanta. Sinto agulhadas na pele lateral do peito, não sei ao certo se por causa dos frutos de uma planta espinhenta que boia a meu lado ou de algum tipo de piolho, comum em aves, agarrado nela. Mas, sem ao menos tentar me livrar deles, avanço, bracejando e abrindo caminho com o peito. A enchente rugia.

Perto da meia-noite, a chuva tinha parado e a lua cheia, que surgira por entre frestas de nuvens, ilumina meu pai sentado à popa do barco, com as costas eretas e a cabeça pendendo em ângulo forçado. Para além dele, as águas do rio, intumescidas como um morro, refletem o luar. Chego a custo ao lado do bote e, mal o empurro para dentro da correnteza, jogo-me para dentro dele e rolo para perto de meu pai. Vou bracejando e andando na direção do bote, mentalmente repetindo sem cessar esses passos do esquema que eu planejara de antemão, calculando a distância restante entre o meu peito e o bote. Meu pai tinha baixado o bote na angra que a formação rochosa moldara do lado de cá e embarcara antes de mim, mas a fileira de barris que havia sido afixada na parede de pedra com uma corda boiara e se movera para perto da rocha. Antes de embarcar, eu queria esticar direito a corda frouxa e prendê-la outra vez numa ferragem embutida na parede de pedra. Eu pretendia ir na direção da ferragem, mas algo me fez olhar para trás, momento em que vi o bote meter a proa na correnteza e ser instantaneamente arrebatado e, ao mesmo tempo, meu pai, vestindo seu uniforme civil, cair de costas. Ao lado dele, Kogī, que se sentava de frente para mim e agarrava com firmeza a borda do bote, fez uma estranha careta. A súbita movimentação da água quase me levou a perder o pé, e eu me agarrei à corda dos barris.

Eu havia me esquecido de que Kogī surgia de maneira tão real no manuscrito escrito por mim havia quarenta anos como parte da cena do sonho que, aliás, até hoje ainda vejo. Ao examinar agora a última cena desse sonho que me é tão familiar (é sempre o mesmo sonho, mas apresenta ligeiras diferenças de acordo com minha condição física do momento), reconheço que Kogī sempre esteve presente nele e fazia a estranha careta.

Juntei então mentalmente os significados de Kogī como um ser comum e ao mesmo tempo transcendental, conforme Masao havia apontado. Pedi então a Asa — ela ia mandar o material da maleta de couro vermelha a Matsuyama para ser copiado — que levasse junto o meu manuscrito, providenciasse uma cópia dele e a entregasse a Masao.

Duas semanas depois, Asa, que viera com Masao e Unaiko na caminhonete dirigida por dois rapazes, apresentou-me estes últimos, enquanto eu, ainda embasbacado, contemplava o extravagante vestuário da dupla. Os dois tinham um "trabalho" a fazer naquele dia. A gigantesca ponte que une a ilha de Honshū à de Shikoku tinha sido inaugurada e, visando atrair os turistas de Kansai que por ali passavam, fora aberto em Uwajima um espaço para espetáculos onde jovens atores podiam apresentar seus números. E a dupla humorística Suke & Kaku obviamente se adequava a esse tipo de proposta.

— A peça deles é pós-moderna. E esse nome antiquado é totalmente assumido. Foi extraído do seriado histórico *Mizuto*

Kōmon, ao ar na TV desde a época em que eles eram crianças até os dias atuais.

— Fãs do gênero esquete que vêm assistir a essas exibições riem às gargalhadas com o desenvolvimento diferente que esses dois imprimem à peça deles — observou Anai. — Mas às vezes gera efeito contrário, sabe?

O rumo da entrevista daquela manhã fora estabelecido com firmeza depois de toda a trupe The Caveman estudar e discutir longamente a transcrição da entrevista anterior e, quando iniciamos o trabalho, respondi a uma pergunta relacionada ao manuscrito, cuja cópia já entregue a Masao Anai fora lida por ele e também por seus companheiros.

— Falando com franqueza, nunca havia dado muita importância ao papel representado por Kogī em meus sonhos até o momento em que li o que eu próprio havia escrito. Creio que o sentido se tornou aparente a partir da direção que vocês imprimiram à peça. Os versos "*À casa não retorna/ como alguém que o rio levou*", escritos por minha mãe, contêm o apelo de uma pessoa que passou anos e anos pensando apenas numa questão e suprimiu qualquer excesso, interessada apenas em fazer o filho entender. Com relação ao fato de eu mesmo não ter estudado mais a fundo o sonho que sempre me atormenta e de apenas usá-lo como texto introdutório da minha *História de um afogamento*, quero a partir deste instante abordar com vocês a metáfora que Masao atribuiu a Kogī para que, assim, eu mesmo possa compreendê-la direito. O bote que havia em minha casa fora dispensado pelo Exército e trazido por jovens oficiais que vinham visitar o meu pai. E Kogī estava no interior desse bote com o qual meu pai pretendia sair remando para dentro da correnteza. Realmente, esses detalhes constituem o formato original do sonho que venho tendo até hoje e são de suma importância. E por que eu sonharia com isso? Depois de muito pensar, chego à conclusão de que é porque eu vi Kogī no bote de meu pai e me lembro disso como um acontecimento real. E isso se transformou em conteúdo de um sonho e assumiu contornos nítidos. Não é que eu venha sonhando com um acontecimento que, embora nunca tenha ocorrido, passei a acreditar ter sido real por causa do sonho. Eu devia ter alcançado o bote em que meu pai embarcara e, enquanto o empurrava para a correnteza, precisava também ter entrado nele, mas falhei no ponto mais importante da sequência de procedimentos que eu havia planejado executar. O que realmente aconteceu foi isso. Não é uma fantasia que eu tenha começado a construir por ocasião da morte do meu pai, ou nos momentos que se seguiram àquele em que seu corpo afogado foi entregue em minha casa. Quando eu falava sobre isso à minha mãe, ela não me dava a menor atenção, comportando-se da mesma maneira como naqueles velhos tempos em que eu me queixava de Kogī ter retornado para a floresta. Nesse manuscrito, descrevo tudo isso como um escritor adulto. Eu queria fazer minha mãe compreender a importância daqueles acontecimentos, mas... por pura falta de coragem, escrevi como se tudo não passasse de lembranças que me restaram de um sonho, muito embora eu tenha realmente sonhado com isso. Queiram me perdoar se continuo falando dessa história confusa, mas, em síntese, o que quero dizer é que esse acontecimento que se transformou em motivo de sonho existe como um fato concreto. Todos os detalhes do cenário que tenho guardado na memória estão baseados na realidade. No verão em que o país perdeu a guerra, certa noite em que a tempestade fustigou a floresta e as águas trasbordaram, meu pai saiu de bote e morreu afogado nesse mesmo rio que ainda hoje se avista do topo da formação rochosa em que se apoia esta casa, mas que já assumiu um aspecto totalmente diferente do daqueles velhos tempos por causa do imponente dique que construíram por aqui. Esse é o fato fundamental. Minha própria mãe não teve outro recurso senão aceitá-lo. E o poema é sobre isso. "*À casa não retorna/ como alguém que o rio levou*": conforme dizem os versos, meu pai se tornou um *kawanagare*. E depois de morrer afogado, meu pai voltou para casa na tarde do dia seguinte, trazido como foi rio acima. Portanto, entre os dois primeiros versos e os dois últimos, o que ela quer me dizer é o seguinte: "Você enfatiza o fato de que seu pai saiu de bote em meio à cheia do rio, mas, de todo modo, seu corpo retornou a casa, não é? Ele não foi levado para sempre pelas águas". Depois de deixar isso bem claro, ela declara com todas as letras: "Contudo, você mesmo à casa não retorna, como alguém que o rio levou, um verdadeiro *kawanagare*". E agora, se voltarmos aos versos iniciais "*Sem ao menos preparar Kogī/ para a subida à floresta*", entendo que ela está me criticando: "Esse seu modo de agir corresponde a deixar Akari, totalmente despreparado, ser levado pela correnteza de um tenebroso rio na mais negra das noites e transformá-lo em *kawanagare*". E como ela tem toda a razão de dizer o que diz, meus versos seguintes reconhecem honestamente as circunstâncias: "*Numa Tóquio num mês seco/ ele recorda às avessas/ desde a velhice até a infância*".

— Mas o senhor não está se rendendo à sua mãe: está apenas dando uma resposta à voz contida nos versos dela, não é? "Talvez eu tenha sido levado pela correnteza, mas muito antes de ser sorvido pelo turbilhão, vou decerto rememorar todos os acontecimentos que ligam minha infância até meus dias atuais. Desse modo, talvez eu consiga reverter, minimamente que seja, a situação miserável exposta em seus versos." Pois se esse não fosse o caso, será que o senhor haveria de revelar de maneira tão óbvia que o seu poema é um pastiche de Eliot?

Para mostrar claramente que eu já esgotara o assunto, não respondi à pergunta de Masao Anai. Mas Unaiko, por sua vez, sem desligar o gravador, me dirigiu uma pergunta.

— O que são esses barris de que o senhor fala?

— No momento em que associei essa história do sonho com Kogī, ela se tornou a parte mais importante dos episódios em que ele aparece, e como creio que doravante os barris ainda surgirão diversas vezes, vou explicar de maneira minuciosa. Naturalmente isso não significa que eu, à época ainda uma criança, considerava as coisas dessa maneira: apenas raciocinei, anos mais tarde, que talvez meu pai tenha pensado dessa forma. Meu pai nunca contou a ninguém (talvez apenas à minha mãe) onde nasceu nem onde cresceu, mas na metade final de sua vida, ou seja, aquela passada na terra de minha mãe, que ele conhecera em Tóquio em época anterior, ele quase nada fez que se pudesse qualificar como trabalho. Foi o que a mim me parecia, ao menos. E como tinha tempo de sobra, oficiais do Exército pertencentes ao regimento estacionado em Matsuyama vinham visitá-lo para, juntos, beber saquê. Quanto ao tipo de conversa que mantinham nessas ocasiões, poderemos deduzir analisando o conteúdo da maleta de couro vermelha, que deve conter cartas de certa pessoa que atuou como mestre dos referidos oficiais, assim como o diário que meu próprio pai mantinha. Ao menos é o que espero. Seja como for, acredito que nas informações provenientes desses amigos e conhecidos deve haver muita coisa relacionada com o dia a dia de meu pai. Ele previa que, em tempos que não tardariam muito a chegar, teríamos escassez de gêneros alimentícios. E então, como recurso para combater a contingência, ele teve uma ideia um tanto excêntrica. A ampla encosta da margem meridional do rio Kamegawa que cruza este vale era inteira coberta por um bosque de castanheiros, o qual, aliás, ainda resta parcialmente. Meu avô trabalhava exportando para a região de Kansai produtos colhidos na montanha, como castanha e caqui, mas, a partir de certo período, passou a encorajar o cultivo de *mitsumata* — ou seja, de timeleáceas, a espécie vegetal que se constitui em matéria-prima do papel —, nos espaços livres existentes entre os castanheiros, uma ocupação secundária para os agricultores que trabalhavam com castanhas. *Mitsumata*, matéria-prima do papel-moeda, era remetida para o departamento de impressões tipográficas do governo. Inicialmente, o arbusto da timeleácea era cortado, e os tocos assim obtidos, cozidos a vapor e, em seguida, suas cascas eram raspadas e postas a secar. As cascas secas eram então enfeixadas e armazenadas num depósito. Até esse ponto, o trabalho era dos agricultores, mas as cascas precisavam ser lavadas por mulheres e idosos na água do rio, e raspadas até que restasse apenas a sua parte branca. Meu pai, que não era do tipo de trabalhar ostensivamente, acabou projetando um instrumento de raspagem das tais cascas e solicitou sua confecção numa região famosa por produzir adagas dobráveis, semelhantes a canivetes. E estocou uma grande quantidade delas, preparando-se para a escassez de ferro da época de guerra. Para transportar as cascas alvejadas, ele tinha de comprimi-las e adequá-las ao tamanho estipulado para o transporte por vagão de carga. Projetou então uma máquina de considerável tamanho destinada a empacotar o produto e chegou até a patenteá-la. Ele devia ter forte interesse por mecânica, pois acredito que não chegou a fazer nenhum curso nesse ramo. Eu mesmo sinto atração por atividades semelhantes, como bricolagem. Pois bem, de que maneira ele pretendia vencer a escassez de alimentos? Meu pai voltou a atenção para as amarílis que, a cada estação, tingiam de rubro o barranco do bosque das castanheiras. Desde o término da florada das amarílis no outono que antecedeu a derrota do país na guerra até o verão do ano seguinte, isto é, até alguns meses antes da noite do aguaceiro e da enchente em que meu pai morreu afogado, ele administrou um empreendimento. Antes de mais nada, meu pai propôs ao diretor da escola pública que ocupasse os alunos fazendo-os cavar e colher os bulbos das amarílis.

O trabalho seria remunerado. As crianças se lançaram à tarefa com entusiasmo. O armazém destinado a estocar as castanhas e os caquis durante a safra ficou abarrotado de bulbos. Meu pai construiu uma fábrica num pedaço da horta existente nos fundos de minha casa e que pertencia à minha mãe, horta essa cercada e sustentada por um muro de pedra. Construiu um aqueduto de bambu para trazer a água do rio que corria no vale e instalou uma máquina destinada a raspar e moer os bulbos. (Fabricar máquinas era com ele mesmo.) Construiu uma escadaria larga para descer pelo muro de pedra, dividiu a parte mais alta do barranco do rio em dois terraços de concreto, possibilitando assim que uma enorme quantidade de barris fosse exposta lado a lado. Suponho que sua amizade com os militares lhe foi de muita valia na obtenção desses suprimentos. Depois de raspados e moídos, os bulbos ficavam então de molho na água. Num trecho em que a várzea do rio se alargava, ele construiu diversas prateleiras nas quais estendeu esteiras de junco para a secagem dos bulbos moídos que tinham ficado de molho na água. Qualquer criança sabe que bulbos de amarílis são venenosos. Contudo, houve época em que eram usados para a alimentação. Ao mesmo tempo que ralava e moía os bulbos e os punha de molho na água, meu pai juntava a eles ervas colhidas na floresta para lhes extrair o veneno, preparando-se para a escassez de gêneros alimentícios que eventualmente ocorreria. Ouvi dizer que a existência das referidas ervas foi descoberta em antigos escritos dessa região, e as plantas ali descritas foram encontradas por minha mãe e minha avó, ambas originalmente colhedoras profissionais de ervas medicinais, mas a quantidade que obtiveram não dava para o gasto. Meu pai então pediu a um amigo da Universidade de Kyūshū que produzisse um produto químico equivalente ao contido nas ervas. A expectativa era de que uma grande quantidade de amido de excelente qualidade seria fornecida assim que a fábrica de bulbos começasse a funcionar. Tenho a impressão de que tanto minha mãe como os vizinhos que trabalhariam na fábrica não acreditavam muito nessa história de remover o veneno dos bulbos usando produtos químicos, mas, seja como for, a atividade prosseguiu. No alto dos barrancos do rio, barris e mais barris transbordantes de bulbos moídos e secos se enfileiravam. Até que chegou a época das contínuas chuvas torrenciais. Essa foi a sequência dos acontecimentos.

— Quando no meio da noite a chuva e o vento fustigantes cessaram momentaneamente e a lua cheia espiou por entre nuvens, seu pai meteu o bote no meio da correnteza tumultuada do rio e morreu afogado. Esses fatos ocorreram realmente, e sua irmã também atesta a veracidade. Contudo, exatamente por terem sido fatos verídicos, tenho vontade de declarar que foi apenas um sonho essa história que o senhor conta de Kogī, já de dentro do bote, ter olhado fixamente para o senhor que ficara para trás porque demorou a embarcar — disse Masao. — Como sonho, a realidade se intensificaria. Apesar de tudo, eu mesmo desejo encená-la da maneira como o senhor insiste em descrever, ou seja, como um fato real presenciado por um menino de dez anos no meio da noite, tendo como pano de fundo um caudaloso rio transbordante. Vamos então decidir objetivamente a execução conforme avançamos com as entrevistas. Quero transformá-la numa cena espetacular em que Kogī, esse substrato transcendental que vive em minha imaginação, se apresente como um menino comum.

2

Naquele dia, mesmo sendo domingo, o ensaio do resumo da peça *No dia em que enxugarás minhas lágrimas com tuas pró-*

prias mãos seria realizado na casa da floresta para que eu pudesse avaliar pessoalmente a qualidade das apresentações do grupo teatral The Caveman. Contudo, como havia surgido um trabalho para a dupla Suke & Kaku, o ensaio foi postergado para o domingo seguinte. Como eu já observara a férrea liderança que Masao Anai exercia como líder do grupo (semelhante à de Unaiko), a existência desse seu lado democrático também me agradou.

No dia marcado, os preparativos para o ensaio começaram logo cedo, e os rapazes, que haviam estacionado o carro na rua particular que liga o caminho da floresta com a minha casa, começaram a trabalhar com eficiência, obedecendo às ordens de Masao e Unaiko.

Assim, deixei o andar térreo aos cuidados deles, que aliás nem me cumprimentaram formalmente, e me tranquei em meu escritório. Passado algum tempo, ouvi Masao me chamando do térreo e, ao descer, vi que Asa também havia chegado.

Quando a plateia, constituída apenas por mim e Asa, se acomodou em cadeiras cujas costas ficavam voltadas à divisória das salas, Masao, em pé no centro do palco onde posicionara uma cama de campanha transportada do andar superior e uma cadeira trazida da sala de jantar, dirigiu-se a nós.

Deu apenas uma explicação das circunstâncias tanto a mim como a Asa, mas com um tom de voz que, embora soasse natural, ocultava uma firme impostação, já anunciando, à moda dele, o início da representação.

— Depois de lermos o manuscrito da *História de um afogamento*, cuja cópia o senhor me mandou, Unaiko e eu idealizamos uma peça que teria início com a fala de um indivíduo, cujo sonho recorrente se constitui em incidente da abertura dos acontecimentos. No fundo do cenário, um rio na cheia, e na enseada que a ele se conecta, um bote com o pai sentado nele, de costas para a plateia. Em primeiro plano, um menino com a água até o peito, e também de costas para a plateia. E sobre o bote, sentado num plano mais elevado, Kogī, só ele, encarando a plateia. É a cena de abertura. Contudo, ainda vai demorar um pouco até que o senhor examine todo o material da maleta de couro vermelha e a história do afogamento se materialize à nossa frente. Estamos relendo uma vez mais toda a sua obra com a intenção de referenciar as citações que irão reforçar os detalhes da nova peça prestes a nascer. Hoje, porém, encenaremos algumas cenas da peça *No dia em que enxugarás minhas lágrimas com tuas próprias mãos*, que já está pronta. A primeira cena é aquela em que um menino de dez anos, escoltando o pai — um personagem que todos ao redor chamam de professor Chōkō —, parte para a guerra em companhia de oficiais militares que desertaram do regimento estacionado em Matsuyama. E essa pantomima se desenvolve em primeiro plano de maneira muito lenta por pura necessidade, já que é bem vagaroso o deslocamento do carro feito de caixote de madeira dentro do qual o dito professor Chōkō se encontra sentado. Na verdade, esse cenário se sobrepõe a um outro em que um homem com problemas psicológicos, deitado numa cama no fundo do palco, fala sem cessar. No começo, esse homem é representado por Unaiko, quase invisível debaixo de cobertores e lençóis. Ao lado da cama está uma silenciosa mulher usando uniforme de enfermeira, cuja fisionomia demonstra claros indícios de ceticismo com relação à história contada pelo homem. A enfermeira será representada por Kaku, um dos rapazes da dupla que o senhor já conhece. Depois que a peça começar, e apenas se o senhor quiser, é claro, experimente declamar, conforme estão registradas no script, as linhas do homem que, deitado na cama, relembra mentalmente o verão de 1945, pois essa fala está sendo enunciada pelo menino em primeiro plano: esse menino é ninguém menos que o próprio homem, vinte anos atrás. Não deve ser algo difícil para um escritor, uma vez que a fala é a transcrição fiel, linha por linha, daquela que existe no romance *No dia em que enxugarás minhas lágrimas com tuas próprias mãos*, de sua autoria. Muito bem, vamos começar.

Um simples painel de vidro separa um típico jardim de verão — rosas de um roxo-claro e outras rubras florescem em galhos repletos de folhas — do palco, sobre o qual quem se encontra deitado agora numa cama de campanha é Suke, ao contrário do que fora previsto, enquanto a mulher avantajada que se senta na cadeira ao lado da cama é Kaku. Os dois estão calados, enquanto o menino que usa um quepe do Exército — esse menino representado por Unaiko nada mais é que uma visão vinte anos mais nova do homem enfermo, por sua vez representado por Suke naquele momento — se adianta para a boca do palco e grita em voz aguda:

— Mãe, mãe, como estamos diante de uma situação muito grave, vamos entrar em ação imediata tendo o pai como nosso líder! É verdade, é verdade!, a situação é muito grave, de modo que escolhemos o pai para ser o nosso líder! Tenho que examinar muito bem o papel com os nomes daqueles que chamaram o pai de antipatriótico, e também daqueles que o chamaram de derrotista, e guardar tudo na cabeça. Céus, quanta coisa, quanta coisa para eu fazer! Mãe, mãe, está vendo? Aconteceu tudo exatamente como eu pensava!

Essa cena se prolonga. Com um estranho estremecimento, eu sentia seguramente que meu romance começava a se mover em meu íntimo.

Na cena seguinte, em primeiro plano, meu pai, que veste farda e perdeu a faculdade de se mover, se desloca pelo palco morosamente sentado numa caixa que resolveram denominar de carrinho de madeira e, sempre montado nesse carrinho, é içado para dentro de um caminhão do Exército. Acompanhando toda a movimentação, o menino, que se retirou do palco, é agora o homem enfermo deitado na cama: ele descobre o rosto até então oculto e começa a falar com a voz serena, típica de Unaiko.

Pois bem, em certa manhã de agosto, bem cedo, num vale onde reinava não a penumbra, mas uma escuridão de breu, os soldados e eu pusemos meu pai num carrinho de madeira improvisado e partimos em marcha lenta, como tartarugas. Na saída do vale, embarcamos, meu pai com carrinho e tudo, num caminhão e, com o batalhão de insurgentes enfim formado, seguimos pela estrada até a encruzilhada do desfiladeiro, de onde rumamos para a região urbana da província. Enquanto o caminhão militar corria, os soldados cantaram em coro canções estrangeiras, bisando vezes incontáveis trechos aleatórios totalmente desconexos.

"Qual o sentido desta canção?", perguntei, e meu pai, olhos cerrados e gotas de suor escorrendo pelo rosto pálido e liso como porcelana, o corpo obeso colidindo vez ou outra contra a madeira do carrinho, explicou. Infelizmente, eu me lembro neste momento apenas de uma pequena parte de suas palavras. Tränen *quer dizer lágrima, e* Tod *quer dizer morrer, em alemão. "O Imperador enxugará minhas lágrimas com suas próprias mãos. Ó morte, não tardes, ó morte, irmão do sono, não tardes, ó morte, tu que enxugarás minhas lágrimas, não tardes, o Imperador virá enxugar minhas lágrimas com as próprias mãos", é o que diz a canção. Espero ansiosamente que o Imperador venha secar minhas lágrimas com suas próprias mãos, é isso o que diz a canção.*

Nesse ponto, Masao Anai faz ecoar o solo de uma cantata de Bach em altíssimo volume, provocando em mim a mesma sensação que experimentei há cerca de vinte anos, quando fui convidado para uma pré-estreia num pequeno teatro. O solilóquio ainda persistia, mas acaba absorvido pelo canto.

Da wischt mir die Tränen mein Heiland selbst ab.
Komm, O Tod, du Schlafes Bruder,
Komm und führe mich nur fort...

E enquanto a longa canção continua, algo começa a ocorrer em meu íntimo.

3

Quando a apresentação terminou e os rapazes — eles tinham se lançado imediatamente ao trabalho para pôr outra vez em ordem a confusão provocada pela montagem do palco — enfim se retiraram, o vale, uma quase réplica da parede interna de um gigantesco pote, tornou-se um lugar de cores esmaecidas, muito embora nem fossem ainda quatro da tarde. Os rapazes se foram para Matsuyama, onde iriam trabalhar no palco e nos bastidores de um concerto programado por um cantor e compositor que estava para chegar de Tóquio. Eu nunca assistira a esse tipo de concerto, mas era capaz de imaginar que os rapazes com certeza fariam do espetáculo um sucesso.

No começo, a apresentação do The Caveman deu uma impressão bem sombria. O menino de voz esganiçada, representado por Unaiko (ou seja, eu mesmo, quase sessenta anos antes), o doente e a enfermeira no fundo do palco, além do meu pai, que nos últimos estágios de um câncer de bexiga sujava o fundo do carrinho de madeira com sua urina ensanguentada, não eram de maneira alguma personagens que pudessem ser definidos como alegres e vistosos. E isso não se alterou nem quando meu pai, escoltado pelo menino e acompanhado por um bando de oficiais perfilados ao fundo, foi içado com carrinho e tudo para dentro da carroceria de um caminhão com estrutura de ripas e cobertura de papelão.

Contudo, no momento em que esse contingente de mais de vinte jovens atores — rapazes e moças do grupo The Caveman cuja maioria eu via agora pela primeira vez — transformado em bando de soldados usando quepes feitos em casa e portando espadas de madeira se juntou ao coro que cantava em alemão, o palco pareceu explodir em vívida animação.

Da wischt mir die Tränen mein Heiland selbst ab.
Komm, O Tod, du Schlafes Bruder,
Komm und führe mich nur fort...

E quando o coro se abrandou, o enfermo (Unaiko) deitado na cama de campanha se ergueu e, contrastando vivamente com o monólogo sereno de há pouco, pôs-se a falar em tom de voz alto que dominou o palco.

Vamos lutar e morrer com esse exército que se levantou sob o comando de meu pai! E enquanto eu assim pensava, da região urbana da província surgiram aviões de caça em voo rasante e os nossos soldados disseram: "Olhem só a bobagem que esses sujeitos estão fazendo! Eles estão desesperados! E antes que destruam todos os aeroplanos, temos que assegurar alguns para o nosso objetivo! Precisamos no mínimo de uns dez aeroplanos, só assim seremos capazes de contra-atacar e alcançar a cidade imperial! Nós todos embarcaremos neles rumo ao palácio imperial, cerne do Império japonês, e morreremos como heróis! Se alcançarmos o nosso objetivo, seremos os primeiros a morrer por nosso Imperador, morreremos todos seguindo seus passos!".

Assim gritavam eles. "Juntos, todos nos sacrificaremos!" Os ferrões dessas candentes palavras penetraram em meu coração in-

fantil e ali continuaram a arder. "Todo o exército que se ergueu sob o comando de meu pai vai morrer, e esses soldados estão cantando: esperamos ansiosamente o dia em que Sua Alteza Imperial enxugará nossas lágrimas com suas próprias mãos." Logo eu também comecei, com voz esganiçada, a cantar com os oficiais.

Depois, Unaiko se transformou outra vez no menino e avançou para a frente do palco, liderou o coro, e, quando as vozes em coro se elevaram, até eu, sentado na plateia, comecei a cantar!

Da wischt mir die Tränen mein Heiland selbst ab.
Komm, O Tod, du Schlafes Bruder,
Komm und führe mich nur fort...

— Nunca imaginei que você, meu irmão, fosse capaz de cantar tão alto e, além de tudo, em alemão! Aliás, não sei se você pronunciou corretamente porque não conheço a língua... Foi Masao que, segundo me disseram, transformou a cantata de Bach em coral, mas, seja como for, você conseguiu acompanhar as vozes desses jovens que sem dúvida acumularam muitas horas de treino! Isso foi totalmente inesperado, até para mim que sou sua irmã e convivo com você há muitos anos! Eu já tinha assistido a essa peça quando o grupo The Caveman o apresentou com grande sucesso num teatro, mas não senti a emoção que experimentei agora! — disse Asa, que restara sozinha ao meu lado contemplando o gradativo escurecimento do vale abaixo. — Unaiko me explicou o sentido dos versos da cantata e, embora a canção não ecoe em mim no aspecto ideológico, me comovi sinceramente ao ouvi-lo cantando.

— Pois é, os versos significam exatamente aquilo que o personagem do pai explica em meu romance. *Heiland selbst*, o próprio salvador, é o imperador. Masao interpretou o que escrevi e decidiu fazer os soldados cantarem juntos, mas na verdade foram apenas os jovens oficiais que ouviram o disco de selo vermelho da gravadora Victor enquanto bebiam na nossa casa anexa ao depósito. Como eles começaram a cantar aos berros todas as noites, acabei aprendendo a letra e a música. Na época em que eu preparava o meu romance, cantei o que aprendera de ouvido para Gorō, e foi ele quem me explicou que a composição era de Bach. Tempos depois, Gorō achou-a num LP e começou a cantar comigo enquanto me ensinava o significado dos versos. Foi assim que tornei a aprender a cantata, dessa vez de maneira correta. Essa é a história, mas no momento em que ouvi a canção sendo executada a todo volume e com toda aquela gente que lotava o palco entoando-a em coro, quando dei por mim eu também cantava com eles. O episódio me deixou com uma sensação muito estranha. Em suma, percebi que esses atores do The Caveman sabem cativar a gente direitinho.

— Eu assistia ao ensaio meio que pensando em outras coisas. Então ouvi você começar a cantar do meu lado! Embora já se tenham passado mais de sessenta anos desde os dias em que sua voz começou a engrossar, quando você começou a cantar com sua voz esganiçada (ora essa!, eu quase a interrompi, por favor, voz esganiçada, não! Diga voz de barítono, pois aprendi essa canção corretamente ouvindo Dietrich Fischer-Dieskau no LP que Gorō me trouxe!), pensei comigo: céus, isso é autêntico. Senti que você cantava com genuína emoção. Não acho que você, meu irmão, pensava racionalmente enquanto cantava: "*Espero ansiosamente o momento em que Sua Alteza Imperial haverá de enxugar minhas lágrimas com suas próprias mãos*". Mas, naquele instante, tive a certeza de que a escaldante emoção daquele menino renascia bem no fundo do seu coração. E aquilo me deixou totalmente arrepiada. Eu convivi com você durante os três anos do seu ginásio e mais um ano do colegial que você frequentou na cidade vizinha, mas nunca o ouvi cantar com tanta emoção. Pode ser que, enquanto ouvia o coro dos oficiais e soldados interpretados pelos atores do grupo The Caveman, essa canção, que permaneceu longamente submersa em meio às suas emoções, tenha renascido em sua alma. De modo que, reconsiderando o romance original em que o grupo teatral The Caveman se baseou para encenar essa peça, andei pensando. Lembro-me bem deste seu romance *No dia em que enxugarás minhas lágrimas com tuas próprias mãos* porque sua publicação nos fez sofrer muito, a mim e à nossa mãe. O levante daqueles soldados descrito no romance aconteceu, supostamente, no dia 16 de agosto, mas no dia 16 de agosto não houve levante algum de oficiais descontentes com a rendição japonesa em todo o território nacional, muito menos um levante armado, de modo que você, meu irmão, à época ainda um jovem escritor, descreve o incidente como algo imaginado pela mente enferma de um paciente internado num hospital para não ser cobrado por críticos de plantão. Esse paciente, que também estava no caminhão dos insurgentes, se lembrava da canção dos soldados, e a canta no quarto do hospital. Está escrito de forma a evidenciar claramente o caráter ficcional de toda a obra, e a mãe do paciente chega a fazer uma crítica que desnuda a fantasia. Mas se voltarmos atrás até uma época anterior ao romance, ou seja, aos dias da experiência real do menino, tudo se passou exatamente como você mesmo descreveu há pouco: quatro ou cinco dias antes daquele em que nosso pai faleceu, os oficiais que vieram de Matsuyama beberam saquê com ele na nossa casa anexa ao depósito. Nessa ocasião, você os ouviu cantar, embriagados, e aprendeu a canção. Era uma cantata de Bach e nada tinha a ver com o nosso imperador, mas, seja como for, você também sentiu seu peito palpitar, não sentiu? E isso, embora não de maneira tão clara como está descrito no romance, deve ter conectado sua mente, ou talvez o seu espírito, à emoção daqueles oficiais, concorda? Hoje, você pretendia assistir ao ensaio do grupo The Caveman com uma postura crítica, mas quando o coral começou, você enrubesceu e se pôs a cantar com sua voz esganiçada. E enquanto eu o observava cantando, senti que aquilo poderia representar algo assustador. O sentimento é complexo, uma vez que, conforme lhe disse há pouco, eu também fiquei emocionada.

Tentei pensar a respeito daquilo que Asa classificava como algo assustador e complexo. Nós dois permanecíamos no quarto agora escuro e contemplávamos o modesto roseiral de Chikashi, o espaço vazio do vale anoitecido com suas esparsas luzes piscando, assim como o céu do entardecer ameaçando chuva, agora levemente tingido pelo crepúsculo. Asa, então, continuou:

— Você precisa entender que não estou nem um pouco preocupada quanto à possibilidade de os críticos acharem ou não que você começou, a esta altura da sua vida, a adular os militares. Contudo, acho que, desta vez, com a cooperação do grupo The Caveman (sei que o exame do conteúdo da maleta de couro vermelha é mais importante que tudo, naturalmente), mas como eu ia dizendo, desta vez você está para iniciar um trabalho que deverá se tornar o último de sua carreira, se levarmos em consideração a sua idade. Então me pergunto: o que acontecerá se esse seu trabalho, que vai lhe custar tanto esforço, sair impregnado de sons daquela canção alemã? E foi pensando em tudo isso que hoje, depois de levar os jovens que contribuíram com o ensaio até a estação de trem da JR de Honmachi com Unaiko, nós duas conversamos longamente. Contei a ela que, da mesma forma que você, levado pela força do coral dos jovens atores, não conseguiu se conter e acabou juntando sua voz emocionada à deles, eu também fui, em certa medida, envolvida por aquela canção alemã. Depois de ver os jovens partirem, nós duas — eu, uma velha, e ela, uma mulher em plena idade da razão — ficamos lá em cima da plataforma contemplando as montanhas que cercam o vale e desnudamos nossas almas numa conversa bem franca. Como Unaiko e eu já tínhamos nos correspondido diversas vezes por e-mail até hoje, combinamos de continuar esse tipo de papo só de mulheres, deixando Masao de lado. E isso de falar sozinha o tempo todo que estou fazendo agora com você nada mais é, no final das contas, que uma sequela — palavra tão a seu gosto — do ensaio da peça do grupo The Caveman, da mesma maneira que a conversa que tive com Unaiko. Isso posto, devo dizer que é chegada a hora de lhe entregar a maleta de couro vermelha, uma vez que o tenho agora aqui no vale e já me sinto psicologicamente preparada para isso.

III. A maleta de couro vermelha

1

Na certa Asa estivera apurando os ouvidos à espera dos sons de meus passos, pois, mal cheguei, me levou até o armário existente no lado oposto ao da porta da sala de estar (por ela, entrevi o aposento forrado de tatame com a mesinha de saudosa lembrança, sobre a qual me aguardava um prato com doces de castanha provenientes de uma confeitaria tradicional de Honmachi). Ao lado dos CDs e do aparelho de som que Akari usava quando passou algum tempo no vale, estava também guardada a maleta de couro vermelha. Em 1933, minha mãe já vivia com meu pai em Tóquio, mas, em parte porque o plano de assumirem juntos a casa de Shikoku vinha se atrasando em virtude de problemas de meu pai, minha mãe partiu para Xangai a fim de visitar o filho recém-nascido de um casal — ela, uma amiga de infância, e o marido, funcionário alocado numa empresa daquela cidade — e, passado um ano, ainda não retornara. Meu pai foi então buscá-la, e a maleta veio com eles quando retornaram de Xangai ao Japão.

Eu não tinha ideia de quão antiga era a maleta, uma vez que, segundo minha mãe dizia, ela já a comprara usada de um lojista japonês de Xangai, mas, verdade seja dita, a maleta tinha sido muito bem cuidada desde que se tornara propriedade de minha mãe. A superfície do couro estava rachada e descascada, mas ainda conservava sua cor vermelho-escura. Era pequena, porém resistente como nenhuma outra de uso feminino dos dias atuais.

— A fechadura não funciona mais, de modo que a amarrei com uma corda. Examinei seu conteúdo uma única vez logo depois da morte de nossa mãe e, desde então, ela permanece do mesmo jeito. Mas, no tempo em que nossa mãe era viva, ela costumava arejar a maleta todos os anos para evitar a proliferação de traças. Você pode até sentir um leve cheiro de mofo, mas espero que não seja nada muito desagradável. Quer desatar a corda agora?

— Não, prefiro fazer isso depois de retornar à casa da floresta — respondi.

— Nas cartas que vieram endereçadas ao nosso pai, especialmente as escritas por aquele mestre a quem ele devotava profundo respeito, há poemas chineses e alguns desenhos levemente coloridos esboçados com tinta *sumi* que já começam a se apagar juntamente com as anotações a lápis de nosso pai. Como Masao me disse que não só desenhos, mas também coisas escritas se tornam mais nítidos em cópia colorida, pedi a ele que providenciasse as referidas cópias. Quando ficarem prontas, Unaiko ficou de buscá-las em Matsuyama e trazê-las para mim.

E então, levei a maleta de couro vermelha para o meu dormitório conjugado com escritório, acomodei-a sob a janela que faceava o norte e, sentindo-me enfim livre para examiná-la à vontade, desatei a corda. A tampa superior escorregou e foi ao chão por ter perdido as ferragens que a fixavam à maleta.

Havia algo muito pesado em um dos cantos, e quando o ergui, a maleta se desequilibrou e bateu em minhas coxas. Eram três grossos volumes de *The Golden Bough*, publicados pela Macmillan. Eu desconhecia o número total dos tomos dessa coleção, mas, de todo modo, ali estavam três deles. Ah, então era a isso que minha mãe se referia quando dizia, ainda nos tempos em que meu pai era vivo: "Um certo mestre que vive lá pelos lados de Kōchi tem mostrado a seu pai uns livros sobre tudo o que existe no mundo...". Mas essa coleção eu mesmo comprei por comprar, em meus tempos de estudante, embora em versão japonesa abreviada e publicada pela editora Iwanami Bunko...

Eram os únicos livros dentro da maleta, mas o que comecei a ler em primeiro lugar foi o diário de minha mãe, o qual despertou em minha memória a imagem dela no ato de escrevê-lo: de costas para mim, ela molha a pena num pequeno tinteiro. Num dos momentos de calmaria de nossa tempestuosa relação, pedi a Asa que me mandasse esses volumes do diário encapados em tecido, com a promessa de que não usaria aqueles conteúdos como matéria para meus romances. Do total de quinze agora guardados na maleta, eu li alguns. E embora minha mãe soubesse muito bem o que Asa estava fazendo, essa foi a única vez que consentiu a ousadia sem nada dizer.

Pelo fato de haver lido esses diários, consegui conhecer essa outra mulher, de cuja importância eu, criança ainda, assim como minha família inteira, tinha perfeita noção. Ela era amiga de minha mãe e filha única de uma família cuja mansão se erguia no alto de uma colina de onde se avistava todo o vale. Nós a chamávamos de "tia de Xangai". O assunto principal dos diários eram as cartas que essa "tia" escrevia para minha mãe enquanto morava em Xangai e que minha mãe transcrevia de maneira minuciosa.

Eu havia lido com entusiasmo *A maravilhosa viagem de Nils*

Holgersson durante a guerra. Depois disso, descobri *As aventuras de Huckleberry Finn* entre os livros da editora Iwanami Bunko que minha mãe conseguia obter nas casas sob perpétua ameaça de bombardeio em troca de um pouco de arroz posto em pequenos sacos feitos com meias distribuídas pelo Exército, as quais ela reformava para essa finalidade. Esses dois romances representaram para mim os primeiros passos rumo ao mundo literário. O primeiro, minha mãe ganhara de uma amiga do curso primário na escola da vila, mas, diferentemente de minha mãe, essa amiga seguiu para Matsuyama para fazer o colegial numa instituição só para meninas e, em seguida, terminou seus estudos numa universidade feminina de Tóquio. E disso fiquei sabendo agora ao ler o diário.

Decidido então a reler primeiro o volume pelo qual eu apenas passara os olhos quando era mais novo, peguei um diário mais recente encapado em papel japonês colorido, mas minha mãe se alongava de maneira interminável em minuciosas recordações trazidas à tona pelas cartas da nossa "tia de Xangai" e não tocava no assunto que eu queria pesquisar, ou seja, o passado de meu pai e todos os fatos de relevância ocorridos até o ano de 1954. Era como se ela tivesse escrito com a intenção de passar uma borracha na parte do seu cotidiano com meu pai.

Com o tempo, ampliei o escopo da investigação do conteúdo da maleta de couro vermelha, mas isso só foi acontecer realmente na tarde do dia seguinte, uma vez que, no primeiro dia, fiquei lendo o diário de minha mãe até altas horas da noite.

Distribuí o material contido na maleta de couro vermelha pela escrivaninha, por prateleiras e até pelo chão a partir do que já se constituíam grupos de interesse definidos e, visto que as cartas de meu pai, que eram o núcleo de minhas pesquisas, ainda não haviam retornado da copiadora, voltei minha atenção para uma coleção de, digamos assim, miudezas interessantes que giravam em torno dos interesses pessoais de minha mãe. Fui então prendendo, entre páginas aleatórias de livros grossos (por exemplo, dois volumes do *The Shorter Oxford English Dictionary* guardados nas divisórias inferiores da prateleira), essas folhas soltas — principalmente recortes de revistas e jornais — que, de tão velhas, tinham se tornado difíceis de desdobrar sem rasgar. Fui também colando com fita adesiva os papéis que, por demais envelhecidos, tinham se tornado frágeis e quebradiços. Quanto aos textos ainda legíveis, examinei-os superficialmente e os empilhei nas prateleiras.

Eram reportagens sobre questões sociais representativas de uma época: "Pacto naval de Londres de limitação e redução de armamento", "Violação do poder do Supremo Comando", "Escassez de seda bruta", "Débito da área agrícola atinge 4,8 bilhões de ienes" e "O incidente de Musha". Todos esses acontecimentos se deram em 1930, indicando, em outras palavras, que minha mãe tivera seu interesse despertado por esse tipo de matéria cinco anos antes de meu nascimento. Indicavam, sobretudo, que minha mãe se instruíra pelas cartas que recebera de sua melhor amiga quando esta fora para Xangai. Além disso, houve também sua própria permanência na China. Se meu pai não houvesse ajudado a repatriar minha mãe, eu não existiria! Lembro-me de minha mãe me contar, como um acontecimento ocorrido havia muito, muito tempo, ou como se fosse um conto de fadas cruel, a respeito desse distúrbio em que mais de oitocentos nativos de Taiwan se rebelaram, empunhando rústicas lanças de bambu, bordões e facões...

Uma propaganda colorida, moderna e tipicamente japonesa da cerveja Sapporo, com uma mulher seminua (pelo visto, tiragem especial): extraio do fundo de minha memória o fato de que o fundador dessa cervejaria, certo empresário muito poderoso, era ligado à família de minha "tia de Xangai", o qual minha mãe também chegou a conhecer na juventude. Lembro-me também de ter visto uma dezena de recortes de jornal com fotos do "Incidente de Xangai", e outros com manchetes como "Comemoração em Mukugen pela fundação do estado da Manchúria". Foto de um sereno desfile de chineses singularmente altos. Reportagem noticiando "Achado o corpo de Lindbergh Jr.". Tempos depois, li um ensaio de Maurice Sendak no qual ele recorda um dia de sua infância em que viu a foto da criança morta numa banca de jornal, por onde passou em companhia dos pais. (Aliás, eu mesmo escrevi um romance intitulado *Crianças trocadas*, baseado no tema do conto "The Changelings", escrito por esse gênio da literatura infantil. Na ocasião, a falsa lembrança de eu mesmo ter visto essa foto com certeza se deveu ao fato de eu ter visto essa reportagem.)

Enquanto eu punha em ordem cronológica os recortes de acontecimentos ocorridos antes do meu nascimento baseando-me nos nomes dos jornais e nas datas anotados a lápis na margem superior direita, senti que me vinha à mente uma nova ideia de como retomar o processo de criação da minha *História de um afogamento*. Pela escolha daqueles artigos recortados, era possível entrever certo direcionamento. Não estaria ali o aparente rumo que meu pai imprimira ao seu olhar em relação aos fatos ocorridos em sua época, olhar esse cuja influência minha mãe teria sofrido a despeito de sua vontade? Suponhamos que eu descubra um relato vinculado a uma dessas questões nas cartas de meu pai ou numa das respostas recebidas por ele, cartas essas que estou por examinar em seguida. E se eu, tendo como base essa provável descoberta, continuasse buscando com afinco (eu tinha decidido reler os diários de minha mãe de maneira conscienciosa), não me seria então possível desenvolver uma estrutura a partir daquela do *Futebol no primeiro ano do período Man'en*, que um dia idealizei, sobrepondo-a ao folclore daquela região ali descrita e direcionando-a para a história moderna, isto é, para a época em que meu pai viveu e morreu?

Meu pai tinha, à maneira dele, ideias a respeito da história do período em que viveu. Mas o projeto de levante que idealizou com base nelas percorreu um caminho tão burlesco que chegava a dar pena. O bote em que embarcou sozinho (escoltado por Kogī?) acabou soçobrando e ele morreu afogado. Enquanto o afogado subia e afundava levado pela corrente, passava por todos os estágios da velhice e da mocidade de sua ainda que curta existência. Descrever cada uma dessas situações deve ser algo perfeitamente possível. E no momento em que enfim vai ser tragado pelo turbilhão, ele ouve uma canção.

Da wischt mir die Tränen mein Heiland selbst ab.
Komm, O Tod, du Schlafes Bruder,
Komm und führe mich nur fort...

E eu, embora baixinho, me pus até a entoar a canção.

2

No dia seguinte, quando eu me encontrava sentado diante da estante na qual acomodara todo o material que a maleta de couro vermelha continha, Masao Anai, separando-se dos jovens da trupe The Caveman que guardavam, ou melhor, carregavam para o andar térreo e organizavam os aparelhos de iluminação e gravação usados no ensaio, surgiu ao meu lado.

— Vou avisando que não estou aqui para pressioná-lo no sentido de me revelar o que já encontrou.

— Acho muito natural que você tenha curiosidade a respeito disso, mas, no momento, estou na fase de separação do material e...

— O que nós, homens, estivemos fazendo desde cedo foi puro trabalho braçal, mas o grupo feminino esteve reunido para tecer considerações a respeito do que foi e do que ainda será feito. E como terminamos parte do que estávamos fazendo, Unaiko me pediu para lhe perguntar se o senhor poderia dispensar a ela um pouco do seu tempo. Na verdade, ela devia ter ido a Matsuyama levar os membros restantes da trupe e, aproveitando a viagem, pegar o material que deixou na papelaria, mas, ao telefonar lá, descobriu que as cópias coloridas tinham ficado mais caras do que o esperado, fato que a levou a protestar com veemência, criando a maior confusão. De modo que, agora, eu é que tenho de ir até lá para resolver o problema. Vou levar comigo a trupe feminina, mas deixo Unaiko por aqui.

Unaiko me aguardava no salão, agora arrumado e limpo.

— Sua irmã me disse para lhe falar o que penso a respeito da peça a que o senhor assistiu há pouco, de modo que lhe peço que me ouça — disse ela, abrindo logo o jogo. — O senhor já a ouviu falar a respeito das coisas que a preocupam, não é?

— Ouvi, sim. Ela não me pediu opinião, limitou-se a me dizer o que pensava.

— Pois sua irmã me falou que eu também devia, antes de mais nada, dizer-lhe o que penso. Ela me explicou que o senhor está habituado a que as pessoas o ouçam, de modo que, se o senhor começasse a falar, ficaria difícil para mim interrompê-lo... Pois bem, Masao Anai sente tamanha atração pelo senhor que pretende transformar em peça, de acordo com técnicas próprias, a totalidade de seus romances. Ao mesmo tempo, ele também tem a visão crítica da geração mais jovem. E Masao quer transformar a peça através de metodologia própria porque o interesse dele concentra essa visão crítica, entende? Tanto o interesse como a crítica de Masao são, mas ao mesmo tempo não são, semelhantes aos meus. Por exemplo, eu me empenhei com grande entusiasmo na realização da peça *No dia em que enxugarás minhas lágrimas com tuas próprias mãos*, mas também tinha dúvidas com relação ao que estávamos fazendo. E para ser bem honesta, devo dizer que a dúvida foi crescendo enquanto ensaiávamos. No momento em que o exército de insurgentes vai partir do vale, o menino também canta. O personagem que representa o menino adulto então grita, como se as palavras estivessem sendo ditas pelo pai: "*O Imperador enxugará minhas lágrimas com suas sagradas mãos, ó morte, não tardes, ó morte, irmã do sono, vem de uma vez, o Imperador enxugará minhas lágrimas com suas próprias sagradas mãos...*". Francamente, esse tipo de fala me desagrada muito. Fico toda arrepiada. Por esse motivo, perguntei a Masao, por ocasião dos preparativos para o ensaio, se esse trecho era para ser representado em tom crítico, ou se o menino, com sua voz infantil, assim como os soldados do coro e até o comandante com câncer em estágio terminal sentado no carrinho de madeira, deveriam ser salientados de maneira cômica e ao mesmo tempo grotesca. Masao então me disse: "Então, de que jeito fica a mãe do menino, que você mesma representará?". De modo que perguntei: "Nesse caso, devo dar ênfase à crítica zombeteira contida nas palavras dela?". Masao então se irritou: "Por que é que você tem de bancar o garoto de recados da ideologia democrática de pós-guerra do sr. Chōkō?". Em seguida, Masao tentou me fazer entender o seguinte: "Independentemente dessa espécie de senso político-doutrinário, o sr. Chōkō tem certa tendência a se projetar na direção de uma sensibilidade profunda e obscura, tipicamente japonesa. E foi por isso que me interessei pela obra *No dia em que enxugarás*... Além disso, prevejo que essa tendência se acentuará ainda mais na próxima *História de um afogamento*".

"Acontece, porém", continuou Unaiko, "que enquanto interpretávamos a peça *No dia em que enxugarás...*, fui invadida por uma inesperada emoção. Nesse aspecto, houve sintonia com o que sua irmã também experimentou, e essa afinidade nos uniu. E se o senhor me perguntar agora o que foi que tanto me emocionou, eu diria que foi o fato de vê-lo juntar-se ao coral e entoar com a alma aquela canção alemã. Contudo, isso não significa que a música de Bach tenha me atraído a ponto de me transformar transcendentalmente em partidária da ideologia imperialista ou nacionalista. Vou explicar em seguida, mas, antes, quero deixar bem claro que me engajei na atividade do grupo teatral The Caveman porque sinto uma aversão fundamental por essas ideologias que acabo de citar e por tudo o que elas representam. Sei muito bem que o senhor vem se empenhando, principalmente por intermédio de seus ensaios, em combater o retorno dessa espécie de ultranacionalismo. Apesar de tudo, o senhor vivenciou quando criança experiências emocionais marcantes relacionadas a essas ideologias, experiências que revivem na forma presenciada ainda há pouco... Abalada, descobri então em mim um interesse pelo senhor diferente daquele que eu vinha sentindo até agora e, segundo acredito, isso aconteceu porque a peça de Masao tem esse tipo de poder. Em consequência, pensei em lhe contar uma experiência que foi básica para mim. Tem a ver com o santuário Yasukuni-jinja. Qualquer pessoa que me ouvir falando dessa maneira logo imaginará que sou profunda conhecedora do santuário, o que não é verdade. Fui uma única vez até lá há dezessete anos, levada por minha tia. Foi a primeira e última vez que ali estive. Desde então, não pus mais os pés naquele local. Contudo, essa única experiência foi muito significativa para mim. Deixe-me então contá-la para o senhor. Minha tia é casada com um homem que trabalhou a vida inteira no Ministério da Educação e, não sei se por influência dele ou, pelo contrário, se por influência dela sobre ele, os dois são, politicamente falando, da ala direita. O avô dessa tia era tenente da Marinha e morreu na guerra. E quem me levou ao santuário Yasukuni-jinja há dezessete anos foi exatamente essa tia. Não porque ela tivesse sido convidada para algum tipo de cerimônia: minha tia e eu apenas caminhávamos pelo extenso adro seguindo a fila de visitantes. Em dado momento, minha tia parou e começou a orar pela alma do avô dela, e como o fazia demoradamente e de maneira fervorosa, eu apenas curvei a cabeça em silêncio e permaneci a seu lado. Mas, de repente, um grito me assustou e, ao erguer a cabeça, vi que o espaço até então repleto de gente havia se esvaziado e uma cena inesquecível se desenrolava diante de mim. Uma bandeira imensa, de um tamanho que eu nunca tinha visto até então, tremulava ao vento, um pano branco com uma bola rubra no meio. Eu sabia que se tratava da bandeira japonesa, mas seu tamanho era especial, aterrorizante em sua enormidade... E tremulava porque era agitada pelo homem de traje escuro que empunhava a haste, ereta diante de si. A enorme bandeira branca com sua rodela rubra no centro agitava-se de maneira violenta no ar, preenchendo todo o meu campo visual... E ela se locomovia. Atrás dele, havia outro homem vestindo o antigo uniforme do Exército japonês: cabeça coberta por chapéu militar (de sua base na altura da nuca saía uma capa curta que lhe chegava até a altura dos ombros), esse homem desembainhou uma longa espada e a ergueu bem alto no ar. Parecia estar pronunciando algo semelhante a um juramento. As palavras eram repetidas lenta e continuamente, mas eu não conseguia captar seu sentido... Foi então que comecei a vomitar. Minha tia retirou um lenço de seu seio e tentou cobrir a metade do meu rosto com ele, mas eu continuei a vomitar com tamanho ímpeto que o lenço foi projetado para longe. Minha tia despiu seu sobretudo *haori*, com ele envolveu meu corpo sujo de vômito e me arrancou dali sem consideração alguma por meu mal-estar. Atrás de mim, que perpetrara tamanha vilania, vinha em perseguição o militar com sua espada desembainhada. Essa impressão não devia ter ocorrido só a mim, pois minha tia também saiu dali correndo ao meu lado como se mil demônios estivessem em nosso encalço. Esse é o santuário Yasukuni-jinja que vivenciei. Só isso. Mas, desde então e por dezessete anos, venho pensando sem descanso no ocorrido. Logo após esses acontecimentos terminei o colegial e, depois, arranjei um emprego sem importância, mudando em seguida de profissão diversas vezes até que, certo dia, um de meus colegas de trabalho me convidou a assistir a uma peça do grupo teatral The Caveman. Aceitei então trabalhar no escritório da trupe e, pensando no que faria de minha vida, acabei optando por estudar a arte da representação. Mas, durante todo esse tempo, não parei de pensar no que acontecera em Yasukuni-jinja, pois o fato se transformou numa espécie de obsessão para mim. Para falar a verdade, eu ainda não conhecia o seu trabalho, sr. Chōkō. Mas aconteceu que Masao resolveu continuar a produzir peças baseadas em suas obras e, enquanto eu as assistia ou delas participava, li o roteiro do *No dia em que enxugarás...* Esse fato foi obviamente meu principal condutor para o mundo de suas obras. A partir desse ponto, a história de minha vida já deve ser de seu conhecimento. O diretor Hanawa sempre se interessou por Masao na época em que ele não tinha sequer completado vinte anos. Em decorrência, parece que Masao teve alguma oportunidade de se encontrar com sua esposa, sr. Chōkō. Segundo Masao, o diretor Hanawa teria recomendado a ele, certa vez, que lesse com atenção o romance *Aventuras do cotidiano*, pois, quando fosse filmá-lo, o único que poderia representar o papel do personagem Saiki Seikichi, na concepção do diretor, era Masao. O filme acabou não sendo produzido, mas, verdade seja dita, o fato de ele haver lido todas as obras, desde as do início de sua carreira até as mais recentes, de um escritor como o senhor — hoje em dia considerado ultrapassado pela geração de Masao —, frutificou na peça *No dia em que enxugarás*... e o levou a empreender também uma sumarização de toda a sua obra. Pois foi isso também que fez Masao transferir a sede do teatro para a cidade de Matsuyama. E, mal chegamos aqui, Masao começou a frequentar a casa da sua irmã Asa levando-me junto. Ela nos recebeu de braços abertos. Até permitiu que uma parte da trupe The Caveman iniciasse um estudo na casa da floresta. Foi então que ela contou a Masao que o senhor queria voltar para cá a fim de compor a estrutura do romance de encerramento de sua carreira de escritor e que permaneceria na casa da floresta por algum tempo com o intuito de coletar material para o romance a partir dos documentos que sua mãe lhe deixou em herança e também para fazer anotações necessárias à formação do capítulo de abertura do romance. É a *História de um afogamento*!, exclamou Masao, excitado. O relato de sua irmã foi fragmentário, mas creio que ela sentiu certa conexão com Masao porque, tendo ele lido todas as suas últimas obras, dizia sentir grande atração pelos poetas que o senhor cita nelas. Eu mesma pensei que, dado o prazer de ter o senhor vivendo tão perto de mim, eu poderia perguntar ao próprio autor de *No dia em que enxugarás*... sua opinião a respeito do santuário Yasukuni-jinja e, melhor ainda, lhe falar a respeito do que essa questão significava para mim. Como sou do tipo que quando encasqueta uma ideia precisa pô-la em prática de uma vez, resolvi pedir-lhe que viesse para cá sem demora. De modo que o embosquei daquela maneira pouco ortodoxa. Então, muito inesperadamente, o resultado excedeu minhas expectativas."

Bem cedo naquela manhã a que ela se referia, enquanto eu tombava de costas na ciclovia, ela havia sustentado meu torso e amparado o peso de meu corpo inteiro numa de suas coxas firmes e flexíveis. Mas de que maneira ela teria se posicionado para que tal façanha tivesse sido possível?, eu me perguntava, especulando diversas possibilidades. Contudo, eu nada disse.

— Só que, pouco a pouco, eu mesma comecei não só a me sentir incomodada por aquilo a que Masao se referiu, isto é, que apesar da rígida posição doutrinária que o senhor assumiu com relação à reforma política japonesa no pós-guerra, o sr. Chōkō possui também certa sensibilidade profunda e sombria, bem japonesa, como também percebi que um outro sentimento começou a crescer em mim ao observá-lo cantando com total abandono aquela canção alemã durante o nosso ensaio da peça *No dia em que enxugarás minhas lágrimas com tuas próprias mãos*. De modo que, hoje, pensei em lhe falar apenas a respeito dessas coisas.

— Deixe-me dizer com franqueza: em toda essa história, o meu interesse por você só aconteceu pelo fato de minha irmã Asa estar mostrando disposição de seguir a sua liderança. Pois Asa, salvo circunstâncias excepcionais, não é dada a se entusiasmar por uma pessoa que acabou de conhecer, mas, quando isso acontece, ela acompanha essa pessoa cegamente até o fim.

— Masao me disse que sua irmã, por ter vivido com sua mãe nesta floresta durante todos esses anos e a amparado com a própria presença, acabou em última análise ajudando-o em seu trabalho, sr. Chōkō. Sinto que ela é o tipo de pessoa capaz de se dedicar integralmente a alguém.

— Contudo, a própria Asa não parece saber direito em que direção você está seguindo, e isso também é matéria de interesse para mim.

— A presença da sua irmã me dá uma grande sensação de segurança. Contudo, quero deixar claro que nem eu sei direito qual direção seguir. Quem me criou como atriz foi Masao, e vou continuar associada ao trabalho dramatúrgico que ele desenvolve. Portanto, é nessa linha que devo me posicionar, e o interesse que sua irmã me devota, pelo qual me sinto muito honrada, deverá seguir o mesmo rumo. Contudo, algo me diz que, um dia, vou me desviar da trilha que Masao está abrindo. Veja bem, Masao é homem. E acho que sua irmã leva em conta esse aspecto. Pois, também com relação ao senhor, ela me disse que é melhor não contar com sua ajuda em algum momento que, porventura, possa vir a ser crucial para mim futuramente. Ela, porém, não sendo homem, podia me ser de valia de alguma forma, acrescentou. Em seguida, concluiu dizendo que, embora não pareça, ela mesma já fez muita coisa na vida e, por causa disso, algumas vezes obrigou o irmão a desembolsar valores condizentes com a sua situação social e financeira, mas que o senhor a ajudou muito mais como escritor e, por vezes, como roteirista. Disse também que gostaria de me ver seguindo essa mesma linha de conduta. Conforme o senhor está vendo, converso muito com ela até a respeito de situações que ainda não estão bem delineadas, mas, em meio a tudo isso, algumas coisas que ela própria disse de si mesma me causaram forte impressão. A princípio, ela falava a seu respeito, sr. Chōkō, mas logo passou a se referir a si mesma. Ela disse: "Apesar de meu irmão ser do tipo que leva a vida na flauta, ocorre de ele ficar remoendo coisas passadas e se arrepender de coisas que fez ou deixou de fazer. Não para de se arrepender de coisas que aconteceram há muito tempo. Ele sempre foi assim, desde criança. E eu também tenho a mesma tendência. Mas, desde que conheci a companhia teatral The Caveman, e em especial depois de ter aprofundado minha relação com você e com a jovem ala feminina da trupe, sinto que vou conseguir vencer esse aspecto da minha personalidade. Primeiro, percebi que essas moças não ficam remoendo arrependimentos. Depois, que elas não se preocupam se as ações que praticaram agora virão ou não a ser causa de arrependimentos futuros. Muito natural, pois até hoje elas nunca se arrependeram. São muito decididas e bem resolvidas. Esses aspectos do caráter das jovens mulheres da atualidade me obrigaram a acordar e a tomar a decisão de reconstruir minha própria personalidade. Hoje em dia, as jovens não se arrependem de nada. Não ficam se perguntando se o que estão para fazer agora se transformará em motivo de arrependimento futuro, elas não temem o futuro. Se elas são assim, eu, que já tenho mais de setenta anos, tenho muito mais motivos para ser também! Suponha que o 'eu' do futuro venha a se arrepender do que o 'eu' atual está fazendo e que procure de alguma forma compensar aquilo que considerará ter sido um erro. Mas haverá tempo para isso? Não! Aliás, não deverá haver nem tempo para que o 'eu' do futuro se arrependa devidamente. Eis a razão por que decidi apoiar e agir de acordo com qualquer coisa que você, Unaiko, e a sua turma planejarem". E depois acrescentou: "Não acredito que consiga realizar algo novo só por seguir os seus passos, Unaiko, mas, por outro lado, não penso que vou perder coisa alguma. E se acontecer de meu irmão e você um dia se desentenderem por algum motivo, ficarei ao seu lado, Unaiko". Sendo a sua irmã descendente de uma antiga linhagem interiorana, sei que ela jamais tocaria fisicamente em alguém com quem estivesse conversando, mas ainda tenho gravada em minha memória a visão da pequena mão direita que ela estendeu dessa maneira, ao lado do meu ombro.

Na manhã seguinte, Masao chegou trazendo as cópias coloridas encomendadas por Asa no momento em que eu passava os olhos por alguns itens que me chamavam a atenção enquanto arrumava nas prateleiras o material já selecionado da maleta de couro vermelha.

— Agradeço sinceramente a atenção que o senhor dispensou ao monólogo de Unaiko ontem. Para ser franco, suei frio o tempo todo. Eu achava que se ela pretendia apenas criticar a peça *No dia em que enxugarás...* tachando-a de apologia do ultranacionalismo, típico de adoradores do santuário Yasukuni-jinja, não haveria sentido algum vir até aqui conversar com o senhor. Mas então ela me disse que o que queria de verdade era lhe perguntar por que o senhor, realmente emocionado, juntou sua voz à dos jovens oficiais e do menino que, a caminho da insurreição, resolvem de maneira espontânea cantar em louvor a Heiland e ao nosso imperador, decidindo por conta deles que esses dois são a mesma coisa... Posteriormente, ela comentou que o senhor a ouviu com toda a atenção e que, depois disso, a desconfiança que tinha com relação ao senhor desapareceu. Ela ficou bastante surpresa com sua atitude, uma vez que ouviu sua irmã comentar que nem ela nem o irmão eram do tipo que escuta com atenção o que os outros têm a dizer. Meu método de representação consiste em ouvir, em meio às muitas pessoas que pensam de maneiras diversas, o que uma única pessoa pensa, não importa quem ela seja, e em dar vida ao seu pensamento na forma de manifestação pessoal de cada um dos personagens no palco. O meu método é, portanto, uma justaposição contínua desse processo e, por paradoxal que pareça, Unaiko tem sido de grande valia para o grupo The Caveman.

— Supondo que Unaiko tenha entrado para o seu grupo teatral com vinte e poucos anos de idade, é admirável que ela tenha adquirido na comunidade o talento de expressar o que pensa de maneira tão clara em tão pouco tempo.

— Nesse aspecto, ela é única. Não sei por quê, mas ela tem o poder de influenciar tanto indivíduos mais novos como também mais velhos que ela. Cerca de cinco ou seis anos depois que se tornou membro efetivo do grupo The Caveman, ela e a turma de jovens da faixa dos vinte anos que orbitava em torno dela compuseram uma peça. Coisa curta, de uns trinta minutos de duração. Quando a incorporei ao nosso repertório, a peça foi bem recebida pelo público. *Joguem o cachorro morto* era o título.

O senhor se lembra desse título? Foi ainda na época em que tínhamos a sede do The Caveman numa cidade-dormitório nas proximidades de Tóquio. Os jovens da trupe faziam caminhadas ou corridas logo cedo todas as manhãs a fim de se fortalecer fisicamente. Soube que o senhor também costuma fazer isso para manter a saúde. Seja como for, nessa época, a região onde estávamos tinha se transformado num tipo de condomínio autoadministrado, acompanhando uma espécie de modismo reinante em áreas próximas à metrópole de Tóquio. Na mesma época, surgiu entre os moradores desses condomínios uma espécie de boom de criação de cachorro como animal de estimação e, como consequência inevitável, as donas de casa que saíam a passear com seus cães se desentenderam com o grupo de jovens atores da minha trupe que corriam para se fortalecer fisicamente. Para os jovens empolgados com suas corridas, as donas de casas que passeavam com seus cães e paravam no meio da pista para dois dedos de prosa representavam um empecilho ao programa deles, razão por que vieram reclamar comigo. A reação deles se restringiu a isso, mas Unaiko, que fazia o papel de líder do grupo de esportistas, interessou-se pelo hábito e pelo comportamento dessas mulheres que saíam a passear em companhia de seus cães. Então Unaiko compôs um arranjo dramático em que determinada força desponta com a pretensão de oprimir as mulheres que passeiam com os cães. Naturalmente, a ideia se baseou no que os jovens da trupe alegavam, mas o grande achado de Unaiko foi dramatizar o acontecimento posicionando o centro de interesse numa eventual contraofensiva lançada pelas mulheres. Os insultos que as donas de casa lançavam aos homens em seus contra-ataques tinham por base alegorias referentes a cães machos e mostram bem a genialidade de Unaiko. Mas os homens compram a briga. Tanto os representantes do poder masculino como os elementos de sua torcida foram posicionados na plateia, conforme havíamos estabelecido de antemão. O grupo de mulheres no palco, cada uma com seu cãozinho de estimação, combate lançando uma saraivada de sacos plásticos contendo fezes caninas na direção dos homens. Conforme o nível emocional sobe, as mulheres passam a jogar os próprios cães — e esse foi o clímax da peça construído por Unaiko. Naturalmente, tanto as fezes como os cães lançados contra a plateia eram artificiais. E o nome da peça, *Joguem o cachorro morto*, criado pela própria Unaiko, é uma referência a essa cena, ah, ah, ah!

Eu então disse, por minha vez, que tinha algo retido na memória: numa época em que os protestos da população europeia contra a Guerra do Vietnã atingiam o auge, um jovem planeja pôr fogo e matar o seu cão de estimação em público naquele romance de Günther Grass que mais parece um relatório da situação da juventude da Alemanha Ocidental.

— Se um estudante tivesse realmente feito isso (algo perfeitamente factível) em Berlim, o acontecimento teria se transformado em verdadeiro escândalo social. A peça *Joguem o cachorro morto* do grupo The Caveman também foi criticada pela Sociedade Protetora de Animais e, na posição de líder da trupe, fui chamado a prestar esclarecimentos. Eu disse que me refrearia de agora em diante, mas o pequeno grupo de intérpretes liderado por Unaiko protestou. O grupo de mulheres invadiu o teatro onde estava sendo levada a peça que substituiu *Joguem o cachorro morto* e protestou, exigindo que se protegesse a livre expressão de pequenos grupos teatrais, e quase chegaram a jogar em mim, que me apresentei para conversar com elas, fezes e cachorros mortos. À época, penei um bocado para lidar com a situação.

— Mas não a ponto de rachar o grupo The Caveman, imagino?

— A ala masculina da trupe também se divertia com os acontecimentos, já que a atitude dos rapazes sempre foi de participar das atividades teatrais com esse espírito, entende? Só que Unaiko... bem, ela tem esse lado irredutível, e o caso do santuário Yasukuni-jinja é um bom exemplo. Ela é única, também nesse aspecto.

— Asa tem uma faceta parecida, e quando penso que essa minha irmã, obstinada do jeito que é, está encantada com Unaiko e pretende seguir sua liderança, acompanhando-a no que quer que ela esteja planejando fazer de agora em diante, também não posso deixar de concordar com você.

— Unaiko conseguiu uma poderosa aliada em sua irmã. E agora, pergunto: o alvo dessas duas mulheres não será o senhor mesmo, sr. Chōkō? O senhor pode estar pensando que eu falo como se nada disso tivesse relação comigo. Mas foi certamente o ato de trocar ideias com Unaiko que gerou esse centro de interesse em torno do qual gira a revisão de seus romances em minha dramaturgia. A ideia de montar uma peça que se apoiaria nas entrevistas que faríamos com o senhor referentes à totalidade de suas obras continuava com o foco vago, mesmo depois que estabeleci Kogī como sua figura central. Mas agora Unaiko quer montar a peça em cima daquilo que for progressivamente surgindo durante a criação da sua *História de um afogamento*.

— Isso está realmente acontecendo neste momento, e, nas atuais circunstâncias, não tenho nenhuma objeção a fazer — disse eu.

— Contudo, caso Unaiko eventualmente escape ao controle benevolente de sua irmã, pode ser que surjam problemas, mas... creio que podemos ficar despreocupados pois, até hoje, Unaiko nunca mostrou tendência a tomar atitudes aventurescas que pusessem em risco o trabalho da trupe. Ela nunca tentou, por exemplo, montar uma performance simplificada de *Joguem o cachorro morto* no adro do santuário Yasukuni-jinja. De modo que, pressupondo que podemos contar com sua colaboração, estou otimista quanto ao plano de levar adiante a encenação da sua *História de um afogamento* nos moldes traçados por Unaiko. Mas tudo isso só será possível caso o senhor se disponha a encarar sua *História de um afogamento* fundamentando-se no material novo que surgirá da maleta de couro vermelha e, ao mesmo tempo, nos indicar o rumo para a dramatização do seu romance, é claro. Em outras palavras, tudo depende do resultado da leitura do material contido na maleta de couro vermelha.

IV. Uma pilhéria que se concretiza

1

Senti uma vaga e desagradável sensação de que havia algo errado no momento em que recebi o envelope das mãos de Masao Anai. Embora volumoso, o envelope era leve. O material contendo cópias coloridas se dividia em três envelopes quadrados tamanho A3, mas seus respectivos originais, com trabalhos caligráficos e desenhos que constituíam o que poderíamos chamar de trabalho artístico-literário, eram em papel de arroz japonês de um tamanho especialmente grande, exibindo nítidas manchas de *sumi* nos locais em que essa tinta havia vazado. Mas não encontrei nenhuma carta de conteúdo relevante, ou seja, nada daquilo que eu tanto esperava encontrar...

No estreito espaço reservado a trabalhos não relacionados ao empreendimento familiar, eu me lembrava de ter visto meu pai, ambas as mãos estendidas, segurando, a uma respeitosa distância do próprio corpo, como numa oferenda, aquelas folhas grandes de papel ilustradas e legendadas que o digníssimo mestre de Kōchi lhe mandava.

— O que será que está escrito naqueles papéis? — indaguei à minha mãe.

— Na certa, coisas que não somos capazes de entender! — respondeu ela de maneira lacônica, mas em tom obviamente respeitoso e, muito tempo depois, quando eu já me esquecera do que havia perguntado, ela detalhou: — Seu pai me explicou certa vez que encontrou a explicação no primeiro volume do grande dicionário ideográfico sino-japonês. Ele também disse que quando o professor Morohashi acabar de escrever o último volume de sua obra, não existirá nenhum ideograma que não possa ser encontrado.

Então minha mãe contou a meu pai o meu comentário a respeito disso:

— Se todas as letras que as pessoas escrevem já constam em dicionários, isso quer dizer que não existem letras novas? Que coisa mais sem graça!

— Seu pai riu bastante — disse-me ela mais tarde. — Ele também disse: "Será que esse pirralho pretende escrever alguma coisa que não consta em dicionários?".

Naqueles dias, a única certeza que eu tinha era de que todas essas gravuras haviam sido desenhadas em papéis produzidos com cascas da árvore *mitsumata* processados por nós, mas recusados pelo departamento de impressão do governo central por estar fora do padrão. Ainda que tivesse havido algum tipo de acordo tácito que permitia a produção de papel comum com o material reprovado em inspeção governamental, a verdade é que eu tinha muito medo de estarmos usando esse tipo de papel produzido de forma oficiosa. Minha mãe, porém, reagia de maneira diferente.

— Ter o nosso produto recusado durante a inspeção deveria

ser vergonhoso para nós, mas seu pai dizia com muita satisfação: "Viu como se faz um papel *washi* de boa qualidade com refugos?" — contava ela exasperada.

A cada vez que meu pai enviava esses papéis ao seu digníssimo professor de Kōchi, que ele admirava e respeitava, retornavam às mãos dele esses mesmos papéis, mas agora com ilustrações e legendas, acompanhados de cartas escritas em papel *washi* feitas com cascas de árvores das espécies *kōzo* ou *ganpi*, papéis esses também fornecidos por meu pai. Numa ocasião em que veio um pequeno adendo endereçado à minha mãe, perguntei a ela o que havia escrito ali, ao que ela respondeu em tom um tanto sardônico:

— Agradecimentos pelos cogumelos, bagres e peixes secos que lhe mando, só isso.

Transferi num primeiro momento o envelope recebido para a prateleira, mas confesso que estava abalado pelo fato de não haver nenhuma carta, apenas envelopes. Não só não encontrava cartas, como também não via sinais das respostas a elas, cujos rascunhos meu pai escrevia e posteriormente prendia com elástico ao envelope recebido, um hábito que minha mãe costumava elogiar. De todo modo, levei uma cadeira para perto da prateleira e fui lendo uma a uma as folhas copiadas. E embora a claridade que inundava o vale não mostrasse sinais de se atenuar, eu já havia não exatamente entrado em depressão, mas com certeza perdido todo o entusiasmo que me animara pela manhã, ao iniciar a empreitada.

2

Quando o sol se pôs e eu, para falar francamente, já me sentia totalmente abatido, Asa chegou trazendo-me o jantar. Ela inferiu o que se passava comigo pela minha fisionomia e ficou me contemplando em silêncio enquanto eu comia as iguarias postas diante de mim. Não demorou para que Asa se pusesse a falar, não para expressar compreensão ou simpatia, mas em tom neutro, sem nenhum indício de comprometimento.

— Enquanto ainda enxergava, nossa mãe tinha por hábito promover uma limpeza nos papéis guardados na maleta de couro vermelha a intervalos de alguns anos. E me parecia que, a cada vez, ela encontrava algumas coisas que a incomodavam, de modo que, observando com cuidado o que ela fazia, cheguei a pensar: daqui a pouco, todas as cartas vão desaparecer e restarão apenas os envelopes...

— Se ela gastou tanto tempo fazendo essas limpezas e, como resultado, nada mais restou das cartas... não pretendo reclamar, conforme concluí depois de pensar a tarde inteira. Afinal, todas essas coisas eram dela, e ela sabia muito bem que nada havia de valor aí que pudesse interessar a antiquários ou lojas de quinquilharias. Eu é que alimentei longamente a ideia fixa de ver com meus próprios olhos o conteúdo das cartas, só isso. E essa ideia fixa não passava de um sonho em que coisas importantes para mim, como cartas e o diário (caso houvesse) legado por nosso pai e guardado por nossa mãe na maleta de couro vermelha, tinham relação com o que eu vinha imaginando e poderiam me dar informações objetivas... Realmente, eu apenas imaginei que seria até possível cotejar esse material que ele nos legou com documentos da história moderna do Japão.

— Você não acha possível que nossa mãe tenha pensado em não lhe impingir um peso inútil uma vez que não havia ali nenhuma conexão com o que você imaginava? Mesmo que, no final, ela tenha preservado esses envelopes todos na maleta de couro vermelha por haver entre eles alguns nomes saudosos para ela...

— Pelo que vi, não existe mesmo nenhuma conexão com as fantasias que acalentei durante tantos anos, conforme você mesma diz. Isso já entendi. O que mais me intriga é o fato de eu não ter conseguido parar de imaginar coisas a respeito de nosso pai durante tantos anos. Mesmo quando ele ainda era vivo, ou depois, quando ocorre o evento descrito no capítulo inicial da minha *História de um afogamento* (na verdade, eu mesmo me pergunto se o acontecimento daquela noite não teria sido produto de minha imaginação), continuei a fantasiar. Não só fantasiei como também escrevi a respeito no romance *No dia em que enxugarás minhas lágrimas com tuas próprias mãos*. O que minha mãe fez foi dizer que todas as minhas fantasias não tinham base alguma na realidade e destruí-las uma a uma. Obrigar-me a compreender isso agora, na minha velhice, é sinal, digamos, de que ela venceu em todas as frentes, pois eu não tenho meios de produzir contraprovas, tenho?

— Se quer saber, acho até estranho que você não tenha se dado conta disso até hoje. Nos dez anos que se seguiram à morte de nossa mãe, não abri a maleta nenhuma vez porque me parecia que, caso o fizesse, eu estaria sendo maldosa com você. Apesar disso, andei lendo algumas coisas rapidamente enquanto nossa mãe ainda era viva. Pois toda vez que ela, como que impelida por uma lembrança, abria a maleta e retirava as coisas ali guardadas, eu estava sempre ao lado dela. E então, passado algum tempo, ela me avisava que tinha queimado algumas coisas no fogão a lenha que não usávamos mais. Não me explicava de maneira detalhada no que consistia a papelada que acabara de queimar, mas toda vez que eu expressava qualquer dúvida com relação ao que ela fizera, a mãe me esclarecia que, depois de muito pensar, havia chegado à conclusão de que os papéis em questão não serviam para nada. Penso que tudo isso que ela foi fazendo aos poucos durante a metade final de sua longa vida está certo.

Afinal, ela procedia assim depois de cogitar sozinha e por muito tempo qual decisão tomar e, quando a tomava, não era num impulso repentino, mas gradualmente, com calma e a intervalos... Nas obras que você, meu irmão, veio escrevendo até agora, nosso pai é uma figura pintada de maneira grotesca... cômica ou trágica e, algumas vezes, apresentado de tal modo que chega a dar uma impressão heroica... Ele é uma figura indefinível, tamanha é a discrepância de qualidades que você lhe atribui em suas descrições. Em outras palavras, você mesmo não tinha certeza do que ele era na realidade. Contrapondo-se a essas descrições, acho que nossa mãe viu nosso pai com justeza, muito embora ela tenha destruído suas fantasias. Certa vez, você disse que ela o odiava, mas você se lembra de eu lhe responder que não era nada disso, que ela apenas tentava ser justa com uma pessoa já falecida? Enquanto viveu, ela protestou contra as coisas que você escrevia, mas acho que, depois de morta, quis impedir que você, sugestionado pelas cartas dos amigos ligeiramente estranhos do seu pai... acabasse descrevendo-o a seu bel-prazer, exagerando suas características, uma vez que já não haveria mais ninguém disposto a protestar em nome dele, não é? Quando vejo você claramente desapontado, como neste momento... fico com pena... mas acredito, do fundo do coração, que ela agiu corretamente. Agora que já se passaram os dez anos necessários ao esfriamento dos ânimos, percebo que você está lidando serenamente com a situação... Desanimado, talvez, mas, na sua idade, desânimo é sinônimo de serenidade... Ela vem com o tempo e é algo até agradável de ser visto. Além do manuscrito da *História de um afogamento*, o qual já passei para Unaiko e colegas, li também suas fichas. Nelas encontrei breves relatos dos momentos em que você ficou observando os jovens oficiais reunidos para comer e beber na casa anexa ao depósito de nossos pais, e também dos momentos em que soldados ainda mais novos que aqueles jovens oficiais saíram remando no bote e ensinaram você a manejar o leme. Encontrei também as ocorrências da noite da inundação descritas numa única ficha, mas percebi que você não guardou na lembrança nada além do que anotou ali. À primeira vista, é um relato realístico, e o trecho em que você descreve com sua costumeira criatividade o bote de nosso pai sendo arrastado pela correnteza em meio ao dilúvio ficou muito interessante, meu irmão. Contudo, não me soou plausível. E achei que nossa mãe não gostou do desenvolvimento fantasioso dos acontecimentos, sem base alguma em fatos reais. Para falar com franqueza, o fato de nossa mãe haver decidido descartar o material da maleta de couro vermelha por conta própria me incomoda. Contudo, não acho que ela tenha pretendido destruir por completo o seu projeto de escrever a *História de um afogamento*. Pois se esse fosse o caso, ela só precisava me mandar jogar a maleta de couro vermelha no rio numa das diversas ocasiões em que houve novas enchentes, mesmo depois de construída a barragem, concorda? Sabe, o que vou falar agora pode soar sentimental, mas acho que ela o amava, meu irmão. E acho também que ela lhe reconhecia o direito e a liberdade de, um dia, compilar a sua tão acalentada *História de um afogamento*. Ela apenas queria fazê-lo perceber que suas fantasias em torno do nosso pai não correspondiam à realidade e que você passasse a escrever essa história a partir do momento em que se desse conta disso, mas só então. Pois da mesma maneira que ela o amava, meu irmão, ela também amava o nosso pai, concorda? O que nossa mãe considerava a maior tolice cometida por nosso pai foi o fato de ele ter se deixado levar pelas cartas do professor de Kōchi e, em decorrência, ter tentado fazer aquelas besteiras em companhia dos jovens oficiais no fim da guerra. Portanto, é mais que natural, do ponto de vista dela, sua resolução de não deixar para trás nada que pudesse servir como prova dos atos insanos de nosso pai. E era natural também que ela pensasse, a cada vez que abria a maleta de couro vermelha, em se desfazer das cartas que instigaram nosso pai a realizar tais façanhas, certo? Cartas incitando o levante vinham não só do professor, como também de admiradores dele espalhados por diversas áreas. E se nossa mãe foi queimando tais cartas aos poucos no decorrer de muitos anos, deve ter sido porque sentia pena de nosso pai. Mas você viu os envelopes, aliás bem numerosos, não viu? Cheguei a ler uma dessas cartas numa das vezes em que ela abriu a papelada para arejar. Estava repleta de expressões que, a mim, me pareceram zombeteiras, do tipo "o exército florestal do nosso glorioso irmão". E mesmo que o tal plano tenha existido de verdade, quem sabe se o único a crer nele não teria sido o nosso pai, e o único legado do maldito plano tenha sido apenas o corpo de um homem que morreu afogado? E não seria então muito natural que nossa mãe tenha pensado: que sentido tem um romance baseado nesse tipo de plano? Apesar de tudo, ela ao menos não descartou os envelopes. E eu vim cuidando da maleta de couro vermelha com a intenção de cumprir a última vontade dela, entendeu?

— Você tem razão, eu criei uma fantasia em torno de nosso pai, conforme você mesma disse no começo desta nossa conversa. Por outro lado, se você está querendo me dizer que a nossa mãe esperava um dia me ver escrevendo um romance que retrataria nosso pai de forma bem diferente dessa imagem ilusória criada por mim, um pai que não parecesse um tolo..., confesso que acabo de levar outro choque. De todo modo, é uma informação nova.

— Três anos depois de publicar o romance *Futebol no primeiro ano do período Man'en*, você mandou para a nossa mãe o trecho já compilado e revisto da *História de um afogamento* acompanhado de algumas fichas de arquivo e uma nota explicando que você estivera escrevendo essa obra durante muito tempo. Nessa época, eu estava em Kyoto, mas a mãe me mandou voltar para casa só para ler o que você havia lhe enviado. Ela me disse então que, sozinha, não era capaz de entender o significado daquele material. Você estava mostrando a ela um romance inacabado porque queria ver o conteúdo da maleta de couro vermelha para elaborar sua continuação, disse-me ela. Eu então respondi que achava melhor recusar seu pedido, e ela replicou que, na verdade, chegara à mesma conclusão enquanto lia o manuscrito. Então, quando mandei a você uma carta explicando o que pensávamos, você acatou nossa resolução com tamanha candura que me deixou perplexa. Você nos mandou outra carta em que dizia que retirava a solicitação referente à maleta de couro vermelha e que podíamos queimar o manuscrito que nos remetera. Você precisava ter visto a alegria dela nessa ocasião! Ela disse: "Queimar? Como posso cometer tamanha barbaridade? Em vinte anos, este manuscrito é o primeiro material digno de ser guardado na maleta de couro vermelha que me chega às mãos!". Excetuando o dia em que ela recebeu a fita com a gravação de "O mistério da floresta", a música que Akari compôs vencendo todas as suas dificuldades, nunca a vi tão feliz. Mas, mal decorrido um ano, você, meu irmão, publicou o romance *No dia em que enxugarás...* Eu então protestei em nome de nossa mãe em choque e você me respondeu dizendo que esse romance era obviamente ficcional, qualquer um podia ver isso, e que você, conforme eu sabia muito bem, não tinha se baseado em nada do que havia dentro da maleta de couro vermelha; que tinha deixado bem evidente a natureza ficcional na carta que nos mandara; sim, descrevia o nosso pai de maneira caricata, mas, em compensação, fazia um juízo crítico de si próprio, enfático a ponto de exagerar; que a fria crítica seguinte de nossa mãe era obviamente de uma pessoa em plena posse de suas faculdades mentais; que havia um claro tom de autocrítica perpassando por toda a obra e, finalmente, terminava a carta perguntando se pretendíamos negar todas essas evidências, atitude que caracterizaria um intolerável cerceamento da liberdade de expressão. E então, tanto eu como a mãe sentimos que esse escritor que pretendia ter se tornado cidadão de Tóquio era agora um ser diferente daquele a quem chamáramos Kogī. E daí teve início aquele longo período de estranhamento em que nossa mãe o considerou filho indigno de usar o nome da família. E durante todo esse tempo, ela não parou de sofrer.

Quando se calou, lágrimas começaram a correr pelo rosto de minha irmã. De um tom avermelhado quase preto, suas faces (ela não as cobria com as mãos para ocultar as lágrimas, conforme era também o hábito de minha mãe) assumiram o aspecto típico das mulheres idosas desta região, denotando claramente uma ira elementar.

— No trecho inicial da *História de um afogamento* que estou lhe devolvendo depois de quarenta anos, você diz ter esse sonho recorrente há muito tempo, não é? Você começa escrevendo que já não sabe se a fonte do sonho é uma experiência real ou se considerou real algo com que primeiramente sonhou, e sobre esse acontecimento sonhado você vem tendo sonhos recorrentes. Desde aquele dia em que, depois de retornar de Kyoto pelo trem noturno, li o seu manuscrito, sempre pensei: ora essa, ele se faz de sonso! É claro que o acontecimento ocorreu de verdade! Eu toquei numa mecha de cabelo encharcado de nosso pai, que jazia sobre cobertas na sala de visitas nos fundos da casa, aonde você me mandou para ver o que estava acontecendo! De tudo isso, deduzi o seguinte: você se aferra à sua *História de um afogamento*, apesar de insistir que não sabe se o acontecimento foi real ou se não passou de um sonho porque naquele dia em que o nosso pai saiu remando sozinho no meio da inundação e morreu, ele tinha lhe ordenado que o acompanhasse e tomasse o leme, mas você ficou enrolando, de modo que ele, sempre impaciente, saiu remando sozinho, e isso pesa em sua consciência, não é? Eu pretendia não lhe dizer porque havia prometido à nossa mãe não lhe contar, mas, naquela noite, ela estava em pé na plantação sobre o paredão de pedras e viu tudo o que aconteceu lá embaixo, no rio. E fique você sabendo que ela vivia me dizendo como foi bom você não ter acompanhado o nosso pai. E se ela nunca lhe disse que assistira a tudo, foi por considerar que estaria cometendo uma crueldade muito grande caso o fizesse. Se ela dissesse que na noite da inundação ela a tudo testemunhara lá de cima à luz do luar, você não teria mais como fugir, não é? Você não teria mais uma desculpa para bancar o sonso e dizer que não sabe se o que aconteceu foi sonho ou realidade, concorda?

— Será que ela realmente achou tão bom assim eu também não ter ido com o meu pai? Ela devia saber muito bem que ele confiava em mim e me treinou no ofício de manejar o leme e, mesmo assim, fiquei enrolando na enseada com a água até o peito... Se ela realmente estava olhando lá de cima, devia saber que o que aconteceu depois foi consequência desse meu comportamento. A ventania tinha cessado e a lua cheia espiava por entre as nuvens...

— Nesse caso, você também deve ter visto muito bem o rio de águas turbulentas que esperava pelo bote de nosso pai, não é? Pois nossa mãe dizia que o que mais a deixou feliz foi o fato de você ter olhado de relance o bote remado por nosso pai ser arrastado pelas águas turbulentas e, em seguida, voltado às pressas a terra firme. Que rumo você pretendia dar à continuação de sua *História de um afogamento* no sentido de redimir a honra de nosso pai e do menino que espadanava, nadando em estilo cachorrinho? Você esperava que bastava extrair o material contido na maleta de couro vermelha e tudo se resolveria?

O rosto da minha irmã, não mais vermelho, tomou um aspecto sombrio, mas as lágrimas continuavam a escorrer pelas faces em direção aos cantos encovados da boca. Deprimido, limitei-me a permanecer ali, sentado. Instantes depois, quando Asa ergueu o olhar e começou a falar de novo, não havia mais traços de lágrimas em seu rosto. Ela resolveu aprofundar o ataque que havia começado.

— Já que acabei contando o que nossa mãe me pediu expressamente para não contar, agora vou até o fim, sem deixar nada pelo caminho. Existe uma fita cassete que ela gravou três anos antes de morrer, na qual fala da noite em que nosso pai saiu remando para o rio de águas turbulentas e morreu afogado. Quero que você a ouça. Você lembra que, quando ela já não enxergava direito, em vez de escrever os agradecimentos, ela passou a gravá-los no mesmo aparelho em que ouvia as músicas que Akari lhe mandava e, depois, os remetia para o seu filho? Você usou integralmente em um de seus romances o que ela disse numa dessas gravações a respeito dos mistérios da floresta, lembra? Nessas ocasiões, eu era a encarregada de manipular o gravador, mas, quando ela começou a dizer que queria falar sobre a noite da inundação, não entendi direito a intenção dela, já que essa gravação também poderia vir a ser usada por você em outro romance. Seja como for, percebi a importância daquilo que ela pretendia fazer e resolvi ajudar. A fita cassete esteve guardada na maleta de couro vermelha durante todos esses anos, mas, dias atrás, eu a tirei lá de dentro. Vou agora voltar para a minha casa e, como Unaiko vai passar a noite lá comigo, mando-a de volta com a fita. Ela sabe usar corretamente o equipamento que instalou aqui, mas não é só por isso que a mando para cá: quero que alguém esteja ao seu lado enquanto você ouve a gravação.

3

Um carro veio entrando pelo jardim, e logo, Unaiko, usando como sempre uma espécie de macacão para trabalho pesado, depositou sobre a mesa da sala de jantar um embrulho que, segundo me disse, Asa lhe pedira que me entregasse. Compunha-se de um pote de cerâmica rústica, três taças grandes para saquê e alguns petiscos em pratos de cerâmica Bizen cobertos com filme de PVC. Fazia já algum tempo que eu deixara de lado as bebidas fortes, mas o antigo hábito do apreciador se manifestou e me fez examinar a etiqueta do pote que continha *shōchū*, momento em que Unaiko, que ajustava os controles do gravador, voltou-se para mim e disse:

— Pretende ouvir a gravação bebericando?

— Durante esta estadia, Asa não me serviu saquê no jantar nenhuma vez, mas se hoje ela a fez trazer esse pote para mim, na certa foi por julgar que eu precisaria de um trago quando acabasse de ouvir essa fita. Mas penso em ouvi-la em absoluta sobriedade.

Empurrei uma cadeira da sala de jantar voltando-a para o alto-falante instalado no lado sul do salão, o qual começara a se parecer com um pequeno teatro graças aos diversos equipamentos agora existentes no local. Enquanto isso, Unaiko se postou no local reservado ao controlador da iluminação e do som. Eu fixara o olhar nos vidoeiros que, iluminados pela claridade da lâmpada à entrada da casa, emergiam na elevação por trás dos alto-falantes. A voz, que a princípio soava com um sussurro, foi ajustada e, rebobinada a fita, minha mãe, cuja voz soava bem mais envelhecida do que aquela de minha lembrança, começou a falar.

"Uma vez que seu pai já havia tomado a firme decisão de sair remando em meio à enchente, nós, aqui em casa, empilhamos mudas de roupa e toalhas por cima das coisas já juntadas na maleta de couro vermelha que Kogī trouxera da nossa casa anexa ao depósito enquanto seu pai tirava um breve cochilo. O que o seu pai preparara eram documentos, mas, por baixo deles, havia uma câmara cheia de ar, extraída do pneu de uma bicicleta. Ele mandou Kogī retirar a câmara do pneu da velha bicicleta porque era Kogī quem sempre a desmontava, limpava e a lubrificava com o óleo usado na máquina de enfardamento das *mitsumata*, de modo que Kogī saiu todo animado a cumprir a tarefa, soprando e enchendo a câmara sozinho. A loja da rua que margeia o rio já não tinha nenhuma bicicleta nova para vender, só faziam consertos... E os consertos não eram feitos com peças novas, pois nem isso eles tinham mais, apenas emendavam correntes arrebentadas ou aplicavam remendos com cola de borracha em câmaras furadas, de modo que, uma vez retirada a câmara, não haveria outra para substituí-la. Lembro que, desde o ano em que perdemos a guerra até o ano seguinte, Kogī preencheu com corda o pneu sem câmara de ar e circulou por todo lado com a bicicleta desse jeito. Ela rangia alto, e esse ruído anunciava de longe a chegada do menino! E o que fizeram com a câmara, depois de extraída do pneu e enchida? Foi usada como boia! Se a câmara fosse enrolada e posta dentro da maleta de couro vermelha, esta viria à tona mesmo que o bote afundasse, não é? Eu fiquei olhando as coisas que o pai de vocês punha dentro da maleta, e só vi papelada. Como foi que as pessoas que idealizaram o levante do seu pai prepararam esse movimento? O único meio de comunicação eram cartas, remetidas para lonjuras muito além de Matsuyama, já que vivemos longe de tudo, no meio desta floresta, não é? As cartas eram muitas porque, se conversassem por telefone, corriam o risco de ser ouvidos pelas operadoras. E ele queria levar toda a correspondência consigo e descer a corrente em meio àquela enchente até alcançar o trecho em que o rio se alarga e o fluxo se torna mais lento, isto é, até o ponto em que ela passa a irrigar hortas e plantações... Se conseguisse chegar até lá, seu pai pretendia desembarcar, alcançar terra firme e andar até a estação mais próxima acompanhando o trilho, e assim escapar de seus perseguidores... E caso conseguisse realmente fugir... não sei o que ele pretendia fazer depois. A única certeza que tenho é que, naquele dia, o pai de vocês decidiu fugir e escolheu ir pelo rio porque ele estava convencido de que sua decisão havia sido descoberta, e como todos nestas redondezas o conheciam, e, além do mais, tanto as estradas que sobem quanto as que descem estavam sendo vigiadas, ele sabia que não conseguiria sair do outro lado da cidade vizinha sem ser descoberto. E mesmo que fosse pelas montanhas, seus perseguidores viriam atrás dele no momento em que saísse na estrada federal. Ele se lembrou, então, de aproveitar a tempestade que já durava dois dias e fugir de barco pelo rio. Porém o bote se enroscou no baixio à entrada da cidade vizinha e virou, e o pai de vocês morreu afogado. Mas me admirei de ele ter conseguido chegar tão longe! E se ele levou os documentos relacionados ao levante dentro da maleta de couro vermelha foi porque os considerou muito valiosos. Acho que ele ficou obcecado com a ideia de que ninguém podia vê-los. Eu assim acreditei durante muito tempo depois que ele se afogou. Mas se esse era o caso, a papelada devia ter sido levada pela correnteza e se perdido quando o bote virou, não é mesmo? Contudo, por alguma razão que desconheço, ele esperava que, mesmo que ele próprio afundasse, a maleta de couro vermelha continuaria boiando e seguindo com a correnteza para ser pescada mais adiante por alguém. E por quê? A maleta de couro vermelha foi realmente resgatada da água e entregue à polícia, chegando às nossas mãos muito, muito tempo depois que a guerra acabou! Pergunto-me agora se o seu pai, que a princípio ouvia sem muito interesse a conversa dos oficiais enquanto be-

bericavam, mas que aos poucos começou a participar com avidez das discussões, teria realmente acreditado que tudo aquilo se realizaria. Acho que ele ficou com muito medo quando percebeu que os jovens oficiais começavam a pensar seriamente no assunto e a se preparar. Então, acabou fugindo! Ele desceu o rio no meio de uma enchente e morreu afogado, mas será que acreditava mesmo que conseguiria navegar aquelas águas turbulentas num bote em plena enchente e ainda sobreviver? Acho que ele estava apenas desesperado para fugir e não teve tempo sequer de pensar com seriedade no que pretendia fazer. Mas acredito que ele agiu de maneira vergonhosa quando quis levar Kogī em condições tão desesperadoras. Como fiquei feliz quando vi meu Kogī espadanando na enseada e retornando à margem! Outra coisa do seu pai que considerei vergonhosa foi essa história de ele calcular que, no caso de ele próprio morrer afogado, a maleta de couro vermelha seguiria a correnteza para acabar, um dia, sendo retirada da água por alguém, e que esse alguém a levaria para a polícia! E ainda que a polícia examinasse o conteúdo da maleta, a guerra já estava mesmo por terminar, e, com o tempo, calculou ele, a maleta seria devolvida a nós, sua família! Pois se esse não fosse o seu cálculo, por que haveria ele de introduzir na maleta a câmara de ar do pneu à guisa de boia? Mesmo que ele morresse afogado, a família acabaria lendo os documentos contidos na maleta de couro vermelha caso ela, um dia, nos fosse devolvida, e então as pessoas pensariam que seu pai, um cidadão comum, havia tido participação em um levante militar e tentado escapar da vila durante a noite numa missão das Forças Armadas, mas acabou morrendo por causa da enchente... Nos últimos tempos, cheguei à conclusão de que era isso que ele esperava que todos pensassem. E você, Kogī, estava planejando escrever a sua *História de um afogamento* nessa mesma linha, não é? Sei que, no romance *No dia em que enxugarás minhas lágrimas com tuas próprias mãos*, você descreveu seu pai de maneira cômica e que, além disso, eu o critico no romance, mas, para mim, era óbvio que um dia você pretendia recuperar a honra do seu pai com a publicação da sua *História de um afogamento*."

Fiz um sinal para Unaiko, que, ao lado do gravador, me observava atentamente. Disse-lhe então que eu queria ouvir a continuação da fita mais tarde, sozinho e com calma. Disse também que estava começando a sentir vontade de beber o *shōchū* que Asa me mandara. Unaiko rebobinou a fita com presteza, deixando no ponto em que bastaria apertar ON.

Despejei o *shōchū* do pote em minha taça e, com um gesto, indiquei a outra para Unaiko, convidando-a a se servir também, mas ela, que naquele instante retirava uma garrafa PET com água de dentro do embrulho e arrumava a mesa do jantar para mim, recusou a bebida explicando que ainda iria dirigir para retornar à casa de Asa. Esvaziei imediatamente a taça num único sorvo e a enchi de novo.

Unaiko parecia estar pronta a me ouvir caso eu quisesse comentar alguma coisa a respeito do abalo que eu devia ter sofrido por causa do conteúdo da fita cassete, mas, naquele momento, eu não me sentia disposto a puxar conversa. Então, ao ver que eu bebia sem nada dizer, Unaiko quebrou o silêncio:

— O senhor vem tentando escrever a respeito de seu pai, falecido há mais de sessenta anos. Segundo sua irmã, a história desse romance que até sua mãe chama de *História de um afogamento* deve seguir em linhas gerais exatamente o rumo imaginado por ela. Então entendi por que sua mãe veio se opondo todos esses anos a que o senhor compusesse essa história. Durante este verão, algum tempo antes de o senhor vir para cá, sua irmã propôs e eu aceitei transformar esta casa da floresta em concentração do grupo The Caveman: limpamos a casa, depois Masao Anai e eu realizamos um treinamento intensivo para os jovens da trupe.

A princípio, a concentração foi programada para durar uma semana, mas como os jovens tinham alguns bicos a fazer, passei todas as noites sozinha aqui. Contudo, sua irmã veio me ver algumas vezes, preocupada com a possibilidade de eu estar me sentindo muito solitária. Nessas ocasiões — eu não andei especulando a respeito disso nem nada, é óbvio —, percebi que sua irmã, embora se mostrasse naturalmente muito feliz com a aproximação do dia de sua vinda para receber a notória maleta de couro vermelha, se sentia ao mesmo tempo bastante apreensiva. Masao Anai, que é um homem muito perspicaz em assuntos desse gênero, achou que a maleta de couro vermelha talvez não contivesse nada em seu interior, ao menos nada das coisas de que o senhor necessitaria para alavancar sua história, sr. Chōkō. Isso me preocupou, e certa madrugada em que fiquei aqui conversando com sua irmã, acabei me abrindo e lhe falei o seguinte: se isso realmente estava acontecendo, ela deveria lhe dizer, assim que o senhor chegasse aqui, que o material que tanto esperava encontrar não existia. (Realmente, acho que me meti num assunto que não me dizia respeito.) Como seria de esperar, pareceu-me que sua irmã se ofendeu. Visando não intimidar atores mais jovens do grupo, Masao Anai às vezes diz, no meio de uma representação: "Estou controlando (pelo menos é assim que ele diz) de maneira consciente a fúria que eu deveria lançar sobre vocês". Pois naquele momento senti que quem realmente estava controlando a fúria era a sua irmã... Ela então me disse: "Vou lhe expor tudo o que me atormenta a alma, Unaiko". Em seguida, retornou à casa dela na várzea, pegou pijama e toalha de banho e voltou para cá. Naquela noite, deitamo-nos lado a lado e ela me contou tudo o que guardava em seu íntimo. A maleta de couro vermelha, levada à polícia depois de ter sido recuperada num ponto bem mais a jusante do que aquele em que o corpo do seu pai foi encontrado, esteve a princípio guardada do jeito como foi entregue à sua mãe, mas ao longo de muitos anos sua mãe foi selecionando os documentos e se desfazendo deles. Segundo sua irmã, isso significou, ao mesmo tempo, que sua mãe aos poucos foi realmente compreendendo o sentido dos atos praticados por seu pai... No começo, seu pai sentia prazer só de oferecer saquê e ouvir o que lhe contavam os jovens oficiais do grupamento de Matsuyama, que lhe trouxeram uma carta de apresentação do professor emérito de Kōchi. Acompanhando o saquê, ele lhes servia trutas pescadas com sua rede durante a temporada do ano anterior — ele as assava e as punha para secar a fim de preservá-las —, assim como caranguejos e enguias que ele mandava a criançada do vale pegar e, em seguida, os mantinha vivos em tanques. Seu pai servia até carne de boi abatido secretamente, o qual ele dependurava no interior de uma caverna na montanha. Segundo sua irmã, sua mãe teria comentado: "Kogī escreveu que 'o pai cozinhou o rabo do boi que lhes fora entregue embrulhado numa folha de jornal ensanguentada', mas a carne boa foi servida aos jovens oficiais". De acordo com sua mãe, seu pai limitava-se a ouvir o papo alegre dos jovens oficiais enquanto eles se banqueteavam com as melhores iguarias que uma montanha pode oferecer e bebiam o saquê que a família conseguia com os produtores locais. Com o passar dos dias, a conversa foi aos poucos adquirindo nuances mais sérias, altura em que as moças da vila, que costumavam atender às mesas dos oficiais, foram proibidas de entrar na casa anexa ao depósito, e sua mãe passou a lidar sozinha com os banquetes. Contudo, seu pai, que até então se encarregara apenas de aquecer e servir o saquê sem dizer absolutamente nenhuma palavra, aos poucos começou a ouvir as conversas com crescente interesse. Logo começou a tomar parte das conversas sobre o levante dos jovens oficiais. Então, a partir do instante em que lhes chegou a informação de que na ilha de Kyūshū tinha sido construída uma base para o grupamento de aviões suicidas *tokkōtai*, e que aparelhos ali levantavam voo carregando bombas e combustível suficiente apenas para viagem de ida, sua mãe também foi proibida de ouvir as conversas, ficando encarregada apenas de levar comida para a casa anexa ao depósito. Essa foi a história que sua irmã ouviu de sua mãe. Posteriormente, aconteceu também uma coisa cujo significado sua mãe não compreendeu direito, mas que talvez tivesse sido muito importante: nos dias em que os jovens oficiais não vinham procurá-lo, seu pai começou a ler até altas horas uns livros grossos e grandes escritos em inglês em sua estreita saleta de estudos. Esses livros estavam guardados na maleta de couro vermelha, não estavam?

— Eu só soube da existência deles há pouco. São o primeiro volume da terceira edição e dois outros volumes de *The Golden Bough*, de Frazer. Eu mesmo pertenço a uma geração que procurou ler essa obra em versão traduzida e simplificada da editora Iwanami Bunko...

— E por que esses livros, necessariamente?

— Não tenho ideia — respondi.

— E então aconteceu a morte por afogamento de seu pai e, apesar do tácito acordo familiar de nada comentar a respeito dele, o senhor escreveu o romance *Futebol no primeiro ano do período Man'en* e, em seguida, declarou que queria escrever sua *História de um afogamento*, dando assim início às preocupações de sua mãe. Contudo, o senhor interrompeu o seu projeto, apesar de já ter o primeiro capítulo pronto. E quando declarou que também não queria mais o material contido na maleta de couro vermelha, sua mãe respirou aliviada. Apesar de tudo, o senhor acabou escrevendo e publicando *No dia em que enxugarás minhas lágrimas com tuas próprias mãos* sem se basear em nenhum documento. Foi nesse ponto que tudo desandou, segundo sua irmã. Na fantasia que o senhor descreve em *No dia em que enxugarás...*, o senhor acomoda seu pai num carrinho de madeira e, para conseguir os fundos necessários para o grupo revoltoso, o faz assaltar um banco e, depois, morrer fuzilado... Uma história que sua mãe considerou boba e vergonhosa. Ela então teria repetido muitas vezes: esse romance era um ultraje à memória de seu pai, que havia morrido de maneira tão trágica, e quem era o senhor para se julgar acima de qualquer censura? A expressão do rosto de sua irmã enquanto me contava tudo isso é impossível de ser imitada mesmo por atrizes tarimbadas como eu... Imagino que ela tivesse essa mesma expressão no rosto na hora em que gravou a fita que acabo de lhe entregar. Sei que estou me metendo de novo em assunto que não me diz respeito, mas...

— Vou ouvir mais uma vez a fita de minha mãe e... enquanto ouço, farei o possível para imaginar Asa sentada aqui ao meu lado tendo no rosto essa expressão que você descreveu. Muito bem, vamos dar por encerrada a sessão desta noite. E agora, o que acha de beber um pouco comigo? — concluí com uma voz que até a mim soou patética. Em seguida, tornei a verter com calma outra dose do aparentemente caro *shōchū* na taça diante de Unaiko, que recusou o convite e se levantou.

— Sua irmã Asa, mais que ninguém... e também Masao estão preocupados com o estado emocional em que o senhor ficará depois de ouvir essa fita. Por favor, não se exceda na bebida.

Quando começo a beber algo forte, tenho o hábito (ou talvez a fraqueza de espírito) de continuar a fazê-lo longamente, mas, atento ao conselho de Unaiko, e embora eu também tivesse esvaziado num único sorvo a dose que vertera para ela, não levei comigo nem a minha taça nem a garrafa de *shōchū* ao retornar para a poltrona diante do alto-falante.

4

Na manhã seguinte, despertei de um sono sem vestígios de sonho e, quando me ergui aproximadamente às seis horas para tomar um gole de água, reparei em Masao Anai do lado de fora da sala de jantar. Estava sozinho, cabisbaixo no meio da ramagem clara das romãzeiras que lhe pendiam sobre a cabeça e os ombros. Ele parecia um menino bem-comportado, mas se sentava sobre a pedra em que estavam gravados os versos meus e de minha mãe.

Retornei à sala de jantar e sentei-me à mesa numa posição que me permitia ver Masao obliquamente à minha esquerda e, abrindo a garrafa PET que permanecera sobre a mesa lado a lado com o pote de *shōchū*, despejei a água no vasilhame que ainda conservava um leve odor de saquê e bebi diversas taças cheias. Do outro lado do painel de vidro, Masao deu-se conta da minha presença e ergueu a cabeça. Sem esboçar nenhum gesto que desse a entender que me cumprimentava, desapareceu do lado oeste da casa. Usando a chave da porta da cozinha do molho que eu havia entregado à trupe, Masao entrou e, depois de se sentar diretamente à minha frente, também despejou água num copo que trouxera da cozinha e bebeu. Em seguida, verteu cuidadosamente outro tanto de água no próprio copo e também no meu, parecendo calcular, pela leveza da garrafa, a quantidade restante no vasilhame.

— Se o romance *História de um afogamento* que o senhor pretendia acabar de escrever durante sua estada nesta casa não se concretizar, o meu plano teatral também vai para o brejo?

— Não tive tempo nem condição de pensar nesse pormenor, mas a verdade é que o plano de permanecer nesta casa para refazer o trabalho interrompido com base no material contido na maleta de couro vermelha de minha mãe realmente se acabou.

— Mas nós da trupe consideramos que cancelar essa que seria sua última estada na casa da floresta — foi o senhor mesmo que disse isso — seria uma pena muito grande, não só no que nos concerne, isto é... nós sentimos muito porque tanto Unaiko como eu já tínhamos o plano em andamento, mas... não seria uma pena muito maior para o *late work* do escritor Kogito Chōkō? Sua irmã está preocupada com esse aspecto da questão. Ela me ligou quando o dia ainda nem começava a clarear para me dizer que o cancelamento do seu trabalho deve representar uma grande perda para o senhor e que largá-lo sozinho nesta casa enfrentando essa situação a punha aflita, pois ela contou ter ouvido um comentário seu de que, com a idade, o senhor passou a acordar mais cedo todas as manhãs e que se deixa perder em pensamentos pessimistas... Eis por que vim até aqui, embora eu saiba que nada disso é minha responsabilidade.

Permaneci em silêncio. E me dei conta de que meus ouvidos começavam a captar um zumbido. A floresta além do jardim não sofreu a invasão de pinheiros e ciprestes do entorno e continua a mesma desde muito tempo atrás, ao menos quanto à área pertencente à minha mãe. Ergo o olhar para ela, e o verde em diversos matizes sob o sol matinal é tão exuberante que chega a me estontear. Nos últimos dez anos, toda vez que retornava à casa da floresta, percebia antes de mais nada o zumbido no ouvido em meio ao profundo silêncio reinante e, ao mesmo tempo, me sentia reencontrando em sua base o "som da floresta". Também naquele momento me pareceu ouvir o "som da floresta" ecoando em meio à amplidão verde e cintilante. A presença de Masao não me incomodava. E então eu, este idoso sem força nem préstimo, tive ainda a impressão de ouvir, ecoando por sobre o "som da floresta", os versos de minha mãe: "Sem ao menos preparar Kogī/ para a subida à floresta...". Masao reassumira a expressão introspectiva de há pouco, quando se sentara sozinho sob a romãzeira, mas agora tinha aberto sobre os joelhos um caderno grande (eu já havia visto Unaiko procedendo da mesma maneira várias vezes), sem contudo parecer que estivesse lendo qualquer coisa escrita naquelas páginas.

— O que você tem anotado aí seria algo do tipo "lembrete útil para representações teatrais"? Supondo que isso exista também no mundo do teatro...

— Eu lia muito as "notas teatrais" do sistema Stanislavski do pessoal que elaborou o Novo Teatro japonês, mas as minhas não são tão sistemáticas, são meras anotações. Muitas vezes, eu me pego quebrando a cabeça para entender que raio de ideia teria me ocorrido para me levar a fazer certas anotações, muitas vezes recentes. Mais úteis são minúcias que copio de algum material de referência e também cópias de coisas que posteriormente recorto e colo. Pois as minhas peças são uma espécie de colagem de citações...

Anai não chegou a me passar o caderno que tinha aberto sobre os joelhos, mas não deu mostras de se incomodar com o olhar escrutinador que lancei sobre a página aberta. Versos em letras do sistema alfabético e em japonês se seguiam uns aos outros, ora sublinhados em vermelho, ora com anotações a lápis, compondo um conjunto visualmente bonito que revelava uma faceta diferente do Masao prático e empreendedor que eu conhecia.

— Tudo isso provém do manuscrito da *História de um afogamento* que o senhor me mostrou. A par das cenas do sonho, achei muito interessantes as citações de Eliot em língua original e as respectivas traduções de Motohiro Fukase que o senhor veio preparando desde os tempos em que era mais novo... O que me espantou em seu manuscrito foram as epígrafes da obra inteira escritas em francês. Afinal, eram citações de Eliot... Como alguém que hoje tem praticamente a mesma idade que o senhor tinha na época em que escreveu tudo isso, o que me desperta o interesse são as ligeiras discrepâncias entre o original inglês e as traduções francesa e japonesa (percebi que o senhor usa a tradução de Motohiro Fukase como referência, mas considera também cuidadosamente a de Junzaburō Nishiwaki). Pois é, são essas coisas que eu costumo anotar. Por exemplo, na tradução de Fukase, o trecho fica: "Passando pelas diversas fases da idade e da juventude", enquanto na de Nishiwaki: "Relembrou uns após outros os fatos de sua velhice e de sua juventude". Dessas duas traduções, emerge uma palavra inglesa de Eliot que, segundo me parece, foi o ponto que perturbou o jovem Chōkō: *age*. Na tradução de Fukase, *idade*, na de Nishiwaki, *velhice*. E se eu fizer uma tradução literal do francês, "as diversas fases de sua vida passada". Nesse ponto, o que eu quero saber é sobre esse personagem, Flebas... Ele ainda era jovem, de modo que não havia muito em seu passado, apenas uma juventude notável e talvez uma infância miserável... Seja como for, a tradução de Fukase fala em idade em oposição à juventude, e a de Nishiwaki fala, sem hesitar, em "velhice". A francesa trata juventude e velhice num único bloco. Voltando agora ao seu romance, de que maneira o senhor pretendia revisitar as diversas fases do passado de seu pai que morreu afogado?

— Na *História de um afogamento*? — Senti que me arrastavam de volta a um centro de interesse já muito, muito distante.

— O senhor ia reconstituir os diversos estágios do passado do seu pai, mas para um escritor ainda jovem, não deve ter sido fácil fazer isso, não é?

— Você leu o manuscrito de minha *História de um afogamento*, que escrevi quando eu ainda era jovem. Ela é interrompida no ponto em que meu pai avança para o meio da correnteza tumultuada com Kogī ao leme. Quase quarenta anos depois, e uma vez que eu pretendia continuar a escrever, você quer saber como eu prosseguiria a partir desse ponto? Acredito que essa lhe seja uma questão importante, já que você mesmo tinha concebido uma maneira de acompanhar o processo de composição da minha *História de um afogamento* por intermédio de entrevistas. Realmente, creio que teria sido difícil solucionar essa questão de *age* do meu pai em cada fase relembrada. E quem vai escrever sobre isso agora é um escritor idoso, e concordo que não está certo também impingir ao meu jovem pai minhas próprias ideias, não é mesmo? Quando produzi o manuscrito, pretendia descrever no capítulo de abertura os passos de meu pai rumo ao seu afogamento. Dias atrás, li diversas fichas e anotações que eu havia juntado e reparei que havia uma espécie de registro cronológico rudimentar nelas. Ali estão registrados fatos que ouvi de minha avó e de minha mãe entre meus sete e dez anos de idade. Lendas da vila, a história da minha família e a incorporação do meu pai a esta, trazendo consigo sua própria história... Parece-me que o meu plano era fazer funcionar a criatividade típica de um jovem escritor reconstituindo o pouco que lembrava ter ouvido. Afinal, o catalisador da imaginação nessa obra era um corpo afogado que ora boiava, ora afundava ao sabor da corrente submarina, não é? E era de minha livre escolha o que e em qual ordem esse pai iria recordar seu passado, de modo que experimentei até reler "As neves de Kilimanjaro". Também me preparei para escrever histórias e lendas que não consegui incluir no romance *Futebol no primeiro ano do período Man'en* sem me importar com a metodologia realista, mas, ainda assim, consultando amiúde a cronologia histórica e juntando a tudo isso relatos de pequenos episódios. Encontrei esses dados escritos em fichas esparsas. Mas de que maneira fazer o cadáver, ou seja, o meu pai, relembrar sua vida até a noite da própria morte em meio ao dilúvio? Começar por este ou aquele fato mais fresco em sua memória... isto é, por sua velhice (meu pai tinha então cinquenta anos, ou seja, pelos padrões modernos, estaria no auge da vida, mas para os habitantes de um vilarejo interiorano daquela época, ele já era literalmente um velho), ou voltar atrás até os dias da Guerra Sino-Japonesa do começo de sua vida e aos episódios de sua infância e meninice? Enquanto pensava em tudo isso, imaginei se não conseguiria me certificar a respeito dos episódios que eu conhecia (a maioria contados por minha avó) um pouco aqui, outro tanto ali, entende? Desde a época em que comecei a investigar, por intermédio de Asa, as circunstâncias em que ele conheceu a minha mãe, assim como a respeito da viagem que empreendeu para reaver sua jovem esposa que partira para a China a fim de visitar uma amiga de infância que tivera um bebê e não mostrava sinais de querer retornar, já havia no ar o prenúncio da briga que efetivamente ocorreu entre mim e minha mãe. Essa briga, então, acontece de maneira espetacular. No fim, eu me vi totalmente encurralado e, em consequência, declarei que desistia de escrever minha *História de um afogamento*, cujo manuscrito eu já havia enviado para minha mãe. Foi assim que pusemos fim ao nosso desentendimento. Naqueles dias, eu nem sequer sonhava em ver o material que a maleta de couro vermelha continha...

— E nesses termos permaneceu a situação — disse Masao. — Isso quer dizer que o senhor abandonou o projeto durante quarenta anos e só retomou a *História de um afogamento* atualmente.

— Mas depois de ouvir novamente a fita que Unaiko me entregou na noite passada, percebi de maneira muito clara quão abusado e descarado eu fora ao contar com a eterna indulgência de minha mãe. Percebi também que mantive o tempo todo a esperança de, um dia, receber das mãos dela a maleta de couro vermelha, quando então com a bênção dela retomaria muito satisfeito o projeto de escrever minha *História de um afogamento*. Agora, dez anos após a morte de minha mãe, esse meu jeito de ser autoindulgente foi expurgado por completo por minha irmã Asa. Ou melhor, por dois exércitos aliados: ela e minha mãe. Essas duas mulheres mantiveram a lucidez o tempo todo... Fantástico!

Masao Anai disse então:

— Quando ouvi de Unaiko e de sua irmã — isso foi antes de o senhor vir para a casa da floresta — sobre a complexidade do desentendimento entre o senhor e a sua mãe, fui obrigado a imaginar que essa outra história do período Shōwa que o senhor gostaria de escrever, tendo o seu pai como herói que tombou em combate, iria encontrar obstáculos desde o começo. Contudo, agora que o que eu imaginei se tornou realidade, e embora o que vou dizer possa soar descuidado nas atuais circunstâncias, penso que foi maravilhosa a inspiração que o jovem escritor obteve a partir do poema "Morte na água", de Eliot. O corpo de um homem que morreu afogado passa por todos os estágios da idade e da juventude enquanto sobe e afunda ao sabor da corrente submarina. Eliot é um poeta, de modo que ele apenas registra sua ideia, mas se a partir disso um escritor começa a compor uma prosa... isso não teria sido extraordinário em termos de metodologia? Aliás, "metodologia" era uma palavra que o senhor usava com frequência quando tinha seus quarenta anos e gerou muito deboche de críticos literários...

— Mas eu estava de mãos e pés atados, pois, para começo de conversa, eu, como jovem escritor, não havia iniciado minha carreira em consonância com nenhuma teoria metodológica. Pelo contrário, iniciei-a de acordo com uma linha totalmente autobiográfica que essa turma de críticos abominava, depositando todas as minhas esperanças no conteúdo da maleta de couro vermelha. Sem falar que minha mãe me transformou em assunto de pilhéria numa missa em homenagem ao meu pai, realizada nesta terra no ano em que entrei na faculdade! E agora, o que acha de bebermos o resto do *shōchū* entregue ontem por minha irmã, que previu tudo isso naqueles distantes dias do passado?

V. A grande vertigem

1

Naquele dia, Asa não veio me ver para falar a respeito daquilo que conversáramos no dia anterior ou da fita cassete que mandara Unaiko me entregar à noite. Unaiko, que passara a dormir na casa da minha irmã desde a referida noite, me trouxe então o jantar e me transmitiu seu recado: Asa abandonara os cuidados da própria casa durante as últimas duas semanas e agora precisava pôr em dia as tarefas negligenciadas. Como eu resolvera deixar a casa da floresta e já imaginava que aquela poderia ser minha última estada no vale, perdi alguns dias pondo em ordem questões concernentes ao meu cotidiano. Quando mandei Unaiko avisar minha irmã que eu pretendia partir para Tóquio no começo da semana seguinte, Asa me telefonou para dizer que tinha assuntos de ordem prática a tratar e, em seguida, apareceu para conversar diretamente comigo.

— Liguei também para a sua esposa, Chikashi, e quando lhe contei que o objetivo de sua vinda para a casa da floresta, ou seja, a busca do material para o romance *História de um afogamento* dera em nada, ela respondeu calmamente: "Então ele deve estar voltando para cá". Digo *calmamente* porque eu mesma estava preocupada com as consequências financeiras que sua desistência de um trabalho importante acarretaria. Isso me facilitou direcionar a conversa para esse assunto. Ela me disse que tanto os valores dos direitos autorais das publicações estrangeiras quanto da venda dos livros no mercado interno tinham caído, mas havia ainda a renda proveniente da série de ensaios que você escreve para certo jornal, assim como dos artigos que determinada revista costuma publicar a respeito das palestras que você faz em lugares quase desconhecidos sobre assuntos que andou cogitando por um longo tempo. Acrescentou que, segundo ela imaginava, esse era o estilo de vida um escritor literário na velhice... Você se casou com uma pessoa realmente maravilhosa, meu irmão! Que sorte a sua! Mudando um pouco de assunto, você ouviu a fita de nossa mãe que eu lhe mandei dias atrás. Eu, que conhecia muito bem o conteúdo dessa gravação, fiquei um bocado apreensiva. Foi por isso que lhe mandei também uma bebida alcoólica forte, cujo consumo você devia ter abandonado há tempos. Na manhã seguinte, quando falei com Masao a respeito, ele me disse que você dormiu profundamente e que parecia estar com boa disposição. Então comecei a me preocupar com o fato de ter sido eu a culpada por você beber depois de tanto tempo... Mas quando cheguei hoje aqui e entrei pela cozinha, não vi nenhum sinal de garrafas vazias rolando por aí nestes tempos em que se consegue comprar um scotch barato em qualquer supermercado. De vazia só vi a garrafa do *shōchū* que eu havia lhe mandado. Por tudo isso, hoje à noite, Unaiko vai lhe trazer um pouco de cerveja devidamente gelada com o jantar que eu lhe preparei. Que acha de beber um pouco com ela? Uma vez que a *História de um afogamento* foi para o brejo, não acho provável que o trabalho desenvolvido com a trupe The Caveman se estenda. Acredito que Unaiko tenha naturalmente alguns assuntos para tratar com você e também que você ficará mais feliz à mesa em companhia dela do que de sua irmã.

2

Desde o nosso reencontro, e com exceção do dia do ensaio geral, Unaiko sempre se vestia muito mais como uma contrarregra do que como uma atriz, mas, naquele dia, apareceu com roupas bem juvenis (aliás, ela assim me pareceu também na ciclovia à beira do canal). Usava uma blusa clara de padrão floral e saia rodada que lhe davam um aspecto muito mais feminino do que quando ostentava sua posição de dirigente do grupo teatral The Caveman. Asa havia me mandado presunto, salsichas e algumas ervas que ela mesma colhera e fritara. Unaiko comeu e bebeu com vontade. Disse que ainda se achava jovem e aguentava beber um bocado, mas, a partir de certo ponto, a bebida lhe subia rapidamente à cabeça, de modo que combinara com Masao que ele viria apanhá-la dentro de duas horas.

Ela falou muito. Quanto a mim, imaginei que estaria sob a influência da depressão que me assaltara nos últimos dias, mas, quando me dei conta, também conversava sem parar. Momentos depois, Unaiko passou a abordar, com a delicadeza de um elefante em loja de vidros, assuntos que até então ela evitara tocar por educação ou talvez por timidez.

— Acredito que o senhor não esteja com disposição de falar de coisas que ficaram para trás, mas a verdade é que não consigo me esquecer de uma cena do seu sonho recorrente, sonho que o senhor, aliás, continua a ter ainda, em que o seu pai leva o bote para a correnteza do rio em meio à inundação. O senhor consegue ver as roupas que ele usa, não é? Segundo o manuscrito da *História de um afogamento*, as nuvens tinham se partido e a lua surgira entre elas.

— Vejo com clareza.

— E o senhor nota algum tipo de diferença nessas roupas a cada vez que sonha?

— São sempre exatamente as mesmas, como se uma velha foto em preto e branco tivesse sido inserida em meu campo visual... Eis por que vim acreditando, durante todos esses anos, que eu realmente presenciei a cena desse sonho.

— Que tipo de roupa ele vestia? Sua irmã acha que ele estava com o uniforme usado por civis naqueles tempos de guerra, mas que tipo de uniforme seria esse? Na versão teatral de *No dia em que enxugarás minhas lágrimas com tuas próprias mãos*, estabeleceu-se que ele trajava o uniforme dos militares aposentados.

— A cor era cáqui... Essa era a cor do uniforme que todo civil tinha de usar em tempos de guerra. Ele trajava o uniforme civil, com boné na cabeça e a maleta de couro vermelha a seu lado.

— Sua mãe dizia que, no começo, seu pai apenas ouvia a conversa como um cidadão comum, mas acabou se incorporando ao esquema. E que, conforme se aproximava o dia do levante, seu pai começou a ficar com medo e fugiu. Acho a atitude do seu pai perfeitamente natural. Ao menos me parece muito mais coisa de alguém em plena posse das faculdades mentais do que como descrito em *No dia em que enxugarás...*, concorda?

— Plenamente. Dias atrás, eu mesmo senti, enquanto me deixei entusiasmar a ponto de me associar ao coro alemão, quão imaturo era o meu próprio romance. Pensei também que, naquela novela, a única personagem bem elaborada é a da minha mãe, com suas críticas a respeito do comportamento infantil do próprio marido e do filho...

Já sob o domínio da embriaguez provocada pela cerveja,

Unaiko continuou a falar movendo de um lado para outro o rosto de aspecto muito mais jovem do que era na realidade.

— Mas o senhor queria descrever seu pai, que se lançava naquele momento na turbulenta correnteza do rio transbordante, como um indivíduo sóbrio, de posse das próprias faculdades mentais, não queria?

— Exatamente. E esse anseio continua comigo, tanto que, agora, eu pretendia escrever que o fato de meu pai ter se lançado ao rio representava apenas uma etapa rumo à realização do seu projeto. Pois o menino — eu mesmo — presente naquela cena assim acreditava e, além disso, a história seria contada pelo prisma do menino do sonho, que também acreditava nisso. A história de uma vida relembrada pelo pai do menino, enquanto subia e afundava ao sabor da corrente submarina: eis aí a *História de um afogamento*.

— Em *No dia em que enxugarás...*, a mãe é a única a não levar absolutamente nada a sério, mas o pai parte para a guerra na qualidade de elemento indispensável ao levante tramado pelos jovens oficiais. E essa figura paterna é vista como heroica pelo garoto.

— Escrevi aquilo numa época em que, por causa da oposição de minha mãe, não só desisti de escrever a *História de um afogamento*, como também tive de prometer a ela que abria mão desse direito. Creio que minha revolta contra ela se evidencia em toda a extensão da obra.

— A única personagem que convence como uma figura real no romance *No dia em que enxugarás...* é a mãe. A mãe é a única a contrariar frontalmente o filho, que se obstina em dizer que o pai morreu como um herói. Ou seja, o intuito dessa obra é atestar que ela é a única a estar de posse de suas faculdades mentais?

— Não existe nenhuma obra minha em que só um personagem é considerado mentalmente são. Tanto o pai, que dentro de um caixote de madeira suporta as dores de um câncer terminal, quanto o garoto, com seu boné militar falsificado, e os jovens oficiais que cantam aos berros a canção alemã, todos eles se equiparam a ela.

— Mas, mesmo não passando de uma pessoa simples, eu me pergunto se isso teria algum significado social. Nos últimos tempos, o senhor veio se dedicando a essa *História de um afogamento*, seu *late work*, como o senhor mesmo a definiu, porém caso a tivesse terminado, essa obra não seria equiparável a *No dia em que enxugarás*...? Até o fim da história, nenhum plano se concretiza. Nem sequer nos é dado conhecer o fator mais importante no contexto. Uma série de episódios é contada pela voz do afogado, depois o cadáver falante é sorvido pelo redemoinho e... fim, não é? Pois eu imaginava que, diferentemente dos anticlímax que vêm se repetindo até agora, o pai iria se lançar ao rio tumultuado, passaria a perna nos policiais e nos militares, romperia o cerco armado por eles e conseguiria realizar o levante. Que nada semelhante a esse levante aconteceu na história do país, até uma ignorante como eu sabe. Mas imaginei também que se o pai morresse afogado depois de ao menos ter dado início àquilo que se constituiria em importante acontecimento, teríamos uma história que sairia do costumeiro padrão anticlimático. E então, o senhor ouviu a fita cassete de sua mãe e se deu conta de que, em vez de ser o responsável por instigar um levante, seu pai fugiu com medo do que poderia lhe acontecer... e, além de tudo, se deu conta também de que o bote afundou e ele morreu afogado. E agora, o senhor não vai mais escrever a *História de um afogamento*. Será que existe algo mais anticlimático que isso? Sua irmã me disse que sentiu o coração doer ao imaginar quão abatido o senhor teria ficado quando percebeu que a maleta de couro vermelha entregue por ela mesma não continha nenhum detalhe realmente importante para a sua *História de um afogamento*. Claro, ela sabia desde o começo que isso iria acontecer, mas... decidiu seguir adiante mesmo assim porque não havia outra saída. Ela apenas tentou restabelecer a sanidade mental de certo homem de mais de setenta anos que continua a sonhar com o que lhe aconteceu certa noite, aos dez anos de idade, e que até hoje vê o pai, que morreu afogado, como uma figura heroica. Eu preparei o gravador e pus a fita para reproduzir. De modo que também me senti parcialmente responsável. Mas, em seguida, cheguei à seguinte conclusão: e daí? Longe de ser um conspirador que enfrentou o poderoso Exército japonês, ele foi um simples matuto que fugiu de medo do plano concebido por ele mesmo e por seus comparsas.

Se você, caro leitor, imagina que a essa altura dei vazão à raiva contra minha interlocutora — sua embriaguez avançava em ritmo acelerado — lançando-lhe os impropérios que a velhice não conseguira extinguir de minha memória, engana-se redondamente. Sereno, envolvido pelos intensos "sons da floresta" e agitado ora pelo riso, ora pela melancolia que desabavam alternados sobre mim, passei minutos de completa satisfação sem ter ao menos tocado o meu copo. Habituado ao mau comportamento que a embriaguez fazia aflorar em Unaiko, Masao Anai surgiu, e ao me ver enfim livre dos dois, senti até certa falta de sua companhia, ao contrário do que se poderia esperar.

3

Na manhã seguinte, Masao Anai surgiu trazendo-me a refeição matinal em horário um tanto tardio e me comunicou que uma forte ressaca impedira Unaiko de se levantar. Durante todo o tempo em que comi o meu desjejum, ele permaneceu voltado para o jardim dos fundos observando a pedra arredondada com os poemas gravados. Passado algum tempo, porém, disse-me que Unaiko o encarregara de me perguntar algo que ela pretendia ter abordado na noite anterior.

Um programa de apresentação de leitura dramatizada de obras da literatura moderna pelo grupo The Caveman em ginásios e colégios daquelas redondezas tivera início depois que Masao reencontrara um amigo dos tempos da faculdade, o qual atualmente dava aulas de língua pátria num colégio provincial. Unaiko queria aprontar a dramatização que seria apresentada naquele verão durante as aulas unificadas do segundo semestre e pretendera se aconselhar comigo a respeito disso.

— Cada dramatização é composta de duas apresentações de cerca de quarenta e cinco minutos cada. Durante a primeira apresentação, fazemos a leitura dramatizada do sumário da obra; na segunda, realizamos um debate dramatizado com os alunos. Já apresentamos algumas dramatizações, como *Viagem noturna no trem da Via Láctea*, de Kenji Miyazawa, *Crianças ao vento* e *As quatro estações da infância*, de Jōji Tsubota, e *Kappa*, de Ryūnosuke Akutagawa... Este ano, atendendo a solicitações, estamos preparando a obra *Kokoro*, de Sōseki. Um ator interpretará os diálogos do personagem sensei, ou seja, do professor, bem como a carta-testamento deixada por ele, e outro ficará encarregado do "eu" do diálogo e de sua voz interior, e a eles se juntarão alguns outros jovens atores. Estamos agora preparando o roteiro da leitura dramatizada do sumário da obra *Kokoro*, mas tem algo incomodando Unaiko.

Masao Anai abriu um caderno grande que trouxera consigo, mas, diferente daquele que em geral utilizava para compor peças novas, este parecia ser usado em conjunto com Unaiko. Masao folheou também um livro de bolso da coleção Obras Completas de Sōseki, publicada pela editora Iwanami Bunko.

— Estou empacado no trecho quase final do romance em que o autor fala da morte do imperador Meiji. "Naquele momento, tive a impressão de que o espírito do período Meiji começara e terminara com o imperador. Experimentei também uma aguda sensação de estarmos agora totalmente ultrapassados, pois muito embora a nossa geração tivesse se criado sob a mais intensa influência do período Meiji, aqui permanecíamos nós, ainda vivos, depois da morte de nosso Imperador. E foi o que eu disse claramente à minha esposa. Ela não me levou a sério e sorriu, mas depois de pensar alguns instantes, disse-me repentinamente em tom de troça: 'Ora, imole-se então! Siga os passos do imperador e o acompanhe ao túmulo!'." O trecho do testamento escrito pelo personagem sensei está em fase de preparação: Unaiko o lia e eu repetia para fixar o texto. Depois de algum tempo, porém, Unaiko ficou pensativa. Primeiro, tentou esclarecer comigo a dúvida que a incomodava, mas como eu não consegui lhe dar uma resposta objetiva, ela pretendia ter falado a respeito disso com o senhor ontem à noite. E então, hoje, ela me encarregou de o abordar com essa dúvida. Considerando correta a premissa de que o "espírito Meiji" permeou todo o referido período, teriam *todas* as pessoas que viveram nessa época sido influenciadas por ele? O senhor pode considerar a pergunta um tanto simplista, mas essa é uma questão que eu, muito mais que ela, queria levantar. (Como vê, Unaiko e eu somos uma variação de *pseudo-couple*, a "estranha dupla" de sua obra.) O personagem sensei não terá sido uma pessoa que se emancipou do jugo de uma geração e "resolveu viver como se já tivesse morrido"? E caso ele tenha sido isso de fato, pessoas desse tipo não teriam sido capazes, ainda assim, de viver imunes ao decantado "espírito Meiji"?

— Quando eu era mais novo, também me fazia essas mesmas perguntas. E não acho que, à época, eu tenha conseguido respondê-las de maneira satisfatória. Agora, porém, a resposta me vem com estranha clareza. Creio que quanto mais uma pessoa se afasta de sua própria época e procura ser independente dos que vivem ao seu redor, mais essa pessoa sofre a influência do espírito de sua época. Minhas obras geralmente retratam indivíduos desse tipo; apesar disso, talvez eles estejam buscando, acima de tudo, expressar o "espírito de suas épocas". Não pretendo afirmar que existe um valor positivo nisso... E se por tudo isso eu perder quase todos os meus leitores, na hora da morte eu talvez pense que me sacrifiquei ao "espírito da minha época", não é?

— E o senhor imagina que isso acontecerá num futuro muito distante? Ou está prevendo como algo real com data certa?

— Isso também faz parte das coisas que Unaiko queria me perguntar? Ou é algo de que você se lembrou neste momento? — perguntei, mas não obtive resposta.

— E agora que, segundo me parece, já não lhe restam muito mais coisas para arrumar antes de ir embora para Tóquio — disse Masao mudando de assunto —, o que pretende fazer? Sua irmã me contou que o senhor estaria pensando em procurar locações para a sua obra *História de um afogamento*, de modo que vou lhe falar de alguns lugares sobre os quais eu mesmo andei pensando: o que acha de examinar minuciosamente o vale, mais especificamente as margens do rio Kamegawa? E caso o senhor resolva vir para essas bandas outra vez, suponho que possa perambular pela estrada que margeia o rio. Atualmente o senhor é mais estrangeiro nestas redondezas que eu ou Unaiko, talvez tudo lhe pareça familiar, mas talvez não seja... E se topar com algum velho morador das redondezas, será um susto para ambos. Os outros sabem quem o senhor é, claro, mas não se atreva a ignorar o cumprimento que lhe dirigirem, pois a situação ficará insustentável depois. Para prevenir situações desagradáveis, o que acha de nos prepararmos com antecedência? Quando alguém lhe dirigir a palavra, eu responderei ao cumprimento e o senhor me acompanha com uma leve mesura. Que tal?

Masao preparara também um plano objetivo.

— E que acha de nadarmos perto das Rochas Casadas, lá onde o senhor entalou a cabeça e quase morreu afogado por ter se metido numa fresta da rocha para observar um cardume de robalos? Pouco antes de o senhor vir para cá, a dupla Suke & Kaku andou mergulhando naquela área para pesquisar detalhes do seu romance. E disseram que ainda hoje há um considerável número de robalos nadando por ali!

Masao e eu vestimos calções de banho e, sobre eles, camiseta e shorts, e em seguida descemos ao vale. O ano letivo em áreas rurais tem início mais cedo para compensar as férias escolares em período de safra, de modo que não se via nenhuma criança, nem na rua que margeia o rio, nem na que corre além da fileira de casas paralela ao dique. Não vimos também nenhum adulto disposto a nos cumprimentar. Se ocorresse de eu topar com algum conhecido, seria um indivíduo na faixa dos sessenta ou setenta anos, ou talvez até mais velho, mas naquele horário, pouco antes do meio-dia, não havia vivalma no vale.

Nós dois descemos a escadaria do dique em direção à margem do rio Kamegawa. Atualmente, as crianças nadam na piscina das escolas, de modo que no entorno das Rochas Casadas, que um dia foi o ponto preferido da garotada, não se via ninguém brincando na água. Naquela área há uma formação rochosa em forma de pirâmide, cuja área exposta mede cerca de três metros de altura, e diante dela houve antigamente outra formação semelhante compondo o casal de rochas a que deviam o nome, mas a última teria sido detonada, segundo diziam, para produzir o arenito necessário à construção da ponte de concreto que, por ironia, agora ninguém mais usava. E o fato de uma das rochas do casal inicial ter ficado sem o par gerou uma lenda, segundo a qual é grande o número de viúvas que moravam ali, à margem do rio, minha mãe tendo sido uma delas. O fundo poço que a rocha formou ao interromper o fluxo proveniente do baixio assim como o espaço contíguo de respeitável profundidade criado pela água que escapava do poço constituíam a minha área predileta de brincadeiras nos meus tempos de criança.

Nós nos despimos e ficamos só de calção de banho sobre a longa faixa de arenito que se estende rio adentro — foi dessa faixa que eu contemplara o bote do meu pai na noite da inundação — e com a água até as coxas vadeamos a correnteza em direção às Rochas Casadas.

Enquanto avançava contra a correnteza, vi que, na floresta da margem oposta, todas as árvores, cujos topos se destacavam contra o céu, estavam agora mais altas e mais encorpadas do que aquelas que eu guardava na lembrança. Minha memória gravara a paisagem do vale em íntima relação com o fim da guerra e com os três anos que a ele se seguiram: naquele tempo, a floresta tinha um notório aspecto de desalento. Passados sessenta anos, a floresta estava recuperada e a vila se despovoara na mesma medida.

Quando a água atingiu a altura do peito, Masao e eu fomos em direção às Rochas Casadas em nado crawl. Eu tinha protegido meus olhos com os óculos que usei durante muitos anos na piscina de Tóquio. Ao alcançar o rochedo, apoiei o braço numa saliência da rocha oculta sob a água da mesma maneira que costumava fazer em meus tempos de criança, e então Masao, que não usava óculos, voltou para mim os olhos vermelhos e disse:

— O senhor escreveu algures que aprendeu a nadar sozinho, seguindo instruções de manuais franceses e ingleses. Seu jeito de nadar é bem isso.

— Apenas aperfeiçoei meu nado dessa maneira.

— Avançando um metro à direita da superfície da rocha e mergulhando o rosto existe uma fenda na pedra. Lembra-se disso, não é? Suke me disse que uma criança seria capaz de introduzir a cabeça nessa abertura. O que acha de espiar lá dentro e observar o cardume de robalos?

Fiz como Masao sugeriu e mergulhei contra a correnteza, rente à rocha. Quando criança, eu procedia da mesma maneira e, empurrado para longe pela forte correnteza que batia na face leste da pedra e ricocheteava, minha mão se soltava muitas vezes da saliência da rocha. Hoje, eu era capaz de agitar os pés debaixo da água e resistir ao ímpeto da correnteza... Ou seja, eu era adulto, muito embora notavelmente enfraquecido pela idade. Então mergulhei o torso entre as duas placas rochosas de que eu me lembrava muito bem e meu rosto adulto foi imediatamente recusado pela fenda. Contudo, consegui vislumbrar um espaço luminoso e esverdeado do outro lado da abertura.

Deixei-me levar momentaneamente pela força da correnteza e, em seguida, finquei o pé no leito do rio, mudei de direção e retornei em nado crawl para o lado de Masao.

— Agora, o senhor já viu que não consegue enfiar a cabeça na abertura... Portanto, desista disso e, se procurar apenas espiar o fundo da fenda diretamente à sua frente, tenho certeza de que terá êxito.

Segui seu conselho com seriedade. Então, através das lentes de miopia adaptadas aos meus óculos de mergulho, vi com nitidez as dezenas de meus saudosos robalos iluminados por uma claridade levemente esverdeada, nadando na mesma velocidade da correnteza que se opunha a eles. Na cabeça dos robalos, cada olho preto luzia indícios verde-prateados e parecia se mover em mínimos relances de percepção da minha presença. E enquanto tive fôlego, ali permaneci. Depois, empurrei a borda da rocha na qual me segurava e, emergindo com o rosto voltado para cima, inspirei profundamente e me deixei levar pela correnteza...

Por instantes, flutuei dessa maneira ao sabor da correnteza e então percebi Masao chegar nadando ao meu lado.

— Em sua primeira edição de *O menino da cara triste*, o senhor escreveu que os robalos eram algumas centenas e que quase morreu afogado com a cabeça presa na fresta da rocha porque queria ver direito o rosto do menino Kogī de dez anos — ou seja, o seu próprio — refletido nos olhos dos peixes. Nessa ocasião, o número de olhos dos robalos era de algumas dezenas, certo? Perguntei a um homem do vale que antigamente vivia da pesca no rio e ele me disse que a quantidade de robalos no interior das Rochas Casadas não se alterou desde aqueles velhos tempos, e confere com aquilo que o povo destas bandas diz. Ou seja, o senhor viu hoje a mesma quantidade de peixes de mais de sessenta anos atrás. E eram algumas dezenas, certo?

— Não consigo ter clareza quanto ao número de peixes, mas... se naquela ocasião eu realmente tivesse ficado com a cabeça presa na fenda e morrido afogado, acho que eu seria agora um robalo e estaria olhando o "eu" do lado de cá.

— Mas então não haveria o senhor atual espiando o cardume de robalos...

— É verdade, não consegui ser um espécime desse cardume de não sei se algumas dezenas ou centenas de robalos, nadando para sempre no interior dessa fresta em meio à luminosidade esverdeada; sou apenas um velho que agita os pés para se manter à tona e luta para não ser arrastado para longe da rocha pela correnteza. Não me resta outro recurso senão assumir esse indivíduo que está do lado de cá.

— O senhor declarou ter desistido de se comparar ao seu próprio pai que, quando era vinte e tantos anos mais novo do que o senhor é hoje, saiu singrando a toda velocidade o rio em tumulto e ora desce, ora sobe no fundo do rio, mais a jusante.

— Exatamente. O corpo afogado de meu pai está mais próximo aos robalos do que eu.

Masao não deu importância ao meu lamento e disse:

— Unaiko ficou furiosa comigo. Ela acha que estou deixando seu corpo idoso (embora a água lhe chegasse à altura do peito, a proeminente musculatura de seus ombros queimados de sol bastava para atestar com clareza a diferença de idade existente entre nós dois, fato que ele resolveu expressar agora sem rodeios) na água por tempo demasiadamente longo. Ela teme que o senhor possa pegar um resfriado e desenvolver uma pneumonia.

Das duas pontes de concreto que, mais a jusante, cruzavam o rio lado a lado — uma nova e outra velha —, Masao se voltou na direção daquela que tinha sido abandonada por não suportar o intenso fluxo de carros: sobre ela, duas mulheres sacudiam o braço freneticamente.

— Vamos sair da água.

Largamos a rocha e, depois de deixarmos que a correnteza nos levasse por instantes, retomamos o nado crawl. Sobre a ponte, as mulheres, visíveis a cada vez que eu erguia o rosto para respirar, tinham começado a torcer aos gritos, e Masao, decidido a levar a sério a disputa, resolveu abrir vantagem sobre mim. Eu me esforcei para que isso não acontecesse. Nos meus tempos de criança, eu costumava aproveitar o ímpeto das águas que brotavam das profundezas do poço ao lado das Rochas Casadas e, em seguida, cruzava a correnteza na direção do rochedo que faceava o curso do rio, pois esse era o percurso costumeiro da molecada, mas nunca nadara rio abaixo paralelamente à correnteza. Masao, porém, continuou a nadar obliquamente, até o rio se tornar raso demais. Quando nos erguemos pisando areia e pedregulhos (a água só nos chegava até a altura das coxas), tínhamos nadado entre cento e cinquenta e cento e sessenta metros. Foi isso que pesou de maneira inesperada em minha condição física, embora só mais tarde tenha me dado conta.

Alcancei a margem e, enquanto enxugava o torso com uma toalha, temia que, de cima da ponte de concreto, Unaiko percebesse o tremor que me assaltava as pernas, mas quando Masao e eu acabamos de nos arrumar e voltamos o olhar para elas, vimos as duas mulheres em animada conversa com um grupo de ginasianas que, com o término das aulas, haviam saído às ruas. Como não podíamos nos apresentar com roupas molhadas diante de garotas em uniforme escolar, Masao e eu continuamos a conversar na margem do rio.

— No outono passado, a encosta que vai desde o matagal por trás das Rochas Casadas até a plantação de castanheiras se cobriu de flores de um vermelho intenso, e foi então que me dei conta de que aquelas eram as flores que o senhor chamou de amarílis.

— De cujas raízes extraímos os bulbos chamados de *hoze* nesta região, caso ainda tivéssemos quem os apanhasse. Costumeiramente, vê-se essa exagerada profusão de corolas vermelhas secas e recurvadas de onde explodem pistilos e estames.

— Pensei então que esse vistoso espetáculo de flores era realmente capaz de instigar o instinto empreendedor de certas pessoas. Ou então que, em vez de imaginar uma montanha de *hoze* extraída das plantas murchas, essas pessoas talvez tenham visto nas flores vermelhas recobrindo por completo a encosta do vale um cenário de labaredas devastando a terra inteira...

Mas eu já não tinha disposição alguma de pensar nos jovens oficiais que, segundo me pareceu, povoavam a imaginação de Masao. Ao perceber que eu não lhe dava resposta, Masao resolveu me explicar por que as jovens ginasianas rodeavam Unaiko e Asa.

— Aquelas estudantes, aliás não só elas, como também a

maioria das colegiais da vila vizinha, são fãs incondicionais de Unaiko. Por intermédio dessas garotas, ela pretende chegar aos pais. Essa é a razão de despender tanta atenção ao relacionamento com essas meninas. Almeja uma relação que não se restrinja apenas ao âmbito teatral, mas que englobe um espectro social mais amplo, sabe...

— Você não quer me trazer o carro até a base da ponte? O nado crawl de há pouco me esgotou fisicamente. Acho que Unaiko e minha irmã chegaram de carro, não é?

Só então Masao pareceu dar-se conta do meu estado de exaustão. Mas quando ele me disse que as estudantes e Unaiko ainda ficariam conversando por um bom tempo, propus subir pela escadinha de ferro construída na barragem num ponto mais acima e, a seguir, tomar o atalho que conduz à casa da floresta.

4

Naquela noite, em parte por ter ido dormir mais cedo que de costume, acabei despertando muito antes do amanhecer. Durante os últimos momentos do meu sono, eu já me sentia atormentado por um pavor mais físico que psicológico. Em meio à escuridão, eu percebia uma forma que não surgia, apenas se desintegrava e desaparecia. A impetuosa destruição representava por si mesma um grande choque, mas a mente que percebia o fenômeno era um poço de silêncio... Ainda sob o domínio de um sonho indefinido, apertei o comutador do abajur da cabeceira (ação que me pareceu inesperadamente difícil) e dirigi o olhar para uma espécie de disco que se encaixava em ângulo de sessenta graus no ponto em que o teto e a prateleira de livros se encontravam. O disco começou a girar para a direita e, tomando impulso, desmoronou a toda velocidade à minha direita...

Obrigado a fechar os olhos, pensei: estou tendo uma tontura em escala nunca antes experimentada. Abro os olhos, o disco em sessenta graus surge e desmorona outra vez a toda velocidade. Dessa vez, tento manter os olhos abertos. Dou-me conta então de que, durante todo o tempo em que dormia, o disco em ângulo de sessenta graus continuava a desmoronar velozmente em meio à escuridão total. Agora, o disco em ângulo de sessenta graus está encravado entre as lombadas dos livros na prateleira, e o conjunto inteiro tomba como que pressionado por forte ventania. Aperto o comutador do abajur com a mão amolecida, da qual toda a força parece ter se esvaído, retorno à escuridão... Tenho a sensação de que a parede no meio da escuridão também é um disco em ângulo de sessenta graus e se desintegra velozmente, mas sinto que assim é mais fácil de suportar do que quando estou com os olhos abertos... A crise de tontura continua no mesmo formato e me provoca a vontade de fechar até os olhos que contemplam a escuridão...

Em meio ao agravamento da crise de tontura, percebo agora que aquilo que me assaltara durante o sono (ou aquilo que tivera início durante o penoso despertar em que eu contemplara o teto em meio à escuridão, ou seja, o fundo de um poço de ponta-cabeça) continua agora a me atormentar cada vez mais. Soergo-me com os olhos ainda fechados, mas o torso que ergui é jogado violentamente nos sessenta graus característicos da crise e eu tombo de costas. E então, com o senso mais desperto, me vem a noção de que eu nunca experimentara uma vertigem tão forte como essa.

E assim percebendo (percebo também que, se sou capaz de perceber, é porque o corpo é uma presa da vertigem, mas o cérebro funciona normalmente), dou-me conta de que essa vertigem mal começou. Ela ainda haveria de se aprofundar e, então, será que uma horrorosa enxaqueca não viria em seguida? E com uma vertigem dessa intensidade não era possível que tudo acabasse sem fortes náuseas. E eu tinha algumas coisas a fazer antes que isso acontecesse.

Abro os olhos, mas logo torno a fechá-los ante o veloz desmoronamento em sessenta graus da face da prateleira, mas tenho noção de minha posição e da posição do quarto. Tento escorregar da cama para o chão. Não consigo. As pontas de minhas mãos e pés estão sob a influência da queda de sessenta graus. Ainda assim, consigo de alguma forma me posicionar de bruços. Desabo no chão a muito custo, ponho-me de lado e, com as mãos e os pés enfraquecidos, tento rastejar pelo chão instável e sair no corredor.

A enxaqueca ainda não me assaltou e, embora com os olhos abertos minha consciência vá e volte de maneira intermitente sob o efeito da queda de sessenta graus, ainda consigo pensar um pouco se os mantenho fechados. Dessa maneira, avanço pelo corredor em direção ao banheiro. Não teria eu sido vítima de uma forte anomalia no cérebro capaz de romper alguns vasos sanguíneos? Alguns conhecidos de minha idade enfrentaram males semelhantes: alguns morreram em seguida, mas outros, que conseguiram sobreviver, não têm mais os cérebros funcionando como antes. Eu não poderia mais estabelecer um critério para a minha vida ou para o meu trabalho de escritor, ou para ambos… Qualquer que fosse a escolha, minha vida como escritor estaria acabada. E nesse caso, antes que uma enxaqueca terrível e fatal me alcançasse, eu tinha de levar a cabo certos arranjos.

Quero que todos os meus manuscritos em fase de composição ou que no momento já estejam em fase de revisão sejam destruídos. Se eu deixasse uma ordem escrita nesse sentido (no momento, não me ocorre ninguém a quem designar), talvez alguém pudesse realizar o meu desejo. Lembro-me — não por intermédio de palavras, mas por imagens que correm o risco de a qualquer momento se desintegrar — que há uma prancheta com papel sobre a poltrona posta no espaço entre a cabeceira da cama e a janela do lado sul. Empunhar uma caneta me seria impossível, mas creio que consigo apanhar de olhos fechados um dos diversos lápis de cor grossos apontados (azul-escuro, da marca alemã Lyra) que tenho ao lado e rabiscar uma nota...

Acumulo forças. Mas que raios vou mandar destruir? Não me vem nada à mente, mas seria por meu cérebro estar em estado caótico, sem energia? Sinto-o funcionando de maneira límpida. E é correto que nada me venha à mente, pois não tenho nenhuma obra em andamento. Um sentimento intenso de alívio e de autodesprezo me invade. Ou seja, este que aqui jaz já é quase um morto. E se já estou morto, é absolutamente natural que não sinta medo da morte. Em seguida, me invade nova sensação de pânico que nada tem a ver com o que eu vinha pensando. As palavras esculpidas na pedra. Aos meus olhos, que continuam cerrados, elas não são visíveis, mas caso conseguisse vê-las, iria me sentir totalmente desolado e perceberia que minha vida, agora que atingi a velhice, não teve significado algum. Melhor não abrir os olhos. Muito melhor que tudo termine com a insuportável e violenta dor de cabeça que me atacará muito em breve. Apesar de tudo, abro os olhos. E antes que o disco em ângulo de sessenta graus se desintegre, leio os versos esculpidos na pedra imaginária:

Sem ao menos preparar Kogī
Para a subida à floresta,
À casa não retorna
Como alguém que o rio levou.

5

Três dias depois, eu estava de volta a minha casa em Seijō e, adiando a realização de um exame físico mais acurado em algum hospital, tomava o remédio prescrito pelo médico da família. Ele morava perto de casa e estava otimista com relação ao diagnóstico de meu mal-estar. Ouviu atentamente a descrição da intensa vertigem que eu experimentara, mas, ao saber das circunstâncias de minha recuperação, me animou diagnosticando o mal como um episódio passageiro. Uma semana depois, eu estava em meu quarto no andar superior de casa e percebi que o telefone tocava na sala de visitas.

Chikashi já havia me alertado que meu filho Akari, com crise de depressão, deixara de atender o telefone nos últimos tempos. Eu, que vinha sofrendo de insônia desde que retornara a Tóquio e me acostumara a acordar tarde e a almoçar depois dos outros, olhei o relógio de parede enquanto descia a escada e me certifiquei de que ainda não era hora do almoço, mas, a essa altura, o telefone já havia parado de tocar. Akari estava sentado na beira de uma cadeira da sala de jantar e, curvado para trás com os dois pés apoiados em outra cadeira, tinha os olhos fixos numa folha de papel pautado sobre os joelhos. A própria imagem de um homem de meia-idade deprimido, ele não se importou com a minha presença e continuou a apagar com uma borracha parte das notas musicais que ele mesmo escrevera.

E então Chikashi me comunicou, num novo telefonema, que ela se encontrava no correio naquele momento. Disse-me que um funcionário da repartição deixara recado em nossa porta comunicando que a encomenda expressa que chegara na noite anterior retornou ao correio porque não havia mais ninguém acordado na casa. Ao ligar para lá bem cedo naquela manhã, o funcionário lhe dissera que viesse retirá-la pessoalmente caso tivéssemos pressa em receber a carta, dando-lhe a seguir o nome e o endereço do remetente. Ela se encontrava lá para retirá-la, dizia Chikashi, mas o local estava lotado de gente buscando solucionar o mesmo tipo de problema, fazendo-a perder um tempo inesperado. O horário da consulta de Akari no hospital universitário já se aproximava, mas ela própria não estava se sentindo bem e não conseguiria levar Akari. Chikashi queria que eu o levasse, caso dispusesse de tempo. Diante do correio, o táxi que ela usaria para retornar para casa já a aguardava, e era por meio dele que eu e Akari deveríamos ir ao consultório assim que ela chegasse.

Quando me pus em condições apresentáveis para sair à rua (no momento em que desci à sala de estar, Akari já tinha se aprontado e fazia suas composições enquanto esperava a mãe), Chikashi chegou de táxi e, embarcando nele, Akari e eu nos dirigimos ao hospital.

Chegamos a tempo para o horário das onze horas, mas havia um aviso colado na grade da janela da recepcionista informando que as consultas com o nosso médico já estavam com uma hora de atraso. Não me importei. Eu sabia que Chikashi pedira especificamente por esse médico, de antemão, ciente de que ele, sendo responsável pela especialidade naquele hospital, tinha por vezes de atender a casos urgentes. Ao ver o papel com a consulta marcada que apresentei, o enfermeiro me orientou a realizar primeiro os exames de sangue de meu filho. E então procurei na pasta em que trouxera os papéis do seguro-saúde e descobri que os exames de sangue estavam previstos para o dia seguinte, e imaginei que o enfermeiro os adiantara visando otimizar o nosso tempo de espera. Os exames foram rapidamente concluídos, mas Akari voltou arrastando seu mau humor provocado pelos repentinos exames (ele tinha medo de tirar sangue).

Depois de assegurarmos dois lugares na sala de espera, consegui finalmente a oportunidade de abrir o pacote que me fora enviado por via aérea e vi que a remetente era uma mulher norte-americana que eu conhecia havia anos: no cartão que acompanhava o pacote, ela me comunicava que conseguira tempo para examinar os artigos deixados pelo nosso saudoso amigo em comum, E. W. Said, o especialista em literatura e cultura comparadas, e que no meio deles encontrara algo que me dizia respeito e portanto o estava me enviando. No pacote, havia um fichário de capa dura contendo três livretos impressos em papel-algodão grosso, de qualidade superior: eram as sonatas para piano número 1, 2 e 3, de Beethoven, em edição especial.

A remetente, Jean S., foi a pessoa que me apresentara a Said. No apartamento dela, situado na melhor área da ilha de Manhattan, há um aposento dedicado a E. W. Said, decorado com motivos inspirados em ilustrações de antigos livros islâmicos e, por ocasião de uma reunião comemorativa promovida para festejar a primeira das muitas altas hospitalares de Said, que sofria de leucemia, eu estava em Nova York e também fui convidado. Em meio a jantares de celebração com as respectivas famílias, Jean e Said me ligavam durante as passagens de ano (meio da noite para eles e começo da tarde para nós) para me desejar feliz Ano-Novo. Houve também uma ocasião em que Said, pelo fato de eu não possuir e-mail, me mandou um fax dizendo ter acabado de ouvir de Jean a notícia de que Gorō Hanawa se suicidara. Nesse dia, havia uma festa na casa de Jean, e Said se apresentava ao piano: ele então rabiscara algumas linhas na partitura da música que tocava, e Jean recompusera o texto para torná-lo legível e o mandara via fax para mim. E Jean S. havia me dito que, caso encontrasse o original, ela me enviaria...

Na sala de espera, Akari mostrava agora, pela primeira vez em muito tempo, um interesse positivo por meus atos e se fixava atentamente nas partituras que eu retirava do pacote. "Três sonatas dedicadas a Haydn." Eu sabia, pela extensa carta de Jean, que Said tocara a número 2. Examinei as partituras dos três livretos, descobri o que ele escrevera a lápis e devolvi momentaneamente as partituras ao pacote.

Desci ao banheiro com Akari e lavei as mãos, tanto as minhas como as dele. O procedimento, atípico em seu cotidiano, também o irritou e o deixou mal-humorado. Numa das lojinhas destinadas a pacientes internados, comprei lápis HB e B, ambos apontados, à venda em saquinhos de plástico. Ao retornarmos à sala de espera e às cadeiras sobre as quais eu deixara nossos pertences, entreguei o lápis B, mais macio, e as partituras de piano a Akari, que, mudando radicalmente de humor, me estendia a mão avidamente. Enquanto lê uma partitura, Akari gosta de desenhar a lápis uma leve linha em torno de alguns compassos ou anotações cujo sentido não consigo compreender direito. As partituras que meu amigo me legou são de papel grosso e resistente, conforme eu já verificara. Uma vez em casa, eu pretendia transcrever tudo o que Akari havia escrito nelas para as sonatas de Beethoven que tenho guardadas em casa e, depois, apagar cuidadosamente com borracha o que ele escrevera originalmente nas partituras que tinha nas mãos naquele momento, não deixando nenhuma marca.

Akari começou a ler as partituras abrindo-as diante de si na altura do peito, e delas me veio o inconfundível cheiro de tinta e de papel especial que alguns livros europeus exalam. Cuidando para não o perturbar, perguntei então em voz baixa a Akari, já totalmente absorto na leitura das partituras:

— Interessante?

— Muito interessante.

— Você me emprestaria por alguns instantes a sonata número 2?

— Este é o trecho mais interessante. Porque é igual ao K550 de Mozart — respondeu Akari, batendo na borda da partitura em staccato.

— Na carta que recebi há tempos estava escrito que o primeiro tema foi tocado de maneira leve e jocosa e o segundo, com intensidade e tristeza. Foi na ocasião em que soube disso que eu lhe pedi para escolher o CD para mim.

— E eu pus a fita do Gulda para você. E ele tocou desse jeito.

— Exatamente igual... O som era suave também. Faz um favor para mim? Passe um círculo em torno desse trecho para que eu possa identificar mais tarde. Quando chegarmos em casa, vou ouvir aquele CD enquanto acompanho a melodia na partitura.

Akari tinha um sorriso nos lábios, aliás, o primeiro que via desde o meu retorno a Tóquio. E desse jeito ele seguia as notas na partitura, na velocidade da melodia que lhe brotava do íntimo, e eu, com certa dose de alívio, abri o primeiro tomo de *The Golden Bough* encontrado no interior da maleta de couro vermelha: era um bocado volumoso para ser carregado de um lado para outro, mas eu o trouxera assim mesmo, pois começara a lê-lo nos últimos tempos. Akari havia chegado ao fim do segundo dos três livretos, mas voltara ao primeiro compasso e recomeçara a leitura. Ao lado dele, sentava-se uma senhora com jeito de professora de curso colegial ou ginasial que parecia interessada na intensa concentração de Akari, mas eu mesmo estava preocupado com as partituras grandes que invadiam o espaço vizinho e poderiam estar incomodando a desconhecida.

Quando enfim chegou a vez de Akari, ele tinha as partituras sobre os joelhos e, cabisbaixo, escondia a cabeça sob os braços (fazia já três horas que esperávamos). Lançando um olhar de soslaio para mim, todo atrapalhado tentando guardar as folhas no pacote, Akari avançou decididamente rumo ao consultório médico. Foi então que a senhora se ofereceu:

— Deixe as suas coisas comigo. Eu tomo conta delas, pois me parece que vou ter de esperar muito tempo até que chegue a minha vez.

Terminada a consulta, deixei Akari — a essa altura, ele já

tinha recebido da mulher as partituras e começava a relê-las — e fui para a frente do guichê de pagamentos, ali me demorando por algum tempo para ser atendido. Quando enfim as providências foram todas tomadas e eu retornava ao meu lugar, vi Akari entregando alguma coisa para a mulher que, por sua vez, tinha sido chamada para a consulta. E no momento em que nos cruzamos, a mulher me mostrou uma esferográfica grossa e, sorrindo, disse:

— Esta aqui é de duas cores e muito prática. Ele não enxerga muito bem, não é?

O susto me atingiu o peito com a força de um golpe violento. A partitura aberta sobre os joelhos de meu filho estava inteiramente tomada por traços pretos e, na área branca superior da folha, lia-se em letras garrafais: K550! Acho que empalideci. Do rosto que meu filho ergueu para mim, o sorriso desapareceu.

— Como eu não gosto de letras clarinhas... — suas últimas palavras já soavam desanimadas.

— Você é um idiota! — gritei.

Algo violento agitou a fisionomia de Akari. Passado um instante, Akari envolveu os dois braços em torno da própria cabeça e os agitou freneticamente. O gesto só podia significar uma coisa: ele esmurrava a si mesmo. Esse gesto era idêntico ao que fizera muito tempo atrás, quando fora repreendido por mim, e expressava ao mesmo tempo revolta e desprezo por si mesmo. Em meio à atenção que as demais pessoas voltavam para nós (seu comportamento não era o de um homem de quarenta anos), eu o fiz erguer-se, apanhei as partituras que escorregavam de seus joelhos e descemos. Já nem me importava com as possíveis consequências, mas repetia sem cessar para mim mesmo: "Idiota é você!".

6

Dentro do táxi, Akari manteve o rosto desviado, expressando rejeição com todo o corpo. Sem encostar o rosto na janela, sentava-se ereto, encarando obstinadamente o outro lado. Pisando duro, passou ao lado de Chikashi, que nos abriu a porta de entrada, e desapareceu no interior do seu quarto. Eu me sentei à mesa da sala de jantar e sobre ela depositei as partituras que tornei a guardar no envelope que trouxera de volta para casa. Chikashi inferiu pela atitude de Akari que algo incomum acontecera e, passados alguns instantes, a vi entrando no quarto dele.

Cuidando para não olhar a folha com as inscrições feitas com caneta esferográfica de duas cores, pus os três livretos encapados sobre a mesa e li as letras miúdas escritas a lápis na capa de trás do segundo volume.

Pregada na parede diante de minha escrivaninha, mantive por dois ou três anos a cópia do que estava escrito ali, recomposta a caneta por Jean S. e enviada via fax para mim. Nela, Said me dizia em inglês que soubera do suicídio de meu velho amigo (Gorō Hanawa) e me enviava palavras de pêsames e de encorajamento. Traduzi uma passagem dessa nota para o japonês e, certa vez, citei-a num encontro in memoriam, depois da morte de Said por leucemia. Tenho o trecho gravado na memória:

"*Acabo de saber dos tempos difíceis pelos quais você está passando. Por isso pensei em lhe escrever para expressar* solidarity e affection. *Você é uma pessoa muito forte e sensível. Eis por que tenho a certeza de que vai superar.*"

Chikashi retornou e, olhando os três livretos diante de mim sem particularmente notá-los, disse:

— Akari está bastante preocupado com as três partituras da sonata para piano de Beethoven, mas... além disso, ele diz também que o pai lhe falou: "Você é um idiota!". Ele está bastante abalado porque, até hoje, isso nunca tinha acontecido. Eu disse para ele: "Lembra-se daquela vez que seu pai trocou socos com um homem que xingou você de idiota dentro do trem em que voltávamos de Karuizawa, e fomos obrigados a descer em Takazaki, e a segurança ferroviária não conseguiu dar conta do problema e acabamos numa delegacia de polícia? Claro que se lembra, pois fomos todos juntos até a delegacia. Por isso, acho impossível que ele tenha dito isso para você". Mas Akari continua irredutível. Ele insiste que o pai lhe disse: "Você é um idiota!". Me pareceu também que ele pensa ter feito alguma coisa errada, mas que teve motivos para fazê-lo. Disse que marcou com caneta esferográfica a sonata número 2 de Beethoven conforme você lhe pediu...

— Eu realmente chamei Akari de idiota! (Agora, estou realmente me sentindo mal, mas era a vez de o outro eu, que não conseguia se entender com a ira que rugia em mim, se queixar.) Esta é a partitura que Jean S. descobriu ao lado do piano na sala de estar e contém o texto original que Said me mandou da casa dela, por fax, no dia em que ele soube da morte de Gorō Hanawa.

Mostrei então a quarta capa do referido livreto e abri a primeira página, desviando o olhar. Com o livro aberto nas mãos, Chikashi retornou ao quarto de Akari. Aos meus ouvidos, chegou o diálogo entre mãe e filho: Chikashi perguntando repetidas vezes a mesma coisa em voz contida, e depois de longa pausa, a resposta em voz baixa de Akari, repleta de desafio e antagonismo.

Entrei na cozinha para beber água e, depois de encher um copo, mudei de ideia e despejei duas latinhas, uma de cerveja preta e outra de *lager* numa taça: em pé bebi tudo ali mesmo, soltei algo que tanto podia ser um arroto como um suspiro, e quando pretendia voltar à sala de jantar, percebi que Akari vinha saindo do quarto escoltado por Chikashi. Sem me dar atenção, meu filho entregou para Chikashi um CD que retirara da prateleira. Enquanto eu despejava uma nova dose de cerveja na taça, chegou aos meus ouvidos o primeiro movimento da primeira das "Três sonatas dedicadas a Haydn" tocada por Gulda. Emocionei--me ao imaginar que Said também deveria ter tocado daquele jeito. Em seguida, ecoou na sala a Sinfonia K550 com a mesma melodia do primeiro tema musical, regida por alguém cuja identidade eu não conseguia nem imaginar.

Acabei de tomar a cerveja e fui para a sala de jantar. Akari estava guardando cuidadosamente os dois CDs nas caixas.

— Akari diz que deixou marcado nas partituras que ele viu no hospital essas duas passagens semelhantes que acabamos de ouvir para que o pai conseguisse distingui-las facilmente. Mas como foi chamado de idiota, está em estado de choque.

Eu contemplava as partituras tragicamente marcadas com esferográfica de duas cores que Chikashi havia reposto sobre a mesa da sala de jantar. Certo tempo (decisivo) se passou, e Akari, que talvez tivesse feito um movimento conciliatório se, nesse ínterim, eu tivesse falado com ele, desistiu de esperar e desapareceu em seu quarto. E seu jeito de andar naquele momento se parecia muito com o de Gorō Hanawa em sua juventude. Era o que sempre me ocorria.

Isso foi num sábado, de modo que, até o final da semana seguinte, eu só descia do meu quarto numa hora em que tinha a certeza de não me encontrar com Akari (embora fosse comum ele se trancar quase o dia inteiro dentro do próprio quarto, onde podia ouvir seus programas de música clássica FM no aparelho que mantinha ao lado da cama, e quando esse tipo de programação chegava ao fim, os CDs que se alternavam automaticamente no aparelho que ele próprio adaptara para essa finalidade) e fazia a refeição matinal e o almoço ao mesmo tempo, retornando ao escritório logo em seguida. E foi para o quarto desse indivíduo de vida desregrada que, certo dia, Chikashi trouxe a correspondência e o café. Enquanto eu passava os olhos pelas cartas, ela arrumou minha cama e, em seguida, ali se sentou. Chikashi começou a falar lentamente. Era a primeira vez que o fazia, desde aquela ocasião.

— Akari diz que você lhe pediu no hospital que lhe mostrasse os trechos da sonata para piano de Beethoven que coincidiam com o tema de Mozart. Disse também que, no momento em que ele marcava os trechos correspondentes a lápis, uma senhora que se sentara ao lado dele lhe emprestou uma caneta esferográfica. Creio que, para Akari, foi difícil compreender que tinha permissão para marcar a lápis, mas não para riscar com caneta esferográfica. Aceitar impulsivamente o que lhe foi oferecido não terá sido a única falta cometida por Akari? Apesar de tudo, ele sente que não agiu direito ao danificar uma partitura tão bonita. Contudo, com relação ao fato de ter sido chamado de idiota, ele não se sente disposto a dar nenhum passo no sentido de uma reconciliação além daquele que deu alguns dias atrás. Se você mesmo não tem vontade de dar esse passo na direção de uma reconciliação, não acha que ele também possa estar sentindo a mesma coisa? Hoje de manhã, conversei com Maki ao telefone. Ela reagiu com frieza. Observou: "O pai não tem coragem de pedir desculpas. Ele disse para Akari: 'Você é um idiota!'. E agora não sabe de que maneira apagar essa frase da memória de Akari. Ele deve com certeza estar pensando desesperado que isso é impossível, mas se não tem coragem de pedir a Akari que o perdoe, paciência, não há muito que fazer". Depois, coisa rara, comentou que vem notando, em cada uma das poucas vezes que retornou à nossa casa nesse último ano, pequenas diferenças ocorrendo em Akari, diferenças que talvez nem você tenha percebido. Maki imagina que, pelo fato de ter convivido quarenta anos com Akari, você mesmo não se deu conta de que sua atitude impositiva com relação a ele tenha se consolidado nos últimos tempos. Maki me pareceu até um tanto condoída ao dizer que tudo isso era algo inevitável, uma consequência de seu envelhecimento... Ela acha que, do jeito como as coisas vão, isso não vai ficar apenas nessa questão de tê-lo chamado de idiota, vai avançar até o ponto em que vocês dois vão colidir um com o outro... Tenho medo, diz Maki, de que ele acabe como o rei Lear, vagando por lugares ermos sem ao menos um bobo da corte a acompanhá-lo. E isso se houver nessas redondezas um lugar ermo onde o pai possa vagar até ficar louco e dar ele próprio um fim em tudo, antes que o problema se transforme num escândalo... Maki disse tudo isso, realmente, mas na verdade ela está irritada com você por ter chamado Akari de idiota. Vou então aproveitar este momento para lhe dizer também algumas coisas em que andei pensando nos últimos tempos. É claro que tanto eu como você estamos envelhecendo, mas você chegou a pensar no envelhecimento do próprio Akari? Ao menos com relação ao aspecto físico, o envelhecimento de Akari se processa em ritmo muito rápido nos últimos tempos. No seu cotidiano de escrever ou ler quase o dia inteiro dentro de casa, você começou a reservar algumas horas para andar porque Akari precisava se exercitar. Isso se prolongou por muitos anos e, depois, tornou-se seu hábito andar por uma hora sozinho todas as manhãs bem cedo porque Akari passou a ter crises de epilepsia, seguidas de queda, durante as caminhadas. Por causa disso, você desistiu de levar Akari. Mas não porque as crises de epilepsia pioraram, e sim porque nós compreendemos que a dificuldade de andar tinha relação direta com o processo de envelhecimento dele, não é? Akari já está com mais da metade dos seus dentes avariados. Sei apenas o que li no relatório, pois o médico deu as explicações referentes ao resultado do exame de sangue diretamente a você, mas... notei que os itens sinalizados com "Requer acompanhamento cuidadoso" são agora mais numerosos do que os que não requerem. Quanto à questão da apneia que sofre durante o sono, fizemos um esforço conjunto no sentido de diminuir o seu peso, mas ele não apresentou melhora. O fato de ele viver cochilando durante o dia é sinal de que está compensando a falta de sono noturno. Nos tempos em que ele ainda trabalhava na instituição para deficientes, o diretor me mostrou a tabela de média de vida dos matriculados... ou seja, dos deficientes. Você também estava ao meu lado e ouviu as explicações, não ouviu? Ele disse que, a partir de certa fase, pessoas com deficiência envelhecem num ritmo mais rápido e ultrapassam os pais no processo de envelhecimento. Eu estranhei e lhe perguntei por que isso acontecia, mas você não me respondeu. Porém agora é exatamente isso que está acontecendo. O problema todo é que nós estamos atrás dele. Acho que eu não tinha compreendido direito o que significou para você interromper a composição da sua *História de um afogamento*... Esta é primeira vez que você interrompe um romance que começou a escrever e, depois, abandona por completo o projeto. (Me lembrei de outro que você parou de escrever durante muito tempo, mas depois percebi que se tratava do mesmo.) Aos poucos, comecei a entender o significado disso, pois não é de hoje que você anda deprimido... num grau mais intenso do que todas as crises que sofreu até agora... De modo que eu tinha começado a pensar que a coisa estava muito séria, entende? Mas então comecei a perceber claramente que Akari também andava deprimido. Você, sentado na sala de visitas, Akari, na sala de jantar, ambos calados, não é? Você, lendo um livro, e Akari, partituras — nesse aspecto, não houve alteração, mas ter dois grandes blocos de depressão dentro de casa... Se existem espíritos responsáveis por depressão, acho que tenho dois deles vivendo sob este teto e, um dia, eles podem entrar em rota de colisão, pensava eu, preocupada. E creio que a colisão, afinal, acabou acontecendo. Desde o dia em que Akari nasceu até hoje, você jamais disse a ele:

"'Você é um idiota!". E hoje Akari já consegue compreender suas palavras... Quando penso nisso, creio ser mais do que natural você não conseguir dar o passo na direção de uma reconciliação com Akari, conforme diz Maki. Acordei bem cedo esta manhã e estive pensando. Akari também tinha acordado cedo e senti que havia alguma coisa diferente acontecendo, por isso fui ao quarto dele, pensando se ele não estaria tendo um ataque, mas ele estava apenas gemendo baixinho e chorando. Para dizer a verdade, desde o dia do incidente, Akari nunca mais quis ouvir nenhuma música. É a primeira vez que isso acontece, desde que ele era um bebê...

Eu me senti encurralado. E por mais infantil que isto possa soar, comecei a desejar fervorosamente que uma crise de tontura me atingisse naquele momento e me livrasse desse inquérito a que Chikashi me submetia! Mas a tontura não vinha, e como eu tampouco era capaz de simular um ataque, não me restou outro recurso senão continuar suportando o que Chikashi ainda tinha a me dizer.

Naquela noite, enquanto eu me deitava na cama do meu dormitório conjugado com escritório, a segunda das "Três sonatas dedicadas a Haydn" começou a brotar debaixo do meu travesseiro. Isso significava que Akari a ouvia em volume considerável na sala de visitas. Esperei em silêncio por algum tempo, mas quando a Sinfonia K550 começou a soar logo em seguida, não consegui mais me conter e desci para o térreo. Akari estava sentado no chão diante do aparelho de som.

— Já é tarde, Akari, vamos deixar isso para amanhã, está bem? — eu lhe disse.

Akari nem sequer se voltou para mim. A raiva me dominou. Agachei-me então ao lado dele e aumentei ainda mais o volume. Sob a cabeça voltada para a frente, seu pescoço se tingiu de vermelho. Chikashi saiu do quarto dela e, parada na sala de jantar, nos observava, mas, ao ver meu estado de consternação, foi se retirando. Quando a melodia terminou, Akari guardou cuidadosamente o CD em sua caixa e se ergueu. Eu então disse a ele, que tinha se voltado para o meu lado:

— Você é um idiota!

Voltei para o andar superior e, depois de passar longo tempo contemplando o interior dela a partir do fundo da mais negra escuridão, acendi o abajur, e quando comecei a ler um livro que pegara às cegas de uma prateleira sobre a minha cabeceira, coisa que eu não fazia desde que retornara de Tóquio, o disco — que se encaixava em ângulo de sessenta graus entre a prateleira de livros mais além, a área impressa e as margens brancas da página do livro de bolso, meu pulso e os dedos que o seguravam — desmoronou com vertiginosa velocidade. (A área em branco em torno de uma página se chama *margin* em inglês, e o que nela se escreve é chamado de *marginalia*, comentara eu por ocasião de uma mesa-redonda — foi numa época em que eu encontrava temas de interesse comum entre colegas da área de antropologia e arquitetura —, e o sr. Takamura, que, perdido em seus próprios pensamentos, parecia então impermeável ao que os outros diziam, publicou, passado algum tempo, uma obra de profunda beleza intitulada *Marginalia*. Ah!, dias maravilhosos em que vivi imerso no mais criativo ambiente da minha existência!) Foi a primeira manifestação de um fenômeno que se tornaria crônico e foi denominado "a grande vertigem" por minha família (com exceção de Akari) a partir desse dia.

SEGUNDA PARTE
As mulheres lideram

VI. O modelo *Joguem o cachorro morto*

1

Depois da "grande vertigem", desenvolvi um novo hábito. Finda a crise, desabo em sono profundo. Sono de completa escuridão. Se o sono em que caí após a primeira "grande vertigem" era a morte, minha passagem desta vida terá se processado de maneira muito simples. E então o eu atual seria o eu pós-morte, mas uma vez que *Cogito, ergo sum*, e vejo que minha consciência está operante, eu existo.

E para verificar qual é o estado desse eu que continua vivo, ainda que semidesperto, entreabro os olhos no escuro (já amanheceu, mas as cortinas continuam cerradas), porém não consigo ter ideia de como estou. Contudo, em meus ouvidos soa repetidamente uma nostálgica canção que me ensina uma maneira de ser: "A *current under sea/ Picked his bones in whispers. As he rose and fell/ He passed the stages of his age and youth/ Entering the whirlpool*".

Subo e afundo ao sabor da corrente submarina... Todavia,

ainda não sucumbi ao redemoinho. "*He*", diz a canção, de modo que este ser que aqui está sou eu e ao mesmo tempo não sou. Eu sou ele, o pai. Meu pai, vinte anos mais novo (no auge da vida, pelos critérios atuais) que eu mesmo em meio a uma crise de "grande vertigem", meu pai, que morreu afogado. E sinto que amo meu pai! Em seguida, desperto definitivamente, algo encabulado por estar sentindo alívio e desapontamento em duelo pela supremacia.

Outro novo hábito está também relacionado com a maneira de despertar. Acordo bem cedo na manhã seguinte às noites em que tomei o remédio prescrito pelo médico, pois, vez ou outra, sofro uma espécie de premonição de "grande vertigem" e não sou capaz de dormir até altas horas. Momentos depois de despertar, porém, consigo cair no sono de maneira natural e continuo a dormir por um bom tempo ainda, despertando pouco antes do meio-dia com a sensação de ter tido uma noite bem-dormida.

Eu tinha algumas ideias a respeito desse remédio. Pois ao despertar do sono induzido por ele, era muito especial aquilo que só posso definir como "onda de intensas lembranças" que me invadia. No momento em que eu tornava a despertar, pouco antes do meio-dia, anotava de maneira rudimentar, como se rabiscasse um esboço, o conteúdo dessa onda de lembranças que me viera por ocasião do primeiro despertar. Eu tinha a vaga impressão de que isso se relacionava com o impulso desencadeador da "grande vertigem".

Não era possível que minhas crises de "grande vertigem" fossem totalmente desprovidas de sentido. Além disso, uma estranha sensação me incomodava: uma vez que a "grande vertigem" era algo em escala nunca antes experimentada por mim, ela só podia ter provocado danos ao cérebro. E então, em vez de me acovardar diante dessa possibilidade, eu resolvia enfrentar não somente ela como também a "onda de lembranças" associada a ela.

Não permitir que as referidas lembranças fossem perdidas provinha do hábito profissional que eu cultivara por mais de cinquenta anos: anotar todos os dias os pensamentos que me ocorriam, vagos em sua maioria, para posteriormente deles extrair ideias úteis ao meu trabalho. Mas eu tinha plena consciência de haver abandonado a elaboração do romance *História de um afogamento* e, assim sendo, minha carreira como escritor de romances estava encerrada. E se mesmo assim eu continuava a anotar as referidas lembranças em fichas, só posso imaginar que o hábito se transformara em doença crônica.

2

Rememoro o dia em que a guerra terminou. Entre meus contemporâneos, há quem costume escrever que o tempo estava nublado, mas no interior da floresta de Shikoku era quase meio-dia e não havia nuvens no céu. Eu tinha me posicionado de modo a poder medir o tempo pela situação do sol. Na margem setentrional do rio, lá onde as mulheres da vila se juntam para lavar roupa, existe uma protuberância arredondada logo abaixo da plataforma onde um salgueiro se agarra a uma fenda da rocha. Essa sombra faz um corte triangular que abriga à perfeição qualquer criança que se deite com os pés voltados para a correnteza. Se você usar os pés e introduzir o corpo mais para dentro, uma rocha se projeta por cima como um teto, de onde goteja de leve a água que brota no local.

Como essa reentrância fica isolada do fluxo do rio, o corpo que ali se deitasse se poria sobre uma poça de argila derretida. E meu corpo acabava envolto naquela lama macia. Deitado naquele lugar, as mulheres agachadas que lavam suas roupas não me veem. Eu, o único moleque que tivera a ideia de se introduzir naquele vão, passava os dias deitado ali em total liberdade...

A lembrança desse pequeno esconderijo que me vem à mente de maneira especialmente vívida se sobrepõe à de ter lido mais tarde a história de Robinson Crusoé recontada por Sexta-Feira, escrita por um autor francês. Robinson, cansado do árduo trabalho diário e dos perigos na ilha isolada, se esconde numa gruta repleta de argila macia e úmida e se diverte... Essa cena me seduziu tanto espiritual como fisicamente.

Na manhã daquele dia, as crianças da escola pública tinham feito fila na ladeira por trás da escola e rumavam para a mansão do líder comunitário. Como não tiveram permissão de entrar na casa, elas haviam se agrupado em torno da cerca viva ao redor da casa. Não havia nenhuma nuvem no céu, a floresta resplandecia e a intensa sinfonia das cigarras nos chegava por todos os lados. Dentro da mansão, houve uma explosão de vozes masculinas e, quando a fala do líder da vila acalmou os ânimos, o choro das mulheres se fez ouvir num crescendo. Então, dois professores da escola pública surgiram pela portinhola ao lado da entrada principal para nos dizer que a transmissão via rádio da fala do imperador havia terminado e que era para todos descerem ao vale. Enquanto andávamos em bando com os pés descalços pisando a terra quente da ladeira, ouvimos dos mais velhos que havíamos perdido a guerra.

A porta dos fundos da minha casa (nunca mais a abriram desde a morte de meu pai) continuava fechada, e minha mãe parecia ocupar-se com algum trabalho manual na sala de visitas dos fundos. Caminhei pela passagem ao lado da minha casa e subi a margem do rio em direção às Rochas Casadas. Estendi minha roupa molhada de suor na rocha onde as mulheres costumavam lavar seus panos e, ficando só de tanga, me meti na água empoçada do meu esconderijo.

Deitei-me de costas, afundei na água até as orelhas e ali permaneci. O tempo passou e, quando tirei o braço da água, senti-a gelar. Eu ficara um tempo longo demais, absorto em pensamentos. Soergui-me, então, e voltei o olhar para as Rochas Casadas que se projetavam da água em meio ao brilhante fluxo do rio. Eu sabia o que tinha de fazer. Comecei a nadar em direção à violenta correnteza que batia contra as Rochas Casadas e, na altura em que a ultrapassei, abandonei-me à força do rio. Levado por ele, cheguei às rochas e nelas me apoiei. Eu sabia de cor todos os movimentos que meus pés e mãos fariam a partir desse instante. Movi-me sentindo o leve formigamento da corrente submarina redemoinhando em torno do meu peito, voltei o rosto para o céu, respirei fundo e, em seguida, mergulhei em linha reta verticalmente. Então, eu já estava com a cabeça introduzida na fenda da rocha almejada. Raios de sol incidiam obliquamente para além da escuridão esverdeada reinante ao meu redor. Nesse espaço, algumas dezenas de vigorosos robalos permaneciam em suspensão. Um avantajado corpo de homem jazia nu na escuridão profunda e brilhante. Meu pai, movendo-se lentamente ao sabor da corrente submarina. Eu tentava imitar o comportamento desse corpo.

Numa ficha, escrevo então em inglês, com a respectiva tradução, que eu amava meu pai *desperately* (desesperadamente), pois assim fora a minha lembrança.

3

Meu querido irmão Kogī, recebi de sua esposa Chikashi uma carta que só posso classificar como atenciosa. Ela não perdeu tempo com banalidades otimistas ou pessimistas e me informou seu estado atual. Contudo, como eu posso ter interpretado alguns trechos ao sabor de minhas próprias conveniências, quero confirmar com você se o que entendi está correto:

1. A "grande vertigem" não aconteceu apenas uma única vez durante o tempo em que você esteve por aqui. A crise voltou a ocorrer mais três vezes depois que você retornou para Tóquio.

2. Você foi examinado por seu médico de confiança e está se mantendo em repouso, mas se recusa a ir a um hospital realizar um exame mais minucioso de ressonância magnética. Sua mulher e sua filha Maki insistem que você o faça, mas você não quer nem saber. Elas acham que a crise que você teve em Shikoku lhe representou um forte choque e agora você teme que o resultado do exame lhe traga um choque maior, insuportável. Caso o diagnóstico indique alterações no cérebro, você não só não poderá mais escrever e publicar seus artigos, como também terá de reconhecer de imediato a impossibilidade de uma recuperação. Elas acham também que você agora está tentando agir em exata concordância com as palavras usadas pelo professor Musumi ao lhe explicar por que, embora estivesse sentindo anormalidades físicas, se recusava a fazer os exames para a detecção de câncer no pulmão na ocasião em que a mulher do professor encarregou você de ir falar com ele a respeito dos exames. Se você tem o pressentimento de que algo muito sério está ocorrendo em seu corpo, Chikashi está preparada psicologicamente e respeitará sua vontade. Eu concordo com ela. Sinto que o seu retorno ao vale este ano o fez tomar consciência de coisas muito especiais. Mas se isso não passar de excesso imaginativo de minha parte, vamos sim-

plesmente rir da mesma maneira que fizemos por ocasião das diversas vezes que você mesmo se excedeu em suas fantasias.

3. Contudo, acredito que, depois de um breve período de descanso, você retomará o seu trabalho dentro de suas possibilidades. Da mesma forma, aliás, que o professor Musumi agiu. Mas se você publicar um texto que contenha um grave erro de qualquer natureza sem que você mesmo se dê conta disso, a situação ficará muito séria. De modo que Chikashi está pensando em montar um esquema preventivo, segundo o qual os editores que até agora vieram cuidando de seus textos revisarão todos os manuscritos antes de publicá-los. E caso seja detectado qualquer problema, você deverá tornar público que o escritor Chōkō irá se aposentar a partir desse dia.

4. Embora você esteja sofrendo certo grau de melancolia, sua vida no momento não sofreu grandes alterações quando comparada à dos tempos em que gozava de plena saúde, e embora tenha deixado de escrever a *História de um afogamento*, continua a contribuir com seus ensaios mensais para o jornal. Continua lendo livros quase no ritmo habitual, mas está se abstendo de ler por longas horas literatura estrangeira com a ajuda de dicionários.

Escrevo esta carta para estabelecer de que maneira você e eu poderemos nos comunicar periodicamente, tendo em vista suas crises de "grande vertigem". (Em casos de extrema urgência, sua mulher ficou de me telefonar.) De minha parte, não tenho grandes novidades a relatar; preciso apenas lhe contar que, desde o dia em que você partiu de Shikoku, ando conversando com Masao e Unaiko com mais frequência. Unaiko, especialmente, começou a se abrir muito mais comigo. A esse respeito, surgirão questões sobre as quais terei de trocar ideias com você. Contudo, como não existe nenhuma garantia de que você estará sempre em condição de responder às minhas cartas (isso é o que Chikashi diz), ela resolveu fazer, com a sua anuência, cópias das fichas não relacionadas a manuscritos de seus romances ou ensaios, fichas essas cujo número está aumentando de maneira considerável, segundo sua mulher. Unaiko e eu pretendemos lê-las como se fossem respostas às minhas cartas. A primeira delas já me chegou às mãos. Unaiko e eu a lemos com entusiasmo. Enquanto o fazíamos, Unaiko repudiou com veemência, como se você estivesse em carne e osso diante dela naquele momento, o trecho em que você confessa amar o nosso pai *desperately*. Unaiko disse que, durante a sua estada na casa da floresta, ela lhe contou a experiência pela qual passou no santuário Yasukuni-jinja e, embora tivesse criticado certo aspecto básico das pessoas do país, aspecto contra o qual ela não podia deixar de se revoltar (da mesma maneira que se revoltou contra a canção em alemão da versão teatral de *No dia em que enxugarás*...), não conseguiu, apesar de tudo, ouvir a sua opinião sobre o assunto. Unaiko pensa em realizar um projeto que expresse esse seu modo de sentir, e isso a leva a criticar a sua confissão de que sente um grande amor por seu pai que "morreu afogado", já que você resolveu não escrever mais a *História de um afogamento*. Em outras palavras, ela parecia estar dizendo: "Para o senhor, sr. Chōkō, a *História de um afogamento* pode ter acabado, mas eu não vou permitir que, por causa disso, sua relação com o grupo que se reunia na casa da floresta e, em especial, com a peça teatral *Jogue o cachorro morto* também acabe, entendeu?".

Passo agora a relatar o trabalho que Unaiko desenvolve. Quem se sentiu mais abalado com o fato de você ter abandonado o projeto *História de um afogamento* foi Masao Anai. Ao contrário de mim, ele é o tipo de pessoa que guarda no íntimo a cicatriz de uma decepção. Quando Masao ouviu que você viria para Shikoku a fim de acabar de compilar a *História de um afogamento,* ele parecia fora de si de alegria, debochou Unaiko, deixando convenientemente de lado o entusiasmo que ela própria parecia estar sentindo. Mas se levarmos em conta que Masao pretendia terminar o projeto que veio elaborando sozinho, de transformar em peça teatral a síntese de todas as obras escritas por você, acho até bastante compreensível.

Unaiko, porém, encara positivamente o fato de você estar livre da *História de um afogamento*. Quando ela o critica, meu irmão, ela o faz porque almeja obter a sua colaboração mais adiante. Unaiko já se aconselhou com você com relação às aulas de interpretação teatral em ginásios e colégios desta província, não é? De que jeito apresentar o romance *Kokoro*, de Sōseki? Ela imediatamente fez um rascunho com Masao e já o levou à apreciação de diversas escolas. A iniciativa teve boa acolhida e pedidos nos vêm chegando uns após outros.

Mas Unaiko não é do tipo que se deita sobre glórias conquistadas repetindo diversas vezes a mesma montagem. Ela grava a opinião dos alunos que assistiram às aulas de interpretação teatral e pesquisa. Antes de mais nada, atrai os alunos com uma performance cênica bem ao estilo dela durante as reuniões de avaliação do que foi executado na peça encenada. E ela aproveita integralmente o que apura na aula de interpretação seguinte. Na leitura dramatizada de *Kokoro*, quer dar um passo além. Pretende, com a colaboração de Masao, juntar tudo e transformar em uma obra. Até aqui, ela veio polindo o *modelo* de interação com o público da peça *Joguem o cachorro morto*. Quer utilizar o mesmo modelo nas aulas de representação teatral. Vai começar por uma aula cujo material será a peça *Kokoro*. Ela conseguiu que uma porção de "cachorros mortos" fossem jogados em diversas escolas. "Cachorros mortos" são as críticas dos alunos que assistem, assim como as réplicas a elas por parte dos que atuam na peça.

No momento, ela resolveu juntar tudo numa única versão. E você, meu irmão, também estará nisso. Um professor do curso colegial da cidade de Honmachi apresentou a ideia de delegar ao grupo The Caveman, de Masao Anai, a realização de um evento no auditório circular do ginásio deste vale. Quando soube disso, a direção do ginásio me procurou com a proposta de compor o evento com uma palestra sua, já que, segundo eu soube, você andou assessorando Unaiko a respeito da leitura dramática de *Kokoro*, de Sōseki. Respondi que você aceitaria, mas nada lhe disse a respeito porque, à época, você nem havia visto o conteúdo da maleta de couro vermelha, e senti que era injusto lhe pedir qualquer coisa antes disso.

Veio então a "grande vertigem" e, embora eu ainda não tivesse obtido sua anuência, fui assim mesmo relatar a situação para os diretores do colégio e me desculpei, mas o professor encarregado das negociações com diversos outros colégios — um único não daria conta de absorver os custos do evento — disse que não tinha importância. Pelo contrário, veio propondo uma apresentação em escala mais ampla da peça baseada na leitura dramática de *Kokoro*. Diz ele que, dessa feita, ele havia lançado o convite a todos os alunos e professores de todos os colégios administrados pela província, e até aos estudantes dos cursos ginasiais, a quem também pretendia incluir, e ainda é claro, aos pais e irmãos dos alunos. Eu fiquei aflita, imaginando que ele tivesse esquecido que sua palestra havia sido cancelada.

Ao ser lembrado do fato, ele respondeu: "Claro que isso se constitui em importante alteração. Em consequência, nós também mudamos nossa abordagem. Fiz uma sondagem na internet entre jovens profissionais da área educativa e notei que a repercussão à exibição da peça *Joguem o cachorro morto* em Matsuyama foi muito grande. Houve também muitos comentários positivos com relação ao fato de que se estaria usando aos poucos a técnica da montagem de *Joguem o cachorro morto* na leitura dramatizada de *Kokoro*. Então, que acham de juntar tudo isso numa peça?".

Para ser honesta, não foi das melhores a reação à presente tentativa promovida pelo colégio de Honmachi de juntar uma performance do grupo The Caveman com uma palestra. A apresentação de um novo tipo de evento numa construção arquitetonicamente famosa teve boa aceitação, mas por que convidar Kogito Chōkō?, quiseram saber os alunos. De modo que o cancelamento de sua palestra até que veio a calhar, meu irmão. Como agora temos o dobro do tempo, Unaiko poderá apresentar uma genuína montagem de *Joguem o cachorro morto* com a participação dos alunos do colegial. Há muitas críticas negativas com relação à vultosa quantia despendida na construção desse auditório circular, só para o uso de um ginásio, em plena época de declínio do número de alunos em nível ginasial. Mas, agora, tanto a escola como a nossa vila consideram que, se o auditório for rebatizado de "Teatro Circular" e passar a ser usado pela comunidade em geral, poderá até se transformar em centro de atração e em meio de revitalizar a vila, e isso viria bem a calhar. Eu disse então que, visando compensar a própria ausência na palestra, você poderá contribuir para a leitura dramatizada de Unaiko elaborando, por exemplo, o roteiro da peça, mesmo agora tendo voltado a Tóquio. Portanto, fique ciente, por favor. Como você bem sabe, vivi muito tempo neste estreito vale sendo a irmã de Kogito Chōkō, cuja figura nem sempre esteve acima de críticas. Eis por que não pude deixar de me transformar nessa pessoa política, entendeu?

4

Do projeto *Joguem o cachorro morto*, eu já ouvira falar. E agora que sei que fui solicitado a cooperar de alguma forma, não consigo permanecer indiferente, é de minha natureza. Transformar a obra *Kokoro*, de Sōseki, em leitura dramatizada direcionada a jovens dos cursos ginasial e colegial: Masao Anai já me falara a respeito de como essa ideia havia surgido e se desenvolvido. Contudo, saber a origem de tudo não esclarece como pretendiam levar adiante a dramatização de Sōseki. Na apresentação idealizada por Unaiko, o aspecto principal da peça é a interação entre palco e plateia. De que maneira os "cachorros mortos" serão jogados, mesmo sendo eles de pelúcia? Para começo de conversa, no que consistiria o "cachorro morto" nesse caso específico?

Depois de muito pensar, pedi a Chikashi que telefonasse a Unaiko para lhe perguntar que tipo de peça o grupo The Caveman estava compondo, em especial essa ala liderada por Unaiko, e de que maneira ensaiavam.

Unaiko então respondeu que o roteiro da interação plateia e público usado nos ensaios da montagem de *Joguem o cachorro morto* baseava-se nas gravações do que os ginasianos e colegiais falavam por ocasião da exibição da peça, detalhe que já era do meu conhecimento porque Asa havia me contado. Unaiko resolveu então transmitir a gravação integralmente e solicitou a Chikashi que me perguntasse o que eu achava. Nessa altura, Chikashi divertiu-se imensamente imitando a fala dos alunos que Unaiko lera para ela ao telefone. Há sempre um animado desenvolvimento e, em seguida, a dramatização de *Joguem o cachorro morto* alcança seu clímax. Cachorros de pelúcia voam sem parar de um lado a outro do palco, do palco para a plateia, e de todos os pontos desta para o palco. Para quem assistiu à peça alguma vez, isso já não é novidade, mas, na montagem original, o material que voava de um lado para outro durante a cena de conflito que acontece na rua entre mulheres que passeiam com seus cães de estimação e homens irritados com elas é ração imitando fezes caninas embalada em sacos de plástico, os quais evoluíram posteriormente para cachorros de pelúcia, e a interação entre plateia e palco aconteceu quase que de forma espontânea. E foi um sucesso. Contudo, essa técnica interativa acabou até sendo adotada numa peça comum do grupo The Caveman. Aconteceu durante uma apresentação em que os acalorados apartes de espectadores na plateia contra certa atriz (por acaso, a própria Unaiko) levaram-na a contra-atacar por ser esse o único meio de dar prosseguimento à peça.

Consta, porém, que esses apartes se originaram entre pessoas da plateia que, embora simpatizassem com Unaiko e seus colegas atores, queriam apenas se divertir à custa deles, vaiando e lançando frases desafiadoras. Unaiko aceitou o desafio e discutiu seriamente com eles. Em resposta, a plateia também se viu obrigada a não capitular, e os dois lados radicalizaram.

Nessa ocasião, a apresentação reviveu o clima das peças familiares do período pré-guerra do Novo Teatro japonês: no palco, uma atriz representando uma mulher recém-casada sentava-se na poltrona de uma sala de visitas em estilo ocidental retrô, tendo no colo um cachorro de estimação feito de pelúcia. Sentindo-se encurralada pelos gritos que partiam da plateia, ela aperta o pescoço do cachorro, estrangula-o de maneira realística e, em seguida, joga-o na direção da plateia que, aos berros, cantava vitória. A plateia então naturalmente reagiu e jogou de volta o "cachorro morto". Na apresentação seguinte em que esse estilo é conscientemente explorado, a antipatia mútua dos atores que se confrontam no palco sobrepuja o roteiro, dando início à cena em que cachorros mortos voam de um lado a outro. Palco e plateia se engolfam num alegre tumulto.

Atualmente, as apresentações incluem uma claque introduzida de antemão na plateia, mas muitos espectadores já ficam na expectativa de participar da alegre confusão e se preparam, trazendo de suas casas cachorros de pelúcia feitos por eles mesmos. "Cachorros mortos" voam de um lado a outro. E o formato em que o pano cai no auge da confusão dos cachorros voadores está quase — apenas *quase* — estabelecido como padrão.

Unaiko contou para Chikashi o tipo de cena que previam apresentar na dramatização de *Kokoro*. A peça, a ser exibida a estudantes previamente escolhidos de colégios e ginásios da província e respectivos corpos docentes, além, é claro, de pais e parentes de alunos presentes no auditório, agora efetivamente denominado Teatro Circular, terá início em forma de leitura dramatizada, de modo que, sobre o palco, atores e atrizes ficarão em pé, enfileirados. Quando a parte da leitura dramatizada terminar, os atores se moverão para o lado esquerdo (visto a partir da plateia) do palco, e a claque introduzida de antemão se postará no lado direito. A claque então começará lançando perguntas e críticas para os atores. A resposta às perguntas e a réplica a elas logo se incendeiam e evoluem para uma discussão acalorada. Até esse ponto, o veemente diálogo é apenas parte de um roteiro escrito e ensaiado por atores e atrizes. Mas a partir do momento em que espectadores começam a intervir livremente com suas observações, as falas destes passam a compor o fluxo central da peça e, enfim, surge a cena em que cachorros mortos voam a torto e a direito. A peça está sendo finalizada com o foco ajustado sobre essa segunda parte.

5

Querido irmão, escrevo para reportar que, no último sábado de setembro, a peça de Unaiko apresentada no Teatro Circular diante de estudantes do nível ginasial e do colegial foi um grande sucesso! Unaiko cismou que, na explicação dada a Chikashi durante o último contato telefônico, ela não foi capaz de transmitir vívidas imagens do que na verdade acontece. Esta carta, portanto, foi escrita para que você e sua mulher consigam (se possível) divertir-se muito com o meu relato.

Contudo, o verdadeiro objetivo desta carta, meu irmão, é obter sua colaboração ao primeiro passo de uma nova carreira, que se abriu diante de mim e de Unaiko com o sucesso da montagem de *Joguem o cachorro morto*, baseada na leitura dramatizada da obra *Kokoro*. Espero ter reservado suficiente energia para falar a respeito disso pessoalmente com você, mas, antes de mais nada, preciso lhe contar como foi o maravilhoso sucesso alcançado por Unaiko!

Entre o palco despojado e a plateia que o circunda em semicírculo não existe cortina, e como na plateia as cadeiras estão enfileiradas em posição superior, o palco parece ficar num buraco raso onde a escuridão é mais densa. E no meio dessa escuridão se destaca apenas a figura esbelta de Unaiko, em pé. Quando as luzes da ribalta se acendem, Unaiko surge muito bem caracterizada como professora de língua pátria de um curso colegial.

Unaiko tem numa das mãos um exemplar da obra *Kokoro*, da coleção de livros de bolso publicada pela editora Iwanami, e rompe o silêncio com o típico tom de uma professora iniciando uma aula. Como nos últimos três anos ela tem lecionado interpretação dramática em diversos cursos ginasiais desta província, já conhece os alunos que avançaram ao nível colegial e tem neles um entusiástico fã-clube.

A peça é uma aula que Unaiko está dando para os colegiais e ginasianos que lotam o Teatro Circular. Não preciso lhe dizer que as palavras usadas nessa aula de língua pátria ecoam aquelas que você empregou no decorrer de nossas reuniões. Creio também não haver necessidade de descrever como se desenvolveu a metade final da peça.

— Eu tinha exatamente a idade de vocês quando li pela primeira vez esse romance. Eu sublinhava com lápis vermelho ou verde, ou até circulava certas passagens... Hoje em dia vocês talvez prefiram marcadores de texto, não é mesmo? Reli esse romance diversas vezes. Mas tive dúvidas desde o princípio, sabem? Pois vou começar falando delas.

"Passei previamente duas lições de casa para vocês. A primeira foi uma enquete em que solicitei enumerar uma a uma as palavras que lhe pareceram importantes e, na segunda, pedi a vocês que lessem por conta própria a obra *Kokoro*, assim como eu o fiz. Assim chegamos ao trecho em que o narrador da história, o rapaz só identificado como 'eu', faz amizade com o personagem sensei, ou seja, o professor. Acontece, porém, que o professor acaba se suicidando e deixa uma carta de despedida. Em meio a um profundo abalo emocional, o rapaz vai lendo e decifrando o sentido daquela carta. De um modo geral, essa é a estrutura do romance. Na carta de despedida, o próprio professor descreve as lembranças do momento em que abriu seu coração para o rapaz. Vou pedir agora que se proceda à leitura desse trecho. O leitor será um ator do nosso grupo teatral. Ele vai surgir com o texto na mão. Nesse momento, o papel dele será apenas de leitor de texto, mas, em nossa peça, atores e atrizes surgirão para representar diversos papéis. Haverá quem permaneça na peça e quem desapareça momentaneamente. E vocês não precisam aplaudir a cada vez que um mesmo ator surgir representando um novo personagem. Vamos começar, então.

"SENSEI: *Você me olhava muitas vezes com certa insatisfação estampada no rosto. Nessas ocasiões, você me pedia que eu lhe revelasse minha vida como se ela fosse uma novela ilustrada em rolo de pergaminho. Essa foi a primeira vez que você mereceu meu respeito. Pois você se mostrou decidido a fisgar sem nenhuma cerimônia um ente vivo de dentro de mim. Você mostrou a intenção de partir meu coração e de sorver o sangue cálido que dele escorreria. Naquele momento, eu ainda vivia. E não queria morrer. Por isso, rejeitei seu pedido, prometendo atendê-lo em outra ocasião. Hoje, estou voluntariamente partindo meu coração e borrifando este meu sangue sobre seu rosto. E me darei por feliz se, no momento em que meu pulso parar de bater, eu conseguir que uma nova vida se aloje em seu peito.*

"Conforme já lhes disse no começo da aula, eu tinha a mesma idade de vocês quando li essa passagem do romance. E muito ingenuamente imaginei que, se o personagem central permitia ao rapaz tratá-lo por sensei com familiaridade e se mostrava tão bondoso ao conversar com ele, o romance teria por objetivo educar as pessoas da minha geração.

"Mas eu estava enganada. Embora existam diálogos diretos entre o sensei e 'eu', o sensei quase nada ensina ao rapaz.

"'O amor é um crime?', pergunta 'eu', e recebe a resposta: 'Sim, é crime. Sem dúvida'. O sensei ainda aconselha o rapaz a obter sua parte da herança de antemão, caso a família dele seja rica. E isso é quase tudo em matéria de ensinamentos. Acontece, porém, que esses dois ensinamentos têm origem em questões que haviam lançado uma sombra sobre a vida do próprio sensei.

"Assim, quando cheguei à fase da leitura da carta deixada pelo sensei, eu me dei conta de que essa obra foi escrita com o único propósito de fornecer ao sensei a oportunidade de se expressar por intermédio de sua carta-testamento. O sensei vivera sua vida inteira isolado da sociedade, mas uma única vez ele escreve uma carta-testamento com o intuito de se expressar, pensei eu. E o que o sensei teria expressado em sua carta-testamento? Ela contém duas frases: uma curta ('Lembre-se.') e outra mais longa ('Lembre-se. Assim eu vivi.'). Isso significa que o sensei escolheu essas falas como única expressão da sua vida.

"Vejamos agora objetivamente qual é o sentido da frase 'Assim eu vivi'. Aos vinte anos, o sensei passou pela experiência de ter sua herança usurpada por um tio. Então ele se transforma num personagem que quase nunca abre seu coração para os outros. Além disso, ao saber que um amigo íntimo da universidade, que até vive com ele sob um mesmo teto, se apaixonou pela filha da dona da pensão onde moravam, o sensei fica noivo dela sem nada falar para o amigo. Totalmente abalado, o amigo se suicida.

"E o sensei acaba presenciando essa cena. Vou em seguida ler o trecho correspondente.

"SENSEI: *Estaquei, petrificado. Depois que o choque passou por mim com a fúria de um vendaval, tornei a pensar: 'Ah, que horror!'. A percepção de que eu não podia fazer mais nada varou o meu futuro como um raio negro e, por instantes, lançou uma terrível luz sobre o restante de minha vida. E então comecei a tremer de maneira incontrolável.*"

Querido irmão, eu sabia que Unaiko é uma pessoa arguta e capaz, mas não a considerava uma atriz excepcional. Sabia também que ela possuía uma qualidade especial ao vê-la transformando num átimo a leveza cômica da pequena peça *Joguem o cachorro morto* em algo agressivo, mas...

No instante em que Unaiko, em pé no palco, leu o trecho que seria cruel demais até para o próprio sensei relembrar, juro a você que vi uma "luz negra" correr transversalmente pelo palco iluminado apenas por uma estreita janela aberta no alto do auditório circular e por uma claraboia em meia-lua feita de vidro temperado!

Depois da morte do amigo, o sensei se casa com a moça sem lhe revelar a verdade e, além de tudo, é incapaz de tomar parte ativa na sociedade e trabalhar. E no momento em que Unaiko lê o trecho que explica a razão dessa incapacidade, me pareceu ver outra vez a "luz negra" cruzando o palco. Tanto é verdade que cheguei a perguntar a Masao: sei que você desempenha diversas funções nesta peça, mas não estaria também encarregado da iluminação (a iluminação exerce a importante função de animar a cena em que "cachorros mortos" são lançados) e não teria produzido algo que surtisse um efeito semelhante ao daquela "luz negra"? Em resposta, Masao apenas sorriu...

SENSEI: *A partir dessa época, uma sombra apavorante cruzava o meu íntimo num átimo. A princípio, a sombra me assaltava de fora para dentro de maneira inopinada. Eu me assustei. E me arrepiei. Contudo, com o passar do tempo, meu espírito passou a corresponder a esse apavorante vislumbre. No fim, comecei a sentir que era algo inato, existia no âmago do meu ser desde o nascimento, não vinha necessariamente de fora.*

Unaiko impressiona como atriz por sua técnica de leitura, mas como ela estava no palco no papel de uma professora dando aula de língua pátria, intercala breves explicações para levar a peça adiante. Ela explica que o sensei, tendo clara noção do crime cometido contra o amigo, tomou uma decisão e, a muito custo, vai tocando a vida. Nesse ponto, Unaiko assume outra vez a voz do sensei para continuar a leitura.

SENSEI: *Meu coração, que tinha resolvido viver como se morto já estivesse, vez ou outra estremecia em louco frenesi em resposta a estímulos do mundo externo. Contudo, no exato momento em que eu decidia tomar determinada direção, uma terrível força surgia de algum lugar e agarrava meu coração, impedindo-o de se mover.*

E assim prossegue Unaiko, ora avançando na leitura no papel do sensei, ora retomando o de professora e dirigindo-se aos colegiais: "Desse jeito, ele não está apto a tomar o seu lugar na sociedade e viver".

O sensei veio vivendo modestamente da herança que lhe restou em companhia da mulher, mas mesmo naqueles dias em que o período Meiji chegava ao fim, seu estilo de vida devia se constituir em exceção entre seus contemporâneos, explica Unaiko. Ela foi de uma habilidade excepcional nesse trecho. Depois, ela retoma a carta-testamento, deixando claro que o sensei pensa da seguinte forma: para ele, o suicídio era o único caminho que restava...

Contudo, embora eu já conhecesse a maneira como a

peça *Joguem o cachorro morto* era encenada, tratava-se da primeira vez que eu assistia à apresentação, de modo que me assustei naquele momento, pois um objeto veio voando da plateia e caiu aos pés de Unaiko. Quem o lançou foi um jovem aluno, cujos braços presumivelmente tinham força suficiente para acertar o peito ou a barriga de Unaiko, mas foi aos pés dela que um "cachorro morto" caiu em sinal de protesto pelo que ela acabara de dizer. Unaiko continuou a leitura do texto dirigindo-se diretamente ao rapaz que lançara o bicho de pelúcia.

SENSEI: *Você talvez arregale os olhos e diga: "Por quê?", mas essa força descomunal e estranha que sempre surge para agarrar meu coração não permite que eu me mova em nenhum sentido e, assim, apenas deixa aberto o caminho para a morte. Não contando a opção de permanecer imóvel, o menor movimento que eu venha a fazer só poderá levar a esse caminho, só por ele me será permitido avançar.*

Em seguida, Unaiko lê o trecho já explicado antes de maneira a gravá-lo profundamente em nosso íntimo:

SENSEI: *Lembre-se. Assim eu vivi.*

Então faz uma breve pausa e, depois, explica que as respostas dos alunos estavam corretas e que as palavras que o autor usara repetidas vezes no romance de maneira consciente correspondiam às que os estudantes citaram na enquete, provocando uma reação entusiasmada dos alunos. Unaiko revela então que as palavras citadas com mais frequência na enquete foram: *kokoro* (coração), que é afinal o título da obra, com quarenta e duas citações; *kokoromochi* (sensação, sentimento), citada doze vezes; e, em seguida, *kakugo* (preparo, resignação), citada sete vezes. Então ela explica que certo acontecimento leva o sensei a perceber que o momento para o suicídio havia chegado e a se preparar (*kakugo*) para isso, e que a explicação para a expressão *kakugo*, que surgira na enquete como uma das palavras mais repetidas na obra, seria dada no trecho que ela leria em seguida. Ela retoma a leitura com voz emocionada.

SENSEI: *E então, no auge daquele escaldante verão, o imperador Meiji faleceu. Naquele momento, senti que o espírito da era Meiji tivera início com o Imperador e com ele se extinguira. Percebi agudamente nesse momento que continuar vivendo a despeito disso tornava obsoletos indivíduos como nós, que haviam sofrido mais intensamente a influência do espírito Meiji. E assim declarei à minha mulher. Ela riu e não me levou a sério, mas, não sei por qual razão, retorquiu de repente em tom de troça: nesse caso, por que não se mata para seguir os passos de seu Imperador?*

Respondi então que, se fosse para me imolar, eu assim o faria ao espírito Meiji.

A primeira metade da peça termina aqui. Minha carta se estendeu demais, de modo que relatarei o restante posteriormente.

6

A segunda metade da peça (a partir desse ponto, tornam-se claras suas características) começou com o teatro completamente às escuras. No intervalo, vi pela primeira vez ser acionado o dispositivo que cobre as cinco janelas em meia-lua do teto e, em consequência, o ambiente mergulhou na escuridão. A leitura do texto se fez sem que nos fosse possível ao menos distinguir a figura de Unaiko, e a expressão "luz negra" vem à lembrança uma vez mais de maneira enfática.

SENSEI: *"Ei", chamei em voz alta. Mas não houve resposta. "Ei, o que houve?", perguntei outra vez. Ainda assim, K. permanecia em total imobilidade. Ergui-me imediatamente e fui até a divisória dos quartos. Dali escrutinei o interior do quarto dele à parca luz do abajur.*

No instante em que percorreram seu quarto, meus olhos se vitrificaram e perderam a capacidade de se mover. Estaquei, petrificado. Depois que o choque passou por mim com a fúria de um vendaval, tornei a pensar: "Ah, que horror!". A percepção de que eu não podia fazer mais nada varou o meu futuro como um raio negro e lançou por instantes uma pavorosa luz sobre o restante de minha vida. Então, comecei a tremer de maneira incontrolável.

Depois, voltei-me e notei pela primeira vez o sangue borrifado sobre a porta corrediça.

Quando a leitura terminou, uma luz dirigida desceu obliquamente sobre o palco, e a grande quantidade de pó pairando no ar teve o efeito de salientar a direção do cone de luz.

Pois a mim me pareceu que o cone de luz era a imagem residual da "luz negra", da qual falei anteriormente, que pareceu trespassar o palco. Esse "cone de luz" incidiu sobre duas folhas de porta corrediça que vinham avançando do fundo do palco. Nelas, sobressaíam as marcas deixadas por um pincel encharcado de tinta vermelha. Embora isso tenha se afastado da carta-testamento original de Sōseki, eram uma clara alusão ao sangue do amigo que se suicidara. Logo o cone de luz proveniente do alto se apagou, e ao palco, onde a luz negra pareceu ressurgir como imagem residual, subiram alguns colegiais (havia atores do grupo The Caveman disfarçados de alunos entre eles), que removeram as portas corrediças para um canto escuro. O trabalho de remoção foi realizado por rapazes, mas logo algumas alunas se juntaram a eles, formando um grupo de cerca de quinze pessoas que avançou para a boca de cena, momento em que Unaiko, retomando o seu papel de professora, se postou em pé à esquerda, um tanto afastada dos demais. A luz então ilumina todos os estudantes, isto é, tanto os posicionados à esquerda como os à direita do palco.

Unaiko começa então a falar com os seus alunos.

— Conforme lhes disse no começo, quando li pela primeira vez esse romance, *Kokoro*, eu tinha a idade de vocês e imaginei que se tratava de um livro educativo, mas logo me desapontei por não encontrar nenhum diálogo entre os personagens sensei e "eu" que se assemelhasse a um ensinamento. Contudo, nos últimos tempos, fiz uma releitura (em inglês, dizemos *reread*) com o foco devido e achei que esse realmente é um livro educativo. Quando chegamos ao trecho da carta-testamento, o sensei já diz o que ele se propõe a ensinar. Um ensinamento no qual ele aposta a própria vida. Conforme já relemos, trata-se da frase: "Lembre-se. Assim eu vivi". O verbo desse trecho está no pretérito perfeito e, nesse caso, o ensinamento que o sensei daria em seguida está no futuro do presente: "E assim morrerei".

"Então 'eu', o narrador do romance, e nós, os leitores, lemos a carta do falecido 'professor'. Aqui eu gostaria que vocês, meus alunos, se pusessem na pele do 'eu' narrador e pensassem. Vocês sentem que essa carta de sensei, que já se transformou em testamento, ensinou alguma coisa a vocês?"

Vou resumir as respostas que, em pé no palco, diversos alunos e alunas deram, cada um à sua maneira. (Percebi que os estudantes já tinham dado essas respostas nas aulas que antecederam à apresentação da peça e que essas respostas haviam sido compiladas e inseridas no roteiro. Aliás, todos os alunos falaram com muita naturalidade...)

Alunos: "Não me ensinou nada" / "Sim, me ensinou alguma coisa".

Se a resposta foi positiva, diga qual teria sido o ensinamento?

Alunos: "Se eu sei que uma pessoa que respeito muito se preparou para morrer, me revelou toda a sua vida e em seguida se matou, eu, que continuo vivo, terei recebido um ensinamento, não é? Eu teria a impressão de ser a primeira vez que me ensinam algo tão precioso, ou seja, algo que eu gravaria para sempre no coração. Se eu recebesse um ensinamento desses, jamais o esqueceria. Não conseguiria esquecer".

Alunas: "Quer dizer que você, meu amigo, irá se lembrar de que o professor assim viveu e que assim morrerá, certo? E nunca mais vai se esquecer disso. Mas o que você aprende por se lembrar disso? Que não deve trair um amigo e fazê-lo se suicidar? Quem é que não sabe disso? Se esse foi o sentido do que aprendeu, você acha que isso lhe valerá para alguma coisa? Só mesmo se as circunstâncias forem tão específicas quanto as desse romance, não é?" / "Quer dizer que você conhece uma garota por quem não sente lá grande coisa, mas logo vê que um amigo se apaixona perdidamente por ela. Daí você sente que está perdendo a garota. Você se declara para ela e ela topa. O amigo, totalmente abalado, se suicida. Você acha que esse tipo de coisa acontece na vida real? Vocês, garotos, são tão ingênuos assim? E depois de tudo isso acontecer, você sai para o mercado de trabalho, só consegue emprego sem carteira assinada e ainda acha que vai encontrar uma garota que queira casar com você? Mesmo que encontre, não considera que ela vai largá-lo depois de algum tempo? Ou você pretende se imolar ao atual 'espírito Heisei' antes que isso aconteça?".

A essa altura, tanto os estudantes no palco como os que estavam na plateia caíram na gargalhada. Mas no meio dos alunos que riam, só um, que embora tivesse discutido com bravura acabara ficando sem argumentos, fixava o olhar raivoso na colegial que o havia encurralado e ridicularizado. Na verdade, esse garoto não era um estudante, mas um dos atores da dupla Suke & Kaku, que eu já havia apresentado a você, meu irmão. Ao lado dele, o outro da dupla testemunhava os apuros do amigo, rindo e se divertindo às suas custas. E para falar mais uma verdade, a estudante que o encurralou durante a discussão também não era uma colegial, mas a jovem encarregada da sonoplastia do grupo The Caveman. Ela se tornou amiga inseparável de Unaiko desde o dia em que esta entrou para o grupo e, além de morar com ela, é também sua secretária e administradora. É sobretudo uma pessoa discreta e merecedora de confiança. E ali estava ela no palco, arrumada para parecer mais jovem. Não me contive e acabei murmurando: "Ricchan, você está tão bonita!". Mas, voltando à peça, Unaiko volta à cena outra vez nesse momento.

— Mesmo que esse último "espírito Heisei" tenha sido apenas uma brincadeira, o "espírito Meiji" é um assunto sério nessa obra, de modo que a ele voltaremos mais tarde. Antes, porém, quero que as pessoas que acharam que "eu", o narrador do romance, não recebeu ensinamento algum, se agrupem no lado direito. Os demais devem ir para o lado esquerdo.

"Agora, vou perguntar ao grupo da direita: para vocês, esse sensei, que apostou sua vida num ensinamento inútil, não é um educador, certo? Então, com que intuito vocês acham que esse indivíduo representou essa enorme tragédia?"

Embora tivesse gargalhado abertamente, Kaku (já que eu disse que o outro era Suke) tinha permanecido lealmente ao lado do abatido companheiro e se pôs a falar nesse momento.

— Eu gostaria de dizer que o sensei não representou nenhuma tragédia. Já que o sensei continuava a viver como se estivesse morto e sentia que uma força estranha e temível o imobilizava, morrer, naquela altura, teria sido um ato natural para ele, não é?

— Bem, vamos levar em conta o que você disse — interveio Unaiko, coordenando a discussão. — Se o sensei não era um educador, vamos pensar agora: o que ele teria sido?

Nesse instante, Masao Anai se ergue na plateia e pede a palavra. Tenho a impressão de que a intervenção dele era *ad lib*. O que você acha, meu irmão? Tive também a impressão de que essa técnica de dividir as pessoas sobre o palco em dois grupos e levantar uma terceira opinião para atiçar o debate se estabeleceu como um novo formato do modelo *Joguem o cachorro morto*.

— Eu tenho a mesma idade do pai de vocês... talvez nem tanto, mas sou de uma geração mais velha — Masao começou dizendo. — Vivo de escrever peças teatrais e de representá-las. Assim como o sr. Kogito Chōkō, que nasceu nesta região, se expressa através de suas obras literárias, eu também me expresso através do teatro. E, dentro de minha modesta capacidade, passo o tempo todo pensando em meios de expressão. A respeito da carta-testamento escrita pelo sensei na obra *Kokoro*, chamo agora a atenção de vocês para o início do romance. "E me darei por feliz se, no momento em que meu pulso parar de bater, eu conseguir que uma nova vida se aloje em seu peito." O sensei deseja que sua própria morte aloje uma nova vida no peito do rapaz que lê sua carta-testamento. Quando moço, eu me emocionei: como pode haver alguém capaz de morrer desejando tal coisa? Pois eu havia me colocado na pele do narrador. Me emocionei porque imaginei: e se houvesse alguém que me dissesse tudo isso e, no final, se matasse, conforme já havia dito? Mas, com o passar dos anos, passei por certas mudanças. Quando lia *Kokoro*, fui me dando conta de que já não estava aceitando esse trecho. Comecei a pensar: será que o sensei pensava seriamente no rapaz a quem destinava sua carta-testamento? Será que o sensei não estava pensando apenas em si mesmo? E o que seria pensar em si mesmo? O sensei havia vivido até então enclausurado, longe da sociedade, um tipo de vida que, nos dias atuais, seria definido como "viver trancado num quarto". E é esse homem que, pela primeira vez na vida, está tentando se "expressar". Seu único objetivo era se expressar, ou seja, escrever a carta-testamento. Apesar disso, como é que ele conseguia acreditar que a leitura de sua carta inocularia uma nova vida no coração de um rapaz? Nesta peça, vocês já leram três vezes essa passagem, mas vale a pena tornar a mencionar que o ponto alto dessa carta-testamento são duas frases: "Lembre-se" e "Lembre-se. Assim eu vivi". Pois, para o sensei, "expressar-se" significa impor a sua própria pessoa a um estranho dessa maneira. Falando francamente, perdi todo o interesse por ele. Vocês também não perderiam, pessoal?

Contra Masao, que assim se pronunciou elevando a voz e assumindo uma pose desafiadora, "cachorros mortos" vieram voando de todos os lados. Masao apanhou um a um os "cachorros mortos" que batiam em seu corpo e caíam em torno dele e, examinando-os um a um com cuidado, juntou-

-os todos em seu colo e se sentou tranquilamente. Os colegiais e ginasianos compreenderam que aquela devia ser a atitude correta dos que, bombardeados por "cachorros mortos", se davam por vencidos, e caíram na gargalhada.

A atitude de início altiva de Masao acabou, em certa medida, envolvendo os estudantes, e a sua aparente submissão ante os "cachorros mortos" que lhe foram jogados representou um eficiente meio de quebrar a tensão com risadas.

Uma vez convicta de que o objetivo tinha sido atingido, Unaiko veio à frente do palco e, com a atitude segura de comando de uma professora do colegial, procurou concentrar a atenção dos estudantes que lotavam o auditório circular.

— Tenho a impressão de que no meio de vocês todos, a cada vez que o sensei era criticado, muitos sentiram vontade de argumentar, dizendo: mas ele acabou se matando de verdade, não foi? Então, vamos todos pensar a respeito disso. (Assim dizendo, Unaiko fez um gesto na direção de três atores fantasiados de estudantes com papéis claramente estabelecidos: Ricchan e a dupla Suke & Kaku, e os convidou a virem à frente do palco.)

"Há pouco, um de vocês disse que a morte do sensei nesse trecho era natural, certo? Você não gostaria de nos explicar, baseando-se no testamento, por que pensa desse modo? Em seguida, você, que desde o começo se mostrou contrário ao ponto de vista dele, nos diga também o seu pensamento, está bem? Quanto aos demais, quero que ouçam cuidadosamente a argumentação dos dois lados e, depois, joguem com convicção 'cachorros mortos' na direção dos que defendem pontos de vista diferentes dos seus."

Conforme solicitado, Suke ou Kaku (este era Suke, conforme consegui agora definir com os rostos iluminados de frente) abriu o livro de Sōseki que tinha em mãos e citou:

— "Você talvez arregale os olhos e diga: 'Por quê?', mas essa força descomunal e estranha que sempre surge para agarrar meu coração não permite que eu me mova em nenhum sentido e, assim, deixa aberto apenas o caminho para a morte. Não levando em conta a opção de permanecer imóvel, o menor movimento que eu venha a fazer só poderá conduzir a esse caminho, só por ele me será permitido avançar." É isso, está explicado meu ponto de vista. Em seguida, o imperador Meiji falece, o comandante Nogi também, e o sensei então sente que lhe mostravam a oportunidade para ele próprio morrer. A morte dele é perfeitamente natural, não é?

— Mas como é que você estabelece uma conexão lógica entre essa história do "espírito Meiji" e a oportunidade para o sensei morrer? — insiste a atriz Ricchan, fantasiada de colegial. — O amigo que ele traiu se sentiu tão ferido que se matou. E a noção do crime que cometeu persegue o sensei, não é? Mas isso não o leva ao suicídio. "Eu decidi continuar vivendo como se estivesse morto porque não tinha outra saída", diz ele, concedendo a si mesmo suspensão momentânea da pena de morte, não é? Mas, depois, decide que o período de graça acabou, resolve que é chegada a hora da morte e se prepara para isso. Em seguida, diz que vai se imolar ao "espírito Meiji" porque o "espírito Meiji" acabou, não é? Qual a razão de esse "espírito Meiji" surgir nesse trecho? O aparecimento desse "espírito Meiji" é natural para você? Ele nunca tinha se importado com o tal "espírito Meiji", nem antes nem depois de trair o amigo. Por que então ele traria à tona o "espírito Meiji" a essa altura dos acontecimentos? Não seria muito mais natural se ele dissesse: "Perdi a vontade de continuar vivendo como se estivesse morto, de modo que resolvi me suicidar"? Para começo de conversa, no que consiste esse "espírito Meiji"? Esse sensei tinha decidido viver como se estivesse morto, e mesmo seu coração, que vez ou outra se agita incontrolavelmente ante estímulos do mundo externo, se imobiliza por completo quando uma terrível força, que surge ele não sabe de onde, o agarra, não é? Essa força seria o "espírito Meiji"? Ou uma força totalmente oposta? Ou você quer agora argumentar dizendo: nada disso, não seja simplista, isso é algo que as pessoas que viveram no período da reforma Meiji, em que o país foi reconstruído, compartilharam? De que modo esse homem, que vivia isolado do mundo pela consciência de um crime que só ele cometeu, iria se conectar com as pessoas que compartilhavam o "espírito Meiji" como membros da sociedade Meiji recém-construída?

— Você não compreende porque é mulher! — berrou Kaku nesse ponto, dando um passo à frente.

Esse foi o erro fatal da dupla Suke & Kaku. No mesmo instante, os dois se tornaram alvo de um ataque generalizado de "cachorros mortos". Até a garota em pé logo ao lado de Kaku e, portanto, partidária do ponto de vista dele na discussão, não só lança um "cachorro morto" contra ele, como faz questão de golpeá-lo no rosto com o bichinho de pelúcia. Os estudantes apanham do chão todos os cachorros que chegam voando e, calculando a distância, jogam os bichinhos de pelúcia com força sobre a dupla. A confusão parece não ter fim. E enquanto tomam ou dão golpes, todos falam sem parar o que pensam sobre o assunto, e o formato se torna evidente. Mas, no auge da confusão, as luzes diminuem, as figuras sobre o palco passam a se mover como num teatro de sombras e, em óbvia demonstração da excelente qualidade dessa apresentação, as vozes começam a esmaecer, acabando por se transformar em sussurros repletos de intenção.

As figuras do teatro de sombras também se imobilizam e… cai o pano.

Mas não existe pano no auditório circular, de modo que, quando a luz volta sobre o palco que havia mergulhado em momentânea escuridão, as colegiais lideradas por Ric-chan se erguem vivamente enquanto os partidários de Suke & Kaku se acocoram, parecendo soterrados num monte de "cachorros mortos". É quando ressoam aplausos e pedidos de bis. As luzes se apagam outra vez e, quando tornam a acender, Suke & Kaku se erguem em meio a cachorros mortos e recebem palmas entremeadas de risos, interpelações e vaias… Esse processo se repete diversas vezes e alguns cachorros voam como num pensamento tardio. Ou seja, a versão em estilo *Joguem o cachorro morto* termina em estrondoso sucesso.

VII. Novos desdobramentos

1

Depois de acompanhar o grande sucesso da montagem em estilo *Joguem o cachorro morto* direcionada a estudantes dos níveis ginasial e médio, contei a Unaiko o que eu andara planejando enquanto a peça se desenvolvia no palco. Ela aceitou o meu plano. Como o referido plano tem relação direta com a "casa da floresta", eu o relato nesta carta para você. Desejo ardentemente que concorde. Por esse preâmbulo, posso estar dando a entender que nunca em minha vida solicitei nada de tamanha importância, que esse é o único pedido, vamos dizer, da minha vida nada brilhante, ou seja, que estou tentando extorqui-lo, e isso não me agrada. Por favor, leia sabendo que escrevo ciente disso.

Comecei a elaborar esse plano no momento em que você, meu irmão, desistiu (acho que devo dizer "fez-me o favor de desistir") de escrever a sua *História de um afogamento*. Pois no momento em que você abandonou a ideia de escrever sobre nosso pai, senti que realizei a última tarefa que nossa mãe me delegou. Reconheço que agi de maneira muito teatral nos momentos que antecederam e se sucederam à entrega da maleta de couro vermelha, dez anos depois da morte de nossa mãe. Falando francamente, eu sabia que no interior da maleta não havia material algum que o ajudasse a escrever sua *História de um afogamento*. Ainda assim, eu precisava que você examinasse pessoalmente o conteúdo da maleta de couro vermelha e que você mesmo declarasse que desistia de escrever a *História de um afogamento*. Pois esse assunto preocupou nossa mãe por um tempo realmente longo...

Muito bem, a questão referente à *História de um afogamento* está liquidada (sei que essa expressão não é muito sutil). Agora, estou livre para sair da sombra de minha mãe. No momento em que percebi isso, comecei também a imaginar que eu não iria seguir meu caminho completamente sozinha. Pois eu já começava a andar com Unaiko. E quando eu, emocionada com a peça, disse-lhe que a partir de então apoiaria suas realizações em todos os aspectos, fossem elas quais fossem, Unaiko me respondeu, com a prontidão de um eco, que ela viera trocando ideias com Ricchan nos últimos tempos, pois Unaiko também queria a colaboração de uma mulher com o meu perfil, e não a de um homem, no caso, Masao Anai. Eu me emocionei como uma colegial em dia de formatura, e nós duas nos abraçamos.

O que estou querendo lhe dizer, meu irmão, é que até hoje sempre vivi à sombra da maleta de couro vermelha de nossa mãe, mas, doravante, só estarei pensando em peças em estilo *Joguem o cachorro morto*. Ou seja, quero viver com o único objetivo de colaborar com Unaiko. E investir habilidade e tempo no desenvolvimento desse novo caminho que

Unaiko, por coincidência, também vinha planejando naqueles dias.

Neste momento, estou me lançando numa grande aventura com Unaiko, libertando-me tanto de nossa mãe quanto de você, meu irmão Kogī. A única coisa de certa importância dentre todas que realizei até hoje foi a produção do filme *A mãe de Meisuke vai à guerra*, o qual, por problemas contratuais, nunca foi exibido em nosso país. Mas, pensando bem, até mesmo a cooperação da atriz internacional Sakura Ogi Magarshack foi obtida sob o guarda-chuva que você e nossa mãe abriram. Contudo, isso não significa que vou trabalhar agora totalmente dependente de você: tanto eu quanto Unaiko queremos contratá-lo como escritor e, a partir daí, tocar o nosso projeto. Para começo de conversa, o projeto não se concretizará sem a sua boa vontade, mas, caso consigamos, o empreendimento independente administrado em parceria por mim e por Unaiko viabilizará os projetos teatrais dela. Ela é muito mais nova do que eu, mas carrega um passado complexo, e nisso diferimos, pois minha história passada é muito simples. Há coisas que ela própria veio acumulando e coisas complexas que vivenciou nem sempre por desejar, e é sobre essa bagagem que ela está alicerçando a grande aposta de sua vida. Além de tudo, temos ao nosso lado uma eficiente administradora chamada Ricchan. Agora, pela primeira vez na vida, eu, e não mais aquela que viveu à sombra da mãe e do irmão, estou apostando, às minhas próprias custas, as minhas fichas no decisivo jogo de Unaiko.

Vou voltar um pouco no tempo: quando você me pediu para verificar as medidas práticas que precisaremos tomar antevendo o dia em que você não será mais capaz de retornar ao vale, pois cedo ou tarde esse dia chegaria, fui pedir informações a um jovem funcionário da nossa Prefeitura. Agora, penso em executar o plano experimental que se desenhou nessa ocasião. Só que a pessoa que deverá receber os direitos da propriedade não será eu. Chegará o dia, num futuro aliás próximo, em que nem eu conseguirei continuar a viver na floresta. Quando esse dia chegar, quem vai receber os direitos da propriedade tampouco será o meu filho, o herdeiro de todos os meus bens.

Quando da construção da casa da floresta, ficou decidido que o terreno, que era de nossa mãe, ficaria em meu nome, e a casa a ser construída sobre ele, em seu nome, meu irmão. Neste momento em que Unaiko dá o primeiro passo para seu voo solo como produtora teatral independente, penso em utilizar a casa da floresta em prol de seu projeto *Joguem o cachorro morto*.

Você pensou que a visita que fez ao vale há poucos dias foi sua derradeira, não pensou? Pois então eu gostaria, nesta oportunidade, que você passasse o título de propriedade da casa da floresta para Unaiko. Vou fazer o mesmo com o terreno. Gostaria também que você se encarregasse de pagar os impostos dessa transação, assim como a reforma para transformar a casa da floresta em palco de ensaios, reforma que, aliás, já está em andamento. Você poderia pagar tudo isso para mim como uma espécie de compensação pelos longos anos que cuidei da casa, não poderia?

Claro que se algum dia você quiser assistir a alguma montagem do modelo *Joguem o cachorro morto*, que se iniciará agora com nova organização (Unaiko está necessitando, acima de qualquer coisa, de sua colaboração para que esse projeto se torne realidade), ou sentir vontade de desenvolver esse trabalho conjunto aqui na casa da floresta, poderá vir para cá quando quiser, pois preservarei o segundo andar intacto para o seu uso.

Muito bem, por trás da decisão de Unaiko de se reestruturar e se preparar para essa atividade teatral existem circunstâncias que a obrigam a isso. A crítica negativa da ala direita desta região ao sucesso estrondoso do modelo *Joguem o cachorro morto* está recrudescendo. E caso a crítica evolua para uma efetiva sabotagem, não há como fugir do confronto. Contudo, Unaiko quer deixar bem claro que vai lutar como um grupo teatral independente do The Caveman, de Masao Anai, que adota como estilo de vida não se engajar em nenhum partido político. E se precisarmos levantar empréstimo bancário para obter capital de giro para o empreendimento, faz todo o sentido a nossa trupe possuir uma propriedade, pois poderemos usá-la como garantia do empréstimo.

Por tudo isso, peço-lhe que pense muito bem a respeito do que escrevi acima e me mande uma resposta em seguida.

2

Você atendeu ao meu pedido e eu lhe sou muito grata. Na carta anterior, eu só tratei do meu pedido. Nesta, vou escrever a respeito do que vem acontecendo depois do Ano-Novo e da exibição no auditório circular.

Após o estrondoso sucesso da peça *Kokoro* no estilo *Joguem o cachorro morto*, Unaiko obteve novo sucesso num pequeno teatro de Matsuyama, no qual grupos vanguardistas de Tóquio costumam se apresentar: dessa feita, a apresentação, realizada após cuidadosa preparação, foi diante de uma plateia composta de adultos. No meu entender, o mais espetacular nessa exibição foi o fato de Unaiko haver incorporado as críticas negativas que surgiram após a apresentação diante dos estudantes dos níveis ginasial e colegial no Teatro Circular.

As cartas que escrevi até hoje foram meras descrições simplificadas das circunstâncias. O que pretendo fazer em seguida talvez não fuja muito desse padrão, mas acredito que um relatório abrangendo a totalidade de uma peça montada por Unaiko não seja tarefa fácil nem para experientes jornalistas, quanto mais para uma reles amadora como eu, pois múltiplos são os acontecimentos que se desenvolvem no palco de uma só vez. E é aí que se encontram a singularidade e a novidade de Unaiko. Conforme a peça vai se desenrolando, discussões pipocam não só no centro do palco, como também em suas bordas, e, levada por elas, até a plateia se agita. Unaiko apura os ouvidos, escuta tudo (você vai rir e dizer que ela não tem a onipresença do santo Shōtokutaishi) e traz ao palco de duas a três pessoas cujas discussões lhe pareçam interessantes. Faz os veteranos da companhia teatral participarem dos debates em curso entre amadores na plateia. É desse jeito que Unaiko conduz a peça. Mas se uma discussão que parecia promissora começa a esmorecer e a perder o foco, "cachorros mortos" vêm voando para cima deles de todos os lados. Quem incentiva a chuva de bichinhos de pelúcia que induz o grupo sobre o palco a perceber que não resta outra saída senão descer dali também é Unaiko, aquela que os descobriu e os trouxe para o palco. Acho que Unaiko é uma jornalista inata.

No primeiro dia de apresentação no pequeno teatro de Matsuyama, o indivíduo que, no meio da plateia, chamou a atenção de Unaiko por sua proposição era alguém que eu também conhecia, um certo professor do nível colegial da cidade de Honmachi. No outono do ano passado, ele também nos deu o prazer de sua presença na peça que foi então apresentada no vale. Pois esse professor disse que, no começo da peça, o próprio sensei falava pessoalmente, e isso foi muito interessante. Contudo, as citações da carta-testamento do sensei são feitas por um terceiro, o próprio sensei não fala. Ele mesmo não participa dos debates e, portanto, deixa a desejar em matéria de *thrilling*, alegava o homem. (Claro que ele não fala pessoalmente: já tinha se suicidado!, observa alguém da plateia em meio a vaias contra o professor colegial, mas este não se dá por vencido.) "Ele se suicidou, está certo, mas por que não pôr no palco esse professor suicida? Afinal, isto é um teatro, não é? Eu vi uma cadeira de rodas para pessoas deficientes no hall de entrada. O que acham de fazer o sensei morto se sentar nessa cadeira com um pano cobrindo-lhe a cabeça e o rosto (ele é um morto, não é?) e dar a todos a possibilidade de lhe dirigir perguntas? E o sensei morto pode também responder. Quero que esta peça me dê essa chance! Preciso que o sensei morto seja trazido de volta ao mundo dos vivos para que eu possa lhe fazer algumas perguntas. Eu vinha trocando ideias com um amigo aqui ao meu lado a respeito disso", concluiu o indivíduo...

Nessas circunstâncias, a plateia, muito receptiva, mostrou de imediato um vivo interesse. Então a dupla Suke & Kaku empurrou para o centro do palco a própria Unaiko — quem mais senão ela? —, sentada na cadeira de rodas, rosto coberto com um pano branco. O professor colegial que disse ter perguntas a fazer não teve outro remédio senão conversar com esse morto.

PROFESSOR COLEGIAL: *Eu também li a sua carta-testamento em companhia de meus alunos, sabe? Contudo, falar de pátria para alunos do colegial de uma escola pública no século XXI implica alguma dificuldade. É preciso ser muito cauteloso. Meio ano atrás, na ocasião em que esta peça foi encenada nesta cidade, alguns alunos e alguns cidadãos deste país — eu gostaria de fazer aqui uma ressalva: eu disse cidadãos deste país em vez de cidadãos desta cidade, e quero que todos retenham na memória essa diferença — participaram dela. Além do mais, quero ressaltar que, hoje, estamos numa casa de espetáculos pública e que não estamos conversando numa sala de aula.*

A quem eu gostaria de me dirigir com tudo isso? Aos membros do Comitê Educacional da minha cidade. Hoje, eles vieram especialmente a este teatro de Matsuyama. Acredito que isso se deva ao fato de a apresentação anterior, feita no auditório de um ginásio, ter sido considerada problemática, de modo que resolveram assistir a ela efetivamente para dirimir dúvidas. Se vocês olharem com atenção, logo irão perceber quem são essas pessoas, pois elas não se parecem com as que comumente assistem a peças experimentais encenadas em pequenos teatros como este aqui. Vou, antes de mais nada, começar falando da peça representada no auditório circular de um ginásio de minha cidade. Aquele evento não foi inicialmente planejado para ser apenas uma apresentação no estilo Joguem o cachorro morto. *Estava planejado para ser uma apresentação conjunta com uma palestra do escritor Kogito Chōkō, o primeiro a frequentar o curso ginasial do ensino reformado de nossa cidade. Mas o sr. Chōkō, segundo nos informaram, teve uma crise de tontura (embora sejamos nós os mais acometidos por crises de tontura, quando lemos as obras dele!* [risos]*), de modo que o evento acabou se resumindo a uma peça teatral. Penso que, nesse aspecto, o pessoal do Comitê Educacional não teve do que reclamar, não é? Pois* *esse escritor, Chōkō, é uma pessoa que alimenta intensos sentimentos com relação ao antigo sistema educacional básico, hoje extinto. Pois se o antigo sistema educacional ainda vigesse, ele seria, segundo dizem, um dos que não conseguiriam frequentar o nível ginasial por causa da precária situação financeira da família, mas a instituição de um curso ginasial na floresta adequado ao novo sistema educacional lhe permitiu o acesso ao curso. E o curso ginasial do sistema reformado foi instituído de acordo com a legislação que rege o sistema educacional básico, legislação que, por sua vez, se baseia na nova Constituição. E antes de essa lei ter sido emasculada, o sr. Chōkō escreveu esta passagem, que leio a seguir. "A referida legislação foi reformulada, mas nós vamos transformar a legislação básica em um livreto e andar sempre com ele no bolso." Assim conclamou o sr. Chōkō. Ele imprimiu, às suas próprias custas, diversos exemplares do referido livreto, mas, na verdade, parece-me que não saíram como os seus romances... não, não é isso, deixe-me retificar, não tiveram a mesma saída de seus romances* [risos].

Como eu comprei parte deles, vou tirar um exemplar do meu bolso e ler para vocês: "A educação não deverá jamais ser submetida a injunções indevidas, mas dispensada responsavelmente de maneira direta a todos os cidadãos da nação". Por outro lado, a lei revista atualmente vigente conserva o trecho "a educação não deve jamais submeter-se a injunções indevidas", porém, em seguida, o texto se altera e prossegue da seguinte forma: "mas dispensada de acordo com o que esta e outras legislações estabelecem". Isso significa que, de acordo com a nova legislação, qualquer tipo de educação é possível. E como, no momento, essa é a realidade nesta província, precisamos ser cuidadosos ao falar de educação. Agora, acho mais prudente voltarmos à discussão central sem delongas porque alguém já me alvejou com três petardos de "cachorros mortos". Muito bem, falávamos do testamento do sensei. "E então, no auge daquele escaldante verão, o imperador Meiji faleceu. Naquele momento, senti que o espírito da era Meiji tivera início com o imperador e com ele se extinguira. Nesse momento, percebi com aguda clareza que continuar vivendo a despeito disso tornava obsoletos indivíduos como nós, que haviam sofrido mais intensamente a influência do espírito Meiji." Sensei, o senhor disse isso à sua esposa e ela não o levou a sério, riu do senhor. Ela chegou até a zombar: "Nesse caso, por que não se mata para seguir os passos de seu Imperador?", disse-lhe ela. Falando francamente, até eu... não diria que zombaria do senhor, sensei, mas estranharia. De modo que eu gostaria de perguntar: por que o senhor se sentiu assim? "... indivíduos como nós, que haviam sofrido mais intensamente a influência do espírito Meiji", diz o senhor. Mas é isso mesmo? O senhor traiu um amigo e o levou ao suicídio. Porém isso aconteceu em decorrência de sua própria natureza e, sinceramente, não diga que aconteceu por ter sido fortemente influenciado pelo período Meiji. Afinal, o senhor deu as costas à sociedade e dela se afastou por mera questão pessoal, não é? O que o fez agir dessa maneira não foi o espírito de uma época. Muito pelo contrário, foi um sentimento pessoal. Ainda assim, houve ocasiões em que o senhor tentou se aproximar da sociedade e do seu tempo. Mas então uma força lhe agarrava o coração e o impedia de se mover. Mas essa força vinha realmente de fora? Não estaria por acaso vindo do seu íntimo? Pois a mim me parece muitíssimo estranho o senhor continuar convencido de que o espírito de uma época trabalhava em seu íntimo. Sua esposa, à primeira vista, dá a impressão de ser uma pessoa dócil e ingênua, mas, ainda assim, ela é mulher, um ser vivo inescrutável, percebe? Veio suportando longos anos de casamento com um homem que não trabalha, vive sempre trancado em casa... que foi imobilizado por uma estranha força cuja existência não tem coragem de revelar nem à própria mulher, mas ainda assim fala coisas que parecem sérias... e talvez ela tenha ficado com vontade de zombar de tal homem, não é?

Meu irmão, naquele momento não consegui me conter e me ergui para aplaudi-lo. E não fui só eu: um terço do auditório o aplaudiu, teve até gente que se ergueu e gesticulou para ovacioná-lo!

Mas dentro daquele teatro cheio, coisa que raramente acontece, havia lá no fundo três ou quatro homens em pé, usando capas de chuva. Esses homens começaram a girar as mãos que seguravam os "cachorros mortos" como se fossem hélices de um motor qualquer (na certa acharam que ficar girando os bichinhos de pelúcia na mão representaria ameaça maior à palestra do que jogá-los de uma vez contra o palco) e pediram um aparte ao professor colegial. Não posso afirmar que eram todos do Comitê Educacional, mas sei com certeza que eram pessoas sob a influência do Comitê e que estavam ali com o intuito de confirmar o que havia acontecido no auditório do nosso ginásio. Vou agora fazer um resumo do que falaram, em nome de "cidadãos" dessa espécie:

CIDADÃOS: *Vocês então duvidam que o professor tenha sentido que "o espírito da era Meiji tivera início com o Imperador e com ele se extinguira"? Não estão vendo que ele ainda diz: "Indivíduos como nós, que haviam sofrido mais intensamente a influência do espírito Meiji"? Eis por que ele se imolou ao "espírito Meiji"! Vocês têm coragem de menosprezar essa morte honrosa?*

Então os referidos cidadãos jogaram "cachorros mortos" sobre o professor, e outros tantos também foram lançados por espectadores simpatizantes (notei alguns jovens no meio deles). Mas a chuva de "cachorros mortos" contra os "cidadãos" foi muito mais intensa e mais forte. E no meio dessa confusão, Unaiko, até então sentada na cadeira de rodas e fazendo o papel do morto, ergueu-se repentinamente, tirou o pano branco que lhe cobria a cabeça e o rosto, e se apresentou, pálida como um verdadeiro cadáver. O teatro se aquietou instantaneamente. Unaiko então começou a falar usando sua admirável técnica de leitura. Usando a mesma entonação de quando representara o papel do sensei, ela começou agora a falar dele.

UNAIKO: *Embora eu tenha representado o papel do personagem sensei, cheguei ao final do romance sem ter conseguido entender o que lhe vai no fundo do coração. Na verdade, eu mesma sinto que sou o sensei, um indivíduo que não sabe ao certo o que carrega no íntimo, mas sente uma única vontade urgente: morrer. Apesar de tudo, um indivíduo sempre pode lançar mão do suicídio, sente o sensei enquanto busca a morte. Sensei diz:*

"Li num jornal as palavras que o general Nogi deixou escritas antes de morrer. Desde que o inimigo lhe arrebatou a bandeira na guerra de Seinan, ele veio pensando o tempo todo em se matar para se justificar perante a nação; mas, apesar de tudo, continuou vivo até aquele dia. Quando li o texto, não me contive e contei nos dedos quantos anos o general Nogi, embora preparado para morrer, seguiu vivendo. Pensei então o que teria sido mais penoso para uma pessoa que assim se preparara: viver mais trinta e cinco anos ou o instante único do golpe de espada que lhe vara o ventre?

"Passados dois ou três dias, finalmente decidi me suicidar. Assim como não consigo entender direito por que o general Nogi se matou, talvez você não compreenda por que tirei

a minha vida, mas isso acontece porque a passagem do tempo faz surgir diferenças entre as pessoas, e nada há que se possa fazer a respeito. Ou talvez seja mais correto dizer que as pessoas nascem cada qual com um caráter diferente. De minha parte, creio que me empenhei para fazê-lo compreender este ser estranho que sou, por intermédio desta narrativa."

Vejam, pois, que o sensei era escrupuloso na questão da individualidade e morreu se empenhando a fundo na tentativa de fazer o jovem compreender a questão do indivíduo, pelo indivíduo e para o indivíduo. E por que isso seria o mesmo que se imolar ao espírito do período Meiji? Vamos recuperar a morte de um indivíduo e transformá-la em algo significativo apenas para o indivíduo. E se vocês querem me ajudar nessa recuperação, peço que joguem "cachorros mortos" com toda a força contra esses "cidadãos". Muitos, muitos cachorros mortos!

3

Caro irmão, daqui em diante é uma nova carta. Até este ponto, vim mostrando para Unaiko tudo o que escrevia. Minha intenção era pô-la a par de todas as decisões que iam sendo tomadas entre mim e você, meu irmão. Mas, intervindo nessa rotina, chegaram-me duas cartas simultâneas de sua esposa Chikashi.

A carta que passo a escrever agora tem um caráter especial. E creio que você sabe muito bem por quê. Mas o que Chikashi me informou foi algo totalmente novo e inimaginável para mim. Aliás, as duas informações são extremamente graves.

A primeira dizia respeito à relação entre você e seu filho

Akari. A segunda, à descoberta de uma doença terrível em sua mulher. Quanto à doença, soube que os médicos disseram que existe esperança de cura, e eu, em razão dos longos anos em que exerci a profissão de enfermeira, sei que eles jamais diriam qualquer bobagem consoladora para uma pessoa séria como sua esposa, de modo que estou esperançosa.

Meu irmão, você, nem é preciso dizer, está mais do que ciente que há duas gravíssimas questões envolvendo sua vida neste momento. Embora a segunda tenha aflorado há pouco, achei totalmente apropriado que sua mulher, ao ver o estado de perturbação em que você se encontra, tenha resolvido escrever ela mesma uma carta para me explicar em termos frios e racionais (digo isso com todo o respeito) a situação em que ela própria se acha em vez de esperar que você me fale disso pessoalmente.

Contudo, com relação à primeira questão, apesar de você ter me prometido que me informaria a respeito do seu cotidiano, assim como da recuperação de suas crises de vertigem depois de retornar a Tóquio por intermédio de fichas em vez de cartas (e isso você está realmente cumprindo, reconheço), não me disse absolutamente nada a respeito desses graves problemas. Sua mulher me escreveu afirmando ter a impressão de que, apesar de sua relação com Akari estar em situação desesperadora, você, meu irmão, embora a descreva minuciosamente nas fichas que usa como diário e as copie para o computador, instruiu sua filha Maki a não mandar nenhuma delas para mim, envergonhado talvez do próprio comportamento que gerou todo o problema. E de que maneira sua mulher poderia organizar a estratégia do seu próprio tratamento rumo à cura? Você, meu irmão, não lhe serve de arrimo nesse assunto. Maki tem vindo realizar as tarefas caseiras, mas sua mulher me escreveu dizendo que quer minha ajuda na qualidade de veterana em enfermagem. Claro que pretendo me dedicar integralmente a essa tarefa.

Contudo, ela se mostra mais preocupada com a recuperação da relação entre você e Akari do que com a própria doença. Mas sua filha não pode ficar o tempo todo cuidando de Akari, uma vez que sua mulher vai delegar a ela o serviço da casa, assim como a função de sua secretária. E se sua filha Maki se vir sobrecarregada, a tendência dela à depressão também poderá assumir um aspecto negativo. É nesse contexto que ela me pergunta se eu não poderia aconselhá-la a respeito de como reatar a relação entre você e Akari. Isso é o que ela me pede (e também considera mais urgente) na carta.

Tenho, portanto, de atender a duas questões de suma importância. E resolvi sem demora escrever a ela em resposta. Enquanto eu pensava em que palavras usar, sua mulher, como sempre cuidadosa, me ligou e falou diretamente comigo. Ela esperou eu acabar de dizer minhas titubeantes palavras de consolo e encorajamento e, em seguida, abordou de maneira direta a questão de suas necessidades imediatas. Com relação à doença dela, sua mulher falou de maneira tão clara e precisa que, fosse eu eventualmente a enfermeira encarregada de uma nova paciente e ela a paciente me pondo a par da própria situação, eu consideraria o relatório impecável, mas não vou repeti-lo porque você com certeza recebeu informações precisas do próprio médico responsável pelo tratamento.

Eficiente como é, sua mulher já havia decidido de antemão o que me pedir. Contudo, como eram dois os problemas que eu precisava acudir pessoalmente, ela me solicitou que pensasse na melhor maneira de resolvê-los. E me senti muito grata por ela demonstrar tanta confiança em mim.

Chikashi me pediu para assisti-la como enfermeira e, ao mesmo tempo, receber você e Akari aqui na floresta. Aceitei também esta última incumbência. Imaginei que, assim procedendo, estaria fazendo a sua vontade, meu irmão. Mandar você e Akari para a casa da floresta por ocasião da internação. Montar um plano básico de execução, e só a partir disso falar das minúcias para terceiros. Esse é o estilo de sua mulher. De minha parte, uma vez que vou a Tóquio para cuidar de Chikashi como enfermeira, resolvi de imediato me aconselhar junto a Unaiko e Ricchan a respeito dos cuidados que você e seu filho necessitarão no dia a dia. Esse é o meu estilo.

Depois disso, Chikashi me contou que faz mais de meio ano que Akari não ouve música. Assim como a notícia do câncer de sua mulher, esta também me espantou como nenhuma outra desde o suicídio de Gorō!

Meu irmão, você deve estar realmente muito deprimido por ter sido obrigado a desistir de escrever a sua *História de um afogamento*, e isso é, penso eu, razão suficiente para ter suas crises de vertigem. Mas descarregar sua frustração dessa maneira em Akari... Se nossa mãe fosse viva, na certa diria: que coisa vergonhosa!!, não acha? Acredito firmemente que você é o responsável por todo esse comportamento atípico de Akari. Mas deixando a questão de Akari de lado por um instante, sei que você, meu irmão, também está bastante ferido, fato que só posso lamentar profundamente. Que comportamento mais estúpido o seu! Chikashi relatou esse caso com sua costumeira serenidade. O que me soou emocionado foi uma única observação que ela fez no final, ao dizer: estou com medo do que ainda pode acontecer daqui em diante.

Quando ouvi isso, não me contive e disse: Chikashi, a única coisa que nós, observadoras externas, podemos fazer é esperar a passagem do tempo. Como naquele período em que Akari parou de compor. (Toda vez que me lembro das minhas palavras de consolo vazias e presunçosas, fico tão irritada comigo mesma que começo a andar a esmo e, mais uma vez, só me resta lamentar profundamente.)

A resposta de Chikashi foi serena, mas deixou entrever a situação de total desamparo em que ela se encontra:

— Quando Akari parou momentaneamente de compor, disse ela, foi por vontade própria, mas logo depois recomeçou a compor com ânimo renovado. Em ambas as ocasiões, o que funcionou foi a vontade dele. Quando pensei que a partir daqueles dias ele nunca mais haveria de compor, fiquei triste, mas fui capaz de aceitar sabendo que ele mesmo havia decidido assim. Além disso, naquele ínterim, ele sempre continuou a ouvir seus CDs e seus programas de música erudita das estações FM. Mas, desta vez, aconteceu algo irremediável a Akari, e ele parece ter decidido que não fará mais nada com a família, especialmente com o pai. Esse tipo de situação nunca tínhamos vivenciado. O que mais me impressiona é estarmos vivendo nosso cotidiano numa casa em que não se ouve música.

E eu, sem aprender minha lição, disse:

— Que acha de tocar Mozart ou Bach em volume bem baixo enquanto meu irmão se ausenta de casa?

— Mas por que Akari teria de se comportar de maneira sorrateira quando o que está em jogo é nada menos que a sua preciosa música? Ou melhor, Akari se comportaria dessa maneira sorrateira? — perguntou-me Chikashi. Suei frio ao inferir a expressão severa no cenho da pessoa cuja voz me chegava pelo telefone, mas logo ela própria me salvou da repreensão imaginada, pois sua voz assumiu tonalidade neutra e absorta, como se ela estivesse falando com seus próprios botões. — Eu recearia que essa música, que não foi escolhida por ele mesmo, soasse como algo estranho, totalmente contrário àquilo que veio servindo de conforto para ele até hoje. Uma música que, em termos de claridade, seria escuridão ao invés de luz...

E então eu, que havia conseguido me salvar de uma reprimenda graças à tolerância que sua mulher vinha demonstrando apesar da condição física precária, acabei falando algo que a espicaçou ainda mais.

— Você disse que surgiu uma brecha entre Akari e meu irmão, coisa que nunca aconteceu até hoje, mas meu irmão não está tentando reconstruir a sua relação com o próprio filho? Pois, nos últimos tempos, toda vez que coisa semelhante ameaçava surgir entre eles, eu notava que meu irmão se dedicava de corpo e alma a restaurar o que ameaçava se perder. Se a gente lê *Jovens de um novo tempo, despertai!*, por exemplo...

A isso sua mulher respondeu num tom que eu nunca a ouvi usar (ela vinha se referindo a você como "o pai", mas, em vez disso, passou a dizer "esse homem", e isso me deixou bastante tensa. O que ela falou em seguida, porém, foi algo realmente severo, e fiquei tentando relembrar suas palavras, de modo que elas ficaram gravadas em minha memória de uma maneira... abstrata).

— Não vou dizer que todas as tentativas de reconciliação que esse homem empreendeu até hoje foram superficiais ou artificiais, e mesmo que as reconciliações tenham sido alcançadas, me pergunto agora se essa tendência à tirania com relação a Akari não teria existido sempre no íntimo desse homem. Se esse homem vai tentar remediar a última situação de absoluto impasse a que chegou a relação dele com Akari do jeito que veio fazendo até hoje, eu gostaria que ele nem tentasse. Não quero de maneira alguma que, depois de beber, ele saia por aí para comprar algum CD novo que ele próprio suponha ser capaz de despertar o interesse de Akari. A música sempre foi o elemento mais importante da vida de Akari. E o princípio segundo o qual Akari a ouve por livre e espontânea vontade (ele não ouve se for coagido) deve ser mantido a qualquer custo. Da mesma maneira que a sua liberdade de ouvir tem de ser preservada, a liberdade de não ouvir também tem de ser preservada. Isso não seria exatamente o "direito básico do ser humano" de que esse homem tanto fala? Se impuséssemos a ele agora a obrigação de ouvir música, ou seja, um novo recurso opressivo, talvez algo irremediável opere no íntimo de Akari. Ou talvez ele se oponha a esse homem de uma maneira violenta como nunca antes aconteceu. Tudo o que falei até agora são palavras de Maki ecoando no fundo do meu coração. Mas se as previsões se realizarem, acredito que Maki virá a minha casa e levará Akari para viver com ela. E eu não poderei me opor a isso.

E então Chikashi pareceu se dar conta de que eu tremia com o telefone na mão e parou de se referir a você como "esse homem".

— Acho que andei falando coisas do tipo "temos agora dois 'espíritos depressivos' em nossa casa", mas quando penso que esses dois ficarão sozinhos, um em companhia do outro na condição em que se encontram atualmente, fico aterrorizada. Por isso, quero me internar no hospital depois de vê-los juntos em um lugar onde possam viver em paz, mesmo que relativa. Acho que o seu irmão iria se sentir melhor num local cercado por floresta, não é? Sei que estou abusando de sua boa vontade ao lhe pedir que me faça dois favores de uma só vez, incluindo o de me assessorar como enfermeira, mas eu gostaria muito que assim fosse.

Ela desligou só depois de me livrar dessa intensa aflição, mas continuei a ouvir a voz dela ressoando repleta de intensa vibração em meus ouvidos e, incapaz de ficar sozinha em minha casa, fui à casa da floresta a fim de conversar com Unaiko. Porém a casa estava fechada e nem ela, nem Ricchan, a secretária, ali se encontravam. Eu tinha me esquecido de levar a chave, de modo que me dirigi aos fundos da casa e me sentei diante da pedra em que estão gravados seus versos e os de nossa mãe.

Sem ao menos preparar Kogī
Para a subida à floresta
À casa não retorna
Como alguém que o rio levou.

Meu irmão, o que você está fazendo agora não é ainda pior do que isso? Creio que escrever esse tipo de coisa só o fere desnecessariamente, mas, ao mesmo tempo, sei que você está agora em piores condições do que no tempo em que escreveu os seguintes versos:

Numa Tóquio num mês seco,
Ele recorda às avessas
Desde a velhice até a infância.

Meu irmão, peço-lhe encarecidamente que ouça de peito aberto as palavras de sua mulher e de sua filha Maki, e proceda doravante com muito, muito cuidado. Digo-lhe com muito cuidado em dois sentidos. Agora que o romance *História de um afogamento* já não existe, talvez o liame que o prenda a este mundo em sua velhice tenha se rompido, profissionalmente falando. Akari foi para você o elo mais importante da corrente que o ligava à vida, mas, ao que me parece, Akari e você não estão conectados nos últimos tempos. Então você se convence de que nenhum elo existe mais entre você e este mundo. E se eu digo "proceda doravante com muito cuidado", é no sentido de não se deixar descambar para um tipo de atitude leviana e insensata, típica das pessoas idosas.

Não espero sua resposta, prefiro receber as fichas copiadas por sua filha Maki.

4

Basicamente, o cotidiano de Akari, que já está com quarenta e cinco anos, veio evoluindo em torno de uma atividade que lhe servia de eixo — ouvir música clássica — e, em conexão com ela, uma outra, ou seja, a de compor suas próprias músicas (curtas, mas bonitinhas). Até a ocorrência desse último incidente, quatro CDs de sua autoria já foram lançados, assim como um filme, sob direção de Gorō Hanawa, baseado num romance escrito por mim e que descreve centralmente Akari e o cotidiano de nossa família. Meu filho nunca abandonou suas aulas de música em domicílio sob a orientação de professores especializados, muito embora tenha havido no ínterim um lapso de quase dois anos em que ele parou de compor; mas, mesmo então, ele se dedicou com afinco a reestudar teoria musical desde o princípio. Na sala de visitas e na sala de jantar de nossa casa ecoavam de maneira incessante, em volume contido, composições de Bach, Mozart, Beethoven, Schubert, Chopin e até Messiaen e Piazzolla. Esse era o nosso cotidiano.

Nesse momento, a música clássica se extinguiu em nossa casa. Akari continua checando a programação de música clássica numa revista semanal publicada por emissoras FM (seu trabalho diário de corrigir ocasionais erros de impressão em nomes de obras e de compositores em programas radiofônicos divulgados nas últimas páginas de revistas mensais dedicadas à música também continua inalterado), e inalterada continua a presença dele diante de prateleiras, arrumando os CDs de acordo com um desenho que parece evoluir em seu cérebro. Contudo, nesses últimos seis meses, Akari já não preenche os espaços vazios de nossa casa com os sons da música clássica. Mas, de acordo com o que Chikashi me revela de maneira sucinta, a pequena luz do aparelho receptor FM do quarto de Akari fica acesa até altas horas, indício de que ele ainda ouve suas músicas sozinho usando fones de ouvido.

O que isso quer dizer? "Você é um idiota!", eu havia gritado para Akari num acesso de raiva. Expressão primária e de baixo nível. No bosque de bétulas ao norte de Karuizawa, Akari, a cavalo sobre meus ombros, ouviu um pássaro cantando no lago próximo e, instigado por mim, proferiu suas primeiras palavras: "É uma galinha-d'água". A partir desse dia, seu vocabulário aumentou com vertiginosa rapidez. No decorrer dos três a quatro anos seguintes, Akari também passou a compreender palavras e expressões negativas e ofensivas que lhe eram dirigidas fora de casa. Maki, à época uma estudante colegial, tinha ido buscar Akari na escola especial que ele frequentava e, quando voltou para casa, foi imediatamente para a cozinha denunciar à mãe os meninos que haviam cercado Akari. Vi meu filho, que ouvia música na sala de visitas, espetando os cotovelos no ar e tapando os ouvidos com as mãos, tentando regular a passagem do som de modo a não ouvir a voz da irmã e, ao mesmo tempo, continuar apreciando sua sessão de música.

E agora o pai lhe lançara a mais crua dessas expressões negativas e se bandeara para o lado dos que emitiam os sons que ele considerava insuportáveis. A situação que já perdurava por meio ano poderia se arrastar por mais meio ano, mais um, mais dois anos... Nosso cotidiano poderá continuar imutável por mais catorze ou quinze anos, sem que Akari e eu voltemos a ocupar juntos um espaço em que a música ressoe.

5

Sua filha Maki é de poucas palavras, mas atendeu ao meu pedido prontamente e me mandou as fichas que ela passou para o computador, fichas em que você, meu irmão, descreve a condição miserável em que se encontra a sua relação com Akari. Maki talvez tenha considerado que para você seria uma grande crueldade me mandar somente as fichas, pois anexou a elas uma carta que sua mulher lhe escreveu. Sei, é claro, que você já a leu e agiu de acordo, mas como Maki me mandou não uma cópia, mas a carta original, sei também que você não a tem ao seu lado neste momento, motivo pelo qual vou repassá-la a você via fax. Talvez queira relê-la.

"Lembrei-me agora daquela ocasião, muito tempo atrás, em que você, depois de ler a carta que certa leitora lhe enviara, retirou-se calado para o seu escritório e permaneceu deitado sobre a cama de campanha que existe naquele aposento. Você foi cortar o cabelo na barbearia para não ter de me ver partindo para o hospital e, ao abrir o livro que você lia, protegido por uma capa feita por você mesmo e que fora deixado ao lado da sua espreguiçadeira, vi que se tratava do romance *Kokoro*, de Sōseki."

Sua leitora (ela devia ter no máximo dez anos a menos que você, e você mesmo era ainda muito jovem naquela época) tinha lido o curto texto intitulado "Lembre-se. Assim eu vivi" (ou ao menos o título) que você escrevera num livreto publicado por certa editora e distribuído gratuitamente em livrarias para universitários. Em seguida, a leitora rabiscara numa folha de caderno: "Eu é que não vou querer me lembrar! De que adianta me lembrar como você viveu?". Depois, ela destacou a página do caderno e a mandou para você. Ao ler isso, não me contive e acabei rindo, o que deixou você ainda mais abatido, mas como a minha reação tinha sido correta, você não disse nada.

Antes de partir para o hospital, fui ao andar de cima fazer uma última inspeção e ergui o olhar para as prateleiras onde você tem enfileiradas suas próprias obras. Um breve riso me escapou dos lábios ao me lembrar da frase de Sōseki e da resposta de sua leitora — hoje, ela também deve estar velha — à citação que você fizera. Tive também uma leve sensação de tristeza, mas então me lembrei de lhe fazer um pedido. Você não poderia compilar, de todos aqueles seus livros, as frases que escreveu como tendo sido ditas por Akari? Pois penso em pedir a Maki que os passe para o processador dela (um aparelho já obsoleto, segundo dizem), e com eles compor um livreto.

Penso com otimismo que conseguiremos vencer mais este último infeliz evento. Assim pensei a cada crise por que passamos, algumas bastante sérias, por sinal, e sempre conseguimos. Pensando bem, nossa família foi basicamente abençoada com boa saúde física, Akari inclusive, apesar de suas deficiências. Conforme o professor Musumi traduziu corretamente do latim, "nem sempre um corpo são abriga uma mente sã" — é verdade, mas para nós, dois velhos, não tardará muito o momento em que algo baterá à nossa porta para nos dizer com o maior descaramento: esta é a sua última grande crise, outra não haverá para vocês... Mas eu mesma, citando a frase de Céline que você traduziu, experimento dizer: "Seja lá como for, ânimo"!

Acontece, porém, que, depois de ter passado o olhar pelas lombadas de todos os seus livros da biblioteca, pensei como sua jovem leitora: "Se você pedir para me lembrar de todos eles, vou acabar exausta!", e como parei de ler as suas obras (com exceção da maioria dos ensaios, muitos dos quais ilustrados por mim) a partir da metade de *Carta ao saudoso ano*, em que você escreve sobre sua relação com meu irmão Gorō, resolvi contar agora quantos anos faz que não os leio... Sōseki também diz: "Não me contive e contei nos dedos quantos anos...", não é? Pois já faz vinte anos que não os leio. Mas, na presente situação, nem por isso consigo ânimo para ler ao menos mais alguns.

É por essa razão que lhe peço agora para compilar os trechos em que você escreveu o que Akari falou. Lembro-me muito bem de você mesmo dizer com a maior seriedade: "Escrevo as falas de Akari da maneira como foram realmente ditas: não as enfeito, porque Akari não tem a capacidade de me pedir que corrija o que eu escrevi".

6

Querido irmão, recebi de sua filha Maki *Minhas falas*, o livreto composto por frases ditas por Akari que você andou compilando em meio às suas obras, frases aliás fáceis de serem encontradas, uma vez que você as fez serem impressas com grifo, e o seu próprio filho as conhece muito bem, uma vez que a memória dele é fabulosa, conforme provam suas composições musicais.

Quando leu o livreto, Unaiko imediatamente se entusiasmou e, vez ou outra, cita as frases de Akari. Mas, com o livreto, recebi também um cartão de sua filha Maki em que diz que nem sempre concorda com as escolhas que você fez. Contudo, não acredito que algum dia ela venha a lhe falar a respeito do que ela própria escreveu no cartão. Certa vez, sua mulher me disse que Maki foi uma menina muito ativa até a metade do curso ginasial, mas que, a partir dessa época, ela de repente se tornou introvertida, transformando-se numa pessoa que diz o que pensa apenas durante os períodos de melancolia que a atacam. Isso me fez lembrar de certa noção básica dos meus tempos de enfermagem: em medicamentos antidepressivos, existem componentes que provocam agressividade como efeito colateral. Só lhe escrevo isso por considerar que é uma noção de certa valia para você, meu irmão.

Maki me escreveu dizendo que já houve uma outra ocasião em que seu filho se opôs fortemente ao pai. Conforme você explica em seu romance *Jovens de um novo tempo, despertai!*, sua estada na Europa, para onde você tinha ido com uma equipe de televisão para fazer um documentário a respeito do recrudescimento de movimentos populares contrários às atividades nucleares, se prolongou além do esperado. E Akari se convenceu de que o pai havia morrido. "Verdade? Ele volta no próximo domingo? Pode até voltar, mas agora morreu!" E então passou a responder de maneira muito agressiva à mãe viva, o que levou você a repreendê-lo depois de seu retorno a casa, e isso provocou todo o comportamento negativo de Akari com relação a você. Mas você teve uma crise de gota, e uma reconciliação se tornou possível por intermédio do pé inchado e vermelho do agora mais frágil elemento da família. Maki diz não duvidar que os fatos e as frases proferidas por Akari tenham sido assim, mas, desta vez, existem diversos pontos diferentes. "Se minha mãe espera uma reconciliação semelhante à daquela vez, e se o meu pai produziu esse livreto de citações com essa intenção, os dois estão sendo excessivamente otimistas. E se o meu pai está tentando se reconciliar seguindo essa linha de conduta, ele estaria oprimindo Akari (e não é exatamente isso que minha mãe fala?)", diz Maki em sua crítica. "Este livreto serve apenas para os outros se divertirem com as inconsistências das falas do meu irmão?", pergunta ela.

A internação de Chikashi foi adiantada, e eu, que devia ter partido de Shikoku a tempo de acompanhá-la ao hospital, acabei me atrasando e sou forçada a falar muitas vezes ao telefone com sua filha. Aproveitei então uma dessas oportunidades e perguntei por que ela fazia observações tão severas. Percebi nesse momento que, embora tivesse ouvido de Chikashi as penosas explicações, eu não havia entendido direito a extensão do problema. "Meu pai insultou Akari duas vezes de maneira muito cruel. A primeira vez ainda pode ser tolerada, mas a segunda humilhação eu não consigo perdoar de maneira alguma", disse-me Maki. "Meu pai parece estar ciente de que a situação atual não é boa e pensa numa maneira de contorná-la, mas que mal tem se eles não conseguirem reatar o relacionamento e tiverem de viver separados? Porque se isso vier a acontecer, já resolvi: vou viver com Akari, e até já falei disso com minha mãe", diz Maki, e eu notei que ela está sendo sincera. "No primeiro incidente, ele pode até ter perdido a cabeça porque Akari sujou o precioso livro que era uma lembrança do sr. Said; mas, no segundo, ele já tinha se deitado e desceu à sala de visitas onde Akari se encontrava e o ofendeu outra vez! Já era tarde da noite e, na certa, ele tinha bebido seu trago noturno."

Eu não encontrava palavras para consolá-la, meu irmão. Mas voltemos ao lindo livreto que Maki compôs. Conforme já lhe disse, Unaiko se emocionou desmedidamente ao lê-lo. Unaiko e Ricchan estão preparando a casa da floresta para receber você e Akari. Unaiko já o conhece, meu irmão, mas será a primeira vez que ela se encontrará com Akari e, preocupada, lê com atenção o livreto. Ela diz ser indescritível o que sente no trecho em que se vislumbra a possibilidade de uma reconciliação sua com Akari. Ela é até capaz de produzir um "pé inchado de gota" em versão pelúcia, a especialidade dela.

Tento reproduzir agora mais ou menos o que Unaiko diz com seriedade. "Meu pai, o homem que detém todo o poder na minha família (e eu me rebelo contra essa opressão), está com raiva de mim, mas, para fazer as pazes com ele, não tenho coragem de estender a mão em direção à parte central desse homem, ou seja, em direção à sua cabeça e ao seu rosto. O semblante austero de meu pai é assustador. Mas o pé do meu pai, inchado e vermelho por causa da gota que o faz sofrer, é uma parte periférica do corpo dele (e, além de tudo, me parece que essa parte está se rebelando contra a parte central). Desse pé consigo me aproximar para falar que é um pé bonito. 'Pé, tudo bem, pé? Você é um pé bonito, muito bonito! Tudo bem com você, pé? E a gota, como vai? Pé bonito, muito bonito.'"

Unaiko acha que o comportamento de Akari é, do ponto de vista dramatúrgico, profundamente revelador. Ela nunca viu nada que se assemelhe a essa cena no teatro contemporâneo...

Tenho a impressão de que minhas cartas ultimamente estão repletas de críticas. Nesta oportunidade, vou acrescentar ao livreto que ganhei de Maki mais uma fala que você, meu irmão, deixou de incluir na seleção por modéstia, fala essa em que Akari mostra mais preocupação com você do que com ele mesmo.

"Pai, você não consegue dormir? E quando eu não estiver mais aqui, você será capaz de dormir assim mesmo? Vamos, anime-se um pouco e durma, por favor!"

Espero então ansiosamente pela oportunidade de me reencontrar com você no aeroporto por ocasião da minha chegada a Tóquio e de sua partida para Shikoku em companhia de Akari.

VIII. Gishi-Gishi

1

Uma vez estabelecida a data da cirurgia de Chikashi, retornei para o vale no interior da floresta de Shikoku levando Akari comigo. Asa vai acompanhar Chikashi durante sua internação hospitalar. A própria Chikashi, assim como Maki, concorda que Asa é a pessoa mais indicada para isso, uma vez que viveu metade de sua vida como enfermeira.

Maki vai se responsabilizar pelas atividades burocráticas referentes aos meus direitos autorais, tanto nacionais como internacionais, e também responderá todas as consultas e pedidos, até as que me chegam via fax em minha casa em Seijō. Logo, se Maki vai ficar em minha casa o tempo todo, na certa Akari preferiria ficar com ela, mas depois que Maki, com louvável persistência, explicou seguidas vezes a Akari que a mãe deles se preocupava com a eventualidade de eu e ele nos desentendermos e brigarmos, as coisas se encaminharam dessa maneira. Mas Chikashi deseja que eu e Akari vamos juntos a Shikoku porque deposita nessa viagem a esperança de um reatamento, e essa questão continua sendo um problema para nós três, Chikashi, Maki e eu, tanto quanto a cirurgia de Chikashi. E o próprio Akari com certeza está sentindo o mesmo.

Contudo, eu não tinha nenhum fato em que me basear para considerar com otimismo o resultado de nossa ida a Shikoku. O mesmo ocorria com relação à doença de Chikashi, sobre a qual, com a desculpa de que sou do tipo que se preocupa em demasia, me foi apenas explicado que um tumor longamente adormecido no útero começara a se ativar, e que eu devia deixar por conta das mulheres a questão do tratamento da doença. Nesse momento, represento a essência de toda a vida de Akari, mas estou impedido de partilhar a música com ele, a qual se constituía em meio de comunicação dele com a família. Nesse ponto de minhas divagações, vem-me a vívida percepção de meu seco e decrépito rosto.

Nesse momento, Akari está indo para Shikoku em silêncio, levando consigo uma forte insatisfação, mas eu não tenho à mão nenhum recurso capaz de combater seu estado de espírito. Hoje, entre Maki (que viera ao aeroporto de Haneda buscar Asa), Akari e mim (nós dois estávamos de partida para Shikoku) não houve nenhuma demonstração mais viva de emoção.

Contudo, Asa, como sempre disposta a assumir atitudes positivas, tinha preparado um plano para me animar.

— Kogī, pedi ao sr. Daiō que viesse lhe fazer companhia. Originalmente, o nome dele era Ō, mas, em função de seu físico avantajado quando criança, passou a ser chamado Daiō [grande Ō], e quando lhe arrumaram a carteira de identidade de órfão retirante da Manchúria, foi registrado como Ichirō Daiō. Nossa mãe tinha pena de seu passado penoso e lhe deu um apelido carinhoso, Gishi-Gishi, porque esse é o nome dado pelas pessoas em nossa vila ao ruibarbo [*daiō*] que ela colhia para fazer remédios. Até agora, como tinha a questão do romance *História de um afogamento*, não pude falar do sr. Daiō para você. Porque nossa mãe proibiu. Contudo, agora que você desistiu do romance e nossa mãe já faleceu, não tenho mais nada com que me preocupar. O sr. Daiō é um saudoso sobrevivente de seus dias de infância, não é? No décimo aniversário de morte dela, ele veio nos visitar e, ao conversar com ele, percebi que se lembrava muito bem de acontecimentos passados. Ele disse: eu gostaria muito de rever o sr. Kogito.

Foi o que Asa me comunicou no aeroporto em tom eficiente, diferente do usado para falar com Akari, com quem conversou praticamente o tempo todo. Naquele momento, o que me veio à cabeça de imediato foi que nossa mãe dizia Gishi-Gishi com um estranho sotaque que lembrava o som da língua coreana. Mas, preocupado como eu estava com o rumo de minha vida com Akari dali em diante, não prestei muita atenção ao que ela dizia. Dentro do avião, sentei-me ao lado de Akari, que, segundo me pareceu, sentia dores do lado direito das costas na altura do quadril, mas não queria falar disso para mim, e cochilei por um breve instante. No momento em que despertei, pensei seriamente que estava com sintomas de senilidade, pois imaginava ter ouvido Asa me dizer que Daiō, homem havia muito falecido, viria me visitar.

Quando retornei de minha primeira visita a Berlim, pessoas que se apresentavam como últimos frequentadores da academia de treino que Daiō continuara a gerenciar até então me comunicaram seu falecimento. Por ocasião da dissolução tanto do terreno quanto do edifício da academia, e em memória ao mestre, os ditos discípulos me mandaram um cágado que tinham pescado no riacho que corria próximo à academia, diziam eles num bilhete que me chegou anexado a um espécime vivo de cerca de quarenta centímetros, vivaz e repleto de energia. Percebi que estava sendo desafiado e enfrentei o bicho. O trabalho me ocupou desde o meio da noite até a madrugada, e a cozinha ficou toda suja de sangue...

O táxi que apanhei no aeroporto de Matsuyama percorreu a estrada que margeia o rio Kamegawa e, quando chegou à casa da floresta, fui informado de que Unaiko e Ricchan, depois de terminarem os preparativos para nos receber, tinham ido para o escritório de Matsuyama. Uma jovem da trupe The Caveman, que eu conhecera durante minha permanência anterior, havia preparado o nosso jantar e nos esperava. Akari e eu comemos em silêncio. Depois de servir de guia para Akari, que quando chega a lugares a que não está habituado não sossega enquanto não os vistoria de ponta a ponta, a jovem me entregou as chaves da casa e se retirou. Akari subiu para o quarto adjacente ao meu dormitório conjugado com escritório, conforme a jovem lhe orientara. Eu mesmo fui para o salão, que agora exibia um aspecto ainda mais convincente de área de ensaios, e tomei o costumeiro pequeno trago noturno. Do quarto de Akari não me chegava nenhum som. Em meio a uma acabrunhante tristeza, mergulhei na cama que cheirava a cobertores expostos ao sol. Quando fui me certificar se as luzes do banheiro estariam acesas para Akari, vi que ele deixara em lugar bem visível a nécessaire com as cápsulas de remédio que tinha de tomar todas as noites como sinal de que já havia tomado a dose prescrita.

Na manhã seguinte, ao descer para atender ao telefone (Akari continuava dormindo), uma voz, que sem dúvida me lembrava de ter ouvido muito tempo atrás, disse:

— Sou Daiō.

Ele percebeu o meu sobressalto e explicou que, por ocasião da dissolução da academia de treino, seus jovens discípulos resolveram pregar uma peça em mim, mas isso se dera como um prolongamento do “funeral antecipado” que haviam arrumado para ele, Daiō.

— Já estou às margens do rio e virei visitá-lo depois de perambular por uns trinta minutos. Sua irmã Asa me emprestou a chave da casa. A disposição da casa da floresta já é do meu conhecimento, pois estive nela numa ocasião em que sua irmã me chamou para assistir a um evento — disse-me ele.

— Se o senhor chegasse sem avisar, talvez eu me espantasse imaginando ver um fantasma, mas como eu mesmo já tenho muitos amigos mortos, talvez nem estranhasse... — respondi.

— Eu havia dito à sua irmã que o visitaria assim que o senhor chegasse. Pelo visto, o senhor sofreu um bocado com o cágado que o pessoal da academia lhe mandou, não é? Sei disso porque, com o passar dos anos, a leitura se tornou minha única distração. Li seus romances... No caso do cágado, facilitaria muito se o senhor tivesse deitado o bicho de barriga para cima sobre a tábua de carne. Ele teria esticado o pescoço tentando se desvirar, não é? Nesse momento, corta-se o pescoço. Pelo visto, falhas no conhecimento existem até em pessoas como o senhor!

Daiō me aguardava no salão adjacente à sala de jantar... O aposento me impressionara quando cheguei na noite anterior porque fora preparado como espaço para ensaios e, ao mesmo tempo, como uma sala de estar destinada ao meu descanso e de meu filho. Em meio a volumosos aparelhos de iluminação e alto-falantes, o homem encontrara e transferira para o centro uma mesa retangular e duas cadeiras e se sentava numa delas. No estreito palco formado diante da vidraça embutida tinha sido acomodada a mala que eu abrira e deixara no chão. Ele mantivera o sofá desocupado, pronto para o momento em que, descendo do andar superior, eu e Akari nele quiséssemos nos sentar. Tantos cuidados para o nosso conforto me fizeram até sentir que um mordomo, profissional que eu só conhecia da leitura de romances ingleses, havia se incorporado ao nosso cotidiano.

Daiō se ergueu da cadeira e, com um gesto, me indicou o sofá, transferindo em seguida o olhar expectante para o pé da escada, buscando por Akari. Lembrei-me então de uma carta que recebi de um dos discípulos da sua academia, na qual o mestre era referido como "maneta e caolho", e embora ele fosse maneta, exatamente como fora nos tempos em que eu o conhecera aqui no vale, havia dois olhos no rosto que Daiō voltou para mim ao afastar a cadeira e se sentar, depois que me viu acomodado no sofá.

— O senhor se transformou num homem idoso que seria muito parecido com o pai, caso ele ainda fosse vivo, exceto por sua má postura — disse-me o sr. Daiō, após me examinar atentamente. — Seu pai depositava muita confiança em seu futuro e se referia ao senhor como "um menino divertido", e creio que o senhor viveu bem de acordo com as expectativas dele, não é mesmo?

— Ele teria dito "divertido" no sentido de cômico, me parece...

— Menino divertido no sentido de interessante, "divertido" é bem diferente de "cômico", segundo meu entendimento. Porque o seu pai caçava ideogramas interessantes no dicionário ideográfico da língua japonesa... Ele buscava raridades, assim como um colecionador de insetos, não é? E, certa feita, quando seu pai mencionou uma palavra que ele considerou divertida, o senhor interveio, observando que esse ideograma não constava daquele jeito no dicionário, talvez o seu pai tivesse se confundido porque as letras do dicionário eram miúdas... Então seu pai usou uma lupa e descobriu que o senhor tinha toda razão, era exatamente como observara!

Realmente, essa era uma lembrança de que muito me orgulhava. À época, meu pai só tinha cinquenta anos, mas como eram tempos de guerra e morávamos numa vila no meio da floresta, ele já sofria de presbiopia, provavelmente em virtude de deficiência nutritiva. E assim ele se confundiu na leitura dos ideogramas. Acertei em cheio na correção porque, naqueles tempos, eu me dedicava com afinco a procurar no dicionário ideogramas de leitura estranha e atípica. O episódio nunca mais me saiu da lembrança e, muitos anos depois, muito embora eu já fosse adulto, fiquei emocionado como uma criança ao descobrir o texto que meu pai lera de maneira equivocada.

O referido texto constava em artigo intitulado "A razão de ser da escultura 'Amithaba ultramontano'", em nota explicativa que Shinobu Orikuchi, literato e poeta, apõe à própria obra, *O livro dos mortos*: "No Templo Devas Superiores dos Quatro Céus, houve antigamente uma prática religiosa denominada *Nissōkan ōjō* (renascer no paraíso por contemplação e meditação do sol no ocaso), em que fanáticos crentes submergiam ao pôr do sol nas profundezas do mar acreditando fervorosamente que, desse modo, suas almas iriam ao paraíso. Na região de Kumano, havia uma crença semelhante a que denominavam *Fudaraku tōkai* (travessia marítima em busca do paraíso). Comovente era a fervorosa crença das pessoas que, almejando viver na terra pura prometida por Kannon, saíam sozinhas remando pela vasta expansão de água".

Contudo, meu pai havia lido essa expressão, "vasta expansão" de água, como "*verdejante* expansão" de água;* enquanto puxava para si o bloco de cascas de *mitsumata* secas e branqueadas com um gancho de sua própria fabricação e inspecionava se neles não havia fragmentos aderidos, comentara com minha

* Os ideogramas correspondentes a essas expressões são distintos, mas facilmente confundidos quando os tipos impressos são miúdos. (N. T.)

mãe, que então o ajudava nesse trabalho de nosso empreendimento familiar:

— Achei interessante a expressão "verdejante expansão". Nestas terras, dizem que, quando uma pessoa morre, sua alma sobe ao céu e de lá retorna à floresta, não é? Para aqueles que das alturas celestiais descem ao profundo seio da floresta, folhas de árvores devem ser realmente as próprias ondas do mar. "Verdejante expansão", sem tirar nem pôr.

Quando alguém do nosso vale falece, ele sobe para as alturas acima da floresta. E quem viera todo esse tempo observando essa crença não tinha sido o meu pai, um forasteiro, mas minha mãe, que cuidava do santuário em companhia de minha avó. A longa fala do meu pai, costumeiramente lacônico, devia ter alegrado minha mãe.

Contudo, eu, inveterado leitor do índice de ideogramas do dicionário japonês, já havia descoberto a expressão "vasta expansão" de água. Atento à conversa de meus pais, interrompi nesse momento:

— "Vasta expansão" em referência à água é composto de três ideogramas que representam água, e é diferente de "verdejante expansão", que é composto de três ideogramas que representam árvore.

Meu pai acavalou os óculos de lente presbiópica sobre o nariz e, com expressão diferente daquela que eu costumava ver no cotidiano, entrou no quartinho dos fundos. Depois, ele teria feito à minha mãe o comentário que ela repassara ao meu amigo Daiō. E agora o que me vinha à mente era o meu pai, rolando ao sabor das ondas no fundo de um caudaloso rio, prestes a ser sorvido por um turbilhão. Meu pai, que experimentava agora simultaneamente o movimento ativo de ir para dentro da floresta e o movimento passivo de ser sorvido por um turbilhão. Meu comovente pai, que acreditava num outro mundo, que tanto podia ser uma imensa expansão de água como uma imensa expansão verdejante...

— Seu pai estudara como a sociedade e o país funcionavam e tentou nos ensinar o que ele próprio aprendera ao trocar correspondência com pessoas eruditas. Contudo, me parece que ele não era especialista em questões políticas ou econômicas. O senhor avançou rumo à carreira literária. É uma versão comumente aceita que o senhor teria enveredado por esse caminho por causa dos livros que sua mãe lhe deu, mas eu mesmo penso de maneira diferente.

Naquela manhã, enquanto eu e Daiō conversávamos, Unaiko preparava o nosso desjejum. Usando calça em estilo chinês e um folgado casaco de jérsei, ela surgiu à minha frente trazendo xícaras de café para Daiō e para mim. Naquele momento, a impressão que Unaiko me deu não era diferente da habitual, mas senti, conforme Asa havia observado na carta, que o estrondoso sucesso da apresentação no Teatro Circular lhe havia incutido confiança e, ao mesmo tempo, removido a camada de reserva que até então a envolvera.

A maneira como Unaiko se dirigiu a mim para combinar os cuidados que deveria ter com Akari, indagando quando devia acordá-lo e até que horas ele tinha de tomar os remédios matinais (ela já fora instruída por Maki a respeito dos tipos de medicamentos e respectivas dosagens), era animada. E até com Daiō ela parecia já ter acertado o andamento do trabalho que desenvolveriam em conjunto. Respondi-lhe que eu mesmo me encarregaria de acordar Akari, e que não havia nenhuma medida especial a ser tomada com relação às horas matinais. Quanto aos desjejuns, ela se mostrou perfeitamente à vontade ao me informar que Maki havia lhe mandado as instruções num fax ilustrado.

É fato que eu havia verificado se Akari dormia tranquilo na noite anterior, mas não fiquei acordado à espera de que ele fosse ao banheiro no meio da noite. Desde aquele nosso incidente, eu havia desistido de arrumar a cama de Akari durante sua ida noturna ao banheiro e ficar à espera do seu retorno (muito embora eu tivesse sentido que esse tempo de espera era verdadeiramente a *minha eternidade*). Agora, embora tivesse aberto a porta do quarto, que exalava o cheiro do seu corpo e continuava escuro por causa das cortinas cerradas, eu hesitava quanto a acender a luz. Naquele instante, percebi um leve movimento na cama. Só então acendi a luz.

Akari estava deitado de costas e, com o cobertor leve de verão enrolado no corpo, fitava o teto.

— Estamos na casa da floresta, em Shikoku. Como nem a sua mãe, nem Maki vieram, você terá de se arrumar sozinho. Unaiko, uma amiga da sua tia Asa, está preparando o nosso desjejum. Pelo visto, você já foi ao banheiro, mas para escovar os dentes terá de descer ao térreo.

— Entendi — respondeu ele em tom neutro.

Senti certa demora no movimento quando Akari se ergueu. Então, pensei em lhe dar uma mão para ajudá-lo a descer da cama, hesitei e acabei passando ao lado dele e indo direto abrir a cortina. As folhas ainda não haviam brotado dos galhos das árvores próximas à janela e o jardim dianteiro dava uma impressão vazia. Um céu nublado cobria a rampa do outro lado do vale, dando-lhe aspecto desolador. Em pé, com as costas voltadas para Akari, fiquei com a sensação de que ele se trocava com maior rapidez do que de costume. Descemos então para o térreo mantendo certo distanciamento entre nós. Unaiko conduziu Akari ao lavatório.

Como Akari não o cumprimentou, Daiō se contentou em observá-lo enquanto ele se locomovia. Tive a impressão de que Daiō estivera contemplando o único enfeite que adornava a parede da sala de ensaios — uma xilogravura monocromática — durante todo o tempo em que eu permanecera no andar superior.

— Esse cachorro tem um aspecto realmente selvagem, não é? Se for treinado, esse tipo de cão é até capaz de matar um ser humano. Vou lhe contar o que me veio à mente enquanto observava este quadro: acredito que seu pai tinha um tipo de personalidade que o impedia de morrer tranquilamente na cama. Mas isso não se transmitiu ao senhor. Penso também que foi bom que não tivesse. Mas este quadro está exposto na parede de um local que tanto lhe serve de sala de estar como, por vezes, de área de trabalho. Qual seria o significado disso?, me perguntei. E então, passados alguns instantes, me lembrei de um incidente: o sr. Gorō Hanawa era ainda um adolescente, assim como o senhor, e juntos vieram à minha academia. Naquela ocasião, vocês dois começaram a brigar. Então o sr. Gorō, que era fisicamente mais avantajado, segundo me pareceu, por se exercitar (consigo perceber esses detalhes porque sou especialista nesse campo), ficou com medo do senhor. Achei estranho, mas imaginei que o sr. Gorō conhecia esse lado de sua personalidade, sr. Kogito.

— Pois é, eu trouxe esse quadro para cá com a intenção de expô-lo no local onde eu pretendia escrever os momentos que antecederam e se sucederam à morte de meu pai, embora eu já tenha desistido dessa ideia. E acabei me esquecendo de levá-lo comigo quando retornei a Tóquio.

— Pois isso também pode ter relação com o fato de o senhor ter desistido de escrever a *História de um afogamento*. Algo assim como um "encosto" que se desprende, segundo sua irmã — disse Unaiko, erguendo o olhar para o quadro depois de ter deixado Akari no lavatório.

— Não existe nenhum sentido mais profundo no fato de eu ter trazido esse quadro, nem no de tê-lo esquecido aqui. Contudo, é fato que nunca o abandonei desde que o adquiri.

Contei então para Unaiko e Daiō as circunstâncias dessa aquisição.

— Esse quadro talvez não tenha o sentido sinistro que o sr. Daiō a ele atribui. Na certa, não é exatamente resultado de um ambiente harmonioso e pacífico. Na parte inferior dessa xilogravura, há uma data escrita a lápis, estão vendo? O trabalho é de um pintor mexicano e foi realizado em 1945, ano em que meu pai faleceu. O que motivou esse quadro foi a opressão do governo contra certo jornal da Cidade do México. Seguiu-se a isso uma monumental greve de jornalistas. Atendendo ao apelo por apoio às diversas classes culturais, os pintores fizeram uma campanha por obras. E, segundo ouvi, esse quadro é resultado de uma delas. Comprei-o numa época em que dava aulas na Cidade de México... Oprimir jornalistas é quase o mesmo que pisotear jornais. Esse quadro foi então elaborado simbolizando o arrocho dos jornalistas. Em close de quadro inteiro, um cão se volta para o público e late expressando toda sua ira. Quanto ao cão: estaria ele simbolizando os jornalistas revoltados ou a brutalidade do poder que oprime os jornalistas? A opinião dos intelectuais que me levaram a essa exposição se dividiu. Resumindo, comprei o quadro porque gostei dele. O Colégio de México havia me pagado de uma só vez o salário de meio ano que me era devido por minhas aulas, e eu o comprei com esse dinheiro. Está assinado por Siqueiros.

— "O" Siqueiros? — espantou-se Unaiko. — Conheço murais dele de livros de arte... Bem que eu senti que essa pequena xilogravura devia ser de um pintor famoso. Cheguei até a comentar com sua irmã Asa que seria muito bom se conseguíssemos fazer um cachorro de pelúcia tão poderoso quanto esse.

— Por falar nisso — disse eu —, agora me lembrei de que, naqueles dias em que vocês estavam preparando a apresentação do modelo *Joguem o cachorro morto* no Teatro Circular, Asa me perguntou se podia expor esse quadro no hall de entrada do teatro como uma mensagem minha, já que eu tinha partido para Tóquio.

— Pois é, sua irmã dizia que a única coisa que a irritava no modelo *Joguem o cachorro morto* era o fato de alguns espectadores acharem "bonitinhos" os cachorros de pelúcia — disse Unaiko. — Essa foi a razão de ela querer o quadro na parede do hall de entrada. Espero o seu consentimento para a próxima apresentação. E se o senhor concordar, pretendo também imprimir uma cópia da xilogravura em camisetas para que todos da trupe as vistam.

— Eu também quero uma — disse Daiō.

E então, notei pela primeira vez que, apesar da idade, Daiō se vestia com muito bom gosto: calça bege de veludo cotelê e camisa marrom de algodão grosso.

Sentamo-nos em seguida à mesa para o desjejum preparado por Unaiko, composto de café, pão e ovos, mas Daiō, alegando já haver comido, aceitou apenas o café e se aproximou por trás de Akari, sentado à mesa.

— Suas costas estão doendo, não estão, Akari? — perguntou ele. — Aqui embaixo, do lado de cá...

— Muito, muito mesmo — respondeu Akari com sentimento, elevando a voz, reação rara nele. — Dói o tempo todo.

— Continue comendo, continue. Vou tocar em você, mas prometo que não vai doer, está bem? — disse Daiō para tranquilizá-lo. Ajoelhando-se em seguida ao lado da cadeira, Daiō tocou com a mão direita (por não ter o braço esquerdo, seu tronco se apoiava diretamente no encosto da cadeira) um ponto nas costas, próximo ao quadril de Akari.

— É aqui que dói, não é? Acho que você sentiu muita dor na hora de dormir, estou certo?

— Dói o tempo todo.

— Eu não vou tocar nele, mas sabe esse ponto lá embaixo da coluna? Será que você não o machucou, por exemplo, ao cair sentado?

— Começou a doer quando eu caí depois de uma crise... na entrada de minha casa, sabe?

— Você não tem tocado no osso que dói, nem nas suas costas, não é? Pois eu vou tocar só um pouquinho perto da área dolorida, está bem? (O torso tenso e rígido de Akari tremeu de leve num movimento convulsivo.) Desculpe, desculpe, mas você é realmente uma pessoa estoica. Deve ter doído muito na hora de dormir. Você não contou para ninguém?

— Eu não contei para ninguém mesmo! — disse Akari, voltando-se para Daiō.

— Sr. Kogito, depois que me desfiz da academia, um dos meus discípulos se especializou em tratamentos ortopédicos e abriu um consultório. Pois o genro dele, formado em medicina, transformou o consultório num pequeno hospital. Vamos até lá para tirar uma radiografia, antes de mais nada. A mim me parece que ele tem uma fratura numa das vértebras inferiores. Vou dizer mais uma vez: Akari é realmente estoico.

Akari permanecia cabisbaixo, mas ainda assim era possível perceber que confiava naquele homem já idoso, magro e de costas eretas, que continuava ajoelhado a seu lado. O próprio Daiō estava emocionado a ponto de ficar com a face seca e queimada de sol enrubescida até o queixo. Lançando um rápido olhar de censura para mim, que permanecia sem ação, apenas olhando para os dois, Unaiko disse:

— Quanto mais cedo, melhor. Vamos levá-lo de carro até o hospital do genro do seu discípulo, sr. Daiō. Ricchan saiu esta manhã com o carro, de modo que vamos depender de sua carona. Eu vou junto, Akari.

2

Quando comuniquei a Asa que, graças a Daiō, descobrimos uma fratura na décima segunda vértebra costal de Akari e que ele sentia também certa dose de dor muscular (agitado, me confundi e disse décima terceira costela, no que fui repreendido por Asa, que me disse inexistir tal coisa no ser humano), ela prontamente me indicou um especialista em gesso que trabalhava na Cruz Vermelha de Matsuyama. Assim que todos retornaram à casa da floresta, entreguei Akari aos cuidados de Daiō, em quem, a essa altura, meu filho já depositava total confiança, e os mandei de volta para Matsuyama em busca do especialista em gesso. Em seguida, dirigi-me ao andar superior e deitei-me na cama, sem ânimo para nada, nem mesmo para ler um livro. Pensei na minha incapacidade de agir diante do problema físico de meu filho, e isso apesar de ter me sentido inquieto com o comportamento dele quando se sentara ao meu lado dentro do avião. E também na condição psicológica de Akari, que preferira suportar a dor em silêncio a queixar-se ao pai. Como ouvi barulho no andar inferior, desci e descobri Unaiko em pé no hall de entrada.

— Ricchan retornou com o carro, e quando comentei que eu estava preocupada com o senhor por vê-lo tão abatido, ela me perguntou se eu já havia lhe perguntado a respeito de um lugar denominado Saya, a que se chega a caminho de Zai, locais sobre os quais tínhamos ouvido sua irmã falar. Como Saya é um lugar relacionado com a próxima apresentação, ela me sugeriu que lhe pedisse ajuda e lhe perguntasse se podia me indicar a exata localização. Pode ser?

Arrumei-me para uma caminhada na floresta e desci outra vez, sentando-me em seguida no banco de passageiros do carro da trupe The Caveman, ao lado de Unaiko, já então vestida com roupas justas apropriadas.

— Embora tanto eu como Ricchan tenhamos trocado poucas palavras com seu filho, ele se mostrou receptivo a nós duas. Mas ele sempre foi assim tristonho no cotidiano, incapaz de tomar uma atitude por conta própria? Como sua irmã nos havia dito que ele costumava ouvir música todos os dias e, depois, fazer suas composições, eu tinha formado uma ideia diferente dele.

Quando a questão me foi posta dessa maneira por Unaiko, senti um leve desânimo ante a necessidade de lhe explicar o que havia entre mim e Akari, muito embora soubesse que precisava pô-la a par da situação. Mas não me pareceu que Unaiko estava à espera de uma explicação de minha parte, pois ela já soubera de tudo detalhadamente por Asa.

— Estou a par da conversa que sua irmã teve com sua esposa. Quer dizer que, atualmente, Akari se recusa a ouvir música quando está em sua companhia, não é verdade? Mas o senhor não sai mais de casa desde a crise de vertigem a não ser para ir ao hospital, e fica desde cedo até tarde da noite só trancado em casa, fazendo as coisas que lhe interessam, sejam elas quais forem. De modo que Akari não tem um tempo para ouvir suas músicas com sossego. Além do mais, o médico o proibiu de usar fones de ouvido durante longas horas, de modo que ele parece escutar suas músicas bem baixinho em seu aparelho FM. Foi isso que sua irmã me contou. Ninguém sabe ao certo se é o senhor que está proibindo seu filho de ouvir suas músicas ou se é o Akari que imaginou isso.

— Chikashi acha que talvez eu o esteja proibindo de maneira inconsciente.

— Ou Akari estaria sentindo que se comportou mal e não consegue se perdoar?

— A única certeza que tenho é que ele decidiu não ouvir música em companhia do pai.

— Ele é muito orgulhoso, não é?

— Frequentemente, familiares de pessoas com retardo mental costumam tratá-las como se elas fossem eternas crianças. Em minha casa, isso também acontece, é fato, mas Akari já é adulto... Ele já tem quarenta e cinco anos, e sem dúvida é orgulhoso.

— Não sei se o senhor irá gostar do que vou lhe propor, mas... quero lhe perguntar uma coisa. Com o intuito de tirar o máximo proveito deste veículo enquanto em trânsito, nós o reformamos conceitualmente para que possa ser usado como um estúdio. Já chegamos até a fazer efetivamente uma novela radiofônica aqui. Instalamos bons aparelhos de som e de gravação. Pois podíamos sair a passear neste carro, Ricchan e eu, em companhia de seu filho, e parar num ponto alto da floresta e, enquanto eu e Ricchan trabalhamos na parte dianteira do veículo, seu filho ouviria música à vontade na parte traseira. Não seria possível fazermos isso?

— Não me oponho, desde que vocês consigam convencer Akari a isso.

— Hoje, ele foi e voltou de carro até Matsuyama em companhia do sr. Daiō. Foi então que imaginei se isso que lhe falei agora não seria possível. Vou esperar uma oportunidade e convidar seu filho a passear no carro.

Avançamos rumo ao leste pela estrada federal que margeia o rio Kamegawa e tínhamos acabado de enveredar por uma via secundária que passa por um bambuzal, de cujos gigantescos exemplares os lavradores haviam confeccionado suas lanças num famoso levante. Passado esse ponto, a estrada que leva aos diversos vilarejos da área conhecida como Zai também estava bem conservada. No meio do percurso, a estrada se bifurca novamente e, percorrendo o caminho em direção ao norte, Saya já se torna visível para além da floresta no aclive do outro lado do rio. Contudo, uma vez transposto o rio, a estrada se estreita e passa a ser uma senda no meio da floresta. Só andando a pé por ela é que se consegue chegar a Saya.

Eu me pus à frente de Unaiko e a conduzi. Depois de descer por uma rampa e penetrar na densa floresta de árvores latifoliadas, sobe-se por um estreito caminho rumo a uma área que vai aos poucos clareando. E eis que já havíamos alcançado a parte inferior de Saya. Em pé numa área relvada razoavelmente plana e larga (na época em que as cerejeiras florescem, ali se realizam piqueniques e festividades, mas, no momento, não havia sequer um prognóstico de intumescimento de botões), observamos o suave aclive que se estendia para o norte.

— Você está vendo uma rocha negra posta bem no meio do aclive? Na verdade, ela se situa um pouco mais para cima do centro do que parece quando vista daqui. Pois aquilo é o meteorito que, caindo, formou essa clareira em forma de bainha de espada, por isso mesmo denominada Saya... Ou melhor, creio que o espaço que o meteorito abriu derrubando a mata virgem é esse acima da rocha, e a parte inferior deve ter sido aberta nessa largura posteriormente. Os jovens samurais do feudo local tinham construído uma área para desenvolver a habilidade de montar e treinar grupos armados, preparando-se para as batalhas que viriam a acontecer no fim da época feudal. Essa é uma das histórias deste lugar.

— Ouvi dizer que arrumaram a área plana sobre a qual repousa essa grande rocha negra e transplantaram árvores da floresta de modo a se ter a impressão de que a própria floresta chegava até a clareira. Então transformaram a clareira num palco e a parte inferior inteira em plateia, e apresentaram uma peça num evento que juntou cerca de quinhentas mulheres da vizinhança. E todas acompanharam com entusiástico fervor o que se passava no palco. Asa me contou que filmaram o desenrolar da peça do começo ao fim. Comentou que aquela foi a primeira e única vez que participou de um trabalho em escala tão grande.

— A filmagem transcorreu sem percalços porque Asa se responsabilizou por tudo. Os problemas surgiram depois. Na etapa final da edição nipo-americana, chegou-nos uma reclamação de um produtor subordinado à TV estatal NHK. Diziam que o tema central do filme fugia ao que havia sido contratado. O lado americano não aceitou a participação da mulher que investiu do próprio bolso (uma atriz internacional que Asa trouxe), alegando quebra de contrato. E o filme ficou parado nesse estágio durante três anos. O produtor faliu e o detentor dos direitos se tornou vago. Asa tinha se empenhado em organizar também os voluntários desta região, e graças a isso conseguimos contatar as pessoas da área teatral. A amizade com vocês da trupe The Caveman também surgiu ali, não foi? De modo que, para Asa, nem tudo foi trabalho perdido.

— O filme ganhou prêmios em festivais cinematográficos da Tchecoslováquia e do Canadá, não é? Mesmo assim, não conseguiram exibi-lo para o público em geral, o que implicou prejuízos para os envolvidos. O julgamento ainda corre por aí, diz Asa, que não gosta de falar muito do assunto... Ricchan e eu estamos planejando nossa próxima apresentação e temos muito interesse nesse filme. Contudo, não conseguimos nem que nos mostrassem o roteiro, sob a alegação de haver relação com o julgamento. Contratos de produção cinematográfica internacional são trabalhosos, não é mesmo? Até sua irmã, sempre tão cuidadosa, diz que não consegue de volta a cópia dela do roteiro, depois que a entregou aos advogados. Eu pensava desde o começo que tinha de falar, antes de mais nada, com o senhor, porém sua irmã me disse para aguardar a oportunidade certa...

Eu havia recebido a última versão do roteiro que incluía a respectiva tradução inglesa, mas me calei. Unaiko também não a solicitou. Contudo, percebi com clareza que ela continuava a perseguir um pensamento enquanto se mantinha ali em pé, ereta como uma flecha, contemplando a expansão da floresta em torno de Saya e voltando para mim seu fino perfil em que agora havia uma expressão totalmente nova.

3

Desde que a casa da floresta tinha se tornado propriedade da trupe de *Joguem o cachorro morto*, os aposentos do lado oeste do andar térreo se transformaram em escritório e dormitório de Unaiko e Ricchan. Desde que eu e Akari nos transferimos para cá, elas continuavam a trabalhar nos espaços que lhes foram reservados, mas sempre cuidando para não nos incomodar. Ultimamente, parece-me que estão também passando algumas noites na casa agora vazia de Asa, às margens do rio. Na hora do ensaio da trupe, percebo que cuidam para que suas falas ou a música de fundo não cheguem ao segundo andar. Por mais improvável que possa parecer, porém, o que me chega transportado pelo vento são as vozes dos jovens atores que ensaiam despreocupadamente no caminho da floresta.

Daiō aparece sempre às tardes em dias alternados e dá a impressão de ter se convencido de que o trabalho de arrumar o entorno da casa, assim como o de realizar pequenas tarefas domésticas, são de sua competência. Nos dias em que eu preparava o meu próprio jantar, ele ia de carro ao supermercado da cidade de Honmachi. Se eu me encontrava no andar térreo (isso acontecia quando Ricchan e Unaiko saíam de carro com Akari para que ele pudesse ouvir suas músicas), ele costumava ficar por ali para trocar ideias comigo, mas me parecia também que se policiava no sentido de não alongar a conversa. Logo Asa me chamou a atenção para essa situação em uma das cartas que me mandava em resposta aos relatórios semanais de Unaiko descrevendo nosso cotidiano, e então passei a remunerar Daiō com aproximadamente a mesma quantia que as pessoas do vale pagavam a seus auxiliares de tarefas caseiras. Como eu já devia muito a Daiō por tudo o que ele fizera por mim até o momento, inclusive os cuidados dispensados a Akari na questão da fratura na vértebra, senti certo alívio. Ele se encarregava de me trazer também a correspondência que chegava à casa atualmente desabitada de Asa.

Pois bem, entre os relatórios de Unaiko para Asa, parece-me ter havido um em que eu era descrito como apático, pouco propenso a me mexer. Chegou-me então um fax de Asa, preocupada com a notícia. Pelo visto, Unaiko havia até lhe comunicado que, muito embora fosse compreensível que eu tivesse parado de escrever desde que desistira da *História de um afogamento*, ela não me via mais absorto na leitura de livros no andar superior, e que chegava até a lhe causar tristeza ver-me desanimado e deixando simplesmente o tempo passar com indiferença.

Asa me perguntava se o fato de eu não ler mais era um efeito secundário da crise de tontura ou receio de que as crises, já crônicas, se amiudassem. Respondi-lhe que, quando de minha mudança para a casa da floresta com Akari, eu havia transferido das prateleiras da estante da sala de estar para o chão os livros que pretendia trazer para cá, mas que não tive tempo de despachá-los. Asa então me respondeu que os remeteria para mim no dia em que retornasse a minha casa em Seijō para seu descanso periódico. Logo em seguida, duas caixas de papelão chegaram pela caminhonete da empresa de entregas em domicílio.

Esse episódio tornou a me trazer à consciência meu pobre rosto idoso e ressequido e, dois dias depois, ao abrir as caixas para retirar os livros, dei-me conta de que havia sobre elas mais um pacote pequeno, embalado no mesmo tipo de papelão. O volume tinha sido preparado com cuidado, mas era leve e, além de tudo, o endereço do remetente era o do escritório do grupo The Caveman, em Matsuyama. Ao abri-lo, deparei com uma moldura bem-feita de madeira, na qual havia sido colado com durex um cartão com os nomes dos principais atores da trupe: era um presente para mim. A inscrição no cartão dizia: "Felizes pelo retorno do sr. Chōkō à floresta". Ao retirar o cartão, surgiu a foto de corpo inteiro de uma mulher totalmente nua, em pé diante de um cenário de luzes noturnas de uma cidade qualquer. E ali, na jovem de corpo de belas proporções, discerni as feições triunfantes de Unaiko!

O fotógrafo teria se posicionado com a câmera na primeira fila da plateia ou num lugar baixo ainda mais à frente e devia ter ao lado alguém operando a iluminação com uma lâmpada portátil. O sapato preto de salto alto da jovem prestes a dar um passo adiante se projetava para fora da borda palco. Contudo, os dois pés mantinham perfeito equilíbrio e amparavam o corpo voltado para a esquerda, indicando a direção em que se moveriam. O ventre, coberto por uma suave camada de gordura, mostrava claramente ser do tipo rijo, e pelos púbicos macios sobressaíam na arredondada área do baixo-ventre. Seios perfeitos que lembravam os de mangás...

Eu devia estar perdido na contemplação do quadro, pois fiquei atarantado quando a voz de Unaiko soou logo atrás de mim, à direita.

— Antes de mandar esse quadro, o pessoal o deixou exposto durante um dia inteiro na parede do escritório. Estavam todos no maior alvoroço, dizendo que a foto parecia ter sido preparada há cinco anos para ser entregue hoje ao senhor, já cientes de seu fetiche por pelos púbicos. Explicando melhor, essa foto foi tirada durante uma exibição realizada há cinco anos. A turma teve apenas a intenção de pregar uma peça no senhor, mas eu mesma não endosso essa brincadeira envolvendo fetiche por pelos púbicos. Apesar de tudo, está me parecendo que o senhor gostou!

— Gostei, claro que gostei!

— Nesse caso, considere-o um presente da turma e aceite.

Unaiko viera descendo do segundo andar com Akari, trazendo nos braços um jogo de toalhas que pretendia repor para o uso do meu filho. Rezei intimamente para que Akari não tivesse visto o quadro, pois ele sempre demonstrava forte aversão por esse tipo de fotografia.

— Como o presente é para mim, vou guardá-lo no meu escritório.

Akari fechou a porta do lavatório com estrondo. Mesmo antes da situação que eu e ele vivíamos, meu filho se mostrava aborrecido com as conversas de conotação sexual que eu mantinha com eventuais visitantes, em parte porque o assunto era incompreensível para ele. Não sei ao certo se pressentindo a tensão, Unaiko imprimiu maior seriedade à nossa conversa ao acrescentar:

— Tirada desse ângulo, a foto é uma bobagem que apenas me mostra nua e em pé, mas, no lado direito do palco, havia militares portando bandeiras nacionais e insígnias de navios de guerra. Era contra eles que a garota da peça opunha sua nudez... embora seja questionável que ela tenha representado algum tipo de ameaça para eles. Os espectadores tiveram apenas um vislumbre da garota nua, pois o palco escurece instantaneamente. Masao Anai tem um estilo de direção nebuloso e, embora sustentasse que a garota deveria demonstrar uma atitude impávida, previa-se que a atriz a representá-la surgisse coberta com um *tanktop* até a altura das coxas. Mas eu forcei essa marcha nua. Entusiasmados com a exibição de nudez, um grupo que tornou a comparecer ao teatro no dia seguinte para assistir à peça tirou essa foto sem nossa autorização e a vendeu para uma revista, transformando-nos em motivo de falatório. Esse é um exemplo de que o grupo The Caveman já tinha fama de escandaloso mesmo antes do modelo *Joguem o cachorro morto*. Masao Anai protestou com firmeza, mas o outro lado apresentou para a trupe essa evidência, e a polêmica ficou por isso mesmo. O problema é o motivo oculto por trás da decisão que os veteranos da trupe tomaram de lhe remeter esse quadro com a pouco convincente desculpa de que o senhor tem fetiche por pelos púbicos. Eles estão apreensivos em relação ao próximo espetáculo de grande porte que Ricchan e eu pretendemos montar com a ajuda de sua irmã. Desconfiam de que possamos superar o grupo The Caveman com a nossa peça nos moldes de *Joguem o cachorro morto*. O preconceito contra mulheres ainda é a tônica das sociedades interioranas do país, mesmo em grupos teatrais que reúnem pensadores considerados modernos.

4

Nessa manhã, Daiō surgiu quando terminávamos nossa refeição matinal e nos comunicou que recebera uma ligação avisando que o gesso de Akari, feito sob medida, estava à nossa disposição no hospital de Honmachi.

— O gesso deve ser removido todas as noites antes de dormir e reajustado na manhã seguinte. Quando se acostumar, Akari, você será capaz de tirar o gesso e de recolocá-lo sozinho. No começo, o sr. Kogito ficará incumbido disso, certo? Que acha de você e seu pai irem juntos de carro até o hospital para treinar a maneira correta de ajustar o gesso?

— Não vejo muita dificuldade nisso, uma vez que passei os últimos quarenta anos arrumando a cama de Akari todas as noites, sempre que eu estava em casa — afirmei.

— Agora faço isso sozinho — disse Akari, sempre sem erguer o rosto.

— Mas, ontem à noite, fui eu que colei o emplastro anti-inflamatório no lugar dolorido, não foi? Você estava tenso, com medo que eu fosse tocar na vértebra fraturada, mas não doeu nada, doeu?

— Não doeu nem com Unaiko nem com Ricchan — observou ele.

Desalentado, eu disse:

— Quer pedir a elas que o ajudem, ao menos nos primeiros dias? Isso se elas dispuserem desse tempo...

— Quando soubemos dessa questão do gesso pelo sr. Daiō, tínhamos planejado que ou eu ou Ricchan iria junto. No momento, estamos apenas esquematizando a nossa próxima apresentação, de modo que gostaríamos de ajudar Akari no que nos for possível. Hoje eu posso ir dirigindo. O que acha, Akari?

— Ótimo!

— Nesse caso, peço que se encarreguem disso — disse Daiō, também sem se voltar para o meu lado.

Depois que Akari e Unaiko se foram de carro, continuei com minha tarefa de retirar os livros restantes das caixas. Sentado no sofá, Daiō vez ou outra estendia a mão para pegar um livro ou outro.

— Lembra-se de quando eu e o falecido Gorō Hanawa levamos Peter, um oficial que era professor de línguas do Exército de Ocupação, até a sua academia? O plano era obter, por meio de Peter, algumas armas automáticas simples do Exército americano, sucateadas depois da Guerra da Coreia. Naquela ocasião, eu e Gorō caímos direitinho na sua conversa...

— E o senhor descreveu nos mínimos detalhes tudo o que aconteceu naquele dia num de seus romances. Uma pessoa me avisou e eu li sua obra. Pensei então: ah, foi assim que o sr. Kogito se sentiu! O senhor e o sr. Gorō trouxeram Peter, e dele receberam as armas sucateadas que deveriam ser vendidas como ferro-velho. Contudo, conforme o senhor também escreve no romance, há uma história de que a arma que Peter trazia consigo para autodefesa foi roubada por um membro da minha academia. Quando a polícia leu aquilo, uns homens da delegacia apareceram lá. Um acontecimento tão antigo, não é mesmo? Mas nós apenas usamos aquelas armas descartadas para simular situações de guerra, sabe?

— Pois eu e Gorō acreditávamos na história de que todos os elementos que frequentavam a academia e que tinham sido treinados nessas simulações iriam atacar a base militar norte-americana estabelecida nas cercanias de Matsuyama na noite da assinatura do tratado de paz, 28 de abril, lembro bem... E ficamos acordados até a madrugada com o rádio ligado, atentos ao noticiário.

— E tiraram até um retrato como suvenir... Sinto muito tê-lo feito passar momentos tão dramáticos.

— Os agressores portavam armas que sabiam ser inúteis, era tudo sucata... Teria sido um simulacro de guerra, mas os soldados que guardavam o portão de entrada da base do Exército americano só podiam pensar que guerrilheiros promoviam um ataque terrorista. Seus subordinados, sr. Daiō, seriam imediatamente fuzilados... mas entrariam para a história como participantes da única tentativa de levante armado perpetrado no Japão sob ocupação das Forças Aliadas. Essa seria a história.

— Isso não aconteceu e, para ser honesto, nunca haveria de acontecer, mas... saiba que o que eu tinha em mente naquela ocasião era algo muito sério, sr. Kogito. Eu imaginava que o senhor apareceria de dia na academia acreditando piamente naquele plano de ataque que teria como único resultado o fuzilamento de todos os implicados no esquema. Mas se acaso o senhor aparecesse, em troca da promessa de desistir desse simulacro de guerra, eu planejava fazer do senhor, filho e herdeiro do falecido mestre Chōkō, líder de um movimento que formaríamos em seguida! O que estava nos incomodando até a alma era o fato de que, mal a guerra fora perdida, tanto os oficiais como os soldados do antigo grupo que se reunia em torno do seu pai começaram a afirmar com toda a convicção — parecia até que um espírito maligno, ou seja, um "encosto", acabara de se despregar deles — que tudo o que eles falaram até então tinha sido brincadeira, que ninguém havia levado nada daquilo a sério. Mas o mestre Chōkō, seu pai, tentou escapar da vila conforme planejara, não é? Embora tenha morrido na enchente antes de conseguir alcançar seu objetivo, ele apostou a vida nessa empreitada, não é? E então, que estímulo não teria sido para nós, que continuávamos na academia com o intuito de preservar o espírito de seu pai, sr. Kogito, se conseguíssemos tê-lo como nosso líder! Apesar disso, quando aquele dia chegou, o plano nos pareceu uma fanfarronada, e eu mesmo já não sabia como me ocorrera uma ideia tão absurda, de modo que acabei até rindo com a rapaziada da academia... Posteriormente, ao ler o seu romance, descubro que naquela noite o senhor e o sr. Gorō, aflitos, tinham se agarrado um ao outro sem saber o que poderia lhes acontecer, uma vez que eram os responsáveis pela obtenção das armas sucateadas, e chegaram até a tirar uma foto com o intuito de deixá-la para a posteridade. Interessante, não é?

IX. *Late Work*

1

Sentado no sofá que fora deslocado para um canto para permitir a formação da área de ensaios, eu me dedicava a retirar em blocos os livros que me chegaram de Tóquio, dando atenção momentânea a um volume para logo folhear outro... Depois, devolvia o bloco inteiro a uma das caixas e retirava uma nova leva de livros. Fazia já três dias que eu me mantinha nessa atividade. Não estava à procura de um tema para leitura. Os livros que havia agrupado e posto no chão da minha casa em Seijō com o intuito de remetê-los para a casa da floresta estiveram guardados na prateleira superior da estante porque eu imaginara que, num futuro não muito distante, os haveria de reler. Na estante do meu dormitório conjugado com escritório, eu mantinha uma coleção que formei no decorrer de muitos anos constituída de obras completas do professor Musumi, assim como livros de pensadores, escritores e poetas. Separados destes, havia os que eu pretendia em algum momento reler com calma. Eis que agora, depois de ter desistido da minha *História de um afogamento*, eu via chegar diante de mim o momento de relê-los, antes vagamente imaginado. Uma vez que não havia outro projeto ao qual me dedicar à exceção desse, agora era a hora! Contudo, esse "agora" da releitura vinha se perpetuando com sucessivas substituições de livros, cujas leituras, mal começadas, eu logo abandonava em virtude de uma ansiedade íntima que me obrigava a abrir outro livro (muito embora o tema do último tivesse algo a ver com o daquele que eu folheara anteriormente). E eu percebia que a sensação de desassossego atual, aliás diferente daquela de verdadeira premência, era do mesmo tipo das que me assolavam toda vez que eu, pensando em iniciar um novo romance, lançava mão de diversos recursos sem deles obter nenhum bom resultado. Mas tinha ciência de que, para mim, não haveria mais novas tentativas de escrever um romance.

Todavia, esse tipo de leitura salteada nem serve como passatempo, alguém poderá objetar, mas quando eu dava por mim, normalmente já haviam se passado de duas a três horas. Naquele dia, Unaiko saíra com Akari no espaçoso veículo do grupo The Caveman com o objetivo não só de proporcionar a ele a oportunidade de ouvir suas músicas, como também de passear um pouco e, assim, exercitar as pernas, atividades que já haviam se tornado quase diárias. Unaiko, porém, me ligou quando não se passara ainda muito tempo desde que partira. Havia um ruído grande de interferência na linha, mas percebi claramente que Unaiko estava agitada. Não consegui compreender o que ela dizia. Ainda assim, ela tentava me comunicar algo relacionado a Akari, o que me fez levantar ansioso do sofá. O rangido da interferência aumentou e, em seguida, a ligação caiu. Tive presença de espírito suficiente para desligar o receptor, mas continuei em pé no mesmo lugar e esperei. Cerca de dez minutos depois, recebi um telefonema de Asa, de Tóquio, e ela me falou em tom exageradamente frio e contido.

— Akari teve uma crise. Ele estava caminhando com Unaiko em Saya para se exercitar, não é? Eu disse a Unaiko que o deixasse descansar que a crise logo passaria, mas ela estava em estado de pânico, dizendo que não conseguia contato com você. Então, parece que tentou o celular de Tamakichi e conseguiu fazê-lo ligar para mim. Eu disse a ele que ligaria para você e lhe diria para ir a Saya. O próprio Tamakichi estava numa plantação no alto do morro atrás da casa da floresta cultivando mudas de árvores, e ele me disse que vai para aí em seguida. Espere por ele na saída do caminho que leva à floresta.

Afora a questão da crise, se Akari levou um tombo, era capaz de ter batido a cabeça numa das muitas pedras que atulhavam a área de Saya e, por mais estranho que possa parecer, a perturbadora ideia me ocorreu juntamente com a lembrança da firme musculatura das coxas de Unaiko me amparando por ocasião de minha queda. Seja como for, peguei a maleta com o "conjunto" que eu costumava levar comigo toda vez que saía a passear com Akari (mas que até aquele momento eu não me lembrara de entregar para Unaiko) e, quando saí, encontrei-me com Tamakichi, o filho de Asa, que já havia descido o caminho do morro e se encontrava parado com seu carro diante de casa. Sem sair de trás do volante, ele esticou o braço queimado de sol, abriu a porta para mim e, mal me acomodei, deu partida rapidamente.

— Asa havia me orientado a esperá-lo na saída para o caminho da floresta, mas com a idade, ando devagar para tudo, sabe? — disse eu me desculpando.

— Liguei outra vez para Unaiko e ela me disse que Akari já se pôs de pé. E também que estavam a caminho do riacho para que Akari possa se lavar.

Respirei aliviado, mas perguntei a Tamakichi se ele estava

no rumo certo, já que, em vez de descer na direção do vale, ele subia por outro caminho.

— Para alcançar Saya pelo vale, é preciso abandonar o carro e andar a pé por um bom trecho. Para evitar essa demora, faremos um desvio por este lado. Pretendo dar a volta e sair numa estrada acima de Saya.

— Asa me disse que, por ocasião das filmagens, tudo se tornou mais fácil porque você é um grande conhecedor das coisas que se relacionam com a floresta. Quer dizer que você fez da floresta o trabalho de sua vida?

— É um trabalho que o senhor mesmo, meu tio, também queria fazer quando crescesse, segundo escreve em uma de suas obras. A Associação da Vila já vinha atuando seriamente na conservação da área de Saya e de seu entorno muito antes do início das filmagens. E quando elas começaram, os homens foram proibidos de assistir, de modo que nós só fazíamos a arrumação posterior, nem tivemos a oportunidade de ver o filme pronto...

— Mas no estágio de edição, vocês conseguiram ao menos ver em vídeo o efeito da conservação da floresta empreendida por vocês, não é?

— Nada disso. Indagamos junto à sucursal da NHK em Matsuyama e, segundo orientação que obtivemos ali, solicitamos à central da produção americana, mas como pedidos formais tinham de ser feitos em inglês, não conseguimos retorno. Apesar disso, entendo que a reunião de um número tão expressivo de mulheres desta localidade para realizar uma espécie de festival em Saya foi um acontecimento muito importante. Desde então, a cada início dos festivais de outono, brindamos dizendo: "Ao levante!".

— "Ao levante!" é um brinde bem pensado — disse eu com sincera admiração.

A estrada florestal que percorríamos era de árvores latifoliadas não muito densas e, no instante em que ela suavemente nos levou para além da vertente de uma montanha, surgiu um majestoso paredão de pinheiros e ciprestes de mais de cinquenta anos de existência cobrindo um longo declive que se estendia para o nordeste. Enquanto corríamos pela sombria estrada desse lado do paredão, lembrei-me de certo dia em que todos os alunos do curso ginasial reformado, eu incluído, foram convocados a participar de uma atividade de reflorestamento, e saímos plantando mudas de árvores.

Passados alguns instantes, estávamos estacionados numa área próxima ao topo de Saya. Vista de cima, a grande rocha parecia um barco da antiguidade profundamente enterrada na relva. Ao lançar a vista para o pequeno córrego originado numa fonte que brotava da terra além da grande rocha, vi à sua margem dois vultos humanos. Akari estava deitado sobre a relva de uma tonalidade marrom esmaecida e, ao seu lado, encontrava-se Unaiko, abraçada aos joelhos. Descemos correndo em linha reta na direção deles.

Nossa aproximação devia ter sido sentida pelos dois, mas nem Unaiko, nem Akari reagiram de maneira perceptível. Unaiko, em especial, dava a impressão de estar exausta. A princípio, parecia que nos aproximávamos da fonte da música que nos chegava aos ouvidos (era A *truta*, quinteto para piano de Schubert), mas logo Akari se soergueu e o som se extinguiu.

— Desculpe a confusão que aprontei — disse Unaiko. — A crise me pareceu muito mais séria do que a que Asa me descrevera, de modo que imaginei se tratar de algo inusitado e entrei em pânico. Ele tremia inteiro, da cabeça aos pés.

— E então, Akari, a crise já passou? — perguntei, mas ele não me respondeu, dando a entender por seu silêncio que obviamente já passara.

— Depois de descer do carro, subimos um pequeno trecho

onde havia uma poça d'água formada pela chuva de ontem à noite. Como não podíamos continuar de braços dados, Akari ficou tenso. Ainda assim, ele conseguiu passar, mas, logo em seguida, levou um tombo. Ele estava caído de lado e sorria (quando Akari tentava suportar a dor, ele costumava dar a impressão de estar sorrindo), de modo que me tranquilizei, mas eu estava muito enganada. Ele se levantou, porém quando alcançamos Saya, teve a crise. Eu me apavorei.

— Pelo jeito, me parece que basta apenas ele repousar tranquilamente assim que voltarmos à casa da floresta. Akari, antes de mais nada, vamos ao banheiro... por garantia.

Unaiko percebeu nele a expressão de rejeição ao que eu acabara de dizer e interveio:

— Eu já havia sido orientada por sua irmã a respeito da diarreia pós-crise. Já conseguimos dar conta disso, mas como não tínhamos conosco uma muda de roupa, Akari está muito preocupado.

Entreguei a bolsa contendo o "conjunto". Akari permanecera sentado mesmo depois de minha aproximação porque havia apenas um xale grande e a jaqueta de Unaiko cobrindo-lhe a parte inferior do corpo.

— Se o caminho para descer ao vale oferece dificuldades, podemos ir na minha caminhonete, que está estacionada logo adiante — ofereceu Tamakichi. — Eu carrego Akari até a estrada lá em cima.

— Não, quero ir para casa no carro de Unaiko — disse Akari.

— Mas e se você levar outro tombo?

— Se o problema é esse, eu o carrego até lá embaixo.

— Então está decidido — eu disse a Akari. — Se a diarreia pós-crise já passou, não há pressa alguma de irmos embora. Vamos descansar mais um pouco.

— Sr. Tamakichi, sua ajuda foi preciosa, muito obrigada.

Asa tinha me dado o número de seu celular para o caso de alguma emergência... Sem querer abusar de sua boa vontade, o senhor não me levaria a conhecer a região? O senhor é administrador florestal, não é? Pois gostaria de saber a respeito das árvores que cercam Saya...

— Nada mais simples...

— Além disso, ouvi de Asa que o senhor foi o responsável pela construção do palco sobre a rocha. O senhor leu o roteiro minuciosamente, não foi? Gostaria que me falasse disso também.

Tamakichi afetou mau humor só para se fazer de rogado, mas logo foi conduzindo Unaiko bastante animado. Deitei-me então ao lado de Akari (mantendo certa distância) e usei como travesseiro a bolsa que contivera o "conjunto", de comprovada utilidade. Ao erguer o olhar, notei que os galhos das árvores latifoliadas que cercavam Saya apresentavam uma luminosa cor verde levemente amarelada, ou por vezes avermelhada, que, nesse tipo de planta, equivale a uma sóbria florada, bem condizente com tais espécimes. Dava até a impressão de haver flores brancas nas cerejeiras. O conjunto se destacava do fundo formado por uma floresta de sempre-verdes (mais novas que os pinheiros e os ciprestes existentes do outro lado da crista da montanha, os quais também tinham sido transplantados). Enquanto eu me ajeitava para melhor contemplar o arvoredo, percebi de repente que a bolsa sobre a qual eu repousava a cabeça estava alta demais. Ergui-me, abri-a e descobri que os responsáveis pelo volume anormal do meu travesseiro improvisado eram as calças sujas metidas numa sacola de plástico para lixo orgânico, assim como um cobertor leve de verão dobrado e enrolado. Eu mesmo havia metido o cobertor na bolsa antes de sair de casa. Fui então para perto do local onde Akari se deitava e o cobri com o cobertor leve desde a altura do peito até os pés. Akari nem sequer se moveu de sua posição, reto como uma flecha, e manteve também imóveis as grandes mãos que lhe cobriam o rosto.

Ao retornar ao meu lugar, os versos "Sem ao menos preparar Kogī/ para a subida à floresta" me vieram à cabeça. Naquele momento, Kogī era, claramente, Akari. Eu viera até aqui para ser o guia que o ajudaria a subir à floresta. Mas como levar adiante essa incumbência? Como, se eu mesmo não tinha me preparado para isso e nem sequer tinha ideia de que forma realizar tal preparação? Pois atualmente eu mesmo não seria o pobre menino desamparado dos tempos em que Kogī era o meu apelido? E se aquele outro Kogī, que me abandonara na infância e subira ao céu sobre a floresta, me visse agora lá de cima deitado aqui embaixo, indefeso, não haveria ele de rir sonoramente ante tão absurda situação?

E então um outro pensamento me veio à mente. Dentro de instantes, Unaiko e Tamakichi (nada menos que o representante de Asa) desceriam para cá depois de dar uma volta por Saya. E talvez os dois viessem a eleger Akari para cúmplice deles. Isso feito, não seria possível que tomassem diversas providências para, no final, preparar a mim, e só a mim, para a subida à floresta?

Mas se isso realmente acontecesse, que maneira mais cômoda de dispor de mim mesmo poderia eu desejar? Se na verdade isso pudesse acontecer, tudo que eu até este momento aceitei como verdadeiro teria sido ilusório! Minha saída da floresta e ida para Tóquio, os estudos que continuei a fazer arrastando a sensação de que não era *exatamente isso* que eu buscava, o trabalho que desenvolvi tendo por base o pouco que obtive através desses estudos (mas é verdade também que me esforcei exaustivamente, sem tempo algum para o lazer), o retorno para cá sem saber se tanto esforço teria frutificado ou não e o atual estado de total desolação em que me encontro por não saber como eu mesmo subiria à floresta… tudo isso teria sido uma ilusão! Na verdade, eu nunca saíra deste lugar, sempre vivi aqui este *agora* e já estou com setenta e quatro anos. E da mesma maneira como todos os idosos desta floresta sempre compreenderam, estou para morrer uma morte banal. Unaiko e Tamakichi estão agora combinando os detalhes à sombra da grande rocha, pois foi com essa intenção que subiram o aclive de Saya...

— Sr. Chōkō, não fique dormitando ao ar livre ou acabará pegando um resfriado. Mas sei que o senhor está estressado depois da confusão que aprontei.

Assim me disse Unaiko, em pé ao meu lado.

Todavia, os dois haviam descido a ladeira para cuidar de Akari, e não de mim. Tomando o máximo cuidado com a região afetada e preocupado em saber onde podia tocá-lo sem causar dor, Tamakichi ajudou meu filho a se levantar. Akari cooperou no momento em que Tamakichi o acomodou às costas e se levantou.

Tamakichi era mais baixo que eu, mas, ainda assim, pôs o meu filho, mais alto que ele, às costas robustecidas pelo trabalho florestal e saiu andando à nossa frente. Unaiko e eu dividimos o encargo de transportar o sistema de som simplificado, que devia ser do veículo reformado da trupe The Caveman, e os seguimos.

— O sr. Tamakichi acaba de me descrever o aspecto de Saya, tomado pela enorme quantidade de mulheres mobilizadas por Asa — disse-me Unaiko, emocionada. — E quando lhe perguntei se não foi difícil controlar essa multidão feminina, ele me explicou que a mãe lhe teria dito que a participação em levantes é algo instintivo nas mulheres desta terra e que ela apenas as fizera usar esse instinto uma vez mais. Não deve ter sido só isso, mas, de todo modo, acredito que o filme *A mãe de Meisuke vai à guerra* deve ser mesmo muito interessante.

Depois de fazer Akari se acomodar no carro, Unaiko continuou a agradecer Tamakichi de maneira cordial, mesmo quando ele se pôs a subir sozinho o aclive de Saya, de volta ao topo.

2

Naquela tarde, Maki me telefonou dizendo que a tia se encontrava agora no hospital, mas como ela demonstrara grande preocupação com a crise que Akari sofrera, ela, Maki, me ligava no lugar da tia para saber dos detalhes. Disse-lhe então que conversasse diretamente com Akari e levei o receptor até o quarto dele. Depois de um longo intervalo, Akari veio me devolver o aparelho e, na mesma ligação, Maki me explicou o que acabara de conversar com Akari.

Maki contara a Akari que ela ficara muito preocupada com o fato de ele ter sofrido um ataque no meio da floresta num lugar em que nem o pai estava presente. Quanto a isso, Akari havia respondido citando o livreto *Minhas falas*, que ele também ganhara de Maki e que devia estar lendo com afinco, já que agora não se dedicava mais às suas partituras.

— *Vou morrer logo! Não viu que eu tive uma crise? Não se preocupe. Vou morrer, está bem? Ah, não ouço meu coração batendo nem um pouco! Acho que vou morrer! Porque o coração não está batendo.*

Maki era o tipo de pessoa que levava a sério até esse tipo de brincadeira de Akari, de modo que lhe respondera: "Não, Akari, você não vai morrer. A crise já passou, certo? Quando você levou um tombo, não ouviu o coração fazendo tum-tum? Pois esse é o barulho do coração, Akari, você não vai morrer". A isso, Akari teria respondido com outra citação do livreto *Minhas falas*, mas dessa vez um pouco mais sério:

— *Foi muito penoso, mas eu resisti bravamente!*

Maki achava que se Akari dizia tudo isso era porque estava preocupado tanto com a própria crise quanto com a doença da mãe. Conforme a tia havia explicado em muitas palavras, a cirurgia transcorrera bem, e não via no momento nenhum sinal da temida metástase, dissera o médico. A crise de Akari se acalmara e a cirurgia da mãe já havia terminado, só restando a ela descansar e recuperar a saúde, sem mais nada com que se preocupar. Mas quando Maki assim lhe dissera, Akari repentinamente ergueu a voz e começou a gritar algo que parodiava uma passagem de *Minhas falas*.

— *Não, nada disso, a mamãe morreu! Verdade? Ela volta daqui a duas ou três semanas? Pode até voltar, mas agora morreu! Minha mãe morreu!*

Maki considerava que Akari expressava nessa frase o que lhe ia verdadeiramente no coração.

— Lembra-se que a mãe lhe pediu, antes de ser internada, que incluísse no livreto as falas do momento em que Akari associou sua longa ausência com a morte de um ser humano? Pois eu estranhei que ela lhe pedisse isso num momento em que ela própria corria certo risco... Acho que ela queria pensar de que maneira Akari captaria a morte de um progenitor pondo-se ela mesma nessa situação. Mas eu gostaria que a mãe se lembrasse de uma outra fala de Akari. Eu gostaria muito de jogar com as frases ao telefone. Akari diria: "*Foi muito penoso, mas mamãe suportou bravamente!*", ao que ela responderia: "Muito obrigada, vou suportar!".

Nesse dia, Asa me ligou tarde da noite, ou seja, depois de cumprir suas funções no hospital e no momento em que se preparava para embarcar no trem expresso Odakyū, rumo à estação Seijō.

— Hoje perguntei à sua mulher se ela não gostaria de delegar totalmente a Ricchan e a Unaiko os cuidados para com Akari e assim possibilitar que você, meu irmão, viesse visitá-la. Ela, porém, disse: "Não sei se gostaria de mostrar a ele o aspecto debilitado de sua velha companheira de guerra e vê-lo armar um beicinho emocionado". Por ocasião da morte de Gorō, Chikashi acompanhou todo o processo de identificação do corpo totalmente desfigurado do irmão. E me disseram que quando você, meu irmão, chegou a Yugawara, a viúva lhe pediu que fosse se despedir do marido, uma vez que o rosto dele já havia sido reconstituído e assumido a costumeira imponência, mas Chikashi se opôs e o impediu de ver o morto. Pois é, ela sabe muito bem da sua fragilidade nesses momentos. Continuando, ela contou: "A situação dele está longe de ser ideal. Esse homem disse: 'Você é um idiota' para o filho deficiente só porque estava irritado por ter tido que suspender a elaboração da *História de um afogamento* e por estar absolutamente sem planos para o futuro. Quem mais se revoltou com isso foi Maki, e eu tive medo de que o desentendimento entre os dois chegasse a ponto de se transformar em algo de natureza imprevisível. E se esse homem estava pensando numa solução para a situação que ele próprio criou, eu disse a ele que o melhor seria retornar à floresta levando o filho consigo. Muito mais que para Akari, essa é uma questão de vital importância para esse homem, não acha?". Foi o que ela me disse. Mas o que mais me conforta neste momento, meu irmão, é o fato de Unaiko e Ricchan estarem acompanhado o seu cotidiano e o de Akari aí na casa da floresta. Acredito que Unaiko é um gênio. Não no sentido de ser inteligente ou estudada, ela é um gênio mesmo fora do palco. Um gênio na capacidade de pensar por si mesma em qualquer circunstância. Acho que ela vai refletir profundamente a respeito de sua relação com Akari. Ela é o tipo da pessoa que jamais tomará uma atitude contemporizadora com relação a você, seja qual for o rumo dos acontecimentos. Ela nunca se desviará de seus próprios princípios, de modo que será um norte seguro para você. Ricchan, por sua vez, é uma pessoa que não pensa nunca em ganhos pessoais, capaz de demonstrar certa profundeza de pensamento e generosidade inexistentes em Unaiko.

3

Desde os acontecimentos em Saya, a relação entre Akari e Unaiko (e também Ricchan) se aprofundou e se tornou cheia de afeto. Akari começou a passar algumas horas no quarto que Unaiko e Ricchan compartilhavam. Isso, porém, não queria dizer que entre Akari e as duas mulheres adultas se desenvolvia um diálogo consistente. Akari apenas realizava no quarto das duas mulheres as atividades (checar programações de música clássica na revista semanal das emissoras FM ou em qualquer outro tipo de publicação) que até então vinha exercendo na sala de jantar ou no salão nos dias em que os membros da trupe The Caveman precisavam ocupar esses espaços. E, pelo visto, passou também a ouvir músicas das estações FM ou de seus CDs nos aparelhos existentes no quarto delas, confiando que o pai não entraria num ambiente que servia de dormitório para duas mulheres. Ou seja, ele cumpria à risca a vontade expressa de não compartilhar nenhum tipo de música com o pai.

Estávamos no fim do mês e havia a necessidade de mandar alguém ao hospital para obter, no lugar de Akari, os remédios que ele teria de tomar no mês seguinte. Akari ouviu enquanto eu falava disso com Maki. Durante a conversa que mantinha todas as manhãs em horário determinado com Maki, ele disse que, se alguém fosse a Tóquio para pegar os medicamentos dele, queria que essa pessoa lhe trouxesse seus CDs na volta.

Então surgiram diversas necessidades que obrigaram Unaiko e Ricchan a irem para Tóquio. Por causa do sucesso obtido tanto no Teatro Circular como na pequena casa de espetáculos de Matsuyama, e do consequente alvoroço das redes sociais, o interesse por Unaiko vinha se espraiando de Matsuyama a Tóquio. Nesse ínterim surgiu também um pedido de entrevista por parte de um diretor, cujo trabalho vinha sendo objeto de atenção pelas apresentações ambiciosas em diversas esferas e cujo nome até eu conhecia. Uma vez que Asa teve de ir a Tóquio cuidar de Chikashi às vésperas do novo projeto que visava desenvolver o modelo *Joguem o cachorro morto*, era claro que Asa, Ricchan e Unaiko precisavam se reunir e conversar longamente. Quanto a mim, queria que Ricchan, que se tornara nos últimos tempos a pessoa mais próxima a Akari, relatasse a Chikashi como era o dia a dia dele na casa da floresta. (Eu também estava preparado para receber muitas críticas com relação ao meu próprio cotidiano na casa da floresta.)

4

Querido irmão, nos últimos tempos, Unaiko, atendendo a convites de pessoas ligadas à área teatral, tem os dias tomados por visitas a teatros e ensaios, e quase não para em casa. Sendo essa a situação, Ricchan ficou de retornar primeiro à casa da floresta para lhe contar em detalhes o estado de sua mulher. Pode ser que Unaiko, sem abrir mão de suas características cênicas particulares, seja incluída numa peça que está atualmente em cartaz num grande teatro e que é também o assunto do momento. Caso isso realmente aconteça, Ricchan terá de cumprir seu papel na área contratual. Ela vem trabalhando muito bem como assistente de Unaiko. Além disso, foi bastante producente para mim a oportunidade que tive de conversar com ela com calma. Ricchan ainda nos fez o favor de estudar com Maki como cuidar da saúde de Akari. Sinto-me bastante tranquila por ter uma pessoa tão qualificada cuidando de Akari e de você, meu irmão. Nos dias em que eu, revezando-me com Maki, retorno a Seijō, Unaiko e Ricchan ficam acordadas até tarde da noite à minha espera. Então, conversamos e bebemos das garrafas que surrupiamos de sua adega particular. Como no meio de uma dessas conversas surgiu uma teoria a respeito de um certo sr. Kogito Chōkō, vou reconstituí-la para você. No começo, era Unaiko quem falava a seu respeito, mas logo Ricchan se juntou à conversa e, coisa rara, começou a liderar a discussão. Consigo transcrever o nosso diálogo com fidelidade porque, seguindo o método *Joguem o cachorro morto*, pomos o gravador a funcionar até nessas horas.

— Quanto ao trabalho do sr. Chōkō, confesso que, a princípio, eu não sabia quase nada a respeito dele. Certo dia, ao aceitar um bico relacionado com música numa trupe pela qual eu faria uma única apresentação, conheci uma candidata a atriz que me despertou vivo interesse, à época ela própria fazendo um trabalho extra... Essa atriz era Unaiko... Mais tarde, tanto eu como ela fomos oficialmente contratadas. O diretor era Masao Anai, e como ele tinha por princípio produzir peças baseadas nos romances de Kogito Chōkō, passei a conhecer as obras desse autor a partir de então, mas nunca me aprofundei no universo dele por minha própria iniciativa. Unaiko também não. Pois quando nós duas viemos ao mundo, o auge da carreira do sr. Chōkō já tinha ficado para trás. Além disso, crianças nascidas nessa época começavam a se interessar pela literatura japonesa contemporânea depois de fazer seus dezoito ou dezenove anos, de modo que não havia como o sr. Chōkō ser o autor preferido de nossa geração. Quando conheci Unaiko, a trupe de Masao Anai tinha se centrado em obras de autores contemporâneos... mas nem Unaiko, nem eu sequer cogitávamos incluir o sr. Chōkō no rol dos autores modernos... Tanto assim que achamos divertida essa defasagem no conceito de "contemporâneo". O interesse de Unaiko pelas obras do sr. Chōkō só foi se intensificar alguns anos depois. Tanto é verdade que, por ocasião da dramatização da obra *No dia em que enxugarás...*, Unaiko ainda se mostrava bastante crítica. E agora Unaiko superou Masao e se transformou em verdadeira "Chōkō maníaca". Pensando bem, sempre fui aquela que corria atrás de Unaiko e, para não fugir à regra, acabei finalmente me transformando em leitora das obras dele.

— Eu também cumpri um roteiro muito semelhante — interveio Unaiko nesse instante, o que me espantou muito. Nesse ponto, eu disse a Unaiko que, contrariando o que ela acabara de dizer, eu havia lido num artigo publicado em certa revista teatral que Masao Anai declarara ter dramatizado a produção de Chōkō a partir das obras do início de carreira, mas que tivera o apoio de Unaiko como atriz na maioria das peças principais, ao que Ricchan concordou, mas, ao mesmo tempo, ressaltou estar também escrito em outro trecho desse mesmo artigo que a atuação de Unaiko nem sempre acompanhava *pari passu* a direção dada por Masao.

— Isso mesmo — disse Unaiko. — E agora vou pedir a Ricchan que explique de que maneira ocorreu a mudança.

— Unaiko mergulhou de corpo e alma no mundo de Kogito Chōkō não porque gostou de ler suas obras. O que a atraiu foi a definição de *late work* dada por Said e citada pelo sr. Chōkō. Unaiko copiou a citação, pregou-a na parede diante de sua escrivaninha e me instigou dizendo: veja só o que diz Said! "Ao envelhecer, o verdadeiro artista se vê alcançando um estágio que se opõe ao da maturidade ou da harmonia, e ao buscar seu *late work* nessas condições, pode até se ver diante de uma catástrofe..." Não faz mal que um escritor idoso assim proceda, ele tem toda a liberdade de fazê-lo se não tiver outro recurso senão o de buscar seu *late work* dessa maneira, não é mesmo? Contudo, eu mesma senti que é errado uma mulher jovem na faixa dos trinta anos como Unaiko ficar esperando que um homem idoso avance rumo à catástrofe. Mas, agora, fiquei muito feliz ao ver Unaiko se relacionando de maneira natural com o sr. Chōkō, que desistiu da sua *História de um afogamento* e vive na casa da floresta em companhia de Akari. Quando soube que Unaiko se desesperou e se descabelou na ocasião da crise de Akari, pensei comigo: "Parece que essa mulher está ficando diferente...". Ou seja, ela estaria se tornando mais humana.

— Quando você fala desse jeito, penso em minhas atitudes passadas e me dou conta de que fui muito egocêntrica em relação a você, Ricchan — disse Unaiko com inusitada contrição.

— Ora, que é isso! Eu é que deixo você resolver tudo sozinha, Unaiko, e vou continuar deixando — disse Ricchan com um jeito sem dúvida sincero de falar, mas que também soou algo zombeteiro.

Senti que ter Ricchan como amiga era o mesmo que obter o apoio de um exército de um milhão de soldados. Ao mesmo tempo, percebi em Unaiko uma qualidade humana que, para mim, era algo muito mais importante do que sua genialidade como atriz. Então lhe perguntei:

— Unaiko, eu sempre quis perguntar a Masao, mas... o que você mesma acha dessa questão que vem me incomodando há algum tempo? Masao, que sempre teve em alta conta todas as obras de meu irmão, estava à espera da finalização da *História de um afogamento* e, enquanto meu irmão a escrevia, Masao pretendia ir montando, simultaneamente ao avanço da obra e com a ajuda do meu próprio irmão, uma peça em torno da morte do meu pai por afogamento, que é aliás o tema desse romance de meu irmão. E com esse projeto em mente, tinha até começado a fazer algumas gravações, não é verdade? Mas vocês duas, muito embora a peça fosse do grupo The Caveman como um todo, iriam se responsabilizar pela produção de parte dela nos moldes de *Joguem o cachorro morto*, de onde vem a minha dúvida: de que modo vocês pretendiam digerir essa peça e transformá-la em algo do seu estilo?

— Algumas das gravações iniciais foram uma espécie de aquecimento com vistas a um ensaio, especialmente para mim. Se eu dissesse que tínhamos apreendido todo o sentido da *História de um afogamento* do sr. Chōkō e que, com base nisso, já entrevíamos todas as minúcias da peça que iríamos construir, eu estaria mentindo. Masao e eu tínhamos concordado quanto à questão de nos intrometer no cotidiano do sr. Chōkō, que estaria escrevendo o romance *História de um afogamento* na casa da floresta. Disso, você, mais que qualquer um, sabe muito bem. Mas, fora isso, o que havíamos planejado era apenas que a peça sobre a *História de um afogamento*, de Masao, e a que nós duas iríamos produzir no modelo *Joguem o cachorro morto* seriam elaboradas em mútua colaboração, cada lado mostrando francamente o jogo para o outro (ambos contando com a participação do sr. Chōkō, claro), e também que as duas peças seriam exibidas juntas numa única noite. Contudo, eu mesma... assim como Masao... tinha planejado efetivamente apenas as cenas de abertura e de desfecho. A de abertura seria a visão do sonho recorrente que o sr. Chōkō vinha tendo no decorrer de sessenta anos, sonho que ele mesmo nos contou. A cena seria noturna e teria um rio com a área central elevada por causa da cheia e, em primeiro plano, um bote boiando, iluminado pelo luar, dentro do qual o pai estaria sentado de costas para a plateia. Haveria também um garoto na água gelada e empoçada no baixio bracejando e avançando rumo ao bote, e um grupo de diversos atores sobre o palco estaria contando essa história. Tudo isso sendo contemplado por Kogī, suspenso no ar. A outra cena, que também nos foi relatada pelo sr. Chōkō, seria a derradeira da *História de um afogamento*, a ser lida conforme escrita no romance. Essa cena também seria vocalizada por atores sobre o palco, no sentido de expressar a mente do velho homem prestes a se suicidar por afogamento. Então todos esses atores que narram a história seriam tragados de uma vez por um redemoinho. E, suspenso no ar, o boneco Kogī também estaria assistindo a tudo isso... Mas, contado dessa forma, não se tem uma ideia clara de como seria a estrutura do romance, nem de como ocorreriam as sucessivas cenas, não é? Desconfio até que o que havia na mente do sr. Chōkō fosse apenas uma passagem dos versos de Eliot, na tradução de Motohiro Fukase.

Assim dizendo, Unaiko se calou. Como, porém, era impossível que ela se calasse sem nada propor à apreciação das pessoas que a ouviam, eu mesma estava me lembrando da passagem referida por ela. Acredito que você também fez o mesmo enquanto lia o meu fax.

Uma corrente submarina
Limpou seus ossos num sussurro. Entre subir e afundar
Viu seus estágios de idade e de jovem
Entrar no turbilhão.

5

No dia seguinte à conversa que relatei longamente, Ricchan apareceu no hospital para despedir-se de Chikashi e me concedeu a oportunidade de tirar um simulacro de soneca. Soube mais tarde que, enquanto eu dormia, elas conversaram a respeito do seu *late work*, meu irmão.

"Chōkō foi para a floresta de Shikoku com a intenção de escrever o romance *História de um afogamento*, mas, no final, desistiu disso. Ou seja, depois de viver longos anos como escritor, desistiu do trabalho que ele próprio considerava o derradeiro. Embora a *História de um afogamento* não exista mais, Chōkō vai continuar a viver por mais algum tempo e, assim sendo, creio que dará sequência a seu *late work*, não importa de que jeito. Quando Gorō faleceu daquela maneira trágica, alguns de seus colegas de profissão disseram que ele já havia encerrado sua carreira de diretor antes mesmo de morrer. De minha parte, porém, acredito sinceramente que, caso ele tivesse continuado a viver, teria produzido novos trabalhos. Chōkō, que não falava muito a respeito do trabalho de Gorō como diretor cinematográfico, a ele se referiu num seminário realizado na Universidade Livre de Berlim. Eu tenho essa gravação. Chōkō disse: 'Nos últimos anos, Gorō não falou com seriedade em entrevistas que deu a jornalistas japoneses, mas sua atitude era outra diante de entusiásticos especialistas estrangeiros'. Chōkō disse que ele procurava ler jornais em inglês e francês e, com relação aos alemães, que não conseguia ler, solicitava a seus alunos de Berlim a leitura deles e relatórios posteriores. Baseado nessas leituras, Chōkō chegou à conclusão de que havia alguns filmes que Gorō pretendia dirigir. Ele só não sabia por que Gorō decidira suicidar-se.

“Chōkō não é do tipo que optaria pelo suicídio sem ter uma boa razão. Tanto que está tentando retomar a relação com Akari. Será que ele não vai acabar encontrando material para o seu *late work*? Mas caso haja alguém pensando que quem mais sentiu alívio pelo aborto da *História de um afogamento* foi Chōkō, eu diria que esse alguém está errado.”

Foi isso que Chikashi disse. Meu irmão, quero que você considere esse relato como um grito de incentivo que sua mulher, depois de vencer uma difícil cirurgia, está lhe mandando. Há também mais uma coisa que Ricchan me contou como sendo palavras de sua filha Maki. Ela tem obtido muita ajuda de Ricchan, que está sempre empenhada nas tarefas dela nas ocasiões em que não se encontra em companhia de Unaiko por qualquer razão. As duas são contidas e calmas, e também parecidas no aspecto de falar claramente acerca de assuntos de difícil abordagem. E creio que por causa dessa confiança mútua, sua filha disse o seguinte para Ricchan:

— Embora minha mãe soubesse que a relação entre meu pai e Akari era delicada e que os dois só iriam dar trabalho a vocês, ainda assim ela os mandou a Shikoku. Acredito que ela tenha se decidido a agir dessa maneira principalmente por não estar segura de que sairia viva da cirurgia. Ela resolveu muitas questões pendentes antes da internação e, uma vez internada, não permitiu que meu pai ou meu irmão fossem vê-la no hospital. Ela queria fazê-los entender que, depois que ela própria morresse, a única maneira de esses dois continuarem a existir sem se sentirem muito mal era vivendo juntos. E Akari recebeu essa mensagem. Quando levei meu pai e Akari ao aeroporto no dia da partida deles para Shikoku e, ao mesmo tempo, apanhei minha tia Asa que vinha de lá, reparei que Akari estava muito deprimido e, meio que traindo a decisão de minha mãe, eu disse a ele que a mãe voltaria do hospital no começo de maio... A resposta, no costumeiro humor meio estranho dele, foi uma citação um tanto alterada de uma das falas dele do livreto. Disse: "*Verdade? Ela volta no começo de maio? Pode até voltar, mas agora morreu! Mamãe morreu, sabe?*".

Caro irmão, o "renascimento" que você tanto gosta de mencionar não estaria escrito dessa maneira no livreto *Minhas falas*, de Akari?

X. Correção de uma lembrança, ou talvez de um sonho

1

Ficou decidido que, durante quatro semanas, Unaiko faria aparições como convidada num teatro incomparavelmente maior do que aqueles em que costumava se apresentar, de modo que Ricchan retornou sozinha à casa da floresta. Prevendo que o volume de trabalho administrativo em torno das apresentações em estilo *Joguem o cachorro morto* logo aumentaria, ela havia solicitado ao sonoplasta da trupe que realizasse uma reforma nos quartos que compartilhava com Unaiko, e, aproveitando a oportunidade, Akari conseguiu um espaço para ele nos aposentos das duas mulheres, onde guardou os CDs que lhe haviam sido trazidos de Tóquio por Ricchan. Depois de levar metade de um dia para organizar os CDs de acordo com seu método particular, pareceu-me que se pôs a ouvi-los um a um consecutivamente, começando por um concerto de violão de Piazzolla. Ricchan, por sua vez, subiu ao andar superior para arrumar meu dormitório conjugado com escritório e me relatou a visita que fizera a Chikashi no hospital, mas Asa já havia me informado a respeito de grande parte do acontecido e a própria Ricchan estava ciente disso. Ela juntou fronha, pijama e lençóis numa única trouxa para serem lavados e então descobriu a audaciosa foto de Unaiko no palco que eu havia posto sobre a prateleira dos dicionários grandes e providenciou um local apropriado para o quadro. Disse-me então que no quarto do hospital de Chikashi havia apenas uma foto de Gorō. A referida foto era a capa de um livro.

— Dez anos depois da morte de Gorō, quando o clima de escândalo que envolveu o acontecimento arrefeceu, saiu um livro sobre ele. A foto de que você fala foi tirada por um fotógrafo amigo dele, que era bem mais jovem, um artista que pessoas da minha geração nem sequer conheciam. Se bem me lembro, Chikashi comentou que, naquela foto, ele estava bem à vontade, coisa que raramente acontecia, pois quando tinha de posar para retratos, Gorō costumava ficar muito inibido, algo inimaginável para uma pessoa da profissão dele.

— "Aqui não existem fotos nem do sr. Chōkō, nem de Akari", comentei sem pensar direito, confesso — disse Ricchan. — Sua esposa ficou calada durante alguns instantes e, a seguir, disse que, das fotos de Akari, ela gostava de uma em preto e branco, tirada logo depois que o segundo CD dele começou a vender bem e ele se tornou capa de uma revista, mas a fotografia em questão era grande demais para ficar à cabeceira de uma cama. Na maioria dos retratos de jovens com deficiência, fotógrafo e fotografado estão, digamos, tensos com relação à própria deficiência, mas nesse ao qual ela se referia, Akari, segundo ela, estaria realmente à vontade. "E dentre as fotos de Chōkō, há uma que Gorō tirou quando eles eram ainda muito jovens, e essa se tornou inesquecível por ser o exato oposto de 'à vontade'", explicou ela. Quando manifestei o desejo de vê-la, sua esposa me informou que ela está colada numa página do romance *Crianças trocadas*, no qual estão explicadas as circunstâncias que antecederam e se sucederam a essa foto. De modo que quando fui à sua casa em Seijō para pegar os CDs de Akari que Maki escolheu, trouxe também comigo esse romance, mas ainda não tive tempo nem de ler o livro, nem de ver a foto...

2

Ricchan fora ao Hospital Universitário que fornece o antiepiléptico, assim como os demais remédios de Akari, e pedira conselhos aos médicos a respeito da séria crise ocorrida tempos atrás. Embora os médicos não houvessem aumentado a dosagem da medicação, deram algumas instruções quanto aos momentos em que Akari saía para se exercitar fisicamente. Logo depois de retornar à casa da floresta, Ricchan refez de maneira minuciosa a programação dos passeios e neles incluiu um tempo para exercícios físicos. Acrescentou também um cantil ao "conjunto" para emergências e, assim preparada, saiu para a primeira caminhada. Logo depois, Daiō veio me visitar, e a conversa passou a girar em torno das peças baseadas no modelo *Joguem o cachorro morto*, talvez porque a ausência das duas mulheres nos permitisse falar disso livremente.

— Já faz algum tempo que desfizemos a academia e, em vista disso, não tenho tido muita oportunidade de me encontrar com os homens que a frequentavam. Contudo, eles também não têm culpa, pois andam bastante ocupados, cada qual exercendo sua função dentro ou fora de nossa província. Mas, de vez em quando, eles falam comigo sobre algum assunto ou outro. No outro dia, me encontrei com um sujeito que faz as vezes de porta-voz desses homens. Ele trabalha no ramo de transportes. Pois esse sujeito me disse que as peças de Unaiko o incomodam.

Aquela que ficou famosa em Matsuyama assume claramente o formato de um debate na metade final, não é? E o lado que se opõe ao que ela alega acaba sempre levando uma saraivada de "cachorros mortos", sendo derrotado. Pois esse homem de quem lhe falei ficou irritado porque o lado que ele, segundo seu modo de pensar, está com a razão acabou soterrado por "cachorros mortos". Claro que existe toda uma manipulação por trás de peças desse tipo, e não vou dizer que sou dos que apoiam esse gênero de teatro, mas o fato é que muita coisa me chega aos ouvidos. O que é que está acontecendo?, me perguntou o sujeito. Diz ele que sabe muito bem de minha incomum relação com o mestre Chōkō, seu falecido pai, e que a senhora sua mãe sempre me tratou com muito carinho, mas ao sujeito não agrada essa história de eu ser visto como um dos que apoiam esse grupo teatral em função da amizade que tenho com o senhor e com sua irmã Asa. Empresas de transporte empregam muitas pessoas e têm mobilidade, de modo que esse indivíduo tem vigiado a minha reputação, compreende? O sujeito diz que as peças de Unaiko são preconceituosas e que, por trás disso, deve haver a influência do sr. Kogito Chōkō. E a ele incomoda que, depois de longa ausência, Kogito Chōkō retorne à própria terra e, logo em seguida, diversas pessoas estranhas comecem a entrar e a sair de sua casa, e que eu, Daiō, esteja ligado de alguma maneira às peças teatrais levadas por esses estranhos. Esta é uma província em que a ala conservadora detém posição de destaque na área da educação, disse o sujeito, me apresentando até o cartão de visitas do presidente do Comitê Educacional, de quem, segundo ele, é muito amigo, mas todos os jornais que circulam em Matsuyama apoiam as críticas posteriores à partida do senhor, não é mesmo? E mal o referido Kogito retorna à terra natal, eu, Daiō, retomo o relacionamento e pareço travar amizade com essas mulheres do projeto *Joguem o cachorro morto*. "Que é isso?", me perguntou o sujeito.

E então eu disse ao sujeito que o grupo The Caveman vem produzindo peças baseadas em suas obras, sr. Kogito, mas que a atividade teatral das mulheres é algo independente. Sua irmã é simpatizante do modelo *Joguem o cachorro morto*, mas como a forma de pensar e de viver dela nada tem a ver com o do senhor, isso é apenas um problema dela. Ainda assim, nos tempos em que a sua mãe era viva, sua irmã tomou as dores dela e enfrentou o senhor, não é? Concluí assim que, mesmo que neste momento eu pense diferente de sua irmã, não tenho nenhuma intenção de ir contra ela ou de reclamar do que quer que ela faça. Enquanto falávamos de tudo isso, o homem acabou deixando transparecer suas verdadeiras intenções. Começou a dizer que o teatro *Joguem o cachorro morto* apresentado aos ginasianos era claramente preconceituoso e quis saber da escola como é que permitiram a exibição desse tipo de peça antinacionalista a ginasianos, ao que a direção respondeu que o auditório daquela instituição era bem conhecido no campo arquitetônico e que, na atual conjuntura de franca redução no número de estudantes do nível ginasial, decidiram utilizá-lo para eventos culturais e, nessa condição, não podia haver nenhuma espécie de cerceamento à liberdade de fala ou de expressão... E então o sujeito começou a dizer que, nesse caso, ele também precisava iniciar um movimento. Por outro lado, tudo indica que Ricchan e Unaiko pretendem encenar no Teatro Circular, como próxima grande atração, algo relacionado ao filme de cuja produção sua irmã participou em anos passados. Ela me comunicou que Ricchan estava para iniciar pesquisas relacionadas a esse assunto e me pediu para apresentar as pessoas que Ricchan julgar necessárias para o bom andamento da referida pesquisa enquanto ela própria estivesse ausente da vila. Mas o roteiro daquele filme foi escrito pelo senhor, não foi? Pois então, eu gostaria que o senhor tomasse cuidado com o indivíduo de que lhe falei, assim como com os partidários dele, cujas ações são imprevisíveis, uma vez que estão irritados por terem sido ignorados em suas reivindicações. Estou lhe falando tudo isso porque sua irmã não está aqui e não há mais ninguém capaz de lhe avisar que existe esse tipo de poder oculto...

— Quanto a essa história de antinacionalismo etc. etc. de que essa gente reclama, se isso faz referência às críticas de Unaiko ao personagem sensei da peça *Kokoro* montada no estilo *Joguem o cachorro morto*, eu realmente falei disso e de mais algumas coisas a Masao. De modo que não vou dizer que as reclamações dessa gente não têm relação comigo. Eu desisti de escrever a *História de um afogamento*, e quando Asa o avisou a esse respeito, disseram-me que o senhor se alegrou, dizendo-se feliz também por minha mãe. E minha irmã me contou que o senhor veio me visitar porque ela lhe teria dito que a questão da maleta de couro vermelha já não existia e que o senhor já podia retomar sua relação comigo. Portanto, sr. Daiō, levando tudo isso em consideração, penso atualmente que meu pai não era afinal nacionalista do ponto de vista político. O que me levou a essa conclusão foi algo que o senhor mesmo disse, isto é, que o interesse de meu pai era mais focado em literatura e em etnologia. Depois de confirmar que os três volumes dentro da maleta de couro vermelha eram versões em inglês de *The Golden Bough*, de Frazer, levei-os comigo para Tóquio quando fui para lá da última vez e tinha começado a lê-los pouco a pouco, mas precisei interromper a leitura por causa de um problema familiar. Pretendo retomá-la agora, porém gostaria de saber se o senhor tem algum conhecimento da razão de aqueles volumes terem tido tratamento diferenciado e permanecido no fundo da maleta de couro vermelha.

Daiō fixou o olhar em mim. A intensidade de seu olhar me fez desviar o meu para as folhas que começavam a brotar nas árvores às costas dele: as avermelhadas da romãzeira e as verde-

-claras levemente amareladas do carvalho. Às vezes, esse brilho intenso surgia no olhar de Daiō na época em que eu e Gorō, ainda colegiais em Matsuyama, o reencontramos. E agora ele me dizia algo num tom que me fez relembrar aqueles dias.

— A respeito disso, eu mesmo não leio inglês e, sem querer parecer intrometido nem nada, eu vinha mesmo pensando que precisava cozinhar as ideias a respeito da relação do seu pai com aqueles livros para poder falar disso ao senhor. Espere mais um pouco, por favor.

3

Estando Asa e Unaiko ausentes, Ricchan trabalhava duramente.

Para começo de conversa, eu não tinha ideia de como era a vida financeira dos membros da trupe The Caveman, embora soubesse que os rapazes e as moças faziam os seus bicos. Asa havia me instruído a pagar adiantado determinada quantia toda semana para cobrir as despesas miúdas necessárias à manutenção minha e de Akari, e eu depositava num pote de biscoito, posto sobre a mesa de jantar, um valor um tanto superior ao que ela estipulava, e quando abria a tampa do pote no início da semana seguinte, sempre encontrava em seu interior notas fiscais de pequenas despesas misturadas com algumas cédulas e moedas. Como ultimamente Ricchan trabalhava para a manutenção do nosso conforto cotidiano, propus pagar-lhe ao menos a mesma quantia que eu destinava a Daiō, mas ela nem quis me ouvir, insistindo que preferia esperar o retorno de Asa. Ricchan cuidava de tudo, desde nossas refeições até coisas concernentes ao dia a dia de Akari. Com Unaiko vivenciando agora uma nova situação como atriz convidada num importante teatro (embora avessa a confidências,

Ricchan deixara escapar que Unaiko fora chamada para substituir certa atriz bastante conhecida, com características de atuação também marcantes), Ricchan tinha de continuar em sua função de gerenciar o projeto *Joguem o cachorro morto* e também de cuidar, como sempre, do trabalho administrativo do grupo The Caveman. Eu só posso defini-la como uma pessoa de múltiplas aptidões, com acentuada disposição para o trabalho. E Daiō não só ajudava Ricchan como também, e principalmente, realizava o serviço externo da casa de acordo com as instruções dela.

Excetuando os dias de chuva, ela levava Akari até Saya de carro e, como parte do programa de reabilitação, ajudava-o a fazer os exercícios destinados a recuperar a musculatura em torno da vértebra fraturada, tomando muito cuidado para não a afetar. Nem é preciso dizer que a música que ele ouvia em alto e bom som durante essas atividades servia para liberá-lo da tensão de viver comigo.

Sendo essa a situação, Ricchan tinha seu cotidiano completamente tomado pelas inúmeras tarefas, mas, ainda assim, conseguira escapar para os lados de Zai a fim de se dedicar a algumas pesquisas. Tais pesquisas tinham a ver com o que eu ouvira de Daiō dias antes e com o objetivo estabelecido pelas três mulheres tendo em vista a próxima grande apresentação do modelo *Joguem o cachorro morto*. Falando sem rodeios, ela fora procurar testemunhas da filmagem de *A mãe de Meisuke vai à guerra*.

O que Ricchan e Unaiko haviam programado para a próxima apresentação de *Joguem o cachorro morto* eram os dois levantes ocorridos nessas terras pouco antes e pouco depois da reforma Meiji, em especial o segundo deles. A referida produção seria realizada de acordo com fatos reais (ou com o folclore regional), mas se basearia diretamente no filme *A mãe de Meisuke vai à guerra*, cujo roteiro eu escrevera. Ao saber que Daiō já havia me contado a respeito do plano, Ricchan me explicou, sempre com seu jeito reticente de falar, mas com bastante clareza para se fazer entender, que havia duas razões para o sigilo até então mantido. Em primeiro lugar, havia o que Asa dissera: ela concordara em me transformar em assistente da nova produção teatral (Asa até se empenharia em obter o meu consentimento), mas também queria me dar um pouco mais de tempo antes de me propor o trabalho, tendo em vista as situações extremamente estressantes que eu enfrentava, ou seja, o meu desentendimento com Akari e a delicada condição de saúde em que Chikashi se encontrava, sem falar das crises de vertigem que me acometiam. Em segundo, havia o fato de Unaiko querer a todo custo montar a peça com base no argumento dela. Por isso, Ricchan começara a procurar na biblioteca de Honmachi documentos relativos ao levante e, simultaneamente, a visitar as mulheres da localidade que participaram da filmagem a fim de juntar seus depoimentos.

A partir de então, muitas vezes a pesquisa por testemunhos desenvolvida por Ricchan passou a ser tema de conversa à mesa do jantar da casa da floresta, e, certo dia, Akari, que se mantivera pensativo até então, ergueu-se da mesa de maneira resoluta e subiu para o seu quarto. Ali havia uma caixa contendo diversos documentos, organizados e remetidos de Tóquio por Maki. Passados alguns minutos, Akari veio descendo a escada com um fichário encapado com tecido azul apertado contra o peito.

— É isto, e aqui dentro está também a partitura da *Sonata op. 111 para piano*, sabe? — disse Akari, ainda apertando o livro contra o peito e o protegendo. (Ou seja, ele não tinha intenção alguma de me entregar o livro, mas me instigava a explicá-lo a Ricchan.) —Quem me deu foi Sakura Ogi Magarshack.

— Ah, foi você que ficou com o roteiro do filme? Quer dizer que a sra. Sakura encadernou o roteiro quando as filmagens terminaram e o deu a você no dia em que lhe devolveu a partitura que você havia emprestado a ela, não é?

Quando abriu o fichário, a partitura que Akari havia guardado no interior do livro foi ao chão. Akari a apanhou com agilidade (a vértebra estava se recompondo, segundo me disseram, e os exercícios diários deviam ter fortalecido sua musculatura) e, juntando as folhas na ordem certa, entregou-as a Ricchan.

— Por ocasião da filmagem, todas as figurantes ouviram essa música ecoar por toda Saya. Creio que as mulheres falaram a respeito disso durante sua enquete. Pois, pelo visto, o que mais impressionou as pessoas foi a música e o recitativo da atriz Sakura — disse eu, ao que Ricchan concordou com um aceno de cabeça. — Na fase de produção desse filme, a atriz Sakura tentou identificar essa música, que lhe trazia amargas lembranças. O problema não era descobrir o título da peça, que é uma sonata para piano de Beethoven, mas o instrumentista que a executara. E quem determinou o instrumentista foi Akari. Ele até entregou a partitura para a equipe de sonoplastia da rede NHK com o trecho a ser usado sinalizado para o cálculo da duração.

Depois de observar cuidadosamente a página aberta que Akari lhe mostrava, Ricchan perguntou para Akari:

— E você tem o CD escolhido?

— Tenho, foi Ricchan que me trouxe! — disse Akari, entusiasmado pela primeira vez em muito tempo e retornando ao quarto no andar superior.

Nós então ligamos o sistema de som devidamente preparado no salão destinado aos ensaios tanto do pessoal ligado ao projeto *Joguem o cachorro morto* como do grupo The Caveman. Ricchan abriu as cortinas do lado meridional para expor por completo os alto-falantes instalados em ambos os lados do palco provisório revestido de tijolos. Desde que retornamos à casa da floresta, Akari e eu passávamos os dias usando apenas a luz que nos vinha da janela de vidro embutida no lado setentrional da casa, e nos momentos em que os jovens membros da trupe começavam os ensaios, nós dois nos retirávamos para o andar superior. (Eles ensaiavam com a cortina do lado meridional aberta, mas quando o ensaio terminava, tornavam a fechá-la, retiravam o material usado e devolviam o salão para o nosso uso.) Bordos de folhas cor de vinho na brotação e que aos poucos assumiam a cor verde--clara, duas espécies de romãzeiras, uma de frutos comestíveis e outra de não comestíveis, ambas igualmente floridas, vidoeiros de ramagem alta, cornisos de flores brancas e vermelhas que começavam a abrir... A visão do jardim meridional, até agora impedida por causa das cortinas cerradas, me permitiu perceber a vida de claustro que Akari e eu levávamos...

Ao ouvir Gulda, o pianista de sua predileção, num volume potente a ponto de ecoar no amplo espaço, Akari ficou claramente emocionado. Quando chegou o segundo movimento, que correspondia ao que fora usado no filme, Akari virou a partitura na direção de Ricchan e ergueu o rosto. Segurando sobre os joelhos o roteiro do filme *A mãe de Meisuke vai à guerra*, Ricchan balançava a cabeça, acompanhando o gesto suave de Akari.

4

Na manhã seguinte, ainda antes de Akari descer do seu quarto, Ricchan me disse na sala de jantar que tinha lido todo o roteiro e já falara a respeito dele por telefone com Asa e Unaiko.

— Sua irmã achou ótimo termos agora a possibilidade de ler o roteiro, mas, isso posto, ela prefere manter o esquema que já estávamos determinadas a seguir, ou seja, esperar um pouco mais antes de pedir sua colaboração, sr. Kogito. Além disso, ela nos alertou que nos comentários da peça há certo ranço machista a que devemos prestar atenção... Unaiko também se alegrou muito, mas, com relação à nossa próxima apresentação, para a qual, a princípio, obtivemos seu consentimento, ela deseja muito imprimir à peça fortes características do nosso grupo, e a respeito disso o senhor com certeza já ouviu sua irmã falar. Eu mesma estou pedindo às pessoas desta localidade que me contem a experiência de ter participado de *A mãe de Meisuke vai à guerra*, para, em seguida, relatar o que eu apurar a Unaiko e, pela reação dela, ser a primeira pessoa a saber que tipo de espetáculo ela pretende montar. Quanto ao recitativo de *A mãe de Meisuke vai à guerra*, solicitei às moradoras, tanto das margens do rio quanto de Zai, que reproduzissem o que se lembravam da maneira tão exata quanto possível. Consegui diversas gravações. A incitação ao levante da mãe de Meisuke, que diz às mulheres não haver mais nenhum outro recurso senão partir para a guerra, é ainda hoje cantada e dançada no estilo dos folclóricos *bon-odori*, mas difere quase de pessoa para pessoa, tanto na melodia como no fraseado. Ontem, quando li o roteiro, tive a certeza de qual teria sido o "estilo" de sua avó e sua mãe, sr. Chōkō. Embora sem entonação nenhuma, eu o li repetidas vezes para Unaiko ao telefone:

Haaah! En'ya, kora ya!
Dokkoi, jan-jan ko-raya!
Minha gente vamos lá!
Mulheres nós somos,
Mas ao levante nós vamos,
Não se deixem enganar,
Não se deixem enganar!
Haaah! En'ya, kora ya!
Dokkoi, jan-jan ko-raya!

No roteiro, percebo uma espécie de "estilo" na parte explanatória do coro ou refrão que, ainda assim, mantém a forma dos recitativos antigos. Quando perguntei à sua irmã se essa parte estaria no "estilo" que o senhor teria ouvido de sua avó e de sua mãe na infância, ela me disse que o senhor, na qualidade de escritor, havia escrito e reescrito diversas vezes a parte em questão, e o resultado era uma criação sua. Tanto Unaiko como eu achamos que gravando o que as mulheres da terra têm em sua memória e registrando tudo isso num PC e reescrevendo diversas vezes, nós também chegaremos a um "estilo" só nosso. Quando eu disse isso, entusiasmada, ela me respondeu que, na verdade, ela mesma tem um tema que gostaria de explorar e de transformar em nosso estilo.

— É verdade que tema produz "estilo", disso não há dúvida — disse eu. — Isso é extremamente sutil.

— E quando falei do roteiro que estava com Akari, a primeira coisa que Unaiko me perguntou foi: "E como era a resposta que a 'mãe de Meisuke' deu?". Ela se referia ao que acontece depois do bem-sucedido segundo levante, que teve por líder Meisuke reencarnado. Depois da dissolução do acampamento de guerra montado na várzea do rio, a mãe de Meisuke e o filho voltavam à vila deles quando, segundo a versão de alguns contadores da lenda, jovens samurais do antigo feudo, que tinham se tornado bandoleiros porque, aperar de terem perdido suas posições, não podiam ir viver em outras terras, foram no encalço dos dois. O Meisuke reencarnado é jogado para dentro de um buraco fundo e morto sob o peso de centenas de pedras. A mãe de Meisuke é violentada por diversos homens. Enquanto ela é carregada de volta para a vila deitada sobre uma porta improvisada como maca, um produtor de saquê e dono de uma biboca à beira da estrada finge lhe oferecer um gole d'água e se aproxima dela para fazer uma pergunta. O que Unaiko queria saber era o que estava registrado no roteiro como sendo a resposta que a mãe de Meisuke deu ao homem. Segundo o que ouvi das mulheres que participaram da filmagem, ela teria dito: "Patrão, se queres saber se *foi bom*, podes muito bem ser o próximo a passar pelo mesmo!".

Permaneci calado. Lançando-me então um olhar um tanto crítico, Ricchan desviou um pouco o rumo da conversa e prosseguiu:

— Pela pergunta que Unaiko me fez, descobri que tipo de produção ela pretende montar com o que ela definiu como "tema" dela. Assim, eu mesma decidi que também me empenharei em levar adiante o estilo Unaiko a qualquer custo e sem nunca transigir.

Continuei calado. Em seguida, perguntei:

— Num primeiro momento, vocês pretendem apresentar essa peça no Teatro Circular do ginásio local, não é? Isso significa que essas mulheres a quem você anda fazendo as perguntas da pesquisa também estarão na plateia. E podem querer participar dos diálogos, conforme o modelo *Joguem o cachorro morto*...

— Isso mesmo. Toda vez que falo com elas, prometo convidá-las ao Teatro Circular e, ao mesmo tempo, peço-lhes que façam seus próprios "cachorros mortos" de pelúcia e os tragam no dia da apresentação.

5

Lado a lado, Daiō e eu apoiamos nossas costas na rocha de Saya e enterramos nossos pés descalços na verdejante relva que começava a brotar.

— Soube por sua irmã Asa que o senhor se lembra em detalhes do episódio em que o mestre Chōkō saiu de bote em meio às águas turbulentas do rio que transbordava.

— O que falei a respeito daquele dia, tanto para Asa como para Unaiko, é o que eu pretendia transformar em capítulo introdutório da minha *História de um afogamento*, e não significa que eu me lembre exatamente do que vi. Durante muitos anos venho tendo exatamente o mesmo sonho de maneira recorrente… e apesar de ver essas cenas repetidas vezes nos sonhos, nem sei se correspondem ponto por ponto à realidade.

— De fato, se não fosse um sonho, não seria possível que o mestre Chōkō estivesse sentado no bote de costas para o senhor e que Kogī estivesse em pé ao lado dele. O senhor teimava que havia mais um menino, também chamado Kogī, que vivia em sua casa junto com o senhor… Nessa época, eu ainda nem tinha vindo para o Japão, mas… Tempos depois, quando me contaram a respeito desse "outro Kogī", que aliás já era uma história bastante conhecida na vila, passei a considerar o senhor uma pessoa, como direi… muito especial! Nesse seu sonho, sr. Kogito, havia, conforme soube por outras pessoas, o outro menino Kogī em pé no bote em que o mestre Chōkō se preparava para remar para dentro das águas turbulentas… isso realmente me comoveu. Pois, na verdade, eu me lembro muito bem do senhor naquela noite! O senhor não percebeu que eu estava lá, não é mesmo? Na entrada da mansão anexa ao depósito, lá onde os jovens oficiais costumavam se reunir com o mestre Chōkō, bem no centro do espaço que era meio de terra batida e meio forrado de madeira, havia uma cadeira Takara que só o mestre Chōkō usava para fazer a barba. Eu dormia em cobertas estendidas no fundo desse espaço. Então vi o senhor, que vinha entrando sozinho. E iluminando a escada havia uma única lâmpada acesa, protegida com quebra-luz para o caso de um eventual ataque aéreo. Quando vi o senhor entrando, pensei em me levantar. Imaginei que o mestre Chōkō tinha mandado o senhor me trazer um recado a respeito de algum serviço que eu deveria fazer… Mas, enquanto descalçava as sandálias na entrada da casa, o senhor pareceu pensativo e cabisbaixo, galgando a estreita escada que levava ao andar superior. Eu continuei fingindo que dormia. Que haveria para um maneta como eu fazer?, me perguntei, numa autoavaliação negativa de minha condição física ... Na sala de visitas do andar superior, dormiam os dois oficiais que gostavam de me atulhar de serviços e, no outro aposento, três soldados rasos, mas o senhor saiu carregando algo enrolado em capa de chuva da antessala desses aposentos e desceu a escada. Foi depois disso que me pus de pé e confirmei que os oficiais do andar de cima estavam acordados...

"O que o senhor carregava era um pacote quadrangular não muito grande, e logo percebi que se tratava da maleta de couro vermelha. Ainda era dia quando os oficiais, preocupados com o fato de o mestre Chōkō não ter aparecido na casa, começaram a dizer que precisavam verificar o conteúdo da maleta de couro vermelha que o mestre Chōkō sempre afirmava que levaria consigo caso fosse realmente empreender alguma coisa, e me mandaram até a casa principal para pedi-la emprestada.

"Naquele dia, a noite ainda nem havia caído direito quando os oficiais e os soldados rasos começaram a beber. Na reunião da noite anterior, acontecera um 'rompimento', de acordo com o termo posteriormente usado pelos oficiais, e o mestre Chōkō tinha se retirado para a casa principal, não aparecendo no dia seguinte na mansão anexa ao depósito. Assim sendo, a capa de chuva que cobria a maleta de couro vermelha que eu trouxera tinha sido removida e o seu conteúdo, minuciosamente examinado. Ouvi até uma voz dizendo em meio a risos: 'Quanta bugiganga guardada!'. Eu não disse nada, mas como aquilo era algo que pertencia ao mestre, fiquei em pé a um canto do aposento vigiando o que eles faziam. E lembro que os pesados livros ali contidos, cujos títulos em inglês eu não fora capaz de ler, eram os que eu fora buscar em Kōchi a mando do mestre Chōkō e trouxera de volta para a casa dele, coisa que só fui perceber anos mais tarde, ao ajudar sua mãe a arejar os objetos contidos na maleta. Eram três volumes grossos intitulados *The Golden Bough*. As coisas contidas na maleta eram, em sua maioria, cartas e documentos. Os envelopes e o texto das cartas foram examinados um a um pelos oficiais, que depois os devolveram à condição original, mas alguns foram queimados no braseiro comprido que era normalmente usado para aquecer o saquê e a comida dos banquetes. As labaredas subiram bem alto naquela noite. E os que restaram... o principal ramo de atividade empresarial de sua família era papel, de modo que vocês tinham um bocado de papel oleado para proteger os papéis mais finos, não tinham? Pois eles enrolaram tudo nesses papéis, guardaram tudo na maleta e tornaram a embrulhar a maleta na capa usada em dias de chuva para trabalhar na floresta. Foi isso que o senhor veio buscar tarde da noite naquele dia, a maleta de couro vermelha!"

— Pois eu não consigo me lembrar da etapa em que fui buscar o embrulho. É certo que fui atrás dele porque não havia mais ninguém além de mim capaz de ir até a mansão anexa ao depósito, mas... Só me lembro a partir da cena seguinte. Agora, sou eu que entrego o embrulho ao meu pai, que já está no bote. Depois, com a água gelada alcançando-me o peito, volto atrás por um trecho dando braçadas como se estivesse nadando. Eu retorno para amarrar direito a corda dos barris, que a correnteza ameaça levar. Assim eu sonhei, assim registrei na memória e tornei a registrar. Mas a corda está atada a uma argola de ferro cravada no piso de concreto, e nela também está amarrado o esteio do bote. Pergunto-me se eu não teria retornado para desatar essa amarra a mando do meu pai. Agora, conversando com o senhor e pensando bem, tenho certeza de que foi isso que aconteceu. Mas sem que eu tivesse tido tempo para desatar a amarra, ou melhor, quando olhei para trás, o bote parecia ter sido arrancado pela força das águas e partia com uma estremeção. É, foi o que aconteceu.

— Nesse caso, tudo aquilo com que o senhor andou sonhando... todo o seu sofrimento por ter perdido um tempo precioso com essa bobagem de verificar a corda que amarrava os barris e que o fez se atrasar... não aconteceu, não é verdade? Agora, isto é uma suposição minha, mas se o mestre Chōkō pretendia sair com o bote sem descer dele, não precisava tê-lo mandado voltar atrás para desatar o esteio, bastava-lhe usar aquela adaga de trabalho que ele sempre tinha à cintura e cortar a corda. Aquele barco partia para nunca mais voltar, não é? Nunca mais seria preciso amarrar o esteio novamente! Acho mesmo que ele pretendia deixar o senhor para trás! Depois disso, o mestre Chōkō se afogou e morreu sozinho naquele rio em meio à borrasca. E um pouco antes disso, aquele ideograma cuja leitura o senhor corrigiu para o seu pai... o da "verdejante expansão" por "vasta expansão de água"... pergunto-me agora se a maneira como o mestre Chōkō entendeu a expressão não teria estado correta. Acho que o mestre não se foi para uma "vasta expansão" do mar sem fim. Nessas paragens, a alma dos mortos sobe acima da floresta e, em seguida, desce para se alojar na raiz de uma árvore previamente estabelecida para ela, não é? Seu pai só pode ter retornado para essa "verdejante expansão", com certeza! Eu não nasci nessa floresta. Na certa nela não existe uma árvore para onde minha alma deva retornar. Ainda assim, eu bem que gostaria de ir para uma "verdejante expansão" quando morrer! A sra. Asa acha que o poema não teve boa aceitação, mas eu gosto disso que o senhor e a sua mãe compuseram juntos. Seu filho Akari é nascido e criado em Tóquio, mas se o senhor prepará-lo devidamente, será que mais tarde ele não de subiria sozinho à floresta e, depois, não conseguiria ir para a árvore que lhe é destinada?

Embora se defina como uma pessoa que não é desta terra,

o sr. Daiō permaneceu muito tempo nessa região mesmo depois de fechar sua academia, e se tornava óbvio que, no decorrer desses longos anos, se transformara em bom conhecedor das lendas e tradições dessa localidade. E deve ter sido uma pessoa estudiosa (o problema foi ele ter escolhido, entre tantas opções possíveis, justo o meu pai para mestre), pois nesse dia, depois de calçar os sapatos nos pés que haviam descansado em contato direto com a relva, me levou a percorrer a extensão de Saya tanto no sentido horizontal como no vertical, e me ensinou detalhes sobre ela que eu havia entendido de maneira errônea.

Existe também uma história de que ao redor da grande rocha estão enterradas vasilhas de pedra produzidas por nossos ancestrais. Com o interesse despertado por essa história, certa vez o sr. Daiō teria cavado naquelas redondezas e enterrado outra vez, debaixo da grande rocha, o excedente do que acabara encontrando. Assim dizendo, ele me trouxe um bloco de pedra de cerca de vinte e cinco centímetros.

Quando iniciamos a descida de Saya, vimos dois homens se aproximando do aglomerado de chorões de ramagens longas que pareciam enevoar o ambiente, local onde Ricchan e Akari faziam os exercícios de fisioterapia. Agachados, os dois homens falavam alguma coisa para Akari, deitado num colchonete, e para Ricchan, que se ajoelhava ao lado dele. Akari, que se soerguera (a massagem que Ricchan vinha lhe fazendo surtia efeito, pois a dor o impedira de fazer esse movimento até então), tapava os ouvidos com as mãos e mantinha os cotovelos espetados no ar. Era o gesto de negação que Akari costumava fazer nos momentos em que, por exemplo, um comediante de talk show contava alguma história de cunho sexual num programa de TV.

Os dois homens, que pareciam ter cerca de quarenta anos, se ergueram e, calados, estavam agora alertas à nossa aproximação. Ricchan, que havia saído do colchonete e calçado seus tênis, me explicou:

— Eles queriam saber se eu conhecia o sentido da palavra "Saya", nome desta localidade, e antes ainda de ouvir minha resposta deram a versão deles, aliás bastante desagradável, e deixaram Akari daquele jeito. Disseram que Saya indicava o espaço alongado que o meteorito produziu no meio da floresta virgem, mas, no jargão desta terra, significa "vagina"...

Ao ver que Daiō nos alcançava, os homens finalmente se afastaram, dando-se encontrões mútuos nos ombros e gargalhando como se tivessem vivenciado algo muito divertido, voltando diversas vezes para nós os rostos ruborizados. O sr. Daiō disse:

— Eles pareciam ter pressa em se afastar, e não sem motivo. Afinal, o senhor tinha essa pelota enorme de vasilha de pedra na mão!

— Eram tão insistentes que eu já não sabia mais o que fazer — disse Ricchan.

— Não tem perigo, meu pai está aqui! — Akari disse para Ricchan, imprimindo muito sentimento a uma das falas do livreto que eu há muito não ouvia.

XI. O que meu pai buscava em *The Golden Bough*

1

Agora que minha relação com Akari se encaminhava para uma reconciliação (digo isso com certa reserva, mas sinto que é correto referir-me desse modo ao que estava acontecendo), nosso dia a dia sofreu alterações quando comparado ao que era antes. O aparelho de som que ficava nos aposentos ocupados por Unaiko e Ricchan foi transferido para a sala de jantar, e Akari agora ouve suas músicas deitado no chão e enviesando o corpo. (A costela fraturada se recuperava com formidável ímpeto, mas como o instinto de proteger a área ainda permanecia ativo, a musculatura do lado inferior direito das costas continuava rija e dolorida.)

Ricchan supervisionava os exercícios de reabilitação em Saya todos os dias sem exceção, e continuava a sair também para realizar suas entrevistas com os moradores tanto das margens do rio como de Zai, sem, contudo, descuidar de Akari. Eu, de minha parte, estabeleci minha base no sofá posto no canto sudoeste do salão reformado como palco de ensaio, tendo ao lado uma mesinha com livros, dicionários, minhas fichas etc. Percebi então que eu passava os dias da mesma maneira como o fazia em minha casa de Seijō, com apenas uma diferença: Akari e eu nos retirávamos para o andar superior toda vez que os ensaios começavam.

Ricchan basicamente realizava suas tarefas administrativas no PC cujo uso partilhava com Unaiko, mas desde que Akari passou a ouvir suas músicas na sala de jantar, muitas vezes ela também organizava na mesa dessa sala as informações que recolhia a respeito da época em que foram realizadas as filmagens de *A mãe de Meisuke vai à guerra*.

Quando Daiō vinha me visitar, eu e ele nos sentávamos ao lado de Ricchan e ali conversávamos. A música que Akari ouvia em volume contido era até útil para o serviço de Ricchan, que também não se incomodava com a conversa que eu entretinha com meu amigo. Considerada por um outro ângulo, nossa conversa também não incomodava Akari desde que não procurássemos competir com a melodia que vinha dos alto-falantes. A seguinte opinião é de Maki e resultou de sua contínua investigação do comportamento do irmão: o cérebro de Akari funciona de maneira diferente nos momentos em que ouve música e em que fala ou ouve palavras.

Agora, estou livre da obsessão por um *late work* (pensando bem, era como se eu estivesse sob a influência de um encosto). Por conseguinte, já não tenho também a necessidade de ler e escrever em busca de temas: neste momento, posso ler o que quero. Contudo, exerço ainda certa dose de autocontrole por causa do medo das crises de vertigem... De modo que, na atual condição, para mim é mais adequado ler um livro confortavelmente aboletado no sofá da sala do andar térreo do que em meu dormitório conjugado com escritório do andar superior.

E estavam as coisas nessa situação quando a obra *The Gold-*

en Bough: A Study in Magic and Religion, de James George Frazer, que eu havia pedido a um editor amigo, chegou a minha casa em Tóquio. Era um fac-símile da terceira edição publicada pela Macmillan em 1922. Eu quis juntar a coleção inteira para poder situar os três volumes encontrados no interior da maleta de couro vermelho na totalidade da obra. Além disso, ganhei também de presente, talvez por intermediação de um amigo antropólogo, a tradução integral dessa terceira edição que, por coincidência, tinha acabado de ser publicada. Pedi então que me mandassem as duas coleções para a casa da floresta. Tenho deixado alguns desses volumes sobre a mesinha à cabeceira da cama e, abrindo as páginas de maneira aleatória, leio em substituição às longas horas de leitura concentrada anteriores às crises de vertigem. Agora, porém, a leitura da coleção se transformara para mim em alvo de interesse ativo pelo fato de o livro ter sido mencionado durante uma conversa com Daiō.

Como prova de que dessa vez meu interesse pelos livros era mais intenso que antes, passei a procurar com cuidado palavras sublinhadas ou observações (coisas que não tinham me chamado a atenção quando folheei o livro inicialmente) nos três volumes encontrados na maleta de couro vermelha, ou seja, os vestígios do esforço que meu pai, com seu parco conhecimento da língua inglesa, despendera na leitura deles. Conforme previra, não havia nada que pudesse ser classificado como observação, mas encontrei alguns riscos leves, que me pareciam ter sido feitos para ser apagados em seguida com borracha, traçados com lápis verde e vermelho nacional de ponta dura, e não com os importados, os quais já deviam estar à venda, embora aqueles ainda fossem anos anteriores à guerra.

Os livros tinham se molhado em algum momento de sua existência. Abrir as páginas uma a uma cuidando para não rasgá-las era um trabalho difícil. Ainda assim, os lápis coloridos tinham circulado de leve as miúdas notas impressas ao lado das páginas. Com o tempo, veio-me a percepção de que talvez o proprietário original dos preciosos livros emprestados a meu pai (se ele os tivesse dado, na certa meu pai teria consigo a coleção completa) e que acabaram perdidos por causa do seu afogamento tivesse marcado as passagens que meu pai devia ler.

Nesse caso, o dono desses lápis coloridos devia ser o ilustre mestre de Kōchi que eu ouvira minha mãe mencionar repetidas vezes. O tal professor de Kōchi, região situada além das serras de Shikoku, a quem meu pai procurara a fim de solicitar ensinamentos, levando consigo Daiō ainda adolescente, subindo desde a margem do rio da cidade vizinha o caminho que Ryūma Sakamoto, percorrera em sentido contrário quando desertara do clã!

Comecei a pesquisar. Em primeiro lugar, descobri que, dos três exemplares pelos quais o meu pai com certeza passara os olhos, dois correspondiam a *The Magic Art and the Evolution of Kings*, ou seja, eram o primeiro e o segundo volumes da primeira parte. Em seguida, baseando-me na minha coleção fac-símile, verifiquei que o terceiro exemplar, *The Dying God*, correspondia ao primeiro volume da terceira parte. Faltava, portanto, a segunda parte da coleção, esta constituída de um único volume. Dediquei-me então a trabalhar com as notas originais sobre as quais meu pai recebera ensinamentos do professor de Kōchi (não sei se o professor apenas apontou as notas e as explicou, ou se ele leu os textos linha por linha acompanhando a leitura com traduções e explicações detalhadas) e, posteriormente, mandei Daiō carregar os livros e trazê-los para minha casa, onde os releu com a ajuda do *Pequeno dicionário inglês-japonês* que eu me lembrava de ter visto por lá. Contudo, quando li em ordem todas as notas à margem das páginas circuladas por linhas vermelhas e verdes, a razão de esses três volumes terem se transformado em texto das aulas particulares do professor de Kōchi se evidenciaram! Pois eram óbvias aulas de orientação política...

E no segundo dia de leitura de *The Golden Bough*, Ricchan me disse, enquanto depunha na mesinha ao lado do sofá o café que trouxera para mim:

— Quer dizer que o senhor tem de carregar de um lado para outro esse monte de livros toda vez que resolve lê-los fora do seu escritório!

— São os livros que estavam dentro da nossa conhecida maleta de couro vermelha. Eu tentava saber de que jeito meu pai os havia lido e acho que entendi o esquema geral.

— Eu sabia que *The Golden Bough* fora traduzido como *O ramo de ouro*, mas nunca o tinha lido. Se o senhor vai fazer uma pausa, eu gostaria muito de ouvi-lo falar dessa obra. Vou buscar um pouco de café para mim e volto num instante.

Depositei ao meu lado o fac-símile do livro e a tradução que se tornaria necessária para a conversa com Ricchan, que se acomodara na ponta do sofá em L.

— *The Golden Bough* é um tratado sobre folclore, mas é também um estudo sobre os diversos tipos de relacionamento existentes entre os seres humanos, sendo também possível aprender princípios políticos por intermédio dele. Meu pai recebeu educação política através desse livro, mas foi muito interessante para mim perceber que ele possuía certa disposição literária. Você deve ter estranhado o sr. Daiō referindo-se a meu pai como "mestre Chōkō", não é mesmo, Ricchan? São vestígios de uma época em que ele foi discípulo de uma academia ultranacionalista do meu pai. Mas algo inesperado me chamou a atenção enquanto conversava com o sr. Daiō nos últimos tempos. Meu pai gostava de falar de coisas como "pátria", "círculo de desenvolvimento da grande Ásia Oriental", e de assuntos da linha dura. Mas, ainda segundo o sr. Daiō, por trás dessa imagem externa, o meu pai real chegou aos cinquenta anos como um rapazote com forte inclinação literária.

"Examinando o *The Golden Bough* que meu pai leu, você percebe que existem essas notas na margem das páginas sumarizando seu conteúdo e também que, nos três volumes, há um grande número delas circulando com lápis de cor e técnica típica de pessoa com experiência no ramo do ensino. Mas existem também círculos feitos com lápis de cor por pessoa não acostumada a sublinhar ou a fazer anotações, os quais eu não notara a princípio. Eu então segui lendo-as e achei que eram de meu pai. Pois as áreas circuladas estão de acordo com o que o sr. Daiō diz. Fica evidente que meu pai leu o livro atraído pelo lado literário, ou talvez poético. O professor dele quer usar esse livro como instrumento de instrução política. Meu pai se sujeita a isso a princípio, mas, ao mesmo tempo, quer fazer uma leitura diferente da obra. Esta é a primeira vez que vislumbro esse pai, aliás vinte e cinco anos mais novo que eu atualmente. Na abertura do primeiro volume, há um poema em epígrafe. Veja a edição traduzida. O tradutor, Toshio Kannari, parece ser especialista em antropologia ou em folclore. A tradução da epígrafe dá a entender que ele é um profissional desse ramo. '*Adormecido sob um arvoredo de Aricia/ Calmo lago de superfície espelhada/ E sob a sombria fronde desse arvoredo/ medonho sacerdote reina/ sacerdote que mata o assassino/ mas que deverá ele próprio também ser morto.*'*

"O interessante é que o próprio Frazer escreve em prosa algo parecido com isso. Em estilo levemente floreado, mas limpo e bonito. Imagino que meu pai tenha buscado as palavras uma a

* "*The still glassy lake that sleeps/ Beneath Aricia's trees/ Those trees in whose dim shadow/ The ghastly piiest does reign,/ The priest who slew the slayer/ And shall himself be slain*" (Macaulay).

uma no dicionário de bolso. Fez-me sentir muita pena desse homem de cinquenta anos que morreu afogado..."

2

Em seguida, expliquei as áreas que o instrutor de meu pai circulou.

— Os títulos dos dois primeiros volumes foram traduzidos como *A magia e a origem dos reis*. A terceira parte: *O deus que morre*. O primeiro capítulo da primeira parte, "O rei da floresta", é tão conhecido que pode ser considerado história cultural. Nas colinas albanas da Itália, nos bosques ao redor do lago Nemi, existe um enorme carvalho. Um rei de feições escuras o protege, espada em punho. Pode-se dizer também que o rei protege a si mesmo. O jovem que lutar contra o rei e o matar será o novo rei. Conforme diz o título, *O deus que morre*, deuses não são imortais. Estão fadados a morrer. Quando o rei envelhece e se debilita, inevitavelmente o mundo também entrará em colapso porque a energia vital de seu corpo é promessa de fertilidade mundial. Como enfrentar esse perigo? Impedindo que o rei morra de morte natural. O povo precisa fazer o candidato a próximo rei matar o rei enquanto este ainda conserva energia em si. Com o surgimento de um novo e jovem rei, a fertilidade mundial é renovada... Esse é o esquema.

"A lenda do rei da floresta de Nemi dá início ao tema que permeia a obra *The Golden Bough*, e todos a leem. Assim, por um arquétipo mítico, Frazer se embrenha numa estupenda coleção de lendas que tratam da renovação da fertilidade mundial por intermédio do assassinato de um velho rei e da subsequente posse de um substituto. E em meio ao desenrolar dessa história, o homem que emprestou o livro ao meu pai saltou até a já mencionada terceira parte, *O deus que morre*, e sinalizou nesta última as áreas que meu pai devia ler. Essa é a página em que é contada minuciosamente de que maneira o rei de Nemi é morto e a fertilidade mundial, renovada. A instrução é consistente. Meu pai encontrou um ardente instrutor de ciência política."

Enquanto eu assim explicava para Ricchan, reparei que Daiō vinha entrando no salão e que Akari erguia uma mão em cumprimento. Antes de entrar em casa, ele estivera arrumando algumas coisas no jardim do lado meridional, mas como o painel ao lado da janela embutida estava aberto, percebi que ouvira minha conversa com Ricchan.

— A última vez que o ouvi discorrer com tanto entusiasmo deve ter sido quando o senhor apareceu com Gorō em minha academia de treino — disse Daiō. — Continue sua preleção sem se importar comigo.

— Eu o incluo como meu ouvinte e volto ao livro de Frazer para dizer que já percebi o direcionamento político da leitura recomendada pelo professor de Kōchi. Penso também que, enquanto recebia os ensinamentos, meu pai considerou o texto da obra *The Golden Bough* belo do ponto de vista literário. Aliás, foi isso que o senhor já havia me dito, não é, sr. Daiō? Contudo, as aulas propriamente ditas seguiram o rumo político, ou seja, avançaram na direção da explicação do que os súditos do rei tinham de fazer.

"Vou ler a tradução: 'Contudo, nem cuidados nem precauções impediriam o homem-deus de envelhecer, enfraquecer e, finalmente, morrer. Seus adoradores não tinham outro recurso senão encarar essa triste necessidade e enfrentá-la da melhor maneira possível. O perigo era extraordinário [...]. Há apenas um meio de evitar tais perigos. O homem-deus deve ser morto tão logo exiba sintomas de que seus poderes começam a falhar, e sua alma deve ser transferida para um vigoroso sucessor antes que ela seja seriamente afetada pela decadência ameaçadora. As vantagens de matar o homem-deus em vez de lhe permitir que morra de velhice e doença são, para os selvagens, bastante óbvias. [...] Se seus adoradores o matarem, em primeiro lugar, é possível aprisionar seguramente a sua alma no momento em que ela escapar e transferi-la para um sucessor e, em segundo, ao matá-lo antes que sua força natural enfraqueça, é também possível evitar que o mundo caminhe para a destruição juntamente com a decadência do homem-deus. Destarte, ao matar o homem-deus e transferir sua alma a um sucessor de vigorosa saúde enquanto a alma ainda está em plena pujança, todos os objetivos serão atingidos e todos os perigos, evitados'."

Akari, que até então estivera deitado e que aparentava estar sentindo dores na parte inferior do tronco, fez um esforço assim mesmo e se levantou, passando ao nosso lado e desaparecendo no corredor que levava ao banheiro. Em seguida, um estrondo ecoou pela casa.

— Quando Akari está ouvindo música numa estação FM e uma notícia de última hora interrompe a programação com a divulgação de casos de assassinato, ele costuma se irritar — interveio Ricchan explicando por que Akari tinha fechado a porta com tanta força.

Perguntei a Daiō:

— Acabei de descobrir o que minha mãe e Asa temiam em relação à minha decisão de escrever a *História de um afogamento*. Penso que receavam que eu escrevesse que meu pai, simplificando o que ele aprendera com o professor de Kōchi por meio da leitura de *The Golden Bough*, teria mandado matar o homem-deus para evitar os perigos que ameaçavam o país, e que ele liderara os jovens oficiais nessa direção.

Daiō permaneceu em silêncio. Continuei:

— Mas o que eu não consegui entender desde criança é o

seguinte: por que aquelas reuniões repletas de entusiasmo aconteceram na mansão anexa ao depósito por um tempo e, de repente, meu pai foi abandonado pelos jovens oficiais? Ainda hoje... O que eu gostaria de saber, sr. Daiō, é se meu pai e os oficiais se compreendiam direito. Aquela relação tão intensa repentinamente se rompeu, e meu pai acabou daquele jeito, sozinho. E também não acho possível que esse tipo de situação não tenha causado nenhum tipo de impacto no senhor, que era ainda tão jovem.

Enquanto Daiō pensava mantendo ereta a cabeça de cabelos curtos e brancos, que tocados pela claridade que vinha do jardim fronteiro assumiam um tom dourado, eu aguardava a resposta, mas Ricchan externou sua irritação:

— Até quando pretendem deixar Akari trancado no banheiro? Akari se mostra tolerante mesmo quando está ouvindo suas músicas em FM ou em CD e o senhor fica conversando ao lado dele, não é? Que acham então de o deixarmos ouvir tranquilamente o programa *Clássicos Especiais*, de que tanto gosta? Pretendemos ir a Saya na parte da tarde. Os senhores podem discutir em voz tão alta quanto quiserem se me prometerem distância do lugar onde Akari ouve suas músicas!

3

Estacionamos o carro na clareira onde os caminhões que faziam a manutenção da floresta manobravam para retornar e fomos por um caminho que transpunha o rio a partir do vale. Ali, as árvores eram diferentes daquelas latifoliadas da floresta que circunda Saya. Levando sob um braço um colchonete e um cobertor fino, Daiō seguiu em frente, seguido por Akari e Ricchan, enquanto eu cerrava a fila. Não havia espaço para críticas na maneira como Ricchan cuidava de Akari. Ela carregava uma maleta de bom tamanho, mas quando Akari ameaçava cair, ela avançava para dentro da vegetação para apoiá-lo, preparada como estava com seus sapatos de lona, especiais para andar em montanhas.

Saímos perto da área inferior de Saya, e Daiō descarregou sua bagagem numa região plana e relvada ao lado do córrego, estendendo o colchonete destinado aos exercícios de fisioterapia. Ricchan retirou o aparelho de som e a caixa de CDs da maleta, e quando vimos que Akari descalçou os sapatos e se sentou, Daiō e eu subimos a rampa de Saya.

— O país ainda estava em guerra quando designaram para minha moradia o andar superior do depósito de *mitsumata*, mas foi muito, muito depois disso que eu pus os pés nesta área denominada Saya.

— Talvez por causa da história que existe desde antigamente em torno de Saya, as pessoas da terra não costumam trazer turistas para cá.

— Aconteceu quando meu genro de Honmachi, aquele que é médico, me convidou para pescar os vigorosos peixes *ayu*, sabe? Ouvi dizer que a enseada triangular onde o corpo do mestre Chōkō deu à praia se tornou um lugar especial que até hoje as crianças evitam. É interessante ver que nessas regiões interioranas existem áreas históricas antigas, mas quando menos se espera, surgem outras bem mais recentes, não é mesmo? O senhor vem sonhando sempre com a cena em que acompanha com o olhar o seu pai que, na noite da enchente, vai se afastando embarcado num bote. A sra. Asa dizia, rindo, que o senhor insistia em ter visto o pai submerso em águas profundas, mas... eu realmente acho que o senhor sonhou esse detalhe. Digo isso porque quem descobriu o corpo do mestre Chōkō fui eu. Segundo a sra. Asa, o senhor alega que foi o único — além, é claro, do outro Kogī, que a essa altura já se encontrava embarcado ao lado do seu pai — a assistir à partida do mestre Chōkō no bote, mas, em pé na plantação acima do paredão de pedras, sua mãe também acompanhou todo o acontecimento. Houve, porém, outros que testemunharam. Eu, por exemplo. Então, depois de assistir à partida do mestre, fui até a mansão anexa ao depósito e relatei o ocorrido aos oficiais e, em seguida, acompanhei o grupo que, por indicação dos soldados, iniciou as buscas. Mal o dia clareou, percorremos as margens do rio Kamegawa de bicicleta. Como alguém havia visto o bote soçobrando à luz do luar pouco acima da enseada de Honmachi, procuramos por toda essa área. Até que encontrei o mestre, meio submerso na água. Foi assim, mas, posteriormente, sua mãe fez de tudo para impedir que o senhor se encontrasse com qualquer pessoa que soubesse como o corpo de seu pai foi retirado do rio. Aos quinze anos, o senhor deixou para trás esta floresta e, depois disso, nunca mais teve relação muito próxima com pessoas desta área, não é verdade? E antes disso, na época em que tinha seus dez anos, o senhor foi sempre um menino solitário, tanto assim que, mesmo depois de entrar para o curso ginasial, vivia lendo seus livros sempre apartado dos outros, segundo me contaram alguns de seus colegas de classe. Sua irmã foi seu único elo entre o senhor e esta terra, um elo aliás continuamente inspecionado por sua mãe. Eu nunca soube de mais ninguém que, como o senhor, tenha sido arrancado desta terra com raiz e tudo e se criado em outras paragens.

"Apesar disso, para nós o senhor continuou sendo uma pessoa desta floresta. Pode ser que nas coisas que o senhor vem escrevendo, baseadas no que ouviu de sua avó e de sua mãe, existam componentes derivados de sua imaginação, mas há sem dúvida um cheiro de verdade nelas. Quando sua mãe envelheceu, ela me permitiu visitá-la vez ou outra — em parte por estar claro que o senhor se transformara em pessoa de Tóquio e quase nunca voltava para estes lados —, e numa dessas vezes eu lhe disse o seguinte: 'Os romances do sr. Kogito são pura fantasia, não são? Mas como é que uma pessoa consegue fantasiar tanto? Em resumo, isso é genialidade'. E então, talvez porque me pus a falar como um grande entendido no assunto, sua mãe me disse de maneira peremptória: 'Aquilo não é fantasia, é imaginação! Depois de ler os livros do professor Kunio Yanagida, meu marido me explicou que fantasia e imaginação são coisas diferentes: a imaginação tem fundamento. E o que Kogī escreve é imaginado. Ele guardou na memória o que eu e minha mãe lhe contamos e, com base nisso, imaginou coisas, de modo que, na leitura de seus escritos, vemos que há um resquício de verdade em tudo, entendeu?'. É, foi isso que ela me falou. E eu, que não queria dar o braço a torcer, disse então: 'Que acha de *No dia em que enxugarás*...? O mestre Chōkō acaso estava com câncer de bexiga, assaltou um banco ou foi levado num carrinho de madeira?'. Ao que ela respondeu: 'Aquilo se chama alucinação', ah, ah! Pois é, desviei-me do assunto recordando conversas divertidas, típicas de sua mãe, mas vamos aproveitar o fato de estarmos longe de ouvidos indiscretos e voltar ao assunto principal. A verdade é que o assunto em questão é penoso e, por isso, acabo me desviando dele quando fico pensando sozinho... Mas basta eu decidir que não vou mais fugir, e seremos capazes de encontrar a ligação com os sonhos que o senhor tanto preza. A sra. Asa me disse: meu irmão Kogito costuma sonhar assim, assim. O senhor mesmo escreve a respeito desses sonhos em suas obras. Com relação a tudo isso, tem umas histórias de sonho que me fazem duvidar: será que não passam mesmo de sonhos? Só li a respeito em livros de interpretação de sonhos escritos para leigos, e a explicação é a seguinte: se uma pessoa, quando criança, tenta contar um acontecimento para a mãe, mas ela nunca presta atenção ao que a criança diz, e quando essa situação se repete diversas vezes, essa criança acaba tendo dificuldade de falar que se lembra desse acontecimento. Em alguns casos parece que, mais tarde, o indivíduo começa a dizer que sonhou com o acontecimento. Não tenho nenhuma pretensão de analisá-lo, sr. Chōkō, mas penso, às vezes, que o que transpira dessa sua história é esse tipo de sonho... ou seja, um sonho que se baseia em uma lembrança. Acho que o senhor escreveu num ensaio para certo jornal o que um amigo seu, antropólogo, disse ter visto numa aldeia no meio de montanhas, se não me engano na ilha de Flores, na Indonésia. Os habitantes locais, segundo seu amigo, guardavam um enorme protótipo de avião construído com pedaços de madeira numa clareira que abriram derrubando árvores. E o senhor teria ficado totalmente abalado ao ouvir essa história... Quando li aquilo, imaginei que o senhor talvez tivesse se lembrado do seu sonho..."

— De fato, eu me senti fortemente atraído pelo desenho do avião — esse meu amigo, excepcionalmente bom em matéria de desenho, o havia esboçado em sua caderneta de pesquisa de campo — e, ao mesmo tempo, eu pensava num sonho especial que eu vivia tendo. Agora, sua observação acurada me chocou a ponto de me provocar um sobressalto, pois o palco desse sonho é esta área de Saya. A cauda repousava ao norte, no alto do aclive sobre a grande rocha, e o corpo apontava para a base do declive. No meu sonho, havia aqui um aeroplano de verdade, que não era feito de pedaços de troncos e galhos, mas com peças de um velho avião... Sua capacidade imaginativa é admirável, sr. Daiō...

— É que minha imaginação, parafraseando a falecida sra. Chōkō, é bem fundamentada, sabe? Naqueles tempos em que reuniões regadas a saquê se sucediam dia após dia na mansão anexa ao depósito, pouco antes da morte do mestre Chōkō, acredito que o senhor, embora ainda um menino, tenha ouvido as discussões que ocorreram por ali. Talvez o senhor não tenha compreendido direito, mas deve ter percebido que se tratava de coisas inquietantes e de grande importância. No dia anterior àquele em que mestre Chōkō partiu sozinho, eu me lembro muito bem de sua figura preocupada, em pé no corredor por trás da sala onde a reunião ocorria. Notei que o senhor escutava uma conversa apavorante e vital. Contudo, depois da morte do mestre Chōkō, creio que o senhor guardou essa conversa bem no fundo de seu íntimo, não admitindo nem para si mesmo que ouvira esse segredo, só o fazendo em sonhos. Pois agora vou lhe revelar o que era esse segredo: o plano de fazer voar para o leste um aeroplano suicida carregado de bombas, o qual estaria estacionado no aeroporto das Forças Armadas de Yoshida Hama. E como medida inicial, transferir antes de mais nada o referido avião desde o aeroporto de Yoshida Hama até Saya, e deixá-lo escondido por aqui. Esse foi o tema-chave sobre o qual falavam depois que a reunião foi se aproximando de um desfecho.

— Mas eu tratei desse assunto em *No dia em que enxugarás*... como se fosse o delírio de um jovem em vias de perder a razão e enlouquecer.

— Eu li tudo isso. Então a sra. Chōkō me intimou a comparecer diante dela, momento em que fui severamente questionado. "Quem ouviu a discussão foi o próprio Kogī, um menino de dez anos, ou foi você, Gishi-Gishi, que lhe contou essas coisas todas?", ela quis saber. Mas isso deve ser uma das maravilhas do cérebro de um escritor, pois ele vê em sonhos algo de que se esqueceu por completo a certa altura da vida. Para lhe ser franco, no momento em que a sua mãe me mostrou o romance *No dia em que enxugarás*..., totalmente apavorada com a ideia de que o senhor talvez tivesse compreendido o assunto discutido na reunião dos oficiais no dia que antecedeu à morte do mestre Chōkō, e também ante a possibilidade de o senhor escrever um romance extenso a esse respeito, condenando ela e sua irmã ao mesmo destino dos familiares do professor Kōtoku — aquele do episódio da "alta traição" —, refutei essa ideia por completo, assegurando à sua mãe que aquela reunião havia sido de todo descabida até para mim, que era mais velho que o senhor e, portanto, mais apto a entender aqueles pormenores. Agora, ao ver a sua sempre prudente irmã Asa respirar aliviada dizendo que o perigo de uma publicação da *História de um afogamento* estava afastado para sempre, considero que, no final, tudo transcorreu da melhor maneira possível. Por outro lado, resta-me também uma pequena dúvida. Seu inconsciente, sr. Kogito, e não o seu consciente, vamos dizer assim, ouviu as palavras trocadas durante aquela última reunião, das quais o senhor mesmo não compreendeu o significado. O significado permaneceu oculto. Mas então o sonho o desvenda. O sonho lhe apresenta todo o significado. Isso realmente aconteceu, não é mesmo? Pois o senhor sabe que havia um plano que envolvia um pouso de emergência e de ocultação de um aeroplano em Saya, e que esse plano também fez o mestre Chōkō se decidir por sua atitude final. E além de tudo o senhor viu em sonho até as cenas posteriores ao episódio que não chegou a ser efetivamente posto em prática.

— Nada disso, essa imagem de um avião oculto na relva de Saya é, isso sim, prova cabal do caráter romântico de meu sonho, uma fantasia, algo não fundamentado na realidade.

— Como é? Que história de fantasia é essa? Tinha fundamento, sim senhor! Ora essa, pois não acabei de lhe explicar que esse plano foi o ponto principal da discussão que se transformou em causa da dissensão entre o mestre Chōkō e os oficiais? Naquela última reunião, a ideia do mestre Chōkō de que a guerra se aproximava do fim de maneira mais rápida que a prevista, com provável derrota japonesa, e que, em decorrência disso, fazia-se necessário aprontar um plano de bombardeio suicida centralizado no palácio imperial, obteve aprovação unânime, e todo mundo concordou entusiasticamente que havia necessidade de pô-lo em prática de imediato. Nesse ponto, um oficial recém-chegado, que havia trazido consigo alguns rapazotes do curso de pilotagem da Marinha e os mandara escavar raízes de pinheiros, deu uma ideia: era preciso assegurar um avião na base área de Yoshida Hama, carregá-lo com bombas e escondê-lo em algum lugar. Então essa ideia se transformou em tema principal da reunião, certo? Que foi? Não se lembra disso também?

— Não é que os meus sonhos esclareçam todos os pontos da reunião regada a saquê realizada na mansão anexa ao depósito. Até hoje, aquela reunião está repleta de pontos que não compreendo. Por exemplo, a passagem que li há pouco realmente está circulada com o lápis colorido do professor de Kōchi, mas não tenho sequer provas do quanto essa concepção mítica que permeia os três volumes, de "matar o homem-deus" e, em consequência, levar o país à grande recuperação, foi lida e compreendida em termos de política real... ou até que ponto foi lida em associação direta com o sistema imperialista do país. O que quero perguntar ao senhor, que ouviu o que os oficiais falavam enquanto preparava o saquê que lhes seria servido, é se a tática de resolver as dificuldades do país naquele ponto foi uma ideia apresentada por meu pai.

— Exatamente, foi isso mesmo que aconteceu. Se de fato não se lembra disso, o senhor não deve ter ouvido direito de que maneira a conversa chegou a esse ponto. Mas quando o oficial do curso de pilotagem que havia sugerido pôr seus rapazotes a trabalhar deu objetivamente a sugestão de explodir a grande rocha situada na parte central de Saya e, desse modo, verificar a potência da bomba que tinham preparado, o mestre Chōkō se enfureceu e esbravejou: "Que história é essa de explodir a grande rocha, o meteorito de Saya? Se pensam que vou deixar vocês, forasteiros, botar os pés em Saya, podem tirar o cavalinho da chuva! Aquilo não pode ser classificado como um simples tesouro nacional da era Meiji, é um lugar precioso de uma era perdida no tempo, não é área de onde se tire terra e madeira para compor uma pista de aterrissagem provisória!". O senhor ouviu os gritos de seu pai, não ouviu?

— Sim, e para falar a verdade, tremi de medo ao ouvi-lo berrar daquela forma. Então um oficial apareceu no corredor onde eu tremia da cabeça aos pés e me disse: "Garoto, nós vamos começar a falar de coisas muito importantes a partir de agora, de modo que acho melhor você ir para a sua casa", e foi o que eu fiz. Meu pai voltou bem mais tarde e houve uma conversa séria entre ele e minha mãe. Contudo, não deu para escutar o que conversavam do quarto onde eu me encontrava deitado. Então, na manhã seguinte, meu pai já havia decidido sair de bote no rio que a chuva enchera. Naquele momento, não havia mais espaço para eu dizer coisa alguma a meu pai, e minha mãe estava lá sozinha, levando a cabo os preparativos ordenados por meu pai. A única ajuda que prestei foi a de retirar a câmara da velha bicicleta e enchê-la de ar, sentindo o peito me pesar, tomado por uma preocupação cuja identidade eu não conhecia. E no decorrer de todos esses acontecimentos, os oficiais reunidos na mansão anexa ao depósito continuavam em silêncio total. A noite caiu e, em seguida, vem a cena que tenho nitidamente gravada na memória.

— Por tudo o que me contou — disse o sr. Daiō, interrompendo-me categoricamente —, enfim compreendi que o senhor não entendeu o que foi falado naquela reunião. De minha parte, devo dizer que desconfiava até há pouco de que o senhor, embora sabendo de tudo, se fazia de sonso, mas já vi que não foi nada disso. Pelo contrário, percebo agora que veio por muitos anos impedindo a si mesmo de se lembrar, ou seja, *esqueceu-se de maneira consciente*, se me permite tal expressão. A briga entre os oficiais e o mestre Chōkō não era algo que o senhor, embora tivesse ouvido, conseguisse compreender naquela época, não é verdade? Há também o seguinte aspecto a ser ponderado. Primeiro, o mestre Chōkō adquiriu, por meio da leitura da obra *The Golden Bough* e sob orientação do professor de Kōchi, a noção de que era necessário matar o rei para impedir o enfraquecimento da nação. Pelo menos foi o que ficou decidido de maneira muito entusiástica na reunião regada a saquê. Contudo, acho que essa noção não era algo que o senhor, sr. Kogito, educado para obedecer às diretrizes do país, pudesse aceitar. Para falar a verdade, eu me dei conta desse aspecto em decorrência de uma ideia que me veio ao assistir, dias atrás, à dramatização da peça *Kokoro*, nos moldes de *Joguem o cachorro morto*. O professor, personagem central de *Kokoro*, fala a respeito do "espírito de uma época", não é? Ou foi do "espírito Meiji"? Talvez dos dois. Daí surgiu a pergunta: "Como é possível que um homem como este 'professor', que sempre deu as costas tanto para sua época como para a sociedade, seja tão influenciado pelo 'espírito de época' a ponto de se imolar em nome dele?", questionamento esse que resultou numa enorme confusão com "cachorros mortos" voando para todos os lados. Então eu me lembrei daqueles dias próximos ao fim da guerra em que o mestre Chōkō viveu. E no senhor, mais especificamente. Para o menino Kogito, criado sob um regime militarista, o "espírito de uma época" não teria sido "o divino imperador, o espírito de 'deus encarnado'", incomparavelmente mais real que o "espírito Meiji" de Sōseki ou do almirante Nogi? Quinze anos atrás, ao declarar que não poderia receber o prêmio que o imperador lhe outorgava porque era um democrata do pós-guerra, o senhor se transformou em inimigo jurado dos jovens da minha academia. Aquela brincadeira de mau gosto de lhe enviar um cágado vivo não foi simples diversão para eles. Contudo, eu mesmo defendo a ideia de que Kogito Chōkō tinha dois "espíritos Shōwa" como "espírito de época". Acredito que o "espírito Shōwa" da primeira metade do período Shōwa em que o senhor viveu, ou seja, até o ano de 1945, foi para o senhor tão real quanto o "espírito Shōwa" dos anos democráticos posteriores. Acha então possível que, ao ouvir da boca do pai, a quem respeitava muito, uma estratégia de guerra em que soldados treinados para a tarefa de pilotar aviões suicidas destinados a bombardear o imperador e a matar o "homem-deus", a personificação de uma divindade, esse menino de dez anos, dádiva da primeira metade do "espírito Shōwa", conseguiria aceitar a ideia? O consciente do menino Kogito se recusou a ouvir tamanho descalabro. No inconsciente dele, restou apenas o cenário dos jovens treinando a decolagem de um avião a partir de Saya... Somente a cena da conversa lhe restou, indelével. Esse é o teor do sonho que vem tendo durante muitos anos, sr. Kogito. Quem imaginou as minúcias desse sonho foi o menino que tinha o dom de ser um escritor, mas o fundamento desse sonho foram as palavras que esse menino ouviu durante a reunião, nada mais, nada menos! Por fim, chego à seguinte conclusão. Kogito Chōkō, a dádiva do "período Shōwa", não conseguiu aceitar o que o mestre Chōkō disse. Mas o mestre Chōkō, por sua vez, embora não tenha se criado nestas paragens, havia sofrido forte influência das lendas e histórias que vinham se perpetuando na floresta, algo que calara muito mais fundo em sua alma do que o pensamento ultranacionalista que ele próprio costumava expressar em suas conversas com os oficiais. Nessa altura, a situação fica assim. A terra de Saya sempre tinha sido o centro desta região, certo? É claro que ele não poderia permitir que um bando de rapazotes estranhos à terra usasse as pás e as picaretas que vinham empregando para cavar raízes de pinheiros e com elas destruir a área e aplainar a terra à espera da eventual aterrissagem de emergência de uma aeronave, concorda? Ele então se opôs a esse tipo de tática. Contudo, sendo o próprio idealizador dessa estratégia, o mestre Chōkō sozinho realiza um levante como ato simbólico, expressão que foi muito usada no pós-guerra e que me ficou na mente. Assim ele se justifica de maneira racional. Acho que foi isso. Se a estratégia deles resultasse em algo de proporções inesperadas e, depois da derrota, o imperador de alguma maneira fosse afastado do poder, seu pai já teria se antecipado e se imolado. Acho que foi isso também o que aconteceu. Se acaso o senhor quer saber o porquê da imolação naquela altura, eu lhe explico: o mestre Chōkō já estava pronto a se imolar quando decidiu fazer um avião suicida voar rumo ao centro da cidade imperial!

4

Eu estava em pé com as costas apoiadas na grande rocha. O sol já caía a oeste e envolvia em névoa avermelhada os brotos nos ramos das árvores latifoliadas em torno de Saya. Na ancestral floresta de Nemi, de Frazer, as sempre-verdes não teriam ainda iniciado a sua expansão, e não haveria os tão italianos loureiros, oliveiras e oleandros (descartados estariam limoeiros e laranjeiras), e apenas árvores de folhas decíduas como faias e carvalhos cresceriam em abundância, pensei eu, imaginando um cenário ancestral. "Decíduo" é palavra pouco usada, mas diz o original: "*When the beechwoods and oakwoods, with their deciduous foliage*...".

— Ricchan está nos chamando com a mão erguida. Seu filho também já está em pé, ajustando o colete de gesso sozinho — observou o sr. Daiō. — Tudo isso que falei em minha longa preleção, eu sempre tive vontade de dizer ao senhor. Quando a sua mãe me disse que o senhor pensava em continuar seus estudos numa faculdade, decidi que, nesse caso, eu também teria de estudar para mais tarde me tornar alguém capaz de manter uma conversa de igual para igual com o senhor, e comecei a fazer um curso à distância. A mensalidade nem era tão cara, mas sua mãe me pagava as despesas relativas ao *schooling* que acontecia uma vez por ano em Tóquio. Ela me fez esse favor porque sabia que, por eu ter sido discípulo do mestre Chōkō e nunca ter me esquecido da academia de treino dele, eu não poderia optar por um modo de vida diferente.

Enquanto descíamos a ladeira de Saya, agora envolta em sombras, Ricchan embalou tudo que havíamos trazido e o sr. Daiō carregou firme o pacote com o único braço que lhe restava, enquanto Akari, cujos pés tinham se aquecido graças aos exercícios de reabilitação, levava a maleta de mão, sempre com Ricchan ao lado para lhe garantir a segurança das costas enquanto andava. Eu, que como sempre cerrava a fila, não levava nada nas mãos, mas caminhava em silêncio carregando o peso da conversa que mantivera com meu amigo havia pouco. Daiō, porém, não tinha nenhuma razão para permanecer quieto como eu.

— Sr. Kogito, depois que o mestre Chōkō faleceu aos cinquenta anos de idade, eu continuei a viver mais tempo ainda do que todos os anos de vida de meu mestre. A grande maioria das pessoas que conheceram o mestre Chōkō já morreu. E de todos que se foram, a mais importante foi sua mãe... No entanto, ela mesma partiu sem dizer uma única palavra a respeito de meu mestre. Absolutamente nenhuma! Sua irmã me falou da sua reação ao abrir a maleta de couro vermelha que, segundo se dizia, estaria repleta de legados do mestre Chōkō. Em resumo, ela me falou do momento em que o senhor percebeu que ali não havia nada! Mas por causa dos três volumes originais de *The Golden Bough* que estavam dentro da maleta, consegui que o senhor conversasse seriamente comigo. Uma conversa puxou outra e, quando chegamos à história do avião que devia ter sido escondido na relva de Saya, senti que, para o senhor, todo o nosso papo valeu só por essa história, e fiquei muito feliz! Sempre que me encontro com o senhor, disparo a falar sem medir as palavras, mas quando vejo, o senhor está calado, o que me leva a imaginar que isso acontece porque não estou compreendendo direito o que o senhor está pensando. Isso vem acontecendo desde aqueles velhos tempos em que o senhor, então cursando o segundo ano do colegial, aparecia em minha academia em companhia do sr. Gorō Hanawa. Mesmo agora, depois de tudo o que lhe falei de maneira tão impetuosa, não sei o que vai em seu íntimo. Apesar de tudo, acho que há alguns pontos de semelhança na maneira como pensamos a respeito do mestre Chōkō. Ou seja... tanto eu como o senhor vivemos todos esses anos pensando sem parar sobre a noite em que o mestre Chōkō morreu afogado... O senhor chega até a sonhar com isso. Contudo, embora pense nele sem parar, não é verdade que o senhor não tinha conseguido uma resposta para a pergunta: por que o mestre Chōkō teria agido daquela maneira naquele dia? Embora eu mesmo tenha lhe expressado, ainda há pouco, a conclusão a que cheguei por minha própria conta... Soube também, e isso foi por sua irmã, que quando o senhor ouviu o que sua mãe pensava a respeito do seu pai — numa gravação, não é? —, ou seja, que ele fugira por medo do que ele próprio estava aprontando, o senhor permaneceu em silêncio, parecendo perdido em pensamentos... Acontece, porém, que gente que não dava ao mestre Chōkō a importância que o senhor e eu atribuímos a ele tinha desvendado a *razão de as coisas se encaminharem para aquele desfecho*. Desde antes, os oficiais viviam dizendo muitas coisas pelas costas de seu pai. Entre elas, tinha surgido a palavra *mononoke*, ou seja, encosto, o espírito perturbado que, segundo dizem, fica sempre ao lado de uma pessoa com a intenção de prejudicá-la. Pois eu também vi posteriormente essa palavra em outro contexto e pensei: ah, era disso que os oficiais falavam... Essa palavra já surgia em meio à conversa deles desde os tempos em que o mestre Chōkō e os oficiais ainda se davam bem. No começo, o mestre Chōkō não participava das discussões com os oficiais. Mas, de repente, ele começou a mostrar um interesse genuíno que, por fim, o fez pedir conselhos ao professor de Kōchi. Foi nesse cenário que um dos oficiais disse o seguinte: "Talvez por ter nascido no seio de uma floresta (é o que seu pai dava a entender para gente de fora), o sr. Chōkō é capaz de se apaixonar por um assunto de maneira tão intensa que chega a meter medo em pessoas como nós, nascidas na cidade. Até parece que ele está sob a influência de um encosto. O pensamento desse tipo de gente é muito poderoso". Então o mestre Chōkō elaborou o referido plano, a respeito do qual ele e os oficiais se desentenderam já na fase de execução, e isso tudo o senhor ouviu naquela reunião em que as opiniões se dividiram, e o resultado... o senhor já sabe. Mas, no dia seguinte, todos já sabiam que o mestre partiria no bote. E apesar de saberem que o mestre estava se preparando para a partida, os oficiais não fizeram nenhum gesto no sentido de detê-lo. Apesar dos pesares, nem eles conseguiram se manter indiferentes por tanto tempo, pois logo depois do meio-dia deixaram um pouco de lado a bebedeira e me ordenaram que fosse pedir emprestada a maleta de couro vermelha que o mestre ficara de levar consigo quando partisse. Só para examinar seu conteúdo! Foi depois disso que o senhor apareceu na mansão anexa ao depósito para recuperar a maleta no meio da noite. Naquela noite, os oficiais que estavam na mansão anexa ao depósito já haviam chegado à conclusão de que, se nada fizessem para impedir que o mestre Chōkō partisse em seu bote, ele estava fadado a se afogar na enchente, e não restaria mais nada que pusesse a segurança deles em risco, e eles ficariam livres de um grande problema. É por isso que se mantiveram à margem dos acontecimentos. Eles impediram que qualquer um, até eu, um reles adolescente, fizesse um único gesto para deter a partida do mestre no bote. Depois de ver com meus próprios olhos que ele realmente partira, retornei à mansão anexa ao depósito para pô-los a par disso, e eles finalmente me liberaram. Me permitiram sair à procura do mestre que, a essa altura, já estava morto. Nunca me esqueço do que um jovem oficial disse a outro naquele momento: "Quando viu que o plano dele de trazer um bombardeiro Zero da base aérea de Yoshida Hama e de escondê-lo na floresta foi aceito entusiasticamente por todos nós, o sr. Chōkō resolveu arranjar briga com os rapazes do curso de pilotagem. Com isso, a coluna que sustentava Chōkō, o linha-dura, se quebrou. Mal sabia ele, pobre coitado, que para nós aquele plano não passava de simples brincadeira, não é mesmo?". Até hoje não consegui perdoar esses dois que, depois de falarem tamanha atrocidade, riram sem muito entusiasmo... Mas acho que já morreram. Contudo, de uma coisa tenho certeza: eu, que nunca esquecerei esses acontecimentos, e o senhor, que continuou a sonhar com eles, somos os únicos homens que se lembram realmente do mestre Chōkō!

Foi nessa altura da conversa que me lembrei de algo que sempre quis perguntar a Daiō:

— Sei que o senhor se lembra muito bem da noite em que houve a enchente e da manhã seguinte, mas em que circunstâncias a maleta de couro vermelha que eu carreguei até o bote acabou sob a guarda de minha mãe?

— Aquilo foi levado pela correnteza para bem longe do lugar onde o bote virou e foi entregue na delegacia de polícia por um pescador de água doce. E só depois de muito tempo foi entregue à sua mãe. Tudo que havia dentro da maleta — documentos, cartas — já tinha sido vistoriado pelos oficiais que estavam na mansão anexa ao depósito antes de o senhor aparecer por lá para levá-la de volta, mas ali dentro não havia nenhum documento que pudesse ser considerado comprometedor, mesmo que ela tivesse sido descoberta durante a guerra ou depois de nossa derrota. Ainda assim, os investigadores levantaram a maior celeuma em torno dela. Dá para entender que a polícia não teria tempo para ler e examinar o *The Golden Bough* naqueles dias conturbados, concorda? No final, acho que as duas únicas pessoas que examinaram com todo o cuidado o conteúdo da maleta de couro vermelha foram a sua mãe e a sua irmã. Foi assim que as duas evitaram que o senhor escrevesse sua *História de um afogamento* e trouxesse problemas tanto para si próprio como para os outros. O mestre Chōkō será meu eterno mentor, mas sua mãe foi para mim alguém de nível superior. Embora desde criança eu mesmo achasse que o senhor é uma pessoa excepcional, sua mãe considerava sua irmã Asa uma pessoa mais madura, e morreu tranquila na certeza de que sua irmã viveria mais que o senhor. Na família Chōkō, as mulheres sempre ocuparam posições de maior destaque... e pode-se dizer o mesmo das gerações anteriores, como a da sua avó, ou mais antigas ainda, como a da "mãe de Meisuke", que, segundo entendi, é parente distante da sua família, certo?

TERCEIRA PARTE
"Com fragmentos tais foi que escorei minhas ruínas"

XII. Kogī: a lenda e a aparição

1

Certa manhã, senti que havia alguém no jardim dos fundos da casa. Embora já estivesse acordado havia cerca de uma hora, eu ainda estava na cama, de modo que me levantei, desci a escada e descobri Masao Anai em pé diante da rocha arredondada, contemplando a poesia nela inscrita. Eu ainda não o vira desde o meu retorno à casa da floresta em companhia de meu filho Akari. Ele ergueu a cabeça com calma e pude ver no rosto que voltou para mim certo frescor que sugeria que ele tinha desistido de algo (me constrange um tanto falar dessa maneira porque esse "algo" tinha tudo a ver comigo). Simultaneamente, tive a sensação de que ele também via o mesmo em meu rosto.

Confirmei no pequeno relógio da cozinha que ainda eram cinco da manhã e preparei quatro xícaras de café na cafeteira elétrica que Maki me mandara de Tóquio. Eu previa que minha conversa com Masao se estenderia e que haveria tempo para repetir o café. Tanto Ricchan, que dormia (talvez com Unaiko) no aposento do extremo oeste do andar térreo, como Akari, no andar superior, ainda demorariam cerca de duas horas para acordar.

Masao entrou trazendo consigo um cheiro de cigarro, mas não parecia disposto a acender outro: tudo indicava que ele parara diante da pedra com o intuito de dar algumas tragadas antes de entrar em minha casa. Então, omitindo toda e qualquer palavra que sugerisse um cumprimento, falou de maneira abrupta o que na certa andara pensando.

— Como Ricchan e Unaiko têm ficado por aqui nestes últimos tempos, enfronhadas nos preparativos do teatro *Joguem o cachorro morto*, andei pondo em ordem a papelada do escritório sozinho. Em decorrência, realizei uma espécie de revisão de todas as dramatizações de peças baseadas em obras de Kogito Chōkō.

— Asa está muito pesarosa pelo fato de vê-lo obrigado a desistir da montagem que vocês pretendiam levar adiante simultaneamente com o progresso do meu romance *História de um afogamento*.

— E exatamente por ter sido obrigado a abrir mão da peça, fiz a revisão a partir do ponto-final. Como vim até agora baseando minhas dramatizações em obras suas, tenho ouvido de críticos teatrais ironias óbvias do tipo: "Quer dizer que a trupe The Caveman é composta de habitantes que moram na caverna de Kogito Chōkō?". Se o seu romance *História de um afogamento* se completasse, pensávamos em juntar todas as dramatizações que havíamos produzido e contrapor o conjunto ao seu trabalho. A conclusão dessa empreitada exporia também a crítica que se aglutinara em nosso íntimo em relação ao senhor. No caso de Unaiko, presumo que a crítica partiria de um ângulo diferente. A geração ainda mais nova, como a da dupla Suke & Kaku, vinha até falando com entusiasmo de títulos apelativos do tipo *Funeral antecipado de Chōkō*... A cena que produzimos enquanto aguardávamos, ou melhor, eu até diria "espreitávamos" o progresso da sua *História de um afogamento* foi a da fuga em plena enchente e se baseava no seu sonho. Com relação à imagem de Kogī sobre o bote... queríamos construir um boneco Kogī e fazê-lo flutuar no espaço, e tínhamos conseguido materializar essa imagem. Até hoje, penso nesse boneco Kogī flutuando no espaço. Eis por que eu quis conversar com o senhor esta manhã. Sei que é uma pergunta um tanto infantil, mas, afinal, o que Kogī foi para o senhor? O que acha de investigar comigo essa questão?

— Tudo bem — disse eu. — Pois eu sei que o grupo The Caveman foi o primeiro a aceitar a existência de Kogī. Com exceção das pessoas que caçoaram de mim nos meus tempos de criança, até hoje ninguém falou comigo como se Kogī estivesse logo aí, nesse exato momento. Nesse poema gravado na pedra, minha mãe considera Kogī um ser real. Mas esse Kogī é o meu apelido... ou seja, além de mim, ela se refere a Akari. Porém no instante em que falei do meu sonho em que surge Kogī, vocês reagiram de pronto com a ideia de fazer o boneco Kogī flutuar sobre o bote prestes a sair para o rio em plena enchente. E isso *prova* que o seu Kogī não é uma fantasia!

— Nós dois concordamos que a obra *História de um afogamento* já não existe, assim como a versão dramatizada dela, de modo que esse caderno não tem mais nenhuma finalidade prática. Acontece, porém, que eu tenho uma espécie de compulsão típica de dramaturgos e, quando dou por mim, já compus uma espécie de questionário. O senhor aceitaria fornecer as respostas?

Respondi que concordava enquanto Masao abria o seu caderno sobre os joelhos.

2

Masao Anai: O senhor sempre afirma que o seu Kogī nunca fora aceito objetivamente, mas, de acordo com pesquisas feitas por Ricchan, surgiram algumas pessoas afirmando que Kogī sempre esteve ao seu lado na sua infância. Uma delas é, por exemplo, um colega seu do curso primário, atualmente líder agrícola desta região; a outra, filha de um médico, que também foi sua colega de classe. Contudo, não houve ninguém capaz de explicar de que maneira Kogī apareceu para o senhor na primeira vez. Ricchan lamenta não ter sido capaz de entrevistar sua mãe a respeito do assunto... Já falei disso na primeira vez que trocamos ideias: quando resolvi iniciar a próxima etapa da minha carreira, logo depois de receber meu primeiro prêmio, o que me chamou a atenção foi Kogī. Realizei então uma extensa pesquisa de suas obras e de seus ensaios para tentar descobrir quando foi que Kogī surgiu. O instante do encontro com esse tipo de entidade constitui um dos muitos tesouros da lembrança infantil, não é? Achei que em algum lugar de suas obras devia se ocultar algo que servisse de prova... Mas tudo em vão. Embora haja um relato detalhado da maneira como Kogī partiu, não há absolutamente nada em lugar algum que sinalize quando e como Kogī surgiu. Isso significa que, no instante em que o senhor se deu conta de sua própria presença neste mundo, Kogī já estava ao seu lado. Kogī não era visível a mais ninguém, só ao senhor. Contudo, o senhor sempre agiu como se Kogī, que tinha a sua forma e aparência, estivesse permanentemente ao seu lado. O seguinte testemunho veio de sua irmã Asa. O senhor não brincava com nenhum amigo, só com Kogī. Nem Asa conseguia obter sua atenção, a não ser de maneira esporádica. O senhor ou só falava com Kogī, ou só ouvia o que ele lhe dizia... Sua irmã acha que, nos momentos em que o senhor se calava e se limitava a ouvir, Kogī talvez estivesse falando sobre o mundo da floresta. Diz também que tais histórias se sobrepunham, talvez, às que o senhor ouvia de sua avó e de sua mãe. Por exemplo, aquela que o senhor escreveu a respeito dos meninos que brincavam de esconde-esconde na floresta, e tanto o pegador como o moleque que devia se esconder acabaram se perdendo e até hoje vagam a esmo no interior da floresta. Sua irmã queria saber mais a respeito dessa história, mas sua mãe teria dito que não fazia ideia do que ela estava falando. E quando sua irmã perguntou a ela se a história não passaria de invenção por parte do senhor, sua mãe teria respondido que o senhor na certa a ouvira de sua avó, pois não acreditava que o senhor fosse capaz de compor uma história tão complexa. Podia ser que tivesse ouvido essas histórias naqueles momentos em que se engajava em intensa conversação com um ser que nem ela nem ninguém era capaz de ver, dissera sua mãe... ou talvez de alguém familiarizado com as coisas da floresta. Basicamente, isso significaria que esse ente, Kogī, teria lhe transmitido inúmeras informações a respeito da floresta?

Kogito: Isso mesmo.

Masao: E chega o dia em que esse Kogī parte. O senhor estava em pé no avarandado que dá para o jardim dos fundos. Kogī, então ao seu lado, subiu na balaustrada e, de repente, começou a andar no ar e, sempre em marcha, se foi para uma área diretamente acima do curso rio. Em seguida, voou para o alto e desapareceu no céu sobre a floresta. Foi assim que o senhor perdeu Kogī, não foi?

Kogito: Foi o que pensei à época.

Masao: Contudo, Kogī torna a lhe aparecer mais uma vez. Noite de lua cheia, o senhor não conseguia dormir, mas recebeu um tipo de mensagem cifrada. Quando o senhor foi para o jardim dos fundos, Kogī ali estava iluminado pelo luar e, sem ao menos lhe dirigir a palavra, se pôs a andar. Levado por ele, o senhor subiu o caminho da floresta. E quando se deu conta, uma chuva torrencial o imobilizava. Um fato me parece de suma importância nos acontecimentos daquela noite de lua cheia: Kogī desceu da floresta, embora até então o senhor nunca tivesse contado de onde ele vinha. Um segundo fato que chama a atenção se relaciona com o seu íntimo, ou seja, com o íntimo daquele menino. Se o senhor tivesse tido coragem suficiente, poderia ter seguido Kogī no momento em que ele se pôs a andar do corrimão do avarandado rumo ao rio, e de lá talvez pudesse ter esticado os dois braços, voado para o alto e subido para a floresta. "Mas sou medroso e não consegui", pensou o senhor daqueles dias. E quando remoía tais pensamentos deitado no seu quartinho escuro, Kogī lhe fez o favor de descer de novo para lhe conceder uma nova oportunidade. Assim pensando, o senhor o seguiu, muito feliz, não é verdade?

Kogito: Exatamente.

Masao: Contudo, quando o senhor acabou de subir o caminho da floresta, a chuva o alcançou. Os bombeiros se recusaram a sair à sua procura porque o caminho para a floresta tinha se transformado num rio... sinto que existe um significado nessa expressão. Nesse ínterim, uma febre alta começou a consumi-lo, quando no interior de um oco existente na raiz de um castanheiro. E o teria matado se o senhor tivesse permanecido mais uma noite naquelas condições. O convite de Kogī em ambas as oportunidades quase o fez cruzar a ponte para o outro mundo. Pois na primeira vez que Kogī partiu, se o senhor tivesse tentado aquela caminhada acima do curso do rio, na certa teria batido a cabeça nas pedras da várzea e morrido. Mas o senhor conseguiu sobreviver nas duas ocasiões. Então Kogī desapareceu. No período ainda crítico da convalescença, o senhor se sentia só e com muito medo. Não teria sido por pena de vê-lo nessa situação que sua mãe disse as lendárias palavras da "mãe de Meisuke": "Não se preocupe, mesmo que você morra, eu o parirei outra vez"?

Kogito: Mas, que eu me lembre, minha mãe disse isso no dialeto local...

Masao: Se tivesse permanecido daquele jeito no oco do castanheiro, teria conseguido passar para o outro mundo com a ajuda de Kogī e nunca mais precisaria se separar dele. Não acho possível que o senhor não tenha sido atormentado por esse tipo de arrependimento. Seja como for, é linda a cena do diálogo entre o senhor e sua mãe que aparece no livro para crianças de sua autoria.

Kogito: ...

Masao: Então, aos dez anos, o senhor viu seu pai partir num bote para o meio do rio enfurecido, em plena enchente. Mas não foi junto. Em compensação, viu Kogī ao lado de seu pai. E acaba vendo essa cena num sonho que continua se repetindo até os seus setenta e quatro anos de idade atuais. A terceira tentativa podia ter sido para valer: aposto que ainda hoje o senhor pensa: "Eu devia ter ido naquela hora!", estou certo?

Kogito: Está.

Masao: Eis por que imaginei se, ao escrever a *História de um afogamento*, o senhor não estaria planejando uma última reviravolta... se não iria escrever uma cena em que, em associação com Kogī, o senhor trabalharia em prol de seu pai, ao menos no romance. E se tal cena não fosse concebível pelo fato de escritor e personagem serem a mesma pessoa, eu, Masao, criaria um terceiro personagem, um herói, para poder dramatizar essa cena! Mas o senhor desistiu da *História de um afogamento*. E alega que, decepcionado com o conteúdo da maleta de couro vermelha, não teve outro recurso senão desistir, mas me pergunto se, na verdade, o senhor não teria perdido a coragem de realizar seu *late work* que, conforme E. W. Said diz, seria uma obra que subverteria tudo o que um artista tivesse feito até então...

Kogito: Talvez você esteja certo.

3

Unaiko, que havia terminado seu trabalho em Tóquio como atriz convidada, descansou brevemente no escritório do grupo The Caveman em Matsuyama e, em seguida, surgiu na casa da floresta num carro dirigido por Masao Anai. Bastou um simples olhar para adivinhar que Unaiko continuava no clima de excitação e depressão decorrente das quatro semanas de apresentações em um grande teatro.

— A peça, segundo me disseram, se baseava na clássica obra *A história de Heike*, mas, na verdade, era uma peça popular centrada no personagem Kiyomori e na mulher posteriormente denominada imperatriz-viúva Kenrei. Só que o meu papel era muito estranho, literalmente, a ponto de, talvez, despertar o seu interesse, sr. Chōkō. No roteiro, constava apenas como *yorimashi*. O diretor só me disse que assim se denomina um personagem espiritual que surge no terceiro volume de *A história de Heike*. Tendo sido essa toda a explicação que obtive, fui perguntar a respeito para o ator que interpreta Kiyomori, notório intelectual de programas de variedades da televisão, e recebi uma resposta fria: que acha de procurar num dicionário? Mas a sugestão do ator se provou correta. Para falar a verdade, quem consultou o dicionário que o senhor tem ao lado de sua escrivaninha no escritório foi Ricchan, que copiou o texto e o enviou para mim.

Unaiko então extraiu de sua bolsa um caderno grande semelhante ao que Masao carregava e me mostrou a referida cópia, acompanhada de outra, da capa do *Dicionário de palavras arcaicas*, da editora Iwanami Bunko. Eu li:

— "*Yorimashi*: [...] sempre que um asceta reza solicitando manifestação divina, o espírito baixa no menino médium, a postos ao lado do asceta, e balbucia oráculos..." Uma dama da alta nobreza está sofrendo com as dores do parto. O diagnóstico é de padecimento provocado por um ou vários encostos *mononoke*, e há uma tentativa de aplacá-los. Mas, para isso, é necessário antes de mais nada invocá-los para que se manifestem e suas vozes sejam ouvidas. E o menino que faz o papel de médium para que o espírito invocado através das rezas do asceta se manifeste é um *yorimashi*. A mulher acamada que sofre as dores do parto é uma jovem imperatriz, a qual posteriormente será, conforme você já disse, a trágica imperatriz-viúva, Kenrei Mon'in, o pai dela sendo Taira-no-Kiyomori. Assim sendo, a peça em que você atuou põe no palco os mais famosos personagens históricos daquela época.

— Exatamente. Vai daí que os encostos que baixam em mim, a médium, eram também os mais importantes do panteão. Eles são chamados dos mais variados modos possíveis, desde "digno espírito" e "espírito da morte", a "espírito do mal" etc.

— E surgem também alguns *ikiryō*, espíritos vingativos que pessoas vivas liberam ao entrar em transe, assim permitindo a eles levitar e viajar pelo espaço para vir amaldiçoar outras pessoas a que se encostam. Como o *ikiryō* do monge Shunkan, que nutria forte ressentimento em relação a Kiyomori por ter sido banido por este para a ilha Kikai-ga-shima.

— Isso mesmo. Acontece que é muito grande a quantidade e variedade dos encostos. Novecentos anos atrás, se uma dama imperial estivesse acamada sofrendo as dores do parto, na certa seriam trazidos tantos *yorimashi* ou médiuns quantos fossem os encostos invocados, mas como o orçamento era restrito, penei para representar sozinha todos os encostos. Cheguei até a me esgoelar no palco, imaginando-me numa versão arcaica do modelo *Joguem o cachorro morto*. Para esse papel, parece-me que o dramaturgo pensava numa médium mulher, e gostou tanto do meu modelo cênico que começou a inventar uma profusão de encostos, com diferentes falas, para revelar as características de cada um deles, exigindo de mim muito jogo de cintura. Sugeri então que o médium fosse um menino.

— Nisso sua percepção foi acurada. Eu, pelo menos, senti meu interesse por *yorimashi* despertar por causa de um ideograma que vi representado na definição desse termo em outro dicionário... Nele, esse tipo de médium era chamado de "menino dos mortos", sabe? E o ideograma "mortos", na escrita pictográfica, é representado com duas linhas que esboçam um vulto humano.

— É bem bonitinho, até. Mas, para dizer a verdade, houve um modelo bem próximo a mim que me inspirou... — Unaiko começou a contar, no que Masao completou:

— Kogī. O boneco Kogī, que vocês costumavam dependurar na sala de ensaios.

— Ou seja, a versão teatral da *História de um afogamento* não foi inteiramente desperdiçada! — disse Unaiko.

— Sei que ela ainda está sob a influência de uma grande agitação por causa da performance no palco de Tóquio, mas agora que a trupe de Unaiko conseguiu obter, com a sua bênção e a ajuda tanto de sua esposa como de sua irmã, condições financeiras básicas para se desligar do grupo The Caveman e partir em voo solo, vamos pedir a ela que ponha as cartas na mesa e revele o que está planejado para o futuro próximo em matéria de teatro. A dramatização da *História de um afogamento* foi para o brejo e o grupo The Caveman se encontra, neste momento, com a placa "fechado para descanso" dependurada em sua porta, mas Unaiko e seu projeto *Joguem o cachorro morto* depararam com uma oportunidade muito boa num momento de crise. Acredito que Ricchan já lhe fez o relato do projeto de maneira eficiente, mas o que elas pretendem, num primeiro momento, é dramatizar o filme *A mãe de Meisuke vai à guerra*. Unaiko esteve pensando nisso o tempo todo, mesmo enquanto trabalhava em Tóquio e, com isso em mente, pediu a Ricchan que iniciasse por aqui algumas sondagens preparatórias. Quando Unaiko conversou com sua irmã Asa a respeito disso, ouviu dela que o irmão, ou seja, o senhor, estava no centro de uma crise muito séria, e ela não queria que ninguém o amolasse. Contudo, ela própria, ou seja, sua irmã, sempre esteve às ordens para qualquer consulta. Além de tudo, disse ela, o senhor lhe prometera conversar com calma quando ela retornasse ao vale. Com a alta da sra. Chikashi se aproximando, assim como o retorno de sua irmã a esta terra, Ricchan teve a ideia de escrever, numa espécie de diário, tudo o que estiver em curso no momento, e quer que todos nós, os frequentadores da casa da floresta — ou seja, a trupe The Caveman, que mantém de pé a relação de ajuda mútua com a estrutura renovada do modelo *Joguem o cachorro morto* de Unaiko e Ricchan —, o leiamos. Especialmente o senhor. É isso que Ricchan deseja. Por favor, acate o pedido dela.

4

Eu, a encarregada de escrever este diário, faço-o ciente de que meu principal leitor é o sr. Chōkō, a quem devo o respeito imposto pela diferença de idade existente entre nós. Contudo, este diário será também escrito de modo a possibilitar que qualquer frequentador desta sala de ensaios possa lê-lo. Por causa disso, tenho a impressão de que vou acabar exercendo forte censura sobre mim mesma. Apesar de tudo, vou adotar, dentro do possível, a postura de escrever livremente. Pode ser que uma pessoa leia e se perturbe ao ver que escrevi sobre ela, e podem também surgir opiniões diferentes, claro, mas é natural que tudo isso aconteça, nada posso fazer a esse respeito (aceito reclamações contra o diário) e é nesse espírito que escrevo.

Começo falando de Unaiko. Quando Unaiko, ainda em Tóquio, soube que recebi de Akari a versão final do roteiro do filme *A mãe de Meisuke vai à guerra*, ela quis saber, antes de mais nada, de que forma estava descrita determinada cena, conforme eu já havia previsto. É a última e a mais importante das cenas do filme (pelo menos, Unaiko pensa que é), a que descreve o retorno da mãe de Meisuke à sua vila deitada sobre uma porta improvisada como maca. Responder a essa questão em estrita conformidade com o referido roteiro transformou-se num problema para mim. Neste momento, Unaiko já leu o referido roteiro e pretende escrever um novo script depois de se dedicar a uma leitura comparativa entre os apontamentos feitos pelo sr. Chōkō logo depois de participar desse filme, os quais eu já recebi das mãos dele, e o manuscrito inacabado que havia sido composto em forma de romance antes ainda de ser transformado em roteiro. Assim sendo, o problema de responder à questão supracitada já está resolvido. Contudo, gostaria de escrever a respeito do que foi esse problema, começando por verificá-lo na versão final.

No filme, a narrativa é feita em formato *kudoki* — ou seja, os acontecimentos são declamados em registro grave, com acompanhamento musical simples — e se desenvolve com o espírito da mãe de Meisuke surgindo para contar a história dos dois levantes. Mas o filme não transcorre de maneira linear e simples. Pelo contrário, uma série de recursos novos é empregada em diversos trechos. A começar pela base musical da narrativa do espírito, que é uma reinterpretação de canções do teatro kabuki. Isso confere com o depoimento que andei levantando das pessoas que participaram das filmagens. Foi dessa maneira que a mãe e a avó do sr. Chōkō apresentaram a peça num casebre transformado em teatro deste vale, logo após a derrota do Japão na Segunda Guerra Mundial. Esse trecho do filme nada mais foi que a reprodução dessa apresentação num palco construído em Saya.

Depois, o cenário se altera: nesse trecho, o filme é de época e se desenvolve em ritmo real. É então relatada a deplorável tirania exercida pelo clã que regia essa área. Meisuke lidera então o primeiro levante e obtém sucesso. Contudo, o clã declara Meisuke único culpado pelo levante. Ele assume a responsabilidade e fica preso numa cadeia. Ali ele adoece. Nessa altura, o filme reconstrói a história real. A mãe de Meisuke vai visitá-lo. Como os jovens samurais do clã nutrem certo respeito por Meisuke, ele passa os dias em relativa liberdade. Cena de despedida repleta de amor e emoção entre ele e a mãe, ainda jovem àquela altura. A famosa fala da mãe de Meisuke: "Não se preocupe, mesmo que você morra, eu o parirei outra vez".

A cena seguinte é novamente um recitativo apresentado pelo espírito da mãe de Meisuke. O espírito que narra o sofrimento dos agricultores, ainda mais intenso depois do primeiro levante, diz que, apesar de tudo, o povo não vai se dar por vencido e declara que uma reencarnação de Meisuke haverá de surgir e a situação se alterará, pelas mãos do próprio povo.

Então a mãe de Meisuke se levanta do lugar onde está sentada para declamar seu recitativo e, transformada outra vez em mãe de Meisuke real, se posiciona ao lado da criança que é a reencarnação de Meisuke. As camponesas — então reunidas em torno do lugar onde a mãe de Meisuke se sentava durante a declamação de seu recitativo, apenas balançando o corpo ou gemendo para expressar simpatia — avançam para a boca de cena. Rodeada pelas mulheres que, em aparato de guerra e todas com um joelho em terra, erguem o olhar para ela, a mãe canta a famosa balada de incitação à guerra:

> Haaah! En'ya, kora ya!
> Dokkoi, jan-jan ko-raya!
> *Minha gente vamos lá!*
> *Mulheres nós somos,*
> *Mas ao levante nós vamos,*
> *Não se deixem enganar,*
> *Não se deixem enganar!*
> Haaah! En'ya, kora ya!
> Dokkoi, jan-jan ko-raya!

As mulheres que lotam o palco cantam a balada em uníssono. Em seguida, dançam. Sempre dançando, as mulheres da vila em aparato de guerra entram em fila ordeira. E assim, a tropa de vanguarda do levante parte para a guerra, tendo à frente a mãe e a reencarnação de Meisuke.

O que eu tinha de conversar com Unaiko era a respeito da sequência posterior até o *finale*. Sobre o palco de Saya, o espírito da mãe de Meisuke está contando de que maneira o levante conseguiu a vitória. A situação política do país já tinha mudado. Os revoltosos haviam vencido, não o poder do clã local, mas o exército do conselheiro-mor vindo de Tóquio para combatê-los. O conselheiro-mor se suicidara e os revoltosos haviam desfeito o acampamento montado à beira do rio. As pessoas vão se retirando umas após outras...

Embalada pela voz da mãe de Meisuke que declama o final do recitativo, a câmera agora começa a mostrar uma extensa área das redondezas e, nela, a mãe de Meisuke, que, levando pela brida o cavalo em cujo dorso está a reencarnação de Meisuke, vai subindo um íngreme atalho por entre árvores que ora mostram, ora ocultam seus distantes vultos. Folhas vivamente coloridas pelo outono em todas as montanhas do entorno e o segundo movimento da última sonata de Beethoven como fundo musical. E então, em meio aos sons da sonata, ecoa um agudo, doloroso grito feminino. A música retoma um crescendo e surge o letreiro: THE END...

O que Unaiko disse depois de ler até o fim o roteiro que eu lhe entregara, e sobre o qual já havíamos falado ao telefone, foi o seguinte:

— Sabe de que jeito vamos transformar isto aqui no estilo *Joguem o cachorro morto*? Acho que o grito da atriz Sakura, que no filme ecoa de repente, deve ter sido algo realmente doloroso. Acredito também que esse grito representa, sem dúvida alguma, a miséria e o desespero de todas as mulheres violentadas, desde aquela época até os dias atuais. Pois ela fez esse filme para expressar uma infame ocorrência que ela própria vivenciou. Mas quero interpretar a essência dessa infâmia não por intermédio de um grito longínquo, mas por meio do meu próprio corpo!

Permaneci cabisbaixa e em silêncio. Unaiko vai me deixar para trás, pensei. Depois de obter a vitória no segundo levante, desfazer o acampamento da margem do rio e se despedir das dirigentes da revolta, em especial do pequeno grupo de mulheres que com ela lutara, lado a lado, a mãe de Meisuke, junto à reencarnação de Meisuke, sobe uma vereda rumo à floresta. Jovens samurais, que tinham se transformado em baderneiros desde a dissolução da estrutura do antigo clã, tocaiavam no topo da montanha que separava a antiga cidade casteleira do vale.

Eu me sentia encurralada, mas Unaiko continuou a falar comigo.

— Acredito que filmar até a cena em que a mãe de Meisuke é violentada não seja muito apropriado para um filme desse tipo. Ainda assim, a mãe de Meisuke relatou tudo isso em formato *kudoki* sem disfarces no pequeno teatro do vale, não foi? Logo depois da Segunda Guerra Mundial, a mãe e a avó do sr. Chōkō ganharam muito dinheiro vendendo no mercado negro as cascas de *mitsumata* que não foram mais usadas na produção do papel-moeda, e levantaram a plateia cantando essa balada quando da performance da peça na cabana do vale transformada em teatro, não é? E foi dessa maneira que ela conectou as mulheres locais do pós-guerra com aquelas do levante ocorrido oitenta anos antes, certo? Isso numa época em que os homens tinham se ajustado ao clima de derrota do pós-guerra! Precisamos animar o sr. Chōkō e lhe pedir que nos ajude a nós, mulheres da atualidade, a refazer a conexão com essas mulheres do levante. Vamos conceder essa última oportunidade ao velho escritor que, incapaz de ajudar o pai que partia no bote, ficou até hoje remoendo essa frustração em sonhos recorrentes. Vamos lá!

5

Eu não podia ignorar os fatos que Ricchan relatava em seu diário, consciente do escrutínio tanto de Unaiko quanto meu. Conversei então diretamente com Unaiko. Ela própria dizia respeitar as restrições impostas por Asa, mas já havia concebido uma peça intitulada *A mãe de Meisuke vai à guerra* nos moldes de *Joguem o cachorro morto*. De minha parte, fiquei de colaborar com ela no sentido de rememorar os detalhes do meu roteiro que tinham sido removidos na fase final. Para começo de conversa, esse havia sido justamente o motivo pelo qual eu fora induzido a participar do filme da atriz Sakura.

Quando revelei essa intenção, a ala jovem da trupe teatral expressou sua intenção de aprová-la. Em seguida, impressionou-me vivamente o fato de que eles (liderados por Suke & Kaku) não estavam esperando apenas que eu reescrevesse o roteiro inicial para transformá-lo em script de teatro. Davam a entender que queriam compor uma peça totalmente nova usando a pesquisa realizada por Ricchan e dando vida à ideia de Unaiko. O grande salão do andar térreo e a sala de jantar transformados em área de ensaios se transformaram em local de debates visando esse objetivo.

Nessa altura, também senti vontade de participar da produção desse roteiro que teria por eixo a concepção cheia de vida desses jovens; para tanto, precisaria decompor tudo que eu havia juntado para refazê-lo, agora sim, em forma de script de uma peça essencialmente alinhada ao projeto *Joguem o cachorro morto*. Resolvi então tornar bem clara a minha intenção carregando para o andar de cima as fichas de leitura, o caderno de anotações e todos os dicionários que tinham estado até então em torno da espreguiçadeira do grande salão. Exatamente quando realizava essa tarefa, Unaiko, vestindo um tailleur bem cortado, surgiu trazendo em sua cola um homem que eu nunca vira. Ela se aproximou de mim, que estava ali em pé com os braços cheios de livros.

— Quer dizer que os jovens não querem ajudar um senhor idoso disposto a trabalhar em prol da trupe? — disse ela em tom de censura.

Nem Masao, nem os atores e atrizes ali presentes tinham oferecido auxílio porque eu mesmo me propusera a remover o material para ampliar o espaço destinado a trabalhos conjuntos. Unaiko se encarregou de levar a edição fac-símile completa de *The Golden Bough*. Aproveitou também para me apresentar o homem que vestia uma jaqueta cinza de veludo cotelê e camisa de gola rulê preta. Era bem diferente de Masao e, claro, dos jovens atores da trupe, mas todos já pareciam considerá-lo membro da trupe.

— É meu namorado. Vez ou outra, ele escreve críticas teatrais, mas sua verdadeira profissão é outra. Por causa de um trabalho relacionado com esta última, ele teve de vir a Matsuyama, de modo que fui buscá-lo no aeroporto. Mas como ele vai embora no voo da tarde, eu o trouxe até aqui para dar a ele a oportunidade de conhecê-lo, mesmo que seja por um breve instante. E então, sr. Chōkō? Ouço dizer que não gosta de levar estranhos para os seus aposentos, mas, em vista da situação em que se encontra este espaço em que estamos, o senhor não poderia excepcionalmente nos permitir conversar em seus domínios do segundo andar? Ele se interessa muito por escritórios de escritores. Como sua irmã me mostrou certa vez os livros que o senhor tem em sua estante, falei a respeito disso com ele e...

O homem se encarregou de todos os livros restantes e eu juntei as fichas e demais miudezas e conduzi os dois ao andar superior. Prevendo que haveria muita gente reunida no grande salão, Ricchan, que tinha levado Akari bem cedo a Saya, já arrumara a cama, providência que veio bem a calhar. Ela também abrira as cortinas das janelas que davam para o sul e o norte. Na parede do lado oeste ficava uma estante; diante dela, a escrivaninha; e, sentado numa poltrona reclinável com os pés apoiados sobre a cadeira da escrivaninha voltada em sentido contrário, eu vinha trabalhando sobre uma prancheta de desenhos equilibrada em cima dos joelhos. Ultimamente, porém, eu apenas lia. Sentei-me então na poltrona reclinável e pedi ao homem que se acomodasse na cadeira voltada em direção contrária à escrivaninha. Unaiko trouxe para o lado da cama, no lado leste do aposento, uma banqueta redonda que eu usava para retirar os livros das prateleiras superiores.

— Permita-me olhar os livros desta estante — disse o homem, pondo uma mão restritiva sobre o ombro de Unaiko, que se preparava para se erguer da banqueta. Na prateleira diante da qual ele parara eu havia juntado as minhas obras do início de carreira e intermediárias: nem todas eram primeiras edições, só as da fase inicial. Comparadas com as dos últimos tempos, gosto mais da cor e da qualidade do material das capas das edições iniciais.

— Comecei a ler seus livros pouco antes de o senhor ganhar aquele prêmio. Li num jornal que o senhor havia parado de escrever, mas me confundi e pensei: esse escritor morreu. Peguei então as edições de bolso de suas obras e as li. Por isso, eu nunca havia visto nenhuma delas em capa dura, mas são todas realmente muito bonitas.

— Eu mesmo escolhi os capistas desde que se acordou a publicação das primeiras obras. As letras do título do meu primeiro livro foram escritas por Gorō Hanawa. Foi depois disso que ele ficou famoso como letrista de capas.

— A capa de *Nossa geração* foi feita pelo professor Musumi, não foi? A composição francesa e as letras em relevo da capa ficaram muito interessantes, vi na estante de meu pai — disse o homem, ao que Unaiko, prestativa, retirou da prateleira o referido livro.

Ficou então decidido que eu o presentearia com esse exemplar autografado, de modo que pedi a ele seu nome completo. Tatsuo Katsura.

— Fico muito feliz. Uma vez terminada a leitura das edições de bolso de suas obras, passei a esperar por novas publicações de seus romances, uma vez a cada tantos anos. Acho que posso dizer que sou um admirador de sua produção, mas como só passei a me dedicar a ela depois de fazer trinta anos, não posso dizer que ela contenha uma mensagem direta para mim. À parte esse aspecto, acho que o senhor não veio, especialmente nesses últimos vinte anos, se empenhando em tornar suas obras mais atraentes para a parcela mais jovem de leitores, não é verdade? O senhor não deseja ver seus livros aceitos por uma larga camada da população? Por exemplo, o recente *A arrepiante morte de Annabel Lee*. A cena de abertura do livro mostra um velho gordo segurando um aparelho de resina e caminhando em companhia de seu filho de meia-idade, também obeso. Eu, assíduo leitor de suas obras, percebo imediatamente que o filho com deficiência cognitiva do velho é Akari. Achei também interessante, nesse romance, o relato do que ocorre na filmagem de uma produção internacional, mas acredito que leitores que simpatizam com o autor por ser da mesma geração e ter a mesma idade, se é que isso existe, representariam um universo muito limitado de sobreviventes, não é?

— Mas eu, por exemplo, senti pessoalmente um interesse muito grande pela atriz internacional Sakura, descrita nessa obra, embora haja uma grande diferença de idade entre nós — comentou Unaiko.

— Pois eu também fiquei interessado no personagem do produtor idoso que foi colega de classe do escritor na Faculdade de Artes da Universidade de Tóquio e que trabalha como auxiliar da atriz. Mas por que não atribuir apenas papéis secundários sóbrios a esses personagens masculinos e femininos mais velhos? Não lhe agrada a ideia de compor um verdadeiro romance com rapazes e moças em papéis principais, construindo-os integralmente pelo poder da imaginação? — questionou o homem.

— É verdade que o narrador de *A arrepiante morte de Annabel Lee* é o próprio escritor e que ele de fato conhecia a atriz internacional por tê-la visto em telas de cinema na sua juventude, e que o romance é inteiramente autobiográfico. Mas você não pode afirmar que não é um verdadeiro romance só por causa disso — interveio Unaiko.

— Nisso você tem toda razão — concordou ele. — É um romance genuíno, típico do sr. Chōkō. Tanto no estilo como na estrutura, claro. Mas todos os romances dele desses últimos dez ou quinze anos são desse tipo, concorda, Unaiko? Basicamente, o narrador, que é o personagem principal, ou por vezes o próprio protagonista é sempre o alter ego do autor, não é verdade? É um tanto excessivo, não acha? Será possível aceitar esse tipo de obra como sendo um romance na acepção da palavra? De um modo geral, esse tipo de escrita não cativa a parcela de leitores que gostaria de ler um romance com cara de romance. Por que o senhor limita as fronteiras de seu mundo desse jeito?

— Realmente, admito tudo isso. No romance que eu vinha preparando durante muito tempo até poucos dias atrás, do qual, aliás, já desisti, eu pretendia escrever sobre meu pai, que faleceu há mais de sessenta anos, aos cinquenta anos de idade. E quando percebi que não poderia escrevê-lo, pensei exatamente em tudo isso que você falou. Por que teria eu enveredado por um caminho tão estreito?, perguntei-me. Então, atinei de imediato: se não fosse assim, eu não teria sido capaz de seguir escrevendo. Ou seja, eu não tinha outro recurso senão esse, de me limitar estreitamente...

— Mas só de observar estas prateleiras dá para perceber que o senhor é uma pessoa eclética! — disse Katsura mudando o rumo da conversa, talvez temeroso do que poderia acontecer caso continuasse a me encurralar. — E, além de tudo, uma pessoa com um hábito peculiar de leitura. Por exemplo, obras a respeito de T.S. Eliot: a maioria delas é especializada, mas vejo que o senhor reuniu muitas traduções para o japonês. Ainda peneirou tradutores para o japonês de Yeats a Auden e descobriu o seu preferido. Todas as obras desse estudioso estão aqui! Isso se evidencia numa única passada de olhos por sua estante. Nem estudiosos especializados investem tanto em tradutores de poesia, não é?

— Eu me baseio num amigo que foi meu colega de faculdade e se tornou especialista em Coleridge e Eliot, é ele que me indica traduções... Mas nunca o ouvi citando as próprias. O que tenho percebido nos últimos tempos é que posso não estar entendendo direito um poema escrito em língua estrangeira — inglês, francês ou italiano, no caso de Dante — se eu só o leio em seu idioma original. A verdade é que, antes de mais nada, decoro o poema na língua original e experimento murmurá-lo continuamente. Mas só consigo assimilar por completo esse poema a partir do momento em que, se for um Eliot, por exemplo, ele passa a ecoar a tradução de Fukase ou Nishiwaki, existente em meu cérebro.

— Sua vida pessoal deve se situar na área dessa assimilação e deve ser nela que nascem os seus romances, não é? Por exemplo, Blake: o senhor costuma inserir seus versos originais lado a lado com as traduções que mais aprecia. Isso é muito proveitoso para o leitor japonês, produzindo um prazer semelhante ao de quando ouvimos um dueto harmonioso. Mas eu me pergunto o que acontece, por exemplo, na edição inglesa de sua obra *Jovens de um novo tempo, despertai!* No caso da tradução japonesa do poema de Blake, me pergunto se os editores de língua inglesa publicariam, ao lado do poema original, a versão inglesa em linguagem medieval cheia de cacoetes da tradução japonesa feita por um talentoso especialista...

— O tradutor inglês apenas cita o poema original, sem alterar nenhuma vírgula. E, claro, isso que eu poderia definir como estranha graça existente na sutil discrepância entre o poema original e o traduzido fica apenas na cabeça do autor, ou seja, na minha, e não surgirá nessa obra...

— A ficha presa a esta prateleira é um verso que surge quase no final de *A terra devastada*, não é? Vejo aqui que o senhor copiou o verso original assim como a tradução de Fukase e de alguns outros.

— Esses são vestígios dos tempos em que eu lutava para compor a minha *História de um afogamento*. Apesar de ser um verso que vim lendo durante quase cinquenta anos, eu não conseguia compreendê-lo por pura falta de conhecimento da língua inglesa e penei um bocado. Eu devo tê-lo entendido nos meus verdes anos, mas começo a desconfiar de que minha capacidade intelectual vem declinando com o avançar da idade. No meio da noite, deitado em minha cama, eu me lembrava da tradução de Fukase e tentava revertê-la para o inglês, mas em vão. Eu me levantava, pesquisava... então cheguei à conclusão de que a compreensão dessa estrofe de Eliot vinha se fundamentando numa leitura errada da tradução japonesa e...

— Quando tentei continuar, Unaiko me apresentou a referida ficha.

— "*These fragments I have shored against my ruins*", diz o original. O que eu tinha entendido até aquele momento era que "eu" estava num local em que poderia me arruinar a qualquer momento. Então, tentei de algum modo vencer o iminente perigo de soçobrar... E que apesar de serem apenas "míseros fragmentos", eu os trouxera com todo o cuidado a terra firme... Pela minha leitura, *shored* tinha forte conotação, aliás equivocada, de "içado a terra firme", "levado a terra firme". "Agora estou enfim em terra firme. Por intermédio desses fragmentos, consegui a custo escapar da ruína..." Eu tinha entendido esse verso com a mesma sensação de alívio contida na palavra "enfim". Mas então compreendi que não era isso. "Estou 'ainda agora, realmente', à beira da ruína, e lutando para me manter nessa situação. E na dependência desses fragmentos." Se fosse esse o sentido, o poema original de Eliot e a tradução um tanto ambígua de Fukase se casariam admiravelmente... Ademais, compreendi que tudo isso se torna muito real para mim porque, nesta idade avançada, eu mesmo estou, a cada dia, exposto à ruína.

Quando dei por mim, lágrimas escorriam copiosamente pelas aletas do bem definido nariz de Unaiko. Katsura discretamente havia passado um braço em torno dos seus ombros e me fitava agora com olhar perdido. Com um gesto, eu lhe dei a entender que tratasse de levá-la embora. E então, desalentado, acompanhei com o olhar o vulto de Unaiko, que se levantara mansamente e se dirigia para o andar inferior conduzido por Katsura.

XIII. As questões de Macbeth

1

Eu não havia percebido até agora, mas Ricchan possuía mais algumas aptidões desconhecidas — ela própria jamais as alardearia —, e quando uma delas se evidenciou a certa altura, trouxe grande alegria para Akari. Ao receber a notícia de que Akari já não estava mais restrito a ouvir músicas através de seus fones de ouvido ou bem baixinho pelo rádio portátil, Maki mandara de Tóquio uma considerável quantidade de CDs. Além deles, também nos remetera o livro *Questões para o aprimoramento musical*, assim como os papéis pautados com suas composições interrompidas. As últimas, em especial, foram as responsáveis pela evidência.

Quando eu arrumava os itens que vieram totalmente revirados na caixa de papelão, grande demais, da entregadora de encomendas, Akari, que havia retornado da sessão de reabilitação em Saya, pareceu grudar-se à mesa onde eu trabalhava.

Liberei a mesa da sala de jantar para Akari e Ricchan e fui

para o andar superior. Cerca de uma hora depois, desci para beber água e vi que Akari, lápis na mão, se dedicava aos exercícios do livro de questões musicais. E então Ricchan, que acompanhava o progresso ao lado dele, exclamou:

— Ora, ora! O que é isso? Você acerta todo o resto, mas erra na hora de contar o tempo?

— Não sou bom em contar o tempo dos símbolos musicais — reconheceu Akari.

Permaneci em pé ao lado da mesa e conversei com Ricchan. Ela respondeu às minhas perguntas com clareza, sem nada ocultar. Formada como pianista pela Faculdade de Belas-Artes da Universidade de Tóquio, ela largara a pós-graduação e fora fazer um bico no grupo teatral The Caveman, ocasião em que conheceu Unaiko, de quem se tornou amiga. Naquele instante, lembrei-me de que vira o nome dela e, ao lado, a qualificação "graduada em música" em certo livreto contendo o histórico das apresentações da trupe, e também que Asa me comunicara numa carta ser ela, na verdade, uma musicista.

Perguntei-lhe então se ela não daria aulas de piano para Akari, interrompidas no momento pelo fato de o professor morar em Tóquio. As condições foram acertadas, e Ricchan, que jamais se oferecia sem necessidade, pôs-se à frente da situação e obteve de certa professora do curso ginasial, a quem conhecera durante os preparativos para as apresentações da trupe no Teatro Circular, autorização para usar o piano da escola. Contribuiu para o feliz desfecho o fato de uma composição de Akari ter sido usada durante as aulas de música dessa escola. Logo depois que começou a acompanhar as composições de Akari, Ricchan me disse:

— Akari precisa apenas de papel pautado, lápis e borracha. Eu toquei um trecho de uma composição que ele aprontou em cerca de dez minutos antes do começo da aula. Não havia nada de errado nela, mas as notas soavam levemente desconfortáveis, de modo que lhe mostrei que havia outras maneiras de abordar essa passagem. Então seu filho escreveu uma nova concepção e, quando a toquei, soltei uma exclamação íntima de pura admiração.

Três dias depois, Ricchan me perguntou se eu não queria ouvir a composição que Akari começara em Tóquio e completara agora. Entusiasmado, acompanhei meu filho. Ricchan me disse que quando mostrava a ele outro modo de compor algo já terminado no estilo dele, Akari aparecia na aula seguinte com a composição refeita de acordo com a nova orientação. Ela se preocupava com o que o professor de Tóquio acharia a respeito dessas alterações, de modo que anotava a maneira como aconteciam, explicou. Akari sempre corrigia apagando tudo cuidadosamente com borracha e escrevendo de novo. Ele nunca fazia anotações à margem do papel nem apagava de qualquer jeito para seguir adiante, mas Ricchan conseguia reproduzir fielmente tudo o que fora escrito porque tinha memória quase fotográfica. Eu não entendo de teoria musical, mas percebi que os trechos corrigidos tinham melhorado, conservando com muita clareza o estilo de Akari. Assim comentei, e a satisfação transpareceu nas feições de Ricchan, muito embora, diferente de Unaiko, ela não seja do tipo que revela o que lhe vai no íntimo.

Quando vi a partitura sobre o piano, percebi que nela não constava o título da peça, já que ele costumava escrevê-lo em primeiro lugar, no momento em que uma composição lhe vinha à mente. Perguntei então se não teria havido um título na partitura antes da recomposição.

— Eu não sabia desse hábito de seu filho, de modo que não atentei para esse aspecto — respondeu Ricchan.

Ao vê-la realmente preocupada com o assunto, lembrei-me de certo diálogo, adaptado de um comercial de televisão, que

Akari e eu costumávamos reproduzir e experimentei reencená-lo pela primeira vez em muito tempo.

— Akari, onde é que foi parar o título de sua composição?

Mas Akari não aderiu à brincadeira.

— Eu o apaguei.

— Nesse caso, vamos nomear essa nova composição que você compôs.

— Chama-se "Inundação".

Expliquei então para Ricchan:

— Lembrei-me agora de que, na época em que Akari e eu nos desentendemos e ele deixou tanto de ouvir como de compor suas músicas, eu havia acabado de desistir de escrever a *História de um afogamento*, mas, mesmo em Tóquio, eu falava com certa frequência a respeito do meu pai que morrera numa inundação. Pode ser que Akari tenha começado a escrever a peça que se transformou em base dessa composição impressionado por essa palavra que ele talvez nem estivesse compreendendo direito. Mas como ele diz que apagou o título da peça que começou a compor em Tóquio...

— A que ele tinha começado a compor em Tóquio era, sem dúvida, um tanto sombria. Mas ele se dispôs a reescrevê-la! O novo título talvez possa ser "Depois da inundação". No dia seguinte, o céu está límpido, as águas retornaram ao leito do rio... não é essa a impressão que esta obra nos dá? — disse Ricchan. — Não havia um poema com esse mesmo título, de autoria de Rimbaud?

— Chama-se "Inundação" — repetiu Akari.

2

— O senhor não gostaria de fazer um breve passeio de carro no interior da floresta, em vez de ir diretamente para casa? —

perguntou-me Ricchan. — Queria me aconselhar com o senhor a respeito de alguns assuntos.

Depois que concordei, Ricchan abordou o assunto que preparara previamente e sobre o qual queria meus conselhos falando em tom sério, diferente do usado até então.

— Escrevi no diário que Unaiko espera a participação real do sr. Chōkō na peça *A mãe de Meisuke vai à guerra: O suplício*... Aliás, agradecemos do fundo do coração ao senhor por ter aceitado o nosso pedido. Nesta altura, porém, sinto que, para ser justa, tenho de lhe contar tudo que vem me preocupando. Quero que o senhor me ouça. Masao acha que eu sou um robô que se move estritamente de acordo com a vontade de Unaiko e, de fato, eu me pus mesmo nesse papel nos últimos dez anos... E ainda pretendo seguir empenhada no sentido de realizar tudo o que Unaiko realmente deseja, de modo que esse fato não se alterou... Isso posto, a peça que Unaiko quer produzir neste momento é, a princípio, a reprodução do filme *A mãe de Meisuke vai à guerra* no palco. Para tanto, obter a sua colaboração é, para nós, imprescindível. Nesse aspecto, a peça tem tudo a ver com o que a trupe The Caveman veio fazendo até hoje, e é também por isso que Masao se entusiasmou com o projeto. Contudo, um outro aspecto, único, próprio de Unaiko, virá à tona. Unaiko ainda não lhe falou a respeito, e é isso que me preocupa. Quando conversamos, ela me disse: não há com que nos preocuparmos, isso já existe no projeto original do sr. Chōkō, é o drama que envolve a mãe de Meisuke. Mas Unaiko pretende apresentar esse drama à maneira dela, entende? Quando digo "à maneira dela" quero dizer: de acordo com a técnica do teatro *Joguem o cachorro morto*. Assim sendo, ela vai centralizar inteiramente o projeto em torno da própria pessoa, da mesma maneira que veio fazendo até agora. Como consequência, o senhor poderá ser envolvido em problemas de natureza inesperada. O que quero dizer, sr. Chōkō, é que fique atento e aja com muita cautela na próxima apresentação. Veja o seu filho Akari: ele é bastante cuidadoso em relação à música, mas o cuidado dele não se restringe apenas às suas músicas, ele é atento quase na mesma medida com relação ao que falam sobre o pai. E eu digo que esse aspecto da situação é o que mais me preocupa. Não obstante, no estágio em que nos encontramos agora, eu mesma não posso revelar o tipo de trama a que Unaiko pretende recorrer na próxima apresentação do projeto *Joguem o cachorro morto*. Não vou traí-la. Mas acredito que, em breve, ela mesma lhe contará tudo. O senhor pode estar pensando: que exagero! Mas é que essa questão afetou toda a vida dela. A despeito de tudo o que vim falando, o que quero lhe informar objetivamente é a situação em que se encontra essa apresentação. O sr. Daiō já deve ter lhe dito que existem muitas pessoas irritadas com o modo de pensar de Unaiko desde aquela apresentação para ginasianos de tempos atrás. São pessoas que pertencem à ala de direita, e elas sempre tiveram muito poder na área da educação desta província, desde antes de transferirmos nossa sede para cá. Claro que o senhor deve estar ciente disso tudo, pois nossa fonte de informação foi o sr. Daiō. E representantes dessa facção do partido de direita estarão na plateia da nossa próxima apresentação no Teatro Circular. Ouvi dizer que até já compraram ingressos. E qual seria o alvo dessas pessoas? Elas estão investigando a cena do estupro da mãe de Meisuke, tão cara à atriz Sakura, e que existe no roteiro original de sua autoria, sr. Chōkō. Elas entraram também em contato com algumas mulheres que andei entrevistando. Estão cientes de que, a princípio, essa cena foi filmada, mas integralmente apagada depois por orientação da coprodutora NHK ou da distribuidora norte-americana. E andam se vangloriando de que foi a ala de direita que forçou a tomada dessa decisão. Contudo, eles farejaram que Unaiko pretende ressuscitar essa cena. A cena em que a mãe de Meisuke, ferida e exausta, é trazida numa maca improvisada é importante, mas eles sabem que Unaiko pretende também reconstituir toda a sequência anterior em que a mãe de Meisuke é estuprada, inclusive a do assassinato da "reencarnação de Meisuke". Unaiko, Masao e eu estamos investigando o paradeiro desse espião. Esses direitistas resolveram também inovar seus ataques, acusando Kogito Chōkō de reescrever a história da sua terra natal de maneira depreciativa e masoquista. Dias atrás, quando fui fazer compras num supermercado em Honmachi, me encontrei com o sr. Daiō, e ele me disse que foi espionar uma reunião deles. Unaiko me disse que, mesmo depois de saber que a batalha vai tomar esse rumo, o senhor jamais nos abandonaria a esta altura dos acontecimentos. Claro que Unaiko está espiritualmente preparada para enfrentar de peito aberto as vaias e os protestos dos neonacionalistas. Unaiko pretende derrotá-los no debate próprio do modelo *Joguem o cachorro morto* e fazer bonequinhos do "espírito" de Meisuke reencarnado voar para todos os lados em meio à balada cantada em coro, à qual, aliás, ela acrescentou o trecho "*Homens estupram, a nação também/ Mas nós, mulheres/ Ao levante iremos!*". (Inclusive, precisamos ainda da sua aprovação, sr. Chōkō.) Porém, por mais que esquente a polêmica com os linhas-duras da direita, é difícil levar a plateia a uma explosão emocional, conforme já vimos em outras apresentações do projeto *Joguem o cachorro morto*. Prevendo essa contingência, Unaiko guardou uma carta na manga. No momento não posso lhe dar detalhes disso, mas é exatamente a esse respeito que Unaiko deverá falar com o senhor muito em breve, conforme já lhe adiantei.

Depois disso, nem me passou pela cabeça tentar extrair mais alguma informação, mas resolvi perguntar-lhe a respeito de um assunto totalmente diferente que vinha me incomodando.

— Unaiko trouxe um homem que me apresentou como namorado dela. Nós dois até que nos demos muito bem e conversamos um bocado. Mas, quase ao fim do nosso encontro, ela teve isso que você chamou de "explosão emocional" e se desmanchou em lágrimas. O que teria sido aquilo?

— Ela me disse que se sentiu muito penalizada quando o ouviu citar a tradução favorita de Eliot: "*Com fragmentos tais foi que escorei minhas ruínas*"... Ela compreendeu que, mesmo para um escritor idoso, agruras da vida não são coisas passadas, elas perduram no presente... Conforme lhe disse há pouco, ela é centrada em si mesma, mas, ao mesmo tempo, é capaz de se sentir triste por estar arrastando um escritor idoso para uma situação difícil.

3

Asa retornou à casa dela às margens do rio depois de ter estado mais tempo em Tóquio do que as duas outras mulheres. Maki — a quem eu transmitira minuciosamente o resultado do trabalho desenvolvido por Ricchan — a encarregara de me dizer que, depois de ouvir esse relatório, o professor de longa data de Akari fizera uma avaliação geral do progresso, perceptível, decorrente das aulas ministradas até agora, aqui incluídas todas as folhas pautadas com composições manuscritas acabadas e inacabadas.

Asa e eu conversamos bastante a respeito disso. Havia também uma notícia algo inquietante para Akari: estava em progresso um convite para que o professor, que era casado com a vice-regente de uma tradicional orquestra filarmônica do Sul da Alemanha, fosse estudar música nesse país.

Depois do almoço, e após Ricchan haver saído com Akari para acompanhá-lo nos costumeiros exercícios de fisioterapia dele, Asa me fez um relatório da situação financeira da minha casa em Seijō, de cujo controle Maki tinha sido encarregada por sua mãe. O convênio médico cobriria as despesas hospitalares decorrentes da cirurgia de minha mulher, portanto com isso eu não precisava me preocupar, mas Maki pensava na declaração do imposto de renda do ano seguinte. Para fazer face a essa despesa, eu vinha publicando um novo livro por ano. Mas, agora, com a suspensão da *História de um afogamento*, não havia nenhum livro a ser publicado. Havia reserva suficiente para cobrir gastos gerais previstos tanto para esse ano quanto para o próximo, mas o que faríamos para pagar os impostos em fins de março?

— Então, meu irmão, eu sugeri o seguinte. Ficou claro que os direitos autorais sobre o roteiro de *A mãe de Meisuke vai à guerra* são nossos. De acordo com Ricchan, me parece que você ficou de escrever um roteiro experimental, passível de discussão, para *A mãe de Meisuke vai à guerra* em versão *Joguem o cachorro morto*. O que acha então de, em vez de cobrar de Unaiko remuneração por sua obra, juntar os dois, o roteiro do filme e o roteiro da peça, num único livro? Não acredito que um roteiro e uma peça teatral de um escritor vendam bem, mas devem chamar a atenção, pelo menos a princípio, não acha? O antigo editor da *História de um afogamento* deve saber sobre esse assunto. Não seria interessante sondá-lo? Assim pensando, mandei um e-mail para ele.

— Pois a resposta às suas sondagens chegou diretamente às minhas mãos. O editor-chefe da revista literária publicada pela mesma editora é uma pessoa que também se interessa muito por filmes e teatro, e já se dispôs, numa primeira fase, a publicar o roteiro da peça teatral como obra inédita e me pagar devidamente por ela. Ora, não existe em nenhum lugar deste vasto mundo um agente capaz de me obter esse tipo de consideração, só você mesmo!

Asa ignorou por completo minha ironia e continuou:

— Agora que a obra vai ser publicada numa revista literária, você já não pode mais escapar do compromisso de escrever o script para Unaiko, e isso você já tinha aceitado, não é mesmo? Sinto que tirei uma carga muito pesada dos meus ombros. E já que você vai ter de pôr mãos à obra, acho que vai precisar fazer um levantamento dos locais por onde o levante realmente passou. Acredito que você nunca andou pelas margens do rio Kamegawa, certo? Por desejo de Unaiko, prometi que iríamos ao lugar onde a mãe de Meisuke tanto sofreu depois do levante. Vou fazer isso no próximo domingo, e você também vai conosco, meu irmão.

4

Como Asa me apareceu num carro dirigido por Unaiko, sentei-me ao lado desta e me encarreguei de lhe dar as explicações necessárias.

— Pensei na melhor maneira de ciceroneá-las — disse eu. — Asa, você se lembra de que, quando éramos crianças, percorremos todos os pontos onde havia ruínas do "Destruidor", ou seja, do homem da lenda mais conhecida nestas bandas? Aquele que, cerca de duzentos e cinquenta a trezentos anos atrás, fundou uma comunidade bem no seio desta floresta, lá onde o poder do clã não alcançava? Ele viveu muitos, muitos anos, e com o passar do tempo seu corpo foi crescendo, crescendo, até se transformar num gigante, sob cuja orientação surgiu o "caminho dos mortos", assim como outras construções gigantescas... Nós fomos vê-las, lembra? Em meio a essas construções, havia uma que era uma espécie de plataforma arredondada, onde só havia um mato bem verde crescendo (o lugar da soneca do "Destruidor"!, pontuou Asa). Dizem que ali o espírito do falecido Meisuke se deitou ao lado de sua reencarnação e lhe ensinou estratégias de combate para o segundo levante. Eu costumava imaginar que talvez isso tivesse acontecido de verdade.

— Eu era uma menina muito levada e vivia seguindo você por toda parte, mesmo a lugares que garotas normais não gostavam de frequentar. Aquela vez, levamos um adulto conosco porque você queria se embrenhar mais para o interior da floresta, mas como conhecia muitas histórias que corriam naquelas bandas, ficou com medo de ir sozinho, não foi?

— Pois hoje eu queria estabelecer aquele local como nosso ponto de partida.

— Já falei a respeito disso com Tamakichi. Eu também pensei no lugar conhecido como "soneca do Destruidor" e disse ao meu filho que queria começar por aquele lugar amplo, muito conhecido por sua relação com a história do levante. Mas ele me disse que, como não é um trabalho lucrativo, não há mais ninguém hoje em dia disposto a se encarregar da poda de árvores do entorno, e que até a aproximação de qualquer um àquele lugar se tornou difícil. Assim, decidi que será melhor descermos diretamente até as margens do rio e, em seguida, acompanhar o roteiro que se faz subindo a pé desde Ōkawara. Portanto, vamos passar pelo local onde a mãe de Meisuke foi supliciada e, em seguida, pelo buraco onde a reencarnação de Meisuke foi morta, soterrada por centenas de pedras. Deixaremos o carro em Ōkawara. Está previsto que Tamakichi virá de bicicleta para pegar o carro e nos apanhar no ponto em que já deveremos estar desacelerando, cansados da longa caminhada.

Unaiko, que dirigia com o olhar fixo à frente, prendera na nuca o cabelo que, por uns tempos, andara aloirado por causa do papel de médium interpretado em Tóquio, mas agora deixara retomar a cor preta original. Seu semblante era de seriedade.

— Você já está incorporando o papel da mãe de Meisuke, Unaiko? — perguntei.

— Engordei um pouco de maneira consciente. Quero dar peso à balada do levante — respondeu ela, movendo o pescoço de maneira a realçar as proporções de seu perfil, agora generoso.

Asa parecia preocupada com Ricchan, que mostrara vivo interesse em conhecer objetivamente a rota percorrida pelo levante, mas decidira permanecer na casa da floresta para não deixar Akari sozinho, uma vez que ele estava com sintomas de resfriado.

— Maki, que fala com Akari todos os dias por telefone, vivia me dizendo que Ricchan tem sido muito atenciosa para com o irmão. Lembra que, antes de eu partir para Tóquio, você e seu filho ainda não tinham feito as pazes, e por causa disso eu fazia a barba dele sempre que ia à casa da floresta? Pois me esqueci de pensar em alguém que me substituísse nessa tarefa e embarquei para Tóquio. Cerca de uma semana depois, eu me lembrei disso já no quarto do hospital e levei o maior susto, sabe? Então pedi à sua filha que se informasse a respeito do que estaria acontecendo por aqui, e depois ela me contou que, quando Akari lhe respondeu: "Meu pai não está fazendo a minha barba", logo imaginou o irmão todo barbudo e ficou totalmente chocada. Mas, então, Akari completou a resposta, dando a entender que se divertira com o suspense criado: "Porém agora é Ricchan quem faz para mim, e dói menos do que quando o papai faz".

— Akari não é capaz de contar os acontecimentos novos de sua vida. Mas quando alguém consegue extrair essa novidade, que, aliás, estava louco para contar, ele fica muito feliz.

— Em meio àquela situação problemática, Ricchan nos fez o favor de assumir a tarefa de barbear Akari. É disso que estou falando. Na ocasião, aqueles dois nem sequer tinham trocado duas palavras, e qualquer pessoa designada para a tarefa ficaria apavorada ante a possibilidade de feri-lo sem querer, não é? Pois Ricchan, além de tudo, é muito corajosa.

Depois de falar tudo que queria a respeito desse assunto, Asa passou a informar Unaiko diretamente.

— Vou explicar nossos planos para hoje, sim? Antes de mais nada, dirigiremos até Honmachi. Percorreremos a estrada federal que margeia o rio Kamegawa até o entroncamento novo, lá onde a estrada se alargou depois da remoção da pedra com as gravações dos poemas de minha mãe e de meu irmão, e seguiremos sempre em frente, direto para Ōkawara. O percurso será de cerca de vinte minutos, de modo que, enquanto isso, vou falar de assuntos da família do meu irmão, dos quais eu gostaria que você, Unaiko, ficasse a par. Depois que minha cunhada teve alta do hospital e eu fui dispensada, nós duas e Maki nos reunimos para uma singela comemoração. Maki estava bem no meio de um daqueles períodos problemáticos que incomodam as mulheres mensalmente... Depois que passa, não há menina mais doce que ela, mas... naquele dia, ela se mostrou bastante agressiva com relação a você, meu irmão. Começou dizendo o seguinte: "Por ocasião dessa internação, acho que minha mãe se preparou para o pior e me falou de muita coisa que considerava importante, tanto para mim como para ela. Mas e o pai? Que pensa ele a respeito do nosso futuro? A decisão dela de mandar meu pai e meu irmão juntos para a casa da floresta foi apropriada, e o problema se encaminharia para uma solução. Mas isso não significaria que, também dessa vez, meu pai não iria pensar a fundo na questão da relação dele com Akari? Acho que meu pai não pensa a respeito da morte com a mesma seriedade da minha mãe. No começo deste ano, lembra-se que o pai disse: 'Ora, ora, vou passar da idade em que o professor Musumi faleceu!'? Mas, depois disso, falou como se estivesse achando muito divertido: 'Acho que, nesse ponto, me pareço com você, Maki, pois quando beirei a meia-idade, também entrei em depressão. Na ocasião, o professor Musumi me disse que passou a compreender totalmente as obras de alguns escritores, por exemplo, de Rabelais, quando atingiu a idade em que esses escritores faleceram, e que se eu tinha algum interesse por ele, Musumi, que eu lesse todas as obras dele quando eu chegasse à idade de seu falecimento. É o que estou fazendo agora...'. Naquele momento, pensei comigo que meu pai não imaginava de que maneira Akari reagiria à morte do pai e de como ele passaria a viver a partir de então". Ao ouvir isso, sua mulher não tentou abraçar Maki com força porque, segundo imagino, eu estava perto e elas ficariam constrangidas com uma intimidade assim, mas, em compensação, disse para acalmar sua filha: "Discordo de você, acho que seu pai, embora não pareça, está pensando muito nisso como uma das 'questões de Macbeth'. Acho que se seu pai considera a relação com Akari uma das 'questões de Macbeth', não está de jeito nenhum tentando fugir disso", completou sua mulher. Se estou lhe falando tudo isso é porque quero que você, meu irmão, entenda que sua mulher e sua filha estão levando muito a sério esse assunto em sua casa de Seijō. Por outro lado, não estou esperando que você saia correndo agora para dizer às duas o que será de Akari depois que você morrer. Não é nada disso. Eu só queria que você ficasse ciente das coisas que acabo de lhe contar.

Asa calou-se em seguida. O carro já havia passado pelas ruas da cidade de Honmachi e circulava agora pelo trecho da estrada de onde se avista, para além do quebra-mar, a longa faixa de areia do baixio. Depois de uma pausa, Unaiko perguntou:

— O que são essas "questões de Macbeth"?

— É uma fala de lady Macbeth que foi traduzida mais ou menos assim: "Não pense desse jeito a respeito de tais questões, ou acabaremos ambos loucos".

Na certa, o tom de minha resposta foi um tanto peremptório e inibiu Unaiko de prosseguir com os questionamentos. Asa me fitou de maneira expressiva, mas nada disse. Contudo, Unaiko não é do tipo que se cala por causa de uma simples resposta atravessada, e o que ela disse em seguida representou uma peculiar fonte de ânimo tanto para mim como para Asa.

— Vi Ricchan ajudando Akari a fazer suas lições e senti que ela estava se realizando como nunca antes na vida dela. Até hoje, eu sempre me escorei nela em todos os sentidos. Vez ou outra, acontecia de vivermos separadas, mas quando eu me via em situação de real dificuldade, recuperava o ânimo só de pensar que Ricchan viria em meu socorro, e ela sempre vinha. E apesar de eu depender tanto dela, sempre tive a certeza de que ela nunca haveria de trabalhar para outra pessoa e realizar algo mais fascinante... Mas quando vi Ricchan dando aulas de música para Akari na casa da floresta, e a composição tomar corpo e se transformar em sons, percebi claramente que aquilo representava para ela muito mais do que ser meu amparo e a impelia a novas alturas. Foi isso que me ocorreu ao ouvir o que sua filha Maki disse, não tanto a seu respeito, sr. Chōkō, mas com relação ao seu filho Akari.

— Vou mandar um e-mail a Maki contando o que Unaiko falou depois que eu relatei ao pai dela o que ela havia dito — disse Asa. (Com ressalvas, conforme era de se esperar do caráter dela.) Quando eu mandar esse e-mail para sua filha, ela vai se alegrar... É o que penso, pelo menos. Não estou imaginando que Ricchan viverá o resto da vida em companhia de Akari porque essa é justamente uma das "questões de Macbeth". Mas se depois que você morrer, meu irmão, houver alguma chance de Ricchan continuar sendo parceira de Unaiko e, ao mesmo tempo, aceitar a incumbência de ser professora de música de Akari e secretária da minha cunhada... isso seria a realização de um sonho dos sonhos!

5

— Eis que chegamos a Ōkawara! Como? Onde está Ōkawara?, foi o que você acabou de pensar agora, não foi, meu irmão? De todas as pessoas que conduzi até aqui, a última que se emocionou de verdade e exclamou "Ah, Ōkawara!" foi Sakura Ogi Magarshack. Mas isso antes de as grandes construtoras começarem a vender novas moradias na região.

— Ela se emocionou com isto aqui? Por mais desenvolvida que seja a imaginação dela no sentido cinematográfico, que tipo de satisfação ela poderia ter obtido diante desta paisagem?

— O que você tem em mente é a Sakura dos tempos em que veio filmar *A mãe de Meisuke vai à guerra*, não é? Mas eu estou falando é da ocasião em que a atriz Sakura viu Ōkawara pela primeira vez. Atendendo a um chamado do produtor Komori, tirei a primeira folga remunerada desde que começara a trabalhar na Cruz Vermelha e ciceroneei a atriz Sakura. Você participava da greve de fome promovida pelo professor Kim Jiha... E o diretor Komori, que foi seu colega de classe, visitou-o em sua tenda em companhia da atriz Sakura e a apresentou a você, não foi? Falando assim, acho que você até se lembra do ano em que tudo isso aconteceu. (Foi em 1975, ano em que o professor Musumi faleceu!, acudi.) Sakura estava voltando de Seul, para onde tinha ido a fim de se desculpar pessoalmente pelo cancelamento de uma coprodução cinematográfica que envolvia Coreia do Sul e Estados Unidos. Ela tinha se interessado pela história do levante promovido pela mãe de Meisuke que você lhe contou e veio conhecer Ōkawara in loco. Nessa ocasião, ouvi também a história de que, quando criança, ela vivera algum tempo na base do Exército de Ocupação, em Matsuyama. Nossa mãe, à época gozando ainda de boa saúde, declamou para ela o recitativo da mãe de Meisuke... Sakura não se esqueceu disso e, trinta anos depois, veio até aqui para fazer o filme investindo dinheiro do próprio bolso. Mas Ōkawara já estava diferente, embora não tanto como hoje... De modo que tivemos de alterar o projeto inicial que previa a locação do levante nesse lugar. E isso acabou rendendo aquela cena inicial em Saya, na qual o espírito da mãe de Meisuke incita ao levante com a balada. Pois o aspecto de Saya não tinha se alterado nem um pouco, não é?

— Minha lembrança mais nítida da antiga Ōkawara tem a ver com a ocasião em que eu e o nosso pai viemos de bicicleta até aqui em plena época de guerra, porque ele ouvira dizer que aquele seria o último ano em que realizariam neste lugar a costumeira competição anual de pipas gigantes. Desde então, nunca mais vim para estes lados, por isso considero até natural que tenha havido mudanças...

A sensação de espanto que a transformação do cenário que Asa e eu contemplávamos nos tornara loquazes. Unaiko, que andara calada durante todo esse tempo, interveio com uma inesperada observação positiva:

— Para mim, não faz diferença alguma. As pessoas que virão assistir à minha peça são todas da terra, acostumadas com a paisagem atual, não é? Acredito até que a diferença gritante que existe entre esta Ōkawara e aquela outra em que a mãe de Meisuke e a reencarnação dele armaram o acampamento de guerra servirá, pelo contrário, para ativar-lhes a imaginação. Quero que as pessoas que vierem ao Teatro Circular comecem a estabelecer uma conexão entre os jovens samurais que pisotearam o mato denso para preparar o local onde estuprariam a mãe de Meisuke e a funcionária de um escritório local que foi violentada sobre o concreto de uma gigantesca área de estacionamento. Dessa maneira, irão compreender que o que nós estamos apresentando não é um drama histórico do tipo que passa na televisão, mas coisas que realmente acontecem nos dias de hoje às mulheres japonesas! Veja, o nome do local não mudou, conforme se vê naquela placa afixada na área de estacionamento.

— Foi bom termos trazido Unaiko conosco, não acha? — perguntou Asa, buscando minha aprovação. — O caso que ela acaba de citar aconteceu de verdade bem aqui e foi manchete nos jornais locais.

Em seguida, Asa instruiu Unaiko a levar o carro até o estacionamento existente numa área logo abaixo do quebra-mar — sobre o qual estivéramos em pé contemplando os arredores —, enquanto ela própria ia até a guarita de controle avisar o encarregado que um jovem viria mais tarde retirar o carro. Fomos então subindo a pé a ladeira que leva para o leste até o topo, onde ainda havia uma área residencial antiga e, lá chegando, voltamo-nos inteiramente e avistamos pela primeira vez a brilhante faixa do rio.

Eu caminhava observando uma a uma as casas da velha rua que ainda vivia em minha memória, mas Asa, que avistara à distância um ônibus numa estrada larga e nova semelhante a uma barragem, propôs sairmos da estrada velha por onde andávamos e ir para a outra. Pediu também a Unaiko que corresse à frente até o ponto de ônibus a fim de solicitar ao motorista que esperasse a chegada dos dois "velhos".

Ofegantes, fomos então atrás de Unaiko, que, em largas passadas, corria agilmente pela ladeira rumo à estrada nova. Já no ônibus, Asa pediu ao motorista que parasse ao alcançar o ponto onde a estrada nova, que agora percorríamos paralelamente à antiga, abandona seu curso atual para seguir em direção a Matsuyama. Asa era bastante conhecida porque trabalhara muito tempo num hospital das redondezas.

— Se descermos no ponto que indiquei ao motorista, estaremos na boca do pântano onde a reencarnação de Meisuke foi morta dessoterrada por pedras — explicou Asa para Unaiko enquanto trocava cumprimentos com alguns passageiros que a haviam reconhecido.

Passados dez minutos, descemos do ônibus.

— Depois de se despedirem dos principais participantes do levante, a mãe e a reencarnação de Meisuke seguiram margeando o rio Kamegawa pelo lado oriental de Ōkawara, cruzaram o vale e se dirigiram para a floresta. Esse caminho continua do mesmo jeito até hoje. O recitativo descreve que a reencarnação de Meisuke foi acomodada sobre o cavalo e a mãe seguiu puxando as rédeas, certo? Se subirmos o caminho da floresta até alcançarmos seu ponto mais alto, iremos deparar com uma enorme figueira que abriga o espírito de Meisuke. A mulher pretendia levar a reencarnação de Meisuke até esse ponto e, dali, ela própria montaria o cavalo e desceria o caminho percorrido para retornar ao vale, mas seus perseguidores a alcançaram. A reencarnação de Meisuke foi jogada dentro de um buraco no pântano e morta sob o peso de dezenas de pedras. Ao lado desse buraco, a mãe de Meisuke foi violentada por muitos homens. Como o cavalo escapou e retornou ao vale, os homens que já tinham ido para lá retornaram e acharam a mãe de Meisuke. Depois, arrumaram uma porta velha em algum lugar e nela deitaram a mulher ferida...

Pouco tempo depois, atravessamos uma ponte com cobertura de terra, posta sobre um rio, e chegamos diante de um pequeno santuário. Para facilitar a passagem de Unaiko, que estava de saia nesse dia, Asa abateu à foice (o instrumento se encontrava metido sob a curta escada da entrada do santuário) o mato alto e espigado que crescia ao lado dele, e foi seguindo adiante. Por trás do santuário, uma clareira se formara após a derrubada das árvores próximas e, bem no centro dela, havia um aglomerado de longos troncos de bambu, cortados e atados frouxamente uns aos outros.

— Debaixo desses bambus tem um buraco. É só um buraco velho, de modo que não vou tirar esses bambus do lugar para mostrá-lo a vocês. Quando atados dessa maneira frouxa, esses pedaços de bambu compridos não são fáceis de ser manipulados, entendem? Num primeiro momento, esse buraco foi soterrado porque representava perigo para aventureiros incautos que passavam por aqui, mas desde então funcionários do serviço florestal começaram a sofrer seguidos acidentes. Temendo que os acidentes fossem consequência da maldição de Meisuke reencarnado, o buraco foi reaberto. Como nessa ocasião vieram solicitar à minha mãe contribuição para as providências necessárias, fiquei sabendo que havia relação entre a nossa família e este santuário. Quem providenciava a reforma desse tapa-buraco de bambu a intervalos de alguns anos também era minha mãe e, atualmente, sou eu que solicito ao serviço florestal.

— Parece-me que este santuário é bem antigo, mas gostaria de saber se ele já existia desde antes da época da reencarnação de Meisuke e do martírio da mãe — disse Unaiko.

— Acredito que não. Por mais valentes que fossem os jovens samurais, acho que não se atreveriam a praticar seus atos nos fundos de um santuário, não é? Mas isto aqui, segundo me disseram, era um caminho de javalis, de modo que o buraco devia ser uma armadilha de caça. Acho que construíram o santuário bem na frente do buraco para que o espírito do pobre menino morto não saísse por aí pregando peças nos outros.

Unaiko estava tentando espiar o fundo do buraco por entre os troncos de bambu, mas, ao erguer a cabeça, soltou uma exclamação de susto. Asa e eu nos voltamos e vimos, ao lado do santuário, duas mulheres de meia-idade, uma delas de feições masculinizadas, espiando o nosso lado. Depois de trocar cumprimentos com Asa em termos que sugeriam um antigo relacionamento, as duas e se voltaram para Unaiko, que tinha se erguido.

— Você é Unaiko, a atriz, não é? Assistimos à peça *Kokoro* que você apresentou para estudantes. Nós duas somos professoras do curso ginasial de escolas diferentes, e ambas ensinamos língua pátria. Foi uma grande coincidência nos encontrarmos neste local, mas gostaríamos de aproveitar a ocasião para lhe perguntar a respeito de um assunto que nos vem preocupando bastante nos últimos tempos... Acho que os ouvimos falando exatamente desse assunto ainda agora, que vão exibir muito em breve no Teatro Circular a peça A *mãe de Meisuke vai à guerra*, não é verdade? Com relação ao evento em si, não temos nenhuma objeção a fazer, pois se trata de uma história tradicional desta terra, mas o que nos preocupa é o fato de haver uma cena de estupro, tendo ginasianas e colegiais na plateia... e nos perguntamos se essa situação seria aceitável, entende?

— Aceitável em que sentido? — Unaiko começou a dizer, lentamente.

— Antes ainda de entrarmos no mérito dessa questão, parece-nos que a palavra "estuprar" é muito chocante, de modo que a substituiremos por "violentar". Como é você que fará o papel principal, acredito que seja você a violentada... diante de ginasianas e colegiais, e nos perguntamos se isso seria...

— ... aceitável?

— Mas como a história diz que a mãe de Meisuke foi violentada, deixando de lado a questão da veracidade histórica, não estamos querendo que você elimine esse trecho da peça, nem que finja que isso não existiu. Mas não seria possível comunicar ao seu jovem público na cena em questão, que a mãe de Meisuke foi violentada e que isso foi algo triste e cruel, e dar continuidade à peça a partir desse ponto?

— Vamos por partes. Vocês substituíram a palavra "estuprar" por "violentar". Mas para uma garota que tenha sofrido um crime sexual, tanto estuprar como violentar têm a mesma conotação chocante e dolorosa, não têm? De que maneira a verdade do fato se altera quando substituímos a palavra "estuprar" por "violentar"? Pode ser que proporcione certo alívio ao homem que praticou o ato, mas a vítima não se sentirá menos miserável e arrasada por isso, sem falar que o praticante da ação será sempre um estuprador, e nada o salvará de ser condenado pelo crime de estupro. Eu os chamo de estupradores. Pois eu gostaria, antes de mais nada, que todos encarassem a palavra "estupro". Não estou afirmando que os jovens ginasianos e colegiais que virão assistir à nossa peça sejam, em sua totalidade, parte de um exército de potenciais estupradores, nada disso. Contudo, todas as ginasianas e colegiais, sem nenhuma exceção, estão expostas ao perigo de, um dia, virem a ser estupradas. Você disse que deve ser possível mostrar que a mãe de Meisuke passou por essa experiência cruel e triste de maneira indireta. Mas o que nós queremos é jogar sem subterfúgios na cara dos estudantes que a mãe de Meisuke está sendo estuprada de verdade neste exato momento, e que o estupro é um problema atual e real a todos eles.

— Mas por que cometer essa barbaridade em público? — disse a mulher do rosto arredondado.

— Porque, neste país, esse crime não foi reparado no decorrer desses últimos cento e quarenta anos. Queremos revelar que a mãe de Meisuke foi estuprada, mas que tudo permanece na mesma situação e, portanto, ela continua sendo estuprada neste momento, queremos mostrar a própria dimensão desse feito hediondo.

— Mas por que você cismou de apresentar essa peça de estupro (agora ela já não atenuava mais a palavra)? E por que nesta terra? — perguntou a mulher de rosto masculinizado, retomando o tema central. — Por que essa peça tem de ser apresentada nesta cidade? Dizem por aí que, na sua peça, existe uma intenção oculta, sabia disso?

— Não sei de onde vocês ouviram isso, portanto pergunto: essa informação é segura? — interveio Asa, dando alguns passos à frente. — Acho que especular sobre o conteúdo de uma peça que está para ser apresentada e censurá-la sem base alguma vai contra a liberdade de expressão, não é? Já sei: naquele dia em que meu irmão, aqui ao meu lado, então de passagem por sua própria terra natal, aceitou o convite para fazer uma palestra no ginásio de Honmachi, cujo diretor era meu falecido marido, vocês faziam parte da turma que protestou, alegando que meu irmão era de esquerda, não é verdade?

— Mas não estou falando de liberdade de expressão. Eu sou professora, mas, ao mesmo tempo, também sou mãe, e me vejo sinceramente preocupada com o fato de uma cena de estupro ser representada diante de ginasianos e colegiais. Acho que os assustei por tê-los abordado repentinamente, mas como hoje é domingo, viemos colher brotos de ervas nestas redondezas quando deparamos com vocês ao acaso, e acabamos assustando-os com nossa presença repentina, desculpem.

— Ora, que é isso! Isto aqui é caminho de javalis, nós não costumamos nos assustar com pouca coisa. Mas deixe-me perguntar: que tipo de ervas vocês estariam procurando nesta época do ano?

Sem dizer mais nada, as duas mulheres se afastaram para o outro lado do santuário. E Asa continuou, cuidando para não dar a impressão de que lhes ia no encalço:

— Elas nos viram descer do carro na estrada às margens do rio Kamegawa (isso deve ter sido realmente uma coincidência) e, em seguida, calcularam que estávamos trazendo Unaiko até este local. Seja como for, Unaiko, deixando esse assunto de lado, vamos agora passar diante da velha mansão do produtor de saquê, cujo antigo dono — o atual não produz mais nada — foi repelido pela mísera e triste mãe de Meisuke com aquela famosa frase dita no momento em que era conduzida numa maca improvisada. Mas nós não precisamos de maca improvisada...

XIV. Tudo é teatro

1

Atravessamos de ponta a ponta uma rua de Honmachi ladeada por antigas casas, área em que o levante realizou uma manifestação de consideráveis proporções na fase de formação final em Ōkawara, e por onde passou pacificamente durante sua retirada. Dali descemos pela estrada que margeia o rio Kamegawa rumo à cidade nova, que se reorganizara em torno da estrada. A antiga, que eu conhecera tão bem, parecia ter desaparecido por completo, mas, em pontos esparsos, ela tornava a surgir, reconstituída como fora pela estrada federal, provocando em mim uma aguda sensação de nostalgia a cada reconhecimento. Pouco antes do ponto em que outro rio se junta ao Kamegawa, lá onde antigamente havia duas pontes, tinha sido construído um moderno viaduto em dois níveis, um sobre o outro, unificando as passagens. No local, havia agora um supermercado de produtos agrícolas locais e um estacionamento.

— Honmachi, e com ela toda esta bacia, foi sendo urbanizada e, em consequência, de um lado surge uma área com características de cidade suburbana e, de outro, uma área que vai se despovoando de maneira progressiva. Este é o ponto onde as duas áreas começam a se separar — observou Asa. — E nós estamos nos dirigindo para o nosso vale, ou seja, para o centro da área despovoada. Vamos tomar um café no self-service do supermercado enquanto esperamos Tamakichi e o carro? Temos ainda quase uma hora. Ou preferem andar um pouco?

— Este é o caminho do martírio da mãe de Meisuke, por isso gostaria de percorrê-lo cuidadosamente — respondeu Unaiko.

A fim de evitarmos ser atropelados pelos enormes caminhões que transportavam mercadorias para locais distantes, Unaiko e eu passamos a andar juntos, com Asa nos seguindo logo atrás.

— A estrada está mais larga e as curvas foram eliminadas em alguns pontos, mas este é sem dúvida o velho caminho pelo qual a mãe de Meisuke passou carregada numa maca improvisada. A margem do outro lado do rio tem uma floresta mista de cedros e ciprestes, mas a margem de cá é toda de árvores latifoliadas, e aquele aglomerado de árvores acima da margem talvez não seja muito diferente daquilo que a mãe de Meisuke viu sobre sua cabeça.

— Vocês falam em velhos caminhos, mas caminhos são sempre velhos, não são? Tenho a impressão de que caminhos não foram abertos aleatoriamente. Pelo contrário, eram rotas que os antigos escolheram e, em seguida, por elas andaram repetidamente — disse Unaiko, examinando a vegetação antiga de um lado da estrada, o rio e, em seguida, a distante margem oposta.

— Apesar de ter sido um jovem marcadamente moderno, Gorō Hanawa costumava dizer a mesma coisa no tempo em que frequentava o colegial, mas com um ligeiro desvio de raciocínio. Ele costumava dizer: “Os antigos é que sabiam das coisas!”. Essa era a sua frase favorita.

Unaiko nos ouvia, apenas concordando com acenos de cabeça, mas, enquanto isso, formulava mentalmente o que ela própria pretendia dizer.

— A mulher que parecia ser a líder daquelas duas professoras que nos abordaram há pouco me perguntou por que eu cismara com a questão do estupro. Eu tinha a resposta certa para essa pergunta, mas me desviei dela sem querer. Devia ter dito que o estupro tinha sido a razão principal de eu ter entrado para o mundo do teatro. Depois, existe mais uma questão essencial que aquelas duas não tocaram, mas que, para mim, está estreitamente relacionada com o estupro: o aborto. O ponto de partida do meu teatro é a mulher forçada a abortar depois de estuprada. E a história por trás disso tudo é simples: eu mesma fui estuprada e, em seguida, forçada a abortar.

Depois de concluir que, embora não tivesse dito nada, eu a ouvira perfeitamente, Unaiko resumiu em tom coloquial:

— Já lhes contei que, certa vez, vomitei no santuário Yasukuni. Naquele dia, eu estava em pé atrás de um homem — um militar reformado — que cultuava os espíritos ancestrais sacudindo uma enorme bandeira... Depois que aconteceu, minha tia me inquiriu rigorosamente e eu respondi que talvez estivesse grávida. "Quem é o homem?", perguntou ela, mas, como não entendi o que ela queria dizer com "homem", fiquei ali pasmada, só olhando para ela. Cada vez mais irritada, ela tornou a fazer a mesma pergunta, e eu então a compreendi e disse: o tio. Minha tia então gritou: "Eu sabia!", e foi então que me dei conta, pela primeira vez, de que eu estava grávida de meu tio! Estávamos na estação da linha Yokosuka, mas como a composição da linha Shōnan iria partir primeiro, fui quase empurrada à força para dentro dela e inquirida sem cessar até chegarmos a Fujisawa. Minha tia procurou um assento vago sem pessoas em torno, bem no meio do vagão para não correr o risco de sermos ouvidas por passageiros próximos às portas nos extremos do carro, e ali ela extraiu de mim todos os detalhes. Meu tio era funcionário graduado do Ministério da Educação, antes ainda de essa instituição se transformar no atual Ministério de Educação, Cultura, Esporte, Ciência e Tecnologia. Ele havia terminado um trabalho e assumido um outro cargo que lhe daria a oportunidade de colher os frutos do seu esforço. Portanto, achava-se num ponto crucial de sua carreira, e eu estava proibida de falar disso com quem quer que fosse, pois se o fato viesse a público, talvez se transformasse em escândalo nacional, disse minha tia. Eu devia estar com cara de quem não entendia coisa alguma do que ela falava, pois me repreendeu rispidamente: "O que acha que vai acontecer se jornais sensacionalistas alardearem que um indivíduo que desenvolveu trabalhos tão importantes em prol da educação japonesa praticou indecências com a própria sobrinha e no fim a estuprou?". Foi nessa ocasião que ouvi pela primeira vez a palavra "estupro" associada à minha pessoa. Da estação de Fujisawa, minha tia ligou para o meu tio, e de lá tomamos um táxi para Kamakura para poder chegar em casa antes que meu tio retornasse da repartição onde passara a trabalhar. Em seguida, minha tia e eu retornamos a Fujisawa, onde fui imediatamente internada num hospital. Ali, fui submetida a uma operação de aborto e, depois de três dias de internação, minha tia me mandou embora para minha casa em Osaka em péssimas condições, tanto físicas como emocionais. Sozinha. Esse tio é irmão de meu pai. Como o senhor, ele é nascido em Shikoku e foi o único de três irmãos a obter diploma universitário, por sinal, a da Faculdade de Direito da Universidade de Tóquio, e se transformou em importante burocrata. Meu pai, que não teve formação universitária, tocava uma precária gráfica em Osaka, mas vivia dizendo que a sorte lhe sorrira quando começou a receber demandas do Ministério da Educação. Sendo essa a situação, meu pai — aliás, até a minha mãe — nunca reclamaria de qualquer coisa que meu tio fizesse. Os dois não só não reclamaram, como também se comprometeram por escrito a jamais questionar a respeito do que acontecera, conforme fiquei sabendo mais tarde. Nunca mais vi o meu tio, nem no dia em que revelei tudo à minha tia, nem em nenhum outro. Na certa havia alguma cláusula nesse sentido dentro do compromisso que meus pais assinaram. No decorrer dos dois anos em que permaneci em minha casa de Osaka, eu só pensava no estupro e no aborto. Como eu não tinha formação universitária, as oportunidades de trabalho eram limitadas, e tive de trocar duas vezes de emprego. Aos vinte e dois anos de idade, me mudei para Tóquio e fui assistir a um espetáculo do grupo The Caveman. Me tornei então assídua espectadora das apresentações dessa trupe e acabei sendo convidada por Masao Anai a me juntar a eles. Eu realizava também alguns outros tipos de trabalho temporário e fiquei amiga de Ricchan, que vivia em situação semelhante à minha, mas era formada em música e se encarregava de diversas atividades relacionadas a esse ramo. A partir do momento em que Ricchan e eu nos conhecemos, formamos uma dupla e assim viemos vivendo nos últimos treze anos, com a ajuda de Masao. Todavia, mesmo nessa nova vida, nunca parei de pensar a respeito do estupro e do aborto... E embora não tenha conseguido transformá-los diretamente em tema de peça teatral, considero que vim tateando em busca da melhor maneira de fazê-lo. Agora, porém, depois de conhecê-lo, sr. Chōkō, em conexão com o romance *História de um afogamento*, e em decorrência das conversas que mantive com o senhor a respeito do "recitativo" que Sakura Ogi Magarshack filmou, estou achando que consigo preparar uma montagem do jeito que vim desejando. O cerne da peça teatral é *A mãe de Meisuke vai à guerra: O suplício*, mas estou tentando relacionar pátria, estupro e aborto e criar uma nova peça nos moldes de *Joguem o cachorro morto*.

Quando Unaiko se calou e, aparentando exaustão, reduziu o ritmo da caminhada, Asa, que tinha estado até então com a cabeça próxima ao meu ombro e ao de Unaiko para melhor ouvir, deu um passo à frente e tomou o meu lugar, de modo que, expulso da formação, tive de caminhar sozinho. Eu, que em situações como essa tenho o péssimo hábito de resmungar coisas impensadas, disse o seguinte:

— Entendi que estupro e aborto vieram de mãos dadas para cima de você. Quanto ao estupro, acabei entendendo o porquê do verso segundo o qual "a nação estupra"... Uma vez que o Ministério de Educação, Cultura, Esporte, Ciência e Tecnologia sem dúvida representa a nação japonesa, a frase deve ter vindo naturalmente à sua boca. Mas e quanto à questão do aborto?

— Aborto é uma forma de assassinato, não é? — disse Asa, voltando para mim o semblante irritado. — Aborto e guerra são habitualmente os únicos meios legais que uma nação possui para cometer assassinatos. Unaiko, uma adolescente, foi estuprada e forçada pela nação a abortar, concorda? E já que você falou uma besteira tão insensível para Unaiko, que acaba de nos relatar sua dolorosa experiência, agora tem de fazer tudo o que estiver ao seu alcance a favor dela, entendeu? Vou sinalizar para Tamakichi, que está lá em cima vigiando a estrada, e pedir a ele que nos traga o carro até aqui.

2

A partir desse dia, ajustei meu cotidiano de modo a poder colaborar com o grupo de trabalho teatral que se reunia todas as tardes em torno de Unaiko no salão do andar térreo. Partilhava então o uso da mesa da sala de jantar com Akari. Como Ricchan vez ou outra também trabalhava na mesma mesa, Akari passou a se portar de maneira mais formal do que de praxe. Ou seja, resolveu fazer suas composições não mais deitado de bruços sobre o piso da sala de jantar, mas sentado à mesa diante do aparelho de som. Eu mesmo espalhava diante de mim manuscritos da peça *A mãe de Meisuke*... que Ricchan ia reimprimindo toda vez que se acrescentavam algumas alterações. Contudo, ocorria também de eu subir para o meu dormitório conjugado com escritório e nele me trancar.

Eu trabalhava principalmente no roteiro da peça que seria publicada na revista literária. Os jovens atores liam meu manuscrito ainda incompleto e, de acordo com ele, desenvolviam a peça *ad lib* nos moldes do teatro *Joguem o cachorro morto*. No programa da peça a ser distribuído durante a apresentação, Unaiko e a dupla Suke & Kaku levariam o crédito pela adaptação, e eu, embora aceitasse a maior parte das alterações, checava a linguagem. Como a ideia era preservar em linhas gerais a uniformidade do estilo, eu ajustava esse manuscrito ao outro que eu mesmo compilara.

Para mim, tudo isso era novidade. Parecia-me estar realizando um estudo sobre produções associadas. Uma das expressões em debate foi "chorões", trazida, coisa rara, por Ricchan, que também nos relatou sua história.

Ricchan ouviu a respeito dos "chorões" enquanto fazia suas costumeiras andanças em busca de depoimentos sobre as filmagens de *A mãe de Meisuke*... Uma mulher tranquila pertencente a uma das antigas famílias da região de Zai, mas que falava sem subterfúgios, havia dito para Ricchan: "Achei que a atriz Sakura interpretou o recitativo sem ter entendido direito o significado da expressão 'chorões'".

Segundo a mulher, a expressão "chorão" usada no dialeto local deu a entender à atriz, por uma estranha combinação de sons, que a idosa dona do casebre de Ōkawara, no qual as mulheres do levante se reuniram antes de partir para o combate, havia se lançado aos prantos diante da tropa que a administração central do governo Meiji mandara com ordens de invadir o local e dispersar as revoltosas. A mulher afirmava que, assim entendendo, a atriz Sakura, ao interpretar o recitativo, posou de mulher idosa debatendo-se em prantos. Mas o que aconteceu de verdade foi que um bando de crianças chorando aos berros se lançou diante dos soldados que tinham vindo dispersar as rebeldes e as impossibilitou de agir. E tinham sido as mães mais jovens do grupo rebelde que se lembraram de lançar mão desse estratagema.

Ricchan se voltou para o grupo de trabalho e indagou se nunca haviam visto na sociedade atual o fenômeno da "criança chorona" em ação. Ela deparara com alguns casos esporádicos enquanto andava pelas ruas de Tóquio quando de sua estada por lá. Contudo, ela se deu conta de que também em Matsuyama via com frequência esses chorões, e isso a deixara preocupada. Essas crianças choronas não andavam em bando: o fenômeno era constituído quase sempre por uma única menina, de idade entre três e cinco anos, andando e chorando aos berros, sem se importar com coisa alguma que estivesse acontecendo perto dela. Embora pequenas, essas crianças pareciam loucas de raiva, ou ainda apavoradas, e caminhavam em linha reta, apenas berrando e chorando. Ainda assim, vez ou outra paravam de gritar e erguiam o rosto vermelho e pequeno, procurando ver algo à frente. E se, levado pelo gesto, o eventual espectador seguisse a direção desse olhar, ele descobriria lá adiante uma moça de cabelos tingidos em tom claro e rosto sombrio, andando com passos firmes sem nunca parar ou se importar com a criança que chorava. Ricchan achava que via com frequência essas duplas de mãe e filha, ou melhor, de menina chorando e berrando enquanto anda e de uma moça indo mais à frente.

A isso, diversas vozes se ergueram para dizer que também

viram cenas semelhantes. Na reunião daquela manhã, Katsura se juntara ao grupo e estava ao lado de Unaiko ao pedir a palavra.

— Eu ouvi de um amigo que está produzindo um documentário para a televisão uma história parecida. Mas essa história não é apenas de uma criança berrando e andando enquanto a mãe, em desespero de causa, a repele e segue à frente. Parece ser uma história de um tipo diferente, mas, ao mesmo tempo, dá a impressão de ter algum tipo de conexão com a de Ricchan, por isso gostaria que ouvissem. Na verdade, eu mesmo já vi esse tipo de "criança chorona". Acontece porém que, quando uma delas vem caminhando em nossa direção, todos nós a olhamos um tanto penalizados, mas a deixamos passar. Meu amigo, no entanto, diz que viu certa vez uma pessoa comum — um indivíduo que não era nem policial, nem representante de uma organização qualquer que cuida de crianças, sabe? —, pois bem, ele viu essa pessoa, no caso, um homem, parar e abraçar uma criança que vinha chorando e berrando na direção dele. Imediatamente o instinto de produtor de documentários entrou em ação e meu amigo passou a investigar o que o homem pretendia fazer a partir daquele momento. Passados alguns instantes, a jovem mãe, que apressara o passo e se afastara deixando para trás a chorona por sua própria conta, retornou e se postou ao lado da criança e do homem. Pouco depois, havia dois pares de mães jovens com expressão sombria e crianças choronas. Elas não conversaram entre si, apenas ficaram ali em pé, tendo o homem no meio. O meu amigo produtor de documentários estava sozinho na ocasião e se afastou da cena. Contudo, ao relembrar o episódio, teve a impressão de que a poucos metros dali havia uma perua de tamanho médio estacionada. A história é essa. Ele diz que vai esperar uma oportunidade para conduzir um follow-up. Pois bem, o que eu penso é na possibilidade de esse homem ser o fundador de um movimento qualquer. Não estaria ele juntando duplas de mães desesperadas e crianças choronas, não tão raras hoje em dia, e estocando-as em algum lugar? Será que já não existia em algum lugar um abrigo com estrutura própria para acomodar essas duplas? E não seria essa uma estrutura capaz de se desenvolver e se transformar num empreendimento extremamente repulsivo ou, pelo contrário, numa instituição repleta de esperança, algo inexistente até agora? Nessa altura, vou fantasiar um pouco. Pouco mais de cento e dez anos atrás, não havia carros no país, muito menos esses veículos que hoje em dia popularmente chamamos de perua. Numa sociedade depauperada, em que a classe rural não via outro recurso senão o de organizar um levante para escapar da miséria, deve ter havido incontáveis duplas de mães e crianças choronas. Penso que essas crianças choronas e suas respectivas mães talvez tenham se agrupado em celeiros das casas rurais, em templos e santuários, ou em qualquer outro lugar semelhante. Fico imaginando se não teria sido esse o estranho exército de vanguarda requisitado por ocasião do levante de Meisuke e sua mãe... Pelo menos o folclore registra o que essas crianças choronas fizeram. Naquela ocasião, cumpriram o papel de um exército de vanguarda e concentraram as mulheres para o levante organizado pela mãe de Meisuke. É uma história bem interessante, não acham?

— Acho que sua interpretação da lenda A *mãe de Meisuke vai à guerra* não é de todo uma fantasia deletéria — Ricchan disse para Katsura.

Então foi a vez de Katsura fazer uma ressalva:

— Contudo, se a história a respeito das atuais crianças choronas e suas desesperadas jovens mães que meu amigo me contou for verdadeira, minha fantasia se reveste de uma brandura prejudicial. Pois não está mais do que claro o tipo de poder que as está agrupando e o local para onde elas esperam ser levadas?

Ricchan reagiu:

— O que você quer dizer com isso?

— O sr. Katsura está apreensivo com a possibilidade de esse fato tomar uma direção trágica, não é? — ecoou a voz treinada de Unaiko. — Pois estamos mais que cientes dos casos do Sudeste Asiático...

— Estou apenas dizendo que, no mundo atual, as pessoas geralmente dão como certa a existência de grupos que arregimentam essas crianças choronas e suas respectivas mães desesperadas para vendê-las no mercado internacional. Mas esse tipo de raciocínio é por demais óbvio, não acham? Afinal, filmes sobre prostituição infantil, ou pornografia infantil, abundam na internet. Assim sendo, sugeri ao meu amigo, ciente da minha própria atitude de criminosa complacência, que fizesse um documentário com direcionamento diferente. Atualmente, existem incontáveis pares, tanto em Tóquio como aqui em Matsuyama, de crianças choronas e mães de feições sombrias. Mas não seria possível que representasse o prelúdio de algo positivo? Esse meu amigo é, sem dúvida, um homem que já viu muita coisa tanto na sociedade como no mundo, mas, segundo ele, essa criança que foi abraçada e amparada pelo desconhecido pareceu ter se aberto para ele. Ao menos, ela parou de chorar!

Os jovens atores Suke & Kaku, que, sentados no chão, até então apenas ouviam atentamente a conversa, intervieram nesse momento:

— O que acha, sr. Chōkō? Com relação à história desses chorões, queremos dar uma sugestão para a cena de abertura da peça A *mãe de Meisuke vai à guerra*. E Unaiko poderia orientar a plateia através dela. Apresentaríamos crianças no palco, correndo e chorando de verdade. De que maneira faríamos essas crianças correrem naquele palco estreito? Pois descobrimos que isso é possível! O arquiteto Ara havia construído uma estrutura espiralada que vai subindo rente à parede circular do teatro quase até a altura do teto. Ela foi erguida por ocasião do sarau musical do sr. Takamura, mas usaram apenas um quarto dessa estrutura. Foi projetada para suportar dois estrados sobrepostos no fundo do palco, os quais estão até hoje guardados no ginásio da escola. Que acham de usarmos essa estrutura? E se além disso conseguirmos encontrar uma ginasiana excepcionalmente miúda e ágil... Vamos confirmar a absoluta segurança dessa composição e combinar com o professor de educação física. Então gostaríamos que o senhor nos escrevesse uma nova cena de abertura, diferente das improvisadas que usamos no modelo *Joguem o cachorro morto*. Unaiko faria o papel da mulher que fala das jovens mães desesperadas e da esperança sonhada pelo sr. Katsura, muito embora ele esteja ciente da própria complacência na avaliação do tema. A menina só se poria a andar chorando a plenos pulmões, sr. Chōkō, de modo que não seria necessário escrever falas para ela.

3

Com Unaiko e Ricchan no comando, os preparativos para a exibição avançaram, e, enquanto eu me dedicava a trabalhar com o grupo que desenvolveria a abertura e o plano final propostos por Suke & Kaku, vi-me envolvido em um novo acontecimento. Asa me telefonara dizendo que, com a casa da floresta ocupada na parte da tarde por ensaios dos jovens atores, ela queria que eu fosse à casa dela às margens do rio, onde estava para acontecer uma conversa séria a qual queria que eu presenciasse. Unaiko iria se encontrar com a tia mencionada dias atrás em seu doloroso depoimento...

— Foi inesperado, mas a tia insiste que é imprescindível. Quem intermediou o encontro foi o sr. Daiō. Ele pertenceu, muito tempo atrás, a um grupo que procurava solapar o poder do

Sindicato dos Professores do Japão desta província. Veja você que quem está se opondo ao espetáculo teatral de Unaiko não são apenas os homens que pertenciam à antiga academia do sr. Daiō, mas uma turma que já é a segunda ou a terceira geração desses homens. Ouvi dizer que o episódio do enorme cágado que eles lhe mandaram é citado até hoje em tom de vanglória por ocasião das eleições da Assembleia Provincial. Por outro lado, a escola considera com otimismo que consegue passar por cima do boicote à exibição da peça por causa do meu relacionamento com o sr. Daiō... Mas o que essa tia quer conversar conosco? O tio de Unaiko foi antigamente um importante personagem do setor educacional do país, agraciado com significativas condecorações... Ele está perfeitamente a par do relacionamento que existe entre Daiō, Unaiko e mim. O espetáculo que estamos por apresentar não tem muito a ver com o enredo original de *A mãe de Meisuke vai à guerra*, cujo roteiro você escreveu, e na cena do debate produzido por Suke & Kaku nos moldes de *Joguem o cachorro morto*, esse tio vai ser transformado em saco de pancada. E corre também à boca pequena que os golpes serão radicais. Por tudo isso, ele quer impedir a apresentação de qualquer maneira. Com isso em mente, está disposto a se reencontrar com Unaiko depois de dezoito anos e retomar o relacionamento interrompido até hoje. A tia, uma mulher extremamente despachada, se mostrou à altura das circunstâncias! Ela toma as decisões de maneira realmente rápida e já está num hotel de Matsuyama. O sr. Daiō foi buscá-la.

A tia de Unaiko, sra. Koga, parecia ter cerca de sessenta e cinco anos e era do tipo avantajado, dificilmente visto em mulheres japonesas, mas não havia gordura excedente em torno da maciça ossatura. Enquanto Unaiko estacionava o carro no qual Asa e eu tínhamos vindo, o sr. Daiō me apresentou à mulher. Esta, porém, pareceu nem notar a minha existência, e já parecia preocupada com Unaiko, que nem sequer estava presente àquela altura. Sentada com a coluna ereta diante de uma mesinha baixa posta sobre o tatame, a mulher olhou fixamente para Unaiko, que, nesse momento, começava a se acomodar diante dela.

— Faz muito tempo que não nos vemos, realmente. Você mudou bastante, conforme imaginei — disse ela para Unaiko.

Esta porém não se deixou intimidar:

— Claro, lá se vão dezoito anos. Naquela época, eu era verdadeiramente uma criança. Se naqueles tempos, eu, em minha ingenuidade, não tivesse sido obrigada a abortar, a criança que estaria agora sentada ao meu lado talvez se parecesse comigo. Então talvez a senhora dissesse que sentiu saudades minha e dela também.

— Acho que meu marido diria isso do fundo do coração. Mitsuko era uma garota alegre e franca, e Koga a tratava com muito carinho.

— Dia e noite, realmente.

— Houve excessos, reconheço. Isso porque, no começo, quando Mitsuko chegou de Osaka, àquela altura com seus catorze ou quinze anos, ela sentia muito medo de uma torre cheia de túneis interligados existente ao lado da nossa casa e que se constitui em ponto alto do turismo de Kamakura. Koga resolveu então dormir no quarto dela para que não sentisse tanto medo. Isso se tornou um hábito. Eu sofria com enxaquecas e queria dormir cedo, de modo que, para mim, esse arranjo veio a calhar... Acho que, nos dias em que retornava cansado do trabalho, ele passava algum tempo no quarto de Mitsuko para relaxar, não é?

— Pois esse "relaxar" é que era o problema. Aquilo começou logo em seguida. No começo, ele explicou que carícias entre tio e sobrinha eram permissíveis se não houvesse introdução da mão sob a roupa de baixo, se fosse só por cima. Achei que esse era um procedimento normalmente aceito. Com o passar do tempo, ele começou a tocar as áreas sob a roupa de baixo, mas, dizia ele, sem introduzir o dedo, pois isso se aproximaria demais de um ato sexual.

— E quando aconteceu tudo aquilo, questionei severamente o meu marido e ele me disse que nunca imaginara que a secreção feminina fosse algo tão abundante, e que isso tinha sido o gatilho que provocou a escalada dos acontecimentos. Em outras palavras, ele entendeu que ela também queria... Você também gozou com as carícias dele, não é, Mitsuko?

— Depois que me acostumei, realmente.

— Ouvi também de meu marido que você, então na terceira série do curso colegial, citara uma amiga precoce, segundo a qual o que vocês dois faziam era "masturbação simultânea".

— Citei mesmo. Eu estava querendo me assegurar de que aquilo não era um ato sexual.

— E se foi um desdobramento desse tipo de relação, não seria mais natural dizer que foi consensual?

— Não, senhora, foi estupro. Naquela época, não havia ar-condicionado em todos os quartos e, para me refrescar, eu me deitava na cama, nua e de pernas abertas, quando então meu tio, que estava examinando minha virilha bem de perto, berrou: "Chega de masturbação simultânea!", e me estuprou. A senhora estava em Kyoto numa reunião de classe. Eu gritei de dor, mas o tio disse que, depois da primeira penetração, eu não sentiria mais dor e me estuprou mais duas vezes até o dia raiar, quando finalmente retornou para o quarto dele. Esperei até o carro do ministério vir buscá-lo e fui embora para minha casa em Osaka. Como prova do ocorrido, levei comigo minha calcinha — eu a vestira depois da primeira penetração — cheia de sangue. O que aconteceu em seguida a senhora já sabe. Cerca de cem dias depois, a senhora me intimou a vir para Tóquio e me propôs falar do futuro depois de fazermos a ablução no santuário mais sublime do

Japão, ou seja, em Yasukuni-jinja. Uma vez lá, um homem agitou uma enorme bandeira do Japão diante de meus olhos e senti tontura e vomitei, ficando então claro para mim que eu estava grávida, tendo sido obrigada a abortar em seguida. Levei também para casa, como prova, o que disseram que teria sido expelido de dentro de mim como resultado da intervenção daquele dia.

— Me disseram que você vai confessar tudo isso que acabou de me relatar no auditório de uma escola ginasial. É verdade? Também ouvi dizer que se trata de uma peça que descreve uma mulher que liderou a revolta de camponesas desta área. O que é que essa história tem a ver com a confissão de há pouco?

— Uma personagem que referimos como "mãe de Meisuke" liderou as mulheres destas terras e lutou num levante. O levante terminou vitorioso, mas a mãe de Meisuke foi estuprada e seu filho, assassinado. Com o intuito de levar as mães das ginasianas e colegiais a se opor à apresentação da peça, está sendo veiculado um boato segundo o qual vou me apresentar no palco no papel de mãe de Meisuke e representar uma cena em que serei estuprada longamente por inúmeros samurais com seus penteados característicos. Em vista disso, resolvi alterar a peça. Desde o princípio, nunca me imaginei capaz de representar o sofrimento e a tristeza da mãe de Meisuke. Então me ocorreu mostrar que a atriz que representa a mãe de Meisuke na peça, eu mesma, tinha sido estuprada de verdade e que meu filho também fora assassinado. "Olhem para mim; ainda hoje, isso continua a acontecer de verdade neste país" — é isso que eu quero dizer. Tenho certeza de que conseguirei passar essa mensagem para as ginasianas e colegiais presentes na plateia. Suponhamos que uma atriz, vestindo as muitas camadas sobrepostas de quimono e representando um papel numa peça histórica, fosse derrubada por alguns homens sobre o palco e chorasse: ninguém levaria sua tragédia muito a sério, não é verdade? Mas se, de cima do palco, a atriz dissesse em alto e bom som que ela, a própria atriz, tinha sido estuprada, todos se assustariam e passariam a ouvi-la, não é mesmo? E então teria início uma comunicação real com expressões que carregariam em si carne e sangue. Esse é o método de atuação que empregamos em nosso teatro *Joguem o cachorro morto*. Dessa forma, jogarei meus cachorros mortos, mas isso não significa que vou ficar falando sozinha e que ganharei sozinha a discussão. Da mesma maneira que a senhora, há pouco, meu tio também poderá participar e me fazer as perguntas que quiser. Concederei a ele a oportunidade de falar da "secreção abundante" e da "masturbação simultânea" que nós dois praticamos, e lançar esses "cachorros mortos" contra mim.

— Desse jeito não há discussão possível — disse a sra. Koga, pondo-se de pé e exibindo sua formidável estatura em pose indignada. — Meu papel termina neste ponto. Daqui para a frente, é a vez de Koga vir a público e agir. Quer dizer que existem perguntas que Koga poderá contrapor ao seu testemunho e que seu método se desenvolve desse jeito, não é? Koga agora já é um velho e não passa de uma figura cômica, de modo que talvez ele a desafie, sustentando aos berros, com sua voz rouca, essa história de "secreção abundante" e "masturbação simultânea" feita a dois. E o sr. Chōkō, sendo democrático, na certa não vai censurar suas falas... Antes mesmo de entrar para o teatro, Mitsuko já era expressiva. Numa transmissão por TV a cabo, eu a vi representando um pequeno demônio cuja função era apaziguar o encosto que atormentava a futura imperatriz-viúva Kenrei, e os sussurros e gemidos que você, Mitsuko, emitia eram exatamente os mesmos que eu ouvia escapando do quarto onde meu marido relaxava.

4

Movimentos contrários à apresentação de *A mãe de Meisuke vai à guerra* começaram a pipocar uns após outros. Mas a partir do momento em que o fato foi divulgado pela internet na página do projeto *Joguem o cachorro morto*, administrada por Ricchan, começaram a chegar entusiásticas respostas de apoio à apresentação. E então a sempre cuidadosa Ricchan começou a dizer que o número de espectadores previstos aumentava com vertiginoso ímpeto e que, naquele ritmo, o Teatro Circular não comportaria todos eles. Assim sendo, ela queria realizar num espaço livre do vale um espetáculo grandioso para absorver da melhor maneira a expressiva demanda. Eu mesmo, em decorrência de um fato fortuito, acabei cumprindo um pequeno papel na obtenção desse objetivo.

Asa, que por ocasião das filmagens de *A mãe de Meisuke vai à guerra* mantivera boa relação com a atriz Sakura Ogi Magarshack, não havia conseguido contato com ela nos últimos tempos. Como causa direta, houve a morte de Tamotsu Komori, que fora o encarregado de lidar com problemas referentes a apresentações internacionais do referido filme, além de ter sido o produtor da obra. Ainda assim, durante certo período, nos chegavam do escritório de Komori, sem especificação clara de remetente, informações sobre as apresentações do filme. Com o tempo, nem isso já nos chegava às mãos, e Asa teve sua via de comunicação com Sakura totalmente perdida.

Contudo, jornais de penetração nacional publicaram reportagens sobre a reação negativa à peça *A mãe de Meisuke vai à guerra*, e quando o nome da sra. Sakura Ogi Magarshack surgiu associado à notícia, certa pessoa entrou em contato comigo. O homem era professor de literatura americana na Universidade de Kyūshū e, na época em que estudava numa universidade em

Washington, tivera contato com o professor Magarshack, então o principal estudioso da cultura japonesa nessa universidade. O professor Magarshack agora já era falecido, mas o professor da Universidade de Kyūshū ainda mantinha contato com Sakura, que continuava ajudando os estudantes japoneses por lá. No ano passado, ele tivera a oportunidade de ir a Washington e visitara a atriz, que atualmente levava vida de aposentada em sua casa. "Ela disse sentir saudades de sua família, sr. Chōkō", contou-me o homem... Quando lhe perguntei se ela mantinha o próprio endereço em segredo, ele me mandou em resposta o endereço atual e o e-mail da atriz. A sra. Magarshack continuava em ótima condição física, mas declarara que encontrava dificuldade na leitura de cartas escritas em japonês. Em decorrência disso, seu contato com amigos e conhecidos japoneses naturalmente rareara.

Escrevi então uma carta em inglês, que Ricchan mandou por e-mail. Logo em seguida, chegou a resposta, igualmente em inglês. Em minha primeira carta, eu contava a Sakura que eu atualmente colaborava com um grupo de amigos (e também com Asa) na produção da versão teatral de *A mãe de Meisuke vai à guerra*. O filme, em sua fase de exibição, enfrentara sucessivos problemas, mas caso as condições atuais fossem diferentes e, por exemplo, já fosse possível assistir a um DVD do filme, eu considerava que seria muito proveitoso para a atriz que estava por representar a mãe de Meisuke no palco poder assistir ao recitativo que ela, Sakura, interpretara.

Ricchan assumiu o intercâmbio de e-mails posterior e, com o rápido avançar das tratativas, a situação mudou de maneira drástica. Para Ricchan, Sakura declarou claramente que a detentora dos direitos de exibição do filme era ela própria. Assim sendo, a atriz nos mandaria o DVD de imediato, mas, se íamos apresentar a peça no auditório de uma escola ginasial, ela acreditava que não tínhamos ainda um cinema adequado no vale. Contudo, ela gostaria que o maior número possível de mulheres que participaram como figurantes do filme que não foi exibido no Japão assistisse a ele. Ocorreu-lhe então uma ideia: o que achávamos de exibi-lo em Saya, onde o filme fora rodado, em simultâneo com a peça? Ela possuía um conjunto portátil (seria necessária apenas uma tela grande) para exibições ao ar livre. Como ela achava que o produtor Komori não me pagara pelo roteiro do filme, a atriz Sakura estava disposta a me ceder esse conjunto às custas dela (ou seja, não cobraria a taxa de remessa aérea).

Em consequência, Unaiko e Ricchan desenvolveram um plano no sentido de ampliar o espetáculo que estava para ser levado perante uma plateia restrita. E, como sempre, com a ajuda de Asa.

XV. Imolação

1

Afastado do grupo de pessoas diretamente relacionadas com a produção na área dianteira central da plateia, me sentei no fundo, lado a lado com Masao Anai. Era dia de ensaio geral, véspera da estreia da peça.

No fundo da área central do Teatro Circular tinha sido montada uma estrutura que lembrava duas pontes sobrepostas, estreitas, mas de aspecto rijo. Uma mulher, usando vestido de linho azul-marinho e chapéu da mesma cor, cruza, a passos firmes, da esquerda para a direita, por um caminho representado em nível levemente superior ao do palco. Anda cabisbaixa, impossibilitando a visão de seu rosto, de modo que supus tratar-se de Unaiko, da mesma maneira como nos ensaios anteriores. A mulher desaparece por trás de uma cortina do lado direito e, instantes depois, ressurge sobre a ponte instalada pouco mais acima, quase à altura de uma pessoa, e cruza a extensão do palco, também da esquerda para a direita, sempre andando no mesmo ritmo. E então ela torna a surgir à esquerda sobre a segunda ponte, logo acima da primeira, dando a entender que sobe por um caminho em espiral...

E então Masao me diz que Unaiko está participando de uma reunião de emergência e que a mulher no palco é uma atriz substituta, mas ela se assemelha em tudo a Unaiko, principalmente quando vista de costas. Quando a atriz se aproxima da área escura no extremo da ponte superior, o choro de uma criança, que até então ressoava fracamente, começa a aumentar. Incluindo o caminho representado sobre o palco, a mulher dera três voltas e já desaparecera, mas o choro começa a ecoar cada vez mais alto. Então, na entrada do caminho em três níveis, surge uma menina usando vestido em padrão floral de tom pastel e calçando tênis de lona. Chorando alto, ela vai subindo o caminho em espiral. A cena transcorre lentamente. A criança sobe com determinação até a ponte superior e, ao ser envolvida por uma escuridão turva, sua voz vai se apagando e um único foco de luz ilumina um ponto. No palco agora silencioso, a mulher de há pouco surge iluminada pela luz. Ela tem a mesma aparência deprimida de quando caminhava cabisbaixa, mas passa a falar com voz firme.

— *Acredito que não foram poucas as pessoas que se depararam com meninas que, aos berros como essa que acabou de passar por aqui, andam sozinhas por ruas e passagens subterrâneas de estações de trem. Vez ou outra, detectamos a jovem mãe da criança andando mais à frente, mas ela não procura diminuir a distância que as separa e avança com passos decididos sem nunca olhar para trás. Esse é um quadro real de nossa sociedade atualmente.*

"Cento e quarenta anos atrás, um bando dessas 'crianças choronas' formou a vanguarda do levante feminino desta terra, liderado pela mãe de Meisuke. O ímpeto dessas crianças choronas, que não atendem a apelos lançados por adultos e continuam a gritar

com toda a força, não permitiu que o exército da Nova Nação *invadisse o local de reunião do segundo levante feminino, que se seguiu ao primeiro ocorrido na época em que estas terras ainda estavam sob o jugo do antigo clã.* A *rebelião comandada pela mãe de* Meisuke *transformou esse local de reunião em base das operações e venceu a batalha.* T*udo isso se passou conforme a balada que as pessoas desta terra ainda costumam cantar e dançar em festivais até hoje.* T*omamos a liberdade de acrescentar a ela uma linha.*

Haaah! En'*ya, kora ya!*
D*okkoi, jan-jan ko-raya!*
Minha gente vamos lá!
Mulheres nós somos,
Mas ao levante nós vamos,
Homens estupram, a nação também,
Não se deixem enganar,
Não se deixem enganar!
Haaah! En'*ya, kora ya!*
D*okkoi, jan-jan ko-raya!*

"A*gora, daremos início à nossa apresentação.* S*e conseguirmos sobreviver à provação que nos aguarda, chamaremos de volta ao palco a criança que há pouco passou chorando por nós, assim como a desesperada mãe da menina.* N*esse momento, prevejo que não haverá apenas uma criança chorona, nem apenas uma jovem mãe.* E*m vez disso, muitas serão as crianças aqui presentes com um lindo sorriso no rosto e muitas também serão as mães de feições esperançosas.*

"E *quando os contornos desse* finale *começarem a tomar forma, ninguém poderá se comportar em relação às mulheres que tanto sofreram e choraram em nossa peça ou fora dela, como se nada tivesse acontecido, como se nenhum outro tipo de vida tivesse sido possível para elas. Esse é o nosso mais sincero desejo.*

Haaah! En'ya, kora ya!
Dokkoi, jan-jan ko-raya!"

Quando o palco escurece, o coro distante da balada ecoa e vozes femininas se alteiam em ondas sobrepujando as masculinas. É a prova de que o levante fora um sucesso e terminara. Com sonoplastia a cargo de Ricchan e som original do filme *A mãe de Meisuke vai à guerra*, que a atriz Sakura nos mandara. Na parte da manhã daquele dia, uma enorme tenda tinha sido armada em Saya com a ajuda do grupo de Tamakichi, que, aliás, também havia auxiliado durante as filmagens. Trazidas pelo vento, as vozes do filme exibido na tenda chegaram até as ruas às margens do rio. O público da apresentação da peça teatral no dia seguinte na certa iria compreender melhor o sentido dos sons que ecoaram em Saya. O acesso ao espetáculo seria restrito e os ingressos já tinham se esgotado havia muito, mas como a mídia local escrita e televisiva noticiara toda a situação, a exibição cinematográfica de Saya fora sucesso absoluto, com superlotação.

Quando o palco torna a clarear, Meisuke jaz sobre duas folhas de tatame dispostas no centro do palco. Imagens projetadas dão a perceber que há pilares quadrados feitos de carvalho rijo em torno dele. Alguns jovens samurais estão no interior da área cercada pelos pilares e ouvem atentamente a fala de Meisuke, cuja voz arde de ira. "*Embora façam parte da nova força deste feudo, vocês atenderam às solicitações que eu, na qualidade de representante do levante, lhes apresentei. Aliás, essa era a única solução que lhes restava. Mas nós éramos amigos! Apesar disso, mal os rebeldes se dispersaram, vocês entraram em entendimentos com o antigo poder e concentraram a perseguição unicamente em mim. Agora, estou encarcerado e doente.*" Os jovens samurais respondem: "*Precisávamos de alguém que se responsabilizasse pela rebelião*". Meisuke replica: "*Por que não me deixam fugir?*". "*Mesmo que o libertemos, doente como está, você não terá forças para liderar outra rebelião. Ou seja, libertá-lo não trará benefício algum para os lavradores, mas se você morrer na prisão, recuperaremos a confiança do antigo regime. E isso nos será útil na eventualidade de haver outros levantes.*"

Os jovens samurais se retiram. Desesperado, Meisuke desabafa com a mulher que permanecera enrodilhada fora da área cercada por pilares virtuais. Nesse momento, a mulher de aspecto jovem pronuncia a mais famosa frase de toda a lenda da rebelião: "*Não se preocupe, mesmo que você morra, eu o parirei outra vez*". A imagem dos pilares de carvalho se apaga. A mãe de Meisuke se aproxima da cabeceira do filho, reajusta a abertura do quimono em torno do seu pescoço e as cobertas sobre seu corpo. A luz até então concentrada sobre as duas figuras se torna difusa...

Aplausos contidos soaram no restrito público composto por pessoas relacionadas à produção. Pude compreender seu sentido: um cabo de guerra tinha se estabelecido em torno dessa cena entre os representantes da escola e Unaiko. Na verdade, a escola repelia a versão mais antiga da lenda, segundo a qual a reencarnação de Meisuke teria sido gerada entre mãe e filho. Unaiko não cedia. Lembrei que quando eu contara essa história pela primeira vez para a atriz Sakura, ela replicara: "Pois eu gostaria de dizer: e daí que eram mãe e filho?". Eu, porém, não me envolvi no debate e descrevi no roteiro da peça apenas os gestos de uma mãe carinhosa e recatada para com um filho às portas da morte. Sou escritor de romances de longa data, do tipo que ainda hoje reescreve o texto várias vezes, e esse hábito me ensinou que, se você não se sente seguro a respeito do que reescreveu, elimine o trecho inteiro. Foi o que fiz.

Quando as luzes voltaram a iluminar o palco, Masao disse:

— Esses aplausos foram para o senhor, sr. Chōkō.

— Não, foram para Unaiko, que conseguiu definir a maneira de representar com tamanha perfeição que até uma jovem atriz consegue reproduzi-la sem falhas só de vê-la — repliquei.

Foi então que reparei em Asa, em pé numa estreita passagem da plateia à esquerda do palco, cabisbaixa como a jovem mãe da criança chorona que eu vira havia pouco. Ela tentava chamar a minha atenção sem olhar na minha direção.

Eu me levantei e fui para trás da plateia e ali a aguardei. No palco, estava sendo efetuada uma troca de cenário ao vivo, diante da plateia, tendo em vista a partida para a batalha do novo levante, dessa vez liderado pela reencarnação de Meisuke. Ao se aproximar de mim, Asa disse:

— Três homens sequestraram Unaiko e a mantêm presa na antiga academia do sr. Daiō. Parece que dois dos homens foram embora no carro em que eles mesmos vieram, e o terceiro levou Unaiko e Akari no carro que Ricchan dirigia. Antes de irem, disseram para uma moça da trupe que, se Chōkō chamar a polícia, Akari vai passar por maus bocados. Em seguida, recebi um telefonema do sr. Daiō, que me disse para contar tudo o que está acontecendo só para você e, em seguida, levá-lo até a academia. Até o momento em que recebi essa ligação, eu pretendia enfrentar a situação sozinha, de modo que fiquei quieta, apenas esperando o próximo movimento deles. Por isso eu tinha dito à garota da trupe que não contasse nada a ninguém, tanto que nem Masao sabe o que está acontecendo. Me parece que eles não pretendem fazer nada contra você, meu irmão, só estão checando o roteiro e exigindo que Unaiko faça alterações nele. Mas parece que Unaiko está insistindo que ela precisa da autorização de Kogito Chōkō para fazer qualquer mudança, mesmo nos trechos *ad lib* próprios do modelo *Joguem o cachorro morto*. Não consigo saber a posição do sr. Daiō em tudo isso. Sei apenas que ele e o casal Koga são amigos de longa data. Como não sabemos ainda quem é amigo ou inimigo no meio dessa confusão, não estamos em condições de pensar em chamar a polícia.

2

Levado no carro dirigido por Asa, cheguei a um local de onde se avistava a fazenda da academia do outro lado de um vale profundo, na vertente da montanha à nossa frente: de maneira geral, essa topografia me restara vagamente na memória. O dia, nublado, já havia escurecido por completo. Havia uma ponte de ferro no local onde, antigamente, me lembrava de ter visto uma ponte pênsil. Depois de atravessá-la, chegamos a uma área onde estavam estacionados um caminhão e um pequeno trator num abrigo para carros formado por um simples telhado. Havia um caminho pelo qual um carro poderia seguir ladeira acima, mas não consegui avistar em lugar algum o veículo em que deviam ter trazido Unaiko, Akari e Ricchan. Uma única lâmpada nua estava acesa no topo de um poste alto feito de tronco de árvore. De repente, dois homens surgiram silenciosamente fora do círculo de luz projetado pela lâmpada e mandaram-nos estacionar o carro atrás do abrigo para carros. Em seguida, Asa e eu, liderados pelos dois homens, subimos um longo aclive a pé. A fazenda, que se localizava numa zona onde houvera derrubada de uma floresta de árvores latifoliadas, tinha um aspecto muito mais estável e cultivado do que eu me lembrava. Passamos por uma ampla área onde me pareceu ver um bando de homens tocaiando com finas lanças em riste, mas quando alcancei um trecho iluminado pela luz proveniente do alto, percebi que se tratava de uma plantação de tomates muito bem cuidada. Após a morte do marido, diretor de escola ginasial que descendia de uma família de agricultores, Asa cultivara vegetais em escala grande demais para ser classificada como produção doméstica e muitas vezes me mandara os frutos da colheita; naquele momento, ela explicou:

— Esses tomates são tão grandes e vistosos que parecem até frutas, e ouvi o sr. Daiō dizer que abastecem hotéis de Matsuyama. Assim como um tipo especial de folha para salada que chamam de alface romana.

— ...

— Quando começa a fazer alguma coisa, ele se dedica de corpo e alma ao empreendimento, e tanto batalhou que até os filhos de antigos discípulos da academia que tinham partido para Osaka e Yokohama acabaram voltando para cá... Na certa os pais os aconselharam a retornar, mas mesmo assim... Eles vieram para aprender a cultivar esse tipo de verdura. Dizem que são necessários de quatro a cinco homens trabalhando em regime de tempo integral.

Tanto a loquacidade de Asa como a minha pouca vontade de falar deviam ter por fonte as mesmas preocupações, mas, ainda assim, seguimos caminhando ladeira acima. A antiga sede da academia — abastecida de águas termais correntes desviadas de um curso natural — para onde eu e Gorō, à época ambos cursando o colegial, tínhamos ido acompanhando um jovem professor de línguas que era oficial das Forças de Ocupação, estava mergulhada na escuridão, mas no sobrado contíguo à esquerda, no topo da ladeira, havia luz. Daiō surgiu dos fundos do prédio térreo à direita, lá onde minha titubeante memória dizia ter existido um escritório, de onde um feixe de luz vazava por entre cortinas cerradas. Ele não precisara usar a lanterna elétrica em sua mão para nos reconhecer.

— Peço desculpas por tê-lo envolvido na confusão, sr. Kogito. Unaiko e a outra parte estão no escritório logo ali... O indivíduo se chama Koga, e soube que o senhor fez a gentileza de testemunhar a conversa que a mulher dele teve com Unaiko dias atrás... Eles estão conferindo o roteiro por causa das questões que foram levantadas nessa ocasião. Sei que estamos abusando de sua boa vontade, mas é que Unaiko insiste que o senhor ouça ao menos as alegações de ambas as partes e...

— Mas que diabos vocês aprontaram só para conferir um roteiro? Considero tudo isso imperdoável, sobretudo porque envolveram até o meu filho Akari.

— Pois eu salientei esse ponto diversas vezes, mas... por favor, releve e concorde, só esta vez, sr. Kogito!

Ele parecia estar se desculpando em um tom que chegava até a soar subserviente, mas a linguagem corporal tinha um quê autoritário, muito diferente da impressão que ele me dava em minha casa da floresta.

— Eu também acho essa história ultrajante, principalmente pelo fato de o homem que sequestrou Akari e Ricchan ter dito que, se chamássemos a polícia, Akari passaria por maus bocados — disse Asa. — Mas esse ponto nós dois ainda vamos acertar, o senhor e eu, quando tudo isso chegar ao fim, não esqueça. Isso posto, quero saber antes de mais nada: onde estão Ricchan e Akari? Quanto a Unaiko, acho que ela está no meio de uma discussão acalorada no escritório aí ao lado... Eu trouxe remédios e mudas de roupa para Akari. Preparei também sanduíches para substituir o jantar e os trouxe comigo. Suponho que meu irmão tenha de ir conversar com esse sr. Koga, mas eu mesma preciso saber já se Akari está em perfeitas condições. Leve-me até onde ele se encontra preso. Se o senhor não tem autoridade suficiente para tanto, exijo que mande esse indivíduo aí que nos vigia, em pé no escuro, que me conduza até ele.

Daiō desistiu de fingir que não havia nada de errado na situação e ordenou a um rapaz de aspecto diferente dos homens de há pouco — na certa, alguém da fazenda — que tomasse a maleta da mão de Asa e a conduzisse. Eu mesmo acompanhei Daiō e, guiado pela luz de sua lanterna elétrica, fui subindo a ladeira forrada de pedregulhos rumo ao escritório, sentindo o tempo todo a pesada pressão do úmido ar noturno. Ao ouvir a voz de Asa, trêmula de ira incontida, senti também que minha mente retomava, por pouco que fosse, sua função costumeira.

Daiō torceu a maçaneta da porta com sua única mão e, com metade do corpo introduzido no aposento, empurrou com a cabeça a cortina de aspecto velho e pesado. Fui atrás e, estendendo meu braço, empurrei também a cortina para abrir passagem. Entrei num aposento iluminado por uma lâmpada nua pendendo do teto em posição baixa. Além da estreita zona de terra batida com sua pedra de apoio para descalçar sapatos, havia uma área assoalhada e uma mesa. Em torno desta, diversas cadeiras se espremiam lado a lado e, acomodados em duas delas, um homem e uma mulher (Unaiko) olharam fixamente para mim.

Para aumentar o círculo de luz, Daiō suspendeu a lâmpada, encaixando a argola existente no fio numa ferragem que pendia do teto. Unaiko usava um grande xale que lhe envolvia a cabeça e os ombros e lhe dava um aspecto inusitado, mas não aparentava cansaço. Quanto ao homem idoso diante dela, que acabara de se erguer para dar passagem a Daiō, logo percebi se tratar do irmão mais velho do pai de Unaiko. Em desarmonia com a testa estreita inteiramente cercada por densa cabeleira branca, o nariz era bem estruturado e as bochechas, rechonchudas. Os olhos, perspicazes, se assemelhavam aos de Unaiko. O indivíduo moveu esses olhos (eles não traíam nenhum sentimento) e deu a entender que me cumprimentava.

Unaiko fez um gesto convidando-me a sentar ao lado dela, de modo que me acomodei diante do homem, o qual, dando-se conta a essa altura de que eu não iria devolver seu meio cumprimento, virara-se para o lado. Os já conhecidos dois homens de terno se sentaram em duas poltronas, uma a cada lado da porta de entrada, indicando que estavam ali para impedir qualquer movimento de fuga por parte de Unaiko.

— Vou apresentá-los de forma sucinta — disse Daiō nesse momento. — Este é o sr. Koga, que, a depender do que Unaiko apresentar na peça, ameaça abrir um processo por difamação e calúnia. Seria mais natural chamá-lo de "professor" Koga, mas vamos estabelecer o tratamento de "sr." Koga. Ele tem uma história de brilhantes conquistas no setor administrativo do Ministério de Educação. Nos tempos em que ocupava cargos de chefia no ministério, ele aparecia com frequência em programas de televisão que transmitem reuniões da Assembleia Nacional ao vivo. O senhor, que mantinha real interesse pelos rumos da educação no pós-guerra, deve se lembrar de tê-lo visto na televisão nessa época, sr. Kogito. E este é o sr. Kogito Chōkō, o escritor que veio expondo sua posição política a respeito do assunto a que acabo de me referir, e que o sr. Koga também deve conhecer de vista. Eu o venho tratando familiarmente por "sr. Kogito", e se consegui precariamente sobreviver até hoje, foi graças à antiga relação que mantive com o pai dele. Na verdade, a sra. Koga também deveria estar presente e, com efeito, ela esteve em Shikoku para um diálogo prévio, mas lavou as mãos depois desse primeiro encontro e se foi. Então o sr. Koga insistiu numa conversa cara a cara com Unaiko para ver se chegavam a um entendimento que não fosse judicial. Acontece, porém, que Unaiko se recusou terminantemente a continuar discutindo, alegando já haver dito tudo o que precisava para a sra. Koga e, em consequência, não houve meio de estabelecer um encontro pacífico. Foi então que o sr. Koga, ou melhor, esses dois homens da Fundação Koga aqui presentes, resolveram promover a qualquer custo um encontro entre Unaiko e o sr. Koga, encontro esse de caráter coercitivo, do ponto de vista de Unaiko. Apesar dos pesares, se essa discussão terminar de maneira satisfatória, a necessidade de um processo judicial deixará de existir.

A cortina se afastou, e dois jovens, aparentemente funcionários da fazenda, surgiram trazendo bebidas em garrafas PET, copos de papel e algo semelhante a pães doces em uma caixa de papelão, e os depositaram entre as pilhas de documentos sobre a mesa.

A velha e pesada cortina parecia ter cumprido sua função de isolamento acústico, pois no breve instante em que ficou aberta, o barulho da chuva, que começava a cair, e o uivo do vento varrendo a floresta invadiram o aposento. Pensei que eu acertara em trazer os tampões de ouvido para Akari quando paramos na casa da floresta, antes de vir para cá.

— Vamos dar início à reunião. Antes de sua chegada, sr. Chōkō, solicitei às duas partes que vieram diretamente para cá ("forçada", diria Unaiko outra vez) que examinassem os pontos considerados problemáticos. São trechos que Unaiko julga imprescindíveis, e o sr. Koga exige que sejam totalmente removidos ou reescritos. Os trechos em questão eram dois. Quando o primeiro foi examinado, verificamos que tratava da relação tio e sobrinha, mas, para minha surpresa, Unaiko declarou que concordava em removê-lo inteiramente. É esta passagem aqui, circulada com caneta vermelha no roteiro e que abrange uma cena inteira, de forma que não haverá necessidade de reescrever coisa alguma, de acordo com Unaiko, basta apagá-la. Portanto, ficou decidido que não há necessidade de incomodar o sr. Kogito no sentido de realizar o que talvez possamos chamar de recomposição da peça.

Koga, que se voltara para o meu lado enquanto eu conferia o roteiro, parecia estar me inspecionando. Esperou até eu acabar de ler o trecho em questão e então disse:

— Como ficou decidido que esta cena seria eliminada com

a anuência de Unaiko, não tenho praticamente mais nada a dizer. Contudo, uma vez que essa cena seria representada com a sua aprovação, eu, como seu contemporâneo e leitor desde a juventude, em vez de questionar isso ou aquilo a respeito do conteúdo do texto, pedi a Unaiko que eliminasse a cena, antes de mais nada, porque o estilo não corresponde ao seu e, acima de tudo, porque representa uma afronta para o escritor Kogito Chōkō. Todavia, minha mulher entende que essa cena oculta uma intenção maldosa muito mais séria. Ela diz que Unaiko me convidou para o espetáculo de amanhã esperando encaminhar a peça de tal maneira que entre mim, na plateia, e ela, no palco, se desenvolva uma polêmica. Minha mulher me contou também que é essa a proposta do modelo *Joguem o cachorro morto*. Unaiko revelaria meu crime. Eu o refutaria. Depois de avaliar a situação, ela chamaria dois atores, que estariam travestidos em personagens de um famoso seriado televisivo, e diria: "*Suke e Kaku, mostrem ao público o que vocês têm!*". Os dois teriam nas mãos um pedaço de pau com sacos plásticos atados à ponta. Segundo me disseram, dentro desses sacos haveria roupas ensanguentadas e uma imundície ressequida... Então os dois bateriam com o cabo desses pedaços de pau no chão e me diriam em tom de intimidação: "*Olhe bem para isto aqui!*"... Minha mulher me disse que esse tipo de cena está no roteiro com a sua aprovação.

— Esta cena foi composta como um acessório — respondi. — Esses dois rapazes da trupe formam uma dupla cômica que se autodenomina Suke & Kaku... Isso nada mais é que um esquete inspirado numa cena em que Unaiko e os dois jovens enfrentariam o senhor, que seria a testemunha de acusação de um processo fictício de danos morais por difamação e calúnia perante a corte. Eu efetivamente o incluí no roteiro final.

— O material contido nos sacos plásticos e que faz o papel de "cachorro morto" nessa cena se constitui em prova que será apresentada à corte, caso o processo realmente venha a ser instaurado — disse Unaiko. — O primeiro contém peças íntimas sujas de sangue e líquido seminal resultantes do seu primeiro estupro, ocorrido na época em que eu tinha dezessete anos. O segundo contém o material que eu, juntando toda a coragem que fui capaz de amealhar, solicitei à enfermeira ao fim do aborto a que fui obrigada a me submeter... Perguntei a especialistas e eles me disseram que as técnicas atuais de detecção de DNA tornam possível a identificação desse material.

— Deixando de lado a possibilidade ou não de evidências desse tipo serem aceitas perante uma corte de justiça, fica estabelecido que essa cena underground, tão em voga na minha juventude, está eliminada — disse Koga para mim. — Acredito que isso foi excelente, até mesmo para a dignidade do sr. Chōkō, ganhador de um prêmio internacional.

— Eu não creio que isso tenha a ver com a honradez literária do sr. Chōkō — disse Unaiko. — Já não falamos o suficiente desse trecho que eu mesma prometi excluir da peça? O que precisamos discutir agora é a segunda questão mencionada pelo sr. Daiō, não é? Ela foi levantada pelos advogados do sr. Koga. Eles alegam que a nossa convivência durante os três anos que antecederam o referido acontecimento transcorreu em perfeita harmonia e que ele se deu como uma extensão do clima de afetividade que reinava entre nós. Ou seja, alegam que houve base para os posteriores atos sexuais. Enfatizam também que, naquele ano, eu já havia completado dezessete anos.

— A "masturbação simultânea a dois", aquela expressão que você achava divertida e vivia usando, nós a desfrutávamos consensualmente e, a partir de certa altura, resolvemos usar os dedos para chegar logo ao fim porque cometíamos excessos quando continuávamos durante muito tempo (essa linguagem também é sua) e se tornou um hábito nosso, certo?

— Mas eu não tinha noção de que fazia sexo.

— Realmente, foi assim mesmo, mas será que naquele ponto não ocorreu sem querer uma escapadela?

— Escapadela? O senhor está dizendo que ocorreu sem querer um ligeiro desvio nos atos que se tinham tornado habituais, meu tio?

— Se você puder acompanhar minha argumentação com boa vontade, será que não conseguiremos discernir um meio de superar também essa segunda questão? (Koga parecia ter se sentido incentivado pela expressão "meu tio" que Unaiko acabara de usar.) Nosso relacionamento nos permitia desfrutar o que fazíamos e até usar a expressão "masturbação simultânea a dois", embora fôssemos conscientes da comicidade dela... Não era exatamente isso que acontecia? Então, de repente, sou arrastado para essa peça underground de extremo mau gosto e tenho meu segredo revelado. Se não me dispuser a participar dessa tramoia, já existe um indivíduo pronto a representar o meu papel. Esse indivíduo tem uma placa pendurada no pescoço onde está escrito meu nome completo, meu antigo cargo na administração federal e as condecorações que recebi. Eu queria saber: por que tudo isso é necessário a esta altura dos acontecimentos?

— Pois é nesse ponto que reside o problema principal que vim remoendo durante os dezoito anos que se seguiram àqueles acontecimentos! Quer que eu represente essa página do roteiro? No meio desta tempestade e ventania, posso gritar à vontade sem nenhum constrangimento.

Unaiko aprumou-se como se estivesse prestes a atacar Koga fisicamente. E então vi Koga acusar o golpe com um sobressalto (golpe complexo, envolvendo tanto seu lado emocional como o físico e que o deixara agitado tanto externa como internamente, só agora percebo com clareza) e se erguer.

— Está vendo, sr. Daiō? Estamos de volta ao ponto de partida. Essa mulher não ouviu absolutamente nada do que eu disse. Foi pura perda de tempo... Preciso de uma pausa agora, já estou mais de uma hora atrasado com relação ao horário que prometi telefonar à minha mulher e aos advogados!

Koga já tinha começado a andar, escoltado pelos dois homens. Daiō me dirigiu um leve cumprimento apenas para desencargo de consciência e os seguiu em meio à tempestade.

Unaiko, que restara sozinha diante de mim (embora as costas dos dois vigias de camisa branca diante do escritório fossem visíveis de maneira intermitente em meio à escuridão resultante da violenta tempestade), removeu os óculos que usava e voltou na minha direção o rosto que mostrava cansaço e agitação.

— Peço-lhe desculpas por todo o trabalho que estou lhe dando — disse ela.

— Eu tenho o costume de reescrever meus romances, e quando tenho de reconstituir minhas palestras com base em anotações, levo mais tempo do que quando escrevo um material novo, sabe? Quanto à solicitação do sr. Koga, eu estava pensando aqui comigo que, para não fugir desse meu hábito, posso refazer o trecho referente à fala dele que vocês haviam composto, transformando-o em algo que atenda as exigências dele, mas que, ao mesmo tempo, seja aceitável para você.

— Acho que sempre restarão passagens totalmente inadmissíveis para mim — disse Unaiko. — Mas como a direção da escola foi intransigente no sentido de cumprir à risca o horário, fui obrigada a solicitar-lhe que fizesse inúmeras alterações no roteiro com vistas a essa apresentação. O original que eu e Ricchan compusemos, embora se baseasse inteiramente em seu roteiro, acabou ficando longo demais porque fomos introduzindo tudo o que queríamos ver representado... De modo que o senhor foi obrigado a fazer uma série de cortes para só assim conseguir algo próximo ao estilo do recitativo original. Só para confirmar, assisti ao DVD de *A mãe de Meisuke vai à guerra* antes de ele ser exibido naquela enorme tenda de Saya... E então percebi que a voz da atriz Sakura representando o recitativo diante das câmeras era a do espírito da mãe de Meisuke, que surge em forma de encosto. Aquela que se apresentava ali, sentada com vestes em estilo *kabuki*, era a médium Sakura, e ela falava com a voz do espírito que nela se incorporara. O espírito da mãe de Meisuke tinha se manifestado. Há pouco, enquanto eu discutia com o meu tio, percebi que o que eu estava para representar nessa peça era tanto a médium que incorporará o espírito da mãe de Meisuke como a médium que incorporará o meu próprio espírito de dezessete anos. O sobressalto do meu tio não teria sido resultado dessa mesma percepção, tida de maneira simultânea à minha? Não teria sido porque ele percebeu o espírito de dezessete anos se incorporando e se manifestando de fato na médium vivida por uma atriz de trinta e cinco anos? Pois acho que meu tio virá esta noite mais uma vez para se assegurar da existência desse *mononoke*, ou seja, desse espírito de dezessete anos!

Daiō retornara encharcado, vestindo uma capa que usava para trabalhar. A chuva gotejava também do seu chapéu. Ele se desfez dos dois, jogando-os sobre um sofá ao fundo, e seu corpo exalou um forte odor de chuva.

— O sr. Koga conversou com os advogados que acompanham a mulher dele e chegou a uma conclusão. Exige que toda passagem do roteiro que revele qualquer coisa referente ao relacionamento de dezoito anos atrás entre o sr. Koga e Unaiko seja eliminada. Se isso não lhe for prometido, Unaiko continuará presa. Nessa altura, a exibição foi para o brejo! E se houver qualquer tentativa de reencenar a peça, ele diz que os processará por danos morais com base no roteiro que ele tem em mãos. Este é o seu último aviso. Isso posto, ele pretende esperar esta noite inteira por um eventual abrandamento da atitude de Unaiko.

Mas eu, sr. Kogito, disse ao sr. Koga que essa peça precisa ser encenada. Os lavradores desta terra estão sofrendo, em extrema miséria. Ocorre o levante liderado por Meisuke. Mulheres e crianças se juntam sob o estandarte erguido por Meisuke. O levante é um sucesso. Alguns anos se passam e os lavradores se veem outra vez encurralados. Nesse ínterim, acontece a grande reforma política da restauração Meiji, os clãs desaparecem e, desta vez, quem os oprime é um conselheiro-mor enviado pela administração do país, mas de qualquer forma, seja lá quem for o opressor, nada muda na condição dos lavradores até que o elo mais fraco da sociedade, mulheres e crianças, se levanta. E é então que, para liderar essa segunda rebelião, a mãe de Meisuke é escolhida. A estratégia para o segundo levante foi ensinada a um menino que é Meisuke reencarnado: ele entra na floresta e no local onde o "Destruidor" costumava tirar sua soneca, deita ao lado do espírito do falecido Meisuke, o qual lhe transmite todos os segredos. Então, do antigo clã, ou melhor, da capital do país reformado, um exército chega a Ōkawara e ameaça pisotear e destruir o quartel-general do levante. No começo da batalha, crianças que a reencarnação de Meisuke arrebanhou choram a plenos pulmões, e essas "crianças choronas", auxiliadas pelas mulheres, fazem com que o exército recue, e o conselheiro-mor enviado pelo governo Meiji é obrigado a se suicidar... Para falar a verdade, fiquei sabendo de todos os detalhes da história dessa rebelião depois de ler o roteiro da peça idealizada por Unaiko e sua turma. Esse último trecho, especialmente, foi acrescentado pelo senhor e tem por base o material pesquisado por Ricchan, não é verdade? Pois acredito que vale a pena encenar essa peça nem que seja apenas para que as pessoas do lugar relembrem o acontecido! Pois bem, o que eu gostaria de perguntar para Unaiko é o seguinte: por que introduzir na peça a história de ter sido estuprada pelo sr. Koga aos dezessete anos? Para possibilitar a encenação da peça, você não podia esquecer essa abordagem e terminar com o recitativo de incitação à rebelião, "*Mulheres nós somos/ mas ao levante nós vamos*", entoado com entusiasmo por todas as mulheres? Se você concordasse com isso, o sr. Koga também não tentaria nenhum tipo de boicote à peça. Por que não fecha o acordo nesses termos? Essa é a pergunta que eu queria lhe fazer, Unaiko.

— Antes de mais nada, deixe-me explicar — disse Unaiko, reacomodando-se na cadeira e olhando diretamente para Daiō. — Tanto o fato de a reencarnação de Meisuke ter morrido sob o peso de pedras como o de a mãe de Meisuke ter sido estuprada não uma, mas diversas vezes, e carregada em frangalhos sobre uma maca improvisada são mencionados na cantiga costumeiramente entoada e dançada em festivais desta localidade. Segundo ouvi, cenas descrevendo tais fatos faziam parte do roteiro original do filme que foi rodado em Saya. Mas, na fase de produção, foram eliminadas e, portanto, não estão no filme acabado. O que sobrou no filme, conforme o senhor mesmo disse há pouco, sr. Daiō, é a cena em que a canção da mãe de Meisuke de incitação ao levante é entoada por um coral de mulheres que participaram do movimento, cujas vozes em *crescendo* marcam o desfecho. Existe também uma espécie de adendo poético formado por música de Beethoven e gritos, é verdade. Pois eu também incluí em minha peça esse *ending* feito com coral de muitas vozes sem alterar coisa alguma. A única diferença é que, antes disso, eu apresento de maneira bem clara o martírio tanto da mãe de Meisuke como do filho. E depois disso é que eu, que vim narrando a história desse martírio caracterizada como mãe de Meisuke, faço um esforço monumental para despir sozinha a roupa em estilo *kabuki*... e volto a ser a mulher de azul-marinho da cena de abertura. Então essa mulher, ou seja, eu, incorpora o espírito de uma jovem e começa a contar que foi estuprada aos dezessete anos, que o estuprador é um homem que alardeia em sua autobiografia ter sido o responsável pela edificação dos pilares da educação do país, e também que, em nome da educação do país, a mulher desse estuprador obrigou a sobrinha a se submeter a um aborto. Se alguém do lado do estuprador contestar, alguns atores já estão preparados na plateia para essa eventualidade. Contudo, as declarações do estuprador serão destruídas por uma inquisição que lançarei em contra-ataque, e eu conquisto a vitória e passo a ser rodeada pelas mulheres que começam a subir ao palco umas após as outras. Lideradas por um poderoso coral, todas entoam a cantiga de incitação ao levante da mãe de Meisuke. O coral se eleva num *crescendo*, e o *finale* se transforma em incitação a um levante que fatalmente tem de ocorrer outra vez, ou seja, em incitação a eternos levantes. E sobre o palco estarão também as reencarnações das "crianças choronas" e de suas respectivas mães.

Unaiko terminou sua explicação, e Daiō, que a encarara o tempo todo sem nunca desviar o olhar, pendeu a cabeça nesse momento. O silêncio que se seguiu teve o efeito de intensificar o ruído da chuva. Só depois de alguns instantes Daiō e eu conseguimos quebrar a tensão.

3

A breve fala devia ter exaurido Unaiko, que pendeu a cabeça sobre o peito magro, embora seus ombros se projetassem para os lados de maneira desafiadora. Então Daiō começou a falar como se estivesse resolvendo questões burocráticas. Contou-nos, com voz calma, que as providências que ele combinara anteriormente com Asa estavam sendo tomadas.

— Na sede antiga, a terma em que o senhor se banhou —

disse Daiō, mas na verdade, foram apenas Gorō e Peter, o professor de línguas americano, que se banharam— foi ampliada e reformada para possibilitar o uso a pessoas de fora, e o lado oposto foi transformado num grande refeitório para visitantes. No momento, porém, não há nenhum banhista e, mais para o fundo, existe apenas um quarto para meu uso pessoal. A sede nova foi construída nos tempos áureos da academia, numa época em que ela fora designada centro de treinamento para instrutores da província. No andar térreo, há uma enorme sala de aulas e de treinamentos individuais, restaurante e instalações para hospedagem de palestrantes. No andar superior, uma sala para hóspedes especiais. O aposento de canto do extremo leste possui banheiro e sala de banho anexos, ou seja, é uma típica suíte em termos de hotelaria. O dormitório desse conjunto foi designado para Unaiko, e na sala de estar diante dele, os dois homens da fundação Koga dormirão em camas de campanha, uma medida não passível de discussão. No quarto de hóspedes anexo situado do lado oeste, não tão espaçoso quanto o primeiro, mas também provido de banheiro, há duas camas. Ali ficarão Ricchan e Akari, mas neste momento, sua irmã Asa também está lá. Ela perguntou a Akari o que ele achava de pedir ao pai que trocasse de lugar com Ricchan na hora de dormir e ele respondeu: "Nada disso, eu é que vou defender Ricchan!". Sua irmã ficou encarregada de cuidar do senhor no aposento que eu desocupei e está agora inteiramente à sua disposição. Quanto ao sr. Koga, como ele talvez receba um telefonema da mulher no meio da noite, e a recepção de celulares não é boa aqui em cima, designei para ele outro prédio que originalmente abrigava os instrutores da academia, pois ali existe uma linha de telefone fixo. Ele já está lá tomando alguns tragos antes de ir para a cama... Assim sendo, quero dar por encerrada a programação deste dia. Como o vento e a chuva recrudesceram, Unaiko, o senhor e eu iremos numa van que alguns rapazes da casa trarão até aqui para nos levar ao outro prédio. Depois disso, eu retorno para cá e também pretendo beber alguns tragos antes de dormir. Caso o senhor, por alguma razão, precise de mim com urgência, gostaria que mandasse a van para cá por intermédio de um dos rapazes que pus de sobreaviso no hall de entrada da sede nova. Quanto a você, Unaiko, os homens de Koga a mantêm prisioneira e eu não posso fazer nada a esse respeito.

Quando todos nos acomodamos em nossos respectivos quartos, já passava das duas da madrugada e, visível pela fresta da cortina, a floresta estava mergulhada na mais absoluta escuridão. Quando um raio caía ao longe, relâmpagos revelavam as folhas das árvores se avolumando e ondulando como vagalhões em mar tempestuoso. Não havia sinal de que a tempestade amainaria.

Passados sessenta e tantos anos de nossa infância, Asa e eu vivíamos novamente a experiência de dormir lado a lado num mesmo quarto. Apagadas as luzes, permanecemos em silêncio por instantes, apenas ouvindo o furioso rugido da tempestade.

— Meu irmão, você não só sabia de cor a canção alemã dos jovens oficiais como também corrigia o ritmo do refrão da cantiga da mãe de Meisuke quando Unaiko errava, não é mesmo? Nossa mãe e eu nos emocionávamos com a aptidão musical de Akari e a considerávamos herdada de sua mulher, mas, agora, começo a achar que seu gene também teve algo a ver com isso. Pensando bem, nossa mãe também disse que não teve dificuldade alguma em aprender a cantiga quando apresentou a peça no teatro montado num casebre do vale...

Fingi não ouvir a voz contida de Asa, que soava perdida em meio ao rugido da tempestade e ao constante ranger do telhado, os quais me fizeram até esquecer o costumeiro zumbido no ouvido.

— Será que você se lembra também de outras canções infantis que andaram em voga aqui no vale? "*Gishi-Gishi, de onde foi que tu vieste? Gishi-Gishi, onde foi que esqueceste o braço? Din-don!*" Uma vez eu cantei isso porque as outras crianças cantavam, mas a mãe me deu um tabefe tão forte por trás da orelha que me assustei; foi a primeira vez que apanhei dela...

Eu não consigo imaginar como Daiō era quando criança, e Asa, muito menos. Ela devia ter cantado e caçoado dele quando já era quase adulto.

— Permaneci aqui enquanto você foi se encontrar com Ricchan e Akari no segundo andar do prédio anexo, e então o sr. Daiō apareceu para verificar se os rapazes tinham realmente entregado os cobertores que ele mandara trazer para cá. Eu queria ver de perto uma foto enquadrada em moldura antiga que estava em cima dessa mesinha e já a tinha nas mãos quando ele a tomou de mim dizendo "Bem, isto aqui...", e a meteu no bolso da capa encharcada que usava. Nosso pai estava em pé num pico alto sobre uma planície extensa e vestia roupas de viagem... Cheguei a me perguntar se ele teria sido espião... Nosso pai estava em pé e, ao lado dele, havia uma mula carregada, e rente à carga, como se a estivesse protegendo, estava o sr. Daiō, ainda criança, mas já bem alto... Acho que você devia perguntar a ele a respeito do seu passado na Coreia ou na China, ou seja lá de onde for que ele veio... Sabendo que você não vai mais escrever a *História de um afogamento*, acho que ele não terá receio em se abrir, não acha?

Continuei em silêncio, mas Asa sabia muito bem que eu apenas fingia dormir.

— O sr. Daiō passou por momentos realmente terríveis na infância, de modo que a gente não consegue saber direito em quem ele confia ou não. Como ele tem um instinto de preservação apurado, acho que não toma partido de ninguém tanto em questões passadas como nesta que enfrentamos agora.

Depois disso, fui obrigado a replicar:

— Exceto em relação ao nosso pai, que ele considera seu eterno mentor.

— Acho que logo depois de essa foto ter sido tirada ao lado do nosso pai, ele se tornou conhecido como alguém que "esqueceu o braço em algum lugar"... Ele passou mesmo por situações horrorosas, e creio que o nosso pai se sentia de algum modo responsável pelo que aconteceu e o compensou na medida do possível.

— Sabe aquele dia em que levei Gorō pela primeira vez lá para casa, quando vocês dois se conheceram? Eu estava retornando daqui e, antes, havia passado pelo vale... Naquele dia, eu estive no escritório do outro prédio e vi uma mala um tanto grande que, pensando agora, devia ser do nosso pai e fazer conjunto com a maleta de couro vermelha da nossa mãe. Pois hoje também a vi de novo em cima do sofá no fundo do escritório. Lembro ainda que, numa ocasião em que eu e Gorō nos encontramos com o sr. Daiō em Matsuyama, um dos discípulos da academia estava levando essa mala até uma hospedaria em Dōgo a mando dele. Ele explicou que aquilo era o arsenal portátil da academia. Sabe aquele arpão rústico das nossas pescarias em rios do vale? Aquele feito com um pedaço de bambu, em cujo oco enfiávamos um arame grosso que era disparado com elástico? Quando Gorō disse que aquilo não serviria nunca como arma, o sr. Daiō se exasperou. O inimigo descobriria o nosso local de reunião e ele daria um jeito de o batedor espiar pelo buraco da fechadura. Então, ele dispararia o arpão pelo lado de cá e atingiria o olho do inimigo em cheio. "E agora, ainda acha que não serve como arma?", perguntou ele. "Bela porcaria", replicou Gorō. Daiō disse então que se ele conseguisse armas eficientes, não teria de lutar com armas classificáveis como "bela porcaria"!...

Asa parecia também considerar que aquilo era uma "bela porcaria" e sentir-se chocada com isso. Como sinal de que não queria mais conversar, deslizou sobre o tatame em minha direção a bandeja com a água e o sonífero, dosado para meu uso.

4

Nos últimos tempos, eu não vinha conseguindo dormir um sono tão profundo como o da noite anterior. Ao acordar, respirei aliviado porque a luz e o leve ar da floresta transbordavam no quarto de pé-direito baixo, embora a chuva continuasse a cair. A janela que dava para a fazenda estava com a veneziana aberta. E, no estreito espaço forrado de tatame entre a janela e as cobertas, Asa se sentava vigiando-me atentamente, à espera do meu despertar.

— Errei na dosagem do sonífero, apesar de toda a minha experiência como enfermeira... Não me preocupei porque sua respiração estava normal — disse Asa suavemente. — Mesmo assim, você deve ter ouvido os tiros, não?

Eu não ouvira, mas, ao mesmo tempo, percebi que não me assustava com aquela informação.

— Parece-me que sonhei vagamente com alguma coisa acontecendo. Um sonho sem continuidade... todo picotado.

— Vou lhe contar o que Ricchan me relatou. Akari também dormia até poucos minutos atrás, graças ao tampão de ouvido. Fique tranquilo quanto a esse aspecto.

Escrevo em seguida o que Asa me contou e junto os detalhes que Ricchan acrescentou posteriormente.

Na noite anterior, depois de jantarem a refeição que Asa lhes trouxera de uma loja de conveniência, Ricchan acomodara Akari numa das camas duplas dispostas lado a lado no quarto e o envolvera com o cobertor, deitando-se também. Ela não conseguia dormir com o ruído da chuva batendo diretamente no telhado e com o rugido do vento que parecia estar girando em redemoinho no alto da floresta, mas Akari, assim como eu, não despertou em nenhum momento.

Com o passar do tempo, começou a ouvir através da parede leste uma voz masculina de adulto. O homem falava sem cessar. Era a voz de Koga, agora mais calma do que aquela que Ricchan ouvira no breve momento em que se encontraram no escritório. A isso, vez ou outra uma voz feminina replicava alguma coisa. Era Unaiko que, preocupada com Akari, falava em tom contido. Por tudo que ouvia, não parecia que os dois estivessem discutindo acaloradamente. Vez ou outra, parecia-lhe ouvir um leve ruído de corpos se debatendo, que logo cessava para dar lugar à voz masculina, a qual começava a falar em tom persuasivo cada vez mais evidente. Contudo, a voz de Unaiko nunca se alteou, nem para extravasar ira, nem para pedir socorro. Quanto a Koga, parecia falar de maneira insistente, mas o diálogo continuava intercalando risadas.

Quase uma hora depois, a luta sobre a cama chegou-lhe aos ouvidos através da parede de maneira clara e distinta. Ricchan abriu uma fresta da porta sem acender a luz e deu de cara com o capanga de Koga que, cassetete em punho, vigiava-a diante da porta do quarto vizinho. O homem ergueu o cassetete bem alto, talvez para amedrontar Ricchan e todos que porventura estivessem por trás dela. Ricchan fechou a porta e, recostada nela, ali permaneceu em pé. Agora o que ela ouvia não era apenas um roçagar de corpos, mas uma luta corporal ostensiva que continuou por algum tempo. Então a voz de Koga ressoou sonoramente, de forma distinta daquela de até então, parecendo indicar que ele ordenava alguma coisa a uma terceira pessoa. Uma porta abriu e se fechou. Ricchan respirou aliviada. Voltou para a cama e se sentou. Supôs que o outro capanga, que ficara vigiando no interior do quarto ao lado, havia tentado se aproveitar de Unaiko, momento em que Koga, que saíra por instantes, teria retornado e repreendido o homem. Ainda assim, a preocupação persistia e, abrindo a porta, espiou a entrada do quarto vizinho. O homem de pouco tempos atrás já não se encontrava, mas os ruídos e os movimentos do quarto vizinho continuavam. Ricchan acionou a trava automática da porta do próprio quarto e a fechou atrás de si, descendo então para o hall do andar térreo parcamente iluminado, mas ninguém surgiu para acudi-la. A única luz acesa era a do escritório, onde Ricchan havia se encontrado brevemente com Daiō no momento em que fora trazida para a fazenda. Saiu então para a escuridão em meio à chuva e à ventania sem vestir capa e subiu descalça pelo caminho pavimentado com pedras.

Daiō estava deitado sobre o sofá nos fundos do escritório, inteiramente vestido e, naquele momento, vertia num copo um tanto de *shōchū* da garrafa posta sobre a mesinha ao lado dele. Ao ver Ricchan, ele não disse nem perguntou nada. Apenas calçou de imediato as galochas que havia deixado ao lado da porta de entrada e vestiu a capa de chuva que jogara a um canto. Retornou então ao sofá no qual estivera deitado e retirou da mala, que tinha sido empurrada para um canto, alguma coisa embrulhada em capa de borracha e a meteu num dos bolsos da própria capa de chuva. Com seu único braço, segurou com firmeza o objeto por cima da capa e voltou-se para Ricchan por um breve instante, contemplando-a com uma expressão enigmática que ela não conseguiu decifrar. Daiō não se preocupou em acender a lanterna, nem procurou ver onde pisava: apenas se afastou em largas passadas. Alguns instantes depois, dois tiros soaram de maneira consecutiva. Ricchan permaneceu sentada à mesa, na cadeira da ponta.

Daiō retornou em seguida e parou com a porta aberta às costas: embora lhe faltasse um braço, seu corpo gotejante parecia tão vigoroso que Ricchan perdeu a voz de puro medo, mas ao se dirigir a ela, a voz dele soou suave:

— Eu matei Koga. Ainda me restam algumas balas, mas não vou ferir os asseclas. (Assim dizendo, Daiō depôs a seus pés o embrulho que continha a pistola.) Ordenei a eles que o levem à delegacia de polícia assim que o dia raiar, mas, até lá, disse que o deixem jogado dentro do carro. Achei que Unaiko ficaria apavorada caso o deixasse onde estava. Quando o sr. Kogito acordar, diga-lhe o seguinte. Enquanto eu, escondido, observava meu mestre partindo no bote, pensei que o sr. Kogito o acompanharia porque ele era o herdeiro do meu mestre. Não faz sentido o herdeiro o acompanhar e também morrer na enchente, não é? Mas com a ajuda do sr. Kogito, o mestre — ouça bem, este ponto é de importância vital — tinha transformado a maleta de couro vermelha numa engenhoca flutuante. As crianças ribeirinhas são ótimas nadadoras, de modo que jamais se afogariam caso pudessem se agarrar na maleta de couro vermelho transformada em engenhoca flutuante. O mestre já se preparara para morrer, mas deve ter pensado que, em seguida, o encosto que o acompanhava seria transferido para o filho, tornando-o assim seu verdadeiro herdeiro. Hoje, penso que aquilo foi um rito: ao sair num bote para o meio daquele rio turbulento com o filho, ele estava pedindo permissão para que o filho substituísse o pai na função de *yorimashi*, ou seja, que o filho passasse a servir de médium para o encosto. Mas na hora de subir no bote, o sr. Kogito não conseguiu, ou se negou de maneira consciente, e não foi para o meio da enchente, ficando apenas a olhar Kogī, seu visionário alter ego, se afastar com o pai... Sou maneta, mas não errei o alvo quando atirei com o meu revólver ainda há pouco e, assim, soube que o encosto do meu mestre Chōkō me escolheu como seu novo médium. Eu me atrasei terrivelmente, mas agora vou em seu encalço: o discípulo número um do mestre Chōkō, não resta dúvida, sou eu mesmo, Gishi-Gishi!

Em seguida, Daiō se abaixou (e se ele tirar as galochas e vier aqui para dentro?, apavorou-se Ricchan), trocou o calçado pelos sapatos que ele havia inicialmente metido dentro do porta-guarda-chuvas e saiu sem se voltar nenhuma vez. Lá fora, a tempestade continuava e a escuridão era total, mas uma grande Mercedes-Benz que Ricchan vira estacionada atrás da antiga sede foi descendo pelo caminho que margeava a fazenda. Quebrada a tensão, Ricchan desatou a chorar, preocupada com Akari.

Asa continuou a história:

— Obviamente, Unaiko está em estado de choque. Eu a transferi para o quarto de Ricchan e a fiz se deitar. O espetáculo de hoje está cancelado. Pedi que anunciassem pelo alto-falante da prefeitura. Já liguei para sua mulher e a avisei que tanto você como Akari estão sãos e salvos. E, aproveitando, conversei a respeito do futuro de Unaiko. Como a imprensa não vai dar sossego, ela estará impossibilitada de trabalhar como atriz por algum tempo. Existe uma grande chance de estar grávida, depois do que fizeram com ela. Se isso acontecer, não conseguiremos convencê-la a abortar. Se ela quiser morar discretamente na casa da floresta em companhia do sr. Katsura até o dia do parto, ou até mesmo depois disso, vou fazer de tudo para ajudá-la. Quando pedi à sua mulher que mantivesse a questão da casa da floresta nos termos já combinados entre nós, ela concordou. Ela me disse também acreditar que surgirão problemas financeiros se o trabalho da trupe for interrompido e, com isso em mente, me pediu que sondasse Ricchan quanto à possibilidade de ela vir para Tóquio e continuar a dar aulas para Akari. Chamei então o seu filho para que falasse com a mãe ao telefone, e ele mostrou que já tinha pensado em ter aulas de música com Ricchan em Tóquio, pois respondeu: "O piano do ginásio está desafinado, sabia?".

Eu já percebera a movimentação de pessoas no prédio da sede nova e me senti reconfortado pela atitude firme e destemida de Asa na solução tanto de problemas imediatos como dos que ainda estavam para surgir. Fora isso, lembrei-me de um dos muitos sonhos intermitentes durante o profundo sono da tempestuosa noite anterior: no alto da montanha assolada por violenta chuva, o sr. Daiō caminhava rumo ao coração da floresta, enquanto eu — uma vez mais — apenas observava a cena.

O que alicerça a lembrança do sonho são dois ideogramas. A violenta chuva que caiu de maneira contínua inunda a floresta de árvores latifoliadas com uma incrível quantidade de água. Essa "vasta expansão" de água se espalha por uma "verdejante expansão". Se, fustigado pelo vento em meio à escuridão noturna, um viajante perder o pé e cair, ser-lhe-á fácil morrer afogado caso não tenha vontade de se pôr em pé outra vez.

Mas Daiō, o veterano andarilho da floresta, avançará cuidadosamente, jamais cairá. A floresta logo acima da academia faz um U em torno da cidade de Honmachi e se interliga mais abaixo com a do vale. Daiō continuará a andar e, perto da madrugada, já terá atingido uma área que seus perseguidores da polícia dificilmente alcançarão.

Depois, bastar-lhe-á meter o rosto na água contida no interior da densa ramagem da árvore mais frondosa da floresta e, sempre em pé, morrer afogado.

ESTA OBRA FOI COMPOSTA EM ELECTRA PELO ESTÚDIO O.L.M./ FLAVIO PERALTA
E IMPRESSA EM OFSETE PELA LIS GRÁFICA SOBRE PAPEL PÓLEN SOFT
DA SUZANO S.A. PARA A EDITORA SCHWARCZ EM FEVEREIRO DE 2021

A marca FSC® é a garantia de que a madeira utilizada na fabricação do papel deste livro provém de florestas que foram gerenciadas de maneira ambientalmente correta, socialmente justa e economicamente viável, além de outras fontes de origem controlada.